UN SI JOLI NULLE PART

Alexis Schaitkin

UN SI JOLI NULLE PART

Traduit de l'anglais (États-Unis)
par Emmanuelle Aronson

LES ESCALES

Titre original : *SAINT X*

Édition française publiée par :

92, avenue de France
75013 Paris – France
Courriel : contact@lesescales.fr

ISBN : 978-2-36569-437-7
Dépôt légal : janvier 2022
Imprimé en France

Couverture : Hokus Pokus créations
Mise en pages : Nord Compo

Pour M & E

INDIGO BAY

Commencez par une vue aérienne. Glissez sous les nuages, et voilà le premier aperçu de l'archipel : un instantané, un panorama, une explosion de couleurs soudaine et intense tel un glaçon plongé dans de l'eau tiède et qui vole en éclats – la mer d'azur, les îles émeraude ourlées de sable blanc ; avec peut-être, ce jour-là, un pétrolier rouge brique dans le bas du tableau.

Descendez encore un peu et la topographie se précise : vallées, plaines, volcans, certains encore actifs. Le mont Scenery sur Saba, le mont Liamuiga sur Saint-Christophe, la montagne Pelée en Martinique, le Quill sur Saint-Eustache, la Soufrière de Sainte-Lucie et celle de Saint-Vincent, celle aussi de Basse-Terre en Guadeloupe, celle de Montserrat, et le massif volcanique de la minuscule Dominique qui ne compte pas moins de neuf volcans. Une certaine tension découle de cette présence volcanique : chaque île reste sous la menace quotidienne d'une éruption. (Parfois, sur certaines îles, des flocons de cendre flottent dans l'air, pâles et légers, avant d'atterrir sur les pentes verdoyantes des collines et les avant-toits.)

Vers le milieu de l'archipel se trouve une île d'une quarantaine de kilomètres de long sur douze de large. C'est une terre plate, jaunâtre, poussiéreuse, aux sols arides parsemés d'étangs salés et d'arbustes tropicaux : raisiniers bord de mer, cactus, frangipaniers. (Il y a aussi un volcan, le Devil

Hill – la colline du diable –, mais il est si petit et si peu souvent en éruption qu'il ne sert pas à grand-chose, n'étant ni une menace ni une attraction.) Dix-huit mille habitants vivent sur cette île, qui accueille environ quatre-vingt-dix mille touristes par an. Vue d'en haut, elle ressemble à un poing dont un doigt serait tendu vers l'ouest.

La façade nord brave l'océan Atlantique. La côte est rocheuse, et l'état de la mer (parfois agitée) varie en fonction des saisons. La quasi-totalité des résidents de l'île habite de ce côté, la plupart dans la minuscule capitale, Le Basin, où écoles en parpaings, supermarchés et églises se mêlent aux bâtiments coloniaux aux teintes pastel défraîchies : la demeure georgienne rose pâle du gouverneur général ; la banque nationale vert menthe ; la prison bleu ciel de Sa Majesté. (Une prison près d'une banque : c'est la blague locale très prisée.) Sur cette côte, les noms de plages témoignent de leurs défauts : Salty Cove (crique salée), Rocky Shoal (côte rocheuse), Manchineel Bay (baie des mancenilliers), Little Beach (petite plage).

Les vaguelettes de la mer des Caraïbes viennent lécher le sable fin de la côte sud de l'île. Le littoral est ici ponctué d'hôtels de luxe : l'Oasis, le Salvation Point, le Grand Caribbee, et le joyau de l'île, l'Indigo Bay. Tous sont parés de bougainvilliers, d'hibiscus et de flamboyants, somptueuses supercheries suggérant que l'île est une terre fertile et luxuriante.

Autour de l'île, une douzaine d'îlots inhabités affleurent à la surface de l'eau, les plus connus étant Carnival Cay, Tamarind Island et Fitzjohn (célèbre, du moins localement, pour le lézard Fitzjohn). Les touristes aiment y partir en excursion – plongée, pique-niques romantiques, visites de grottes calcaires. Le plus proche de l'île principale, ironiquement nommé Faraway Cay (îlot lointain), est à moins de cinq cents mètres de l'Indigo Bay et pourrait – avec sa plage nacrée, ses paysages sauvages et sa cascade cristalline – être lui aussi une destination populaire s'il n'était pas peuplé de chèvres sauvages se nourrissant de pourpier de mer et de figues de Barbarie.

Les touristes connaissent peu la géographie de l'île. La plupart seraient incapables d'en esquisser la forme. Ils ne peuvent ni la localiser sur une carte ni la distinguer des autres petits territoires qui parsèment la mer entre la Floride et le Venezuela. Lorsqu'un taxi les conduits de l'aéroport à leur hôtel, ou de leur hôtel au restaurant fusion de cuisine créole sur Mayfair Road, ou lorsqu'ils débarquent de leur paquebot de croisière à Hibiscus Harbour, ou lorsqu'un hors-bord les emmène à Britannia Bay visiter la vieille plantation de canne à sucre, ils ignorent s'ils se dirigent vers le nord ou le sud, l'est ou l'ouest. Ils sont dans un si joli nulle part, au beau milieu d'une mer translucide.

Une fois de retour chez eux, ils oublient vite le nom des choses. Ils ne se souviennent ni du nom de la plage de leur hôtel, ni de celui de l'îlot où ils sont allés faire de la plongée. (Là-bas les oursins plats pullulaient sur la plage comme de vulgaires coquillages.) Ni de celui de leur restaurant favori (était-ce le nom d'une fleur exotique ?). Ils oublient même le nom de l'île.

Zoomez sur l'Indigo Bay : l'hôtel apparaît. La longue allée centrale bordée de palmiers rectilignes, le hall en marbre avec son toit en rotonde, le pavillon en plein air où le petit déjeuner est servi tous les matins jusqu'à dix heures, le spa, la piscine en forme de haricot, le centre d'affaires et le centre de fitness. Puis, la plage où les rangées de transats épousent la courbe de la baie. Au bout de la bande de sable, une femme juchée sur une caisse à l'ombre d'un parasol bleu décoloré par le soleil tresse les cheveux des filles. L'air sent les tropiques : huile de coco à la fleur de frangipanier, océan légèrement iodé.

Des familles se prélassent sur la plage. Pelles en plastique, brassards, chaussons de natation jonchent le sable entre les transats. Des couples en lune de miel se blottissent sous une paillote. À l'ombre, des retraités dévorent de gros polars. Nul n'a idée de ce qui va se passer ici, à Saint-X, en 1995.

C'est la fin de la matinée. Regardez. Une fille marche sur le sable. Elle avance avec nonchalance, indifférente au temps qu'il lui faudra pour arriver à destination. Des têtes se tournent sur son passage – des hommes jeunes, ouvertement ; des plus vieux, plus discrètement ; des femmes plus âgées, avec envie. (Elles ont eu dix-huit ans elles aussi.) L'adolescente porte un bikini et une longue tunique ample, et se déhanche avec un petit air provocateur. Un sac de plage en raphia pend négligemment à son épaule. La peau laiteuse de son visage et de ses bras est constellée de taches de rousseur abricot. Ses pieds sont longs et plats, elle porte des tongs et un bracelet de cheville orné d'un petit pendentif en forme d'étoile. Ses cheveux auburn, épais et soyeux sont ramassés en un chignon soigneusement décoiffé avec un élastique jaune. Elle s'appelle Alison. Jamais Ali.

« Bonjour, marmotte », lui lance son père alors qu'elle arrive près des transats où est installée sa famille.

« Salut, bâille-t-elle.

— Tu as raté un bateau de croisière qui vient de passer au large juste devant nous. On aurait dit un immeuble », remarque sa mère.

(Même si les clients de l'Indigo Bay ont tendance à se plaindre lorsque ces imposants navires leur bouchent la vue, ils tirent également une certaine satisfaction du mauvais goût manifeste d'autrui, car *ils* n'ont pas les mêmes valeurs – *ils* n'ont pas choisi de passer leurs vacances dans l'opulence vulgaire d'un paquebot qui ressemble à un complexe de bureaux.)

« Fascinant. » Alison tire un transat placé sous un parasol pour le mettre au soleil. Elle sort un Walkman jaune de son sac. Elle s'allonge, enfonce ses écouteurs dans ses oreilles et chausse ses lunettes de soleil.

« Et si on allait tous se baigner ? » suggère son père.

Alison ne répond pas. Non pas que sa musique l'empêche de l'entendre, décide son père, elle l'ignore, c'est tout.

« Peut-être dans un petit moment, quand tout le monde sera d'humeur », déclare sa mère avec une jovialité forcée.

« Hé, Clairon ! s'exclame Alison. Je pars à la chasse au trésor et j'apporte une étoile de mer. »

Elle s'adresse à la petite fille assise dans le sable entre le transat de sa mère et celui de son père, et qui jusqu'alors s'appliquait à faire de petits tas de sable.

« Je pars à la chasse au trésor et j'apporte une étoile de mer et un chien », dit la petite.

Elle est aussi étrange que sa sœur est attrayante. Ses cheveux sont d'un blond presque blanc, sa peau est extrêmement pâle. Elle a les yeux gris, les lèvres blêmes. Ses traits ont quelque chose de saisissant et de quelconque à la fois. Voici Claire, sept ans. Clairon, pour sa famille.

« Je pars à la chasse au trésor et j'apporte une étoile de mer, un chien et un piccolo.

— Un piccolo », murmure Claire. Elle écarquille les yeux, émerveillée.

Le père fait signe à l'un des plagistes. Il y en a deux ; ils sont noirs et portent un pantalon blanc et un polo assorti. Sur leur poche de poitrine, le blason de l'hôtel est brodé en doré. Le maigre et le gros, comme le pensent la plupart des clients. C'est le maigre qui s'approche de la famille : Edwin.

Alors qu'il arrive à leur hauteur, Alison se redresse et lisse ses cheveux.

« Comment allez-vous ce matin ? s'enquiert-il.

— Merveilleusement bien, répond la mère avec un enthousiasme débordant.

— C'est votre première fois sur notre île ?

— Oui, confirme le père. Nous sommes arrivés hier soir. »

La famille part en vacances tous les hivers dans un hôtel différent sur une île différente ; des pauses d'une semaine, loin de leur banlieue enneigée, pour les aider à affronter les mois de grisaille et de froid à venir. Les palmiers qui embrassent le sable, ils connaissent. L'eau claire comme un glacier, le sable onctueux comme de la crème, ils connaissent. Le soleil à la tombée du jour, immense jaune d'œuf s'étalant sur la mer, ils connaissent. Les cieux bardés d'étoiles bleutées, ils connaissent.

« Vous avez vu cette belle journée ? » Edwin désigne le ciel et la mer d'un large geste de son bras efflanqué. « Qu'est-ce qui vous ferait plaisir ?

— Deux punchs au rhum et deux sans alcool », répond le père.

Alison soupire mollement.

Le maigre revient au bout d'un moment. (Trop longtemps, songe le père, à l'instar de tous les pères sur cette bande de sable : le maigre est un moulin à paroles, et un traînard.) Il apporte sur un plateau des cocktails ornés de cerises au marasquin et de fleurs d'hibiscus.

« Il y a un match de volley cet après-midi, fait-il. Vous pourrez vous joindre à nous, j'espère.

— Oh, chérie, tu adorerais ! » lance la mère à Alison.

La fille se tourne vers elle. Même si elle porte des lunettes de soleil, la mère est convaincue qu'elle la regarde avec mépris.

Le maigre frappe dans ses mains. « Parfait ! On compte sur vous mademoiselle, hein ? »

La fille ajuste ses lunettes. « Peut-être. » (Depuis peu, elle a l'art de charger de sous-entendus les remarques les plus insignifiantes. C'est ce qu'a constaté sa mère.)

« On préfère la bronzette ? » dit l'homme.

Alison rougit.

Le père saisit son portefeuille et sort quelques billets d'un dollar de l'épaisse liasse qu'il a retirée à la banque hier. (Était-ce vraiment hier ? Il sent déjà la magie régénératrice de l'île.)

« Merci, monsieur. » Le maigre fourre l'argent dans sa poche et s'éloigne sur la plage.

« Sympa comme type, dit le père.

— Très gentil, acquiesce la mère.

— Alors, on trinque ? » fait le père, levant son verre.

La mère sourit. Clairon fixe sa cerise. Alison remue son punch sans alcool d'un air soigneusement blasé.

« Au paradis », proclame le père.

Sous l'intense soleil de l'après-midi, le gros traverse la plage, s'arrêtant devant chaque regroupement de transats. « Le match de volley commence dans cinq minutes », dit-il discrètement. Mal à l'aise, il opine du chef, tire sur le col de son polo et poursuit son chemin. Les clients l'observent. Il est balèze – sa corpulence attire l'attention. C'est Clive. Gégé, pour ceux qui le connaissent.

« Allez, mec, un peu d'entrain ! Il nous manque encore quatre joueurs ! » crie le maigre, les mains en porte-voix depuis le terrain de volley. « Pour le match des champions, c'est votre dernière chance ! »

Ceux qui dormaient ou lisaient secouent la tête, un sourire indulgent aux lèvres. Le maigre est un élément essentiel, ils le savent, avec son énergie, son entrain, son accent chantant.

Alison ôte ses écouteurs et se lève. « Tu veux venir me voir jouer, Clairon ? » Elle tend la main à sa sœur.

Tandis que les sœurs traversent la plage en direction du terrain de volley, de jeunes hommes se lèvent et leur emboîtent nonchalamment le pas. Ils joueraient bien au volley après tout.

Le maigre répartit les joueurs : un, deux, un, deux. Claire s'installe au bord du terrain.

« Alors, petite demoiselle, tu arbitres avec moi ? » lui lance-t-il en souriant. Il lui ébouriffe les cheveux et elle se raidit.

Juste avant le début du match, Alison ôte sa tunique et la lance sur le sable à côté de sa sœur. Les autres joueurs ne peuvent s'empêcher de la regarder tout en faisant comme s'ils ne remarquaient pas sur son ventre la grande cicatrice rose en forme de coquillage. L'espace d'un instant, elle reste immobile, le temps pour eux d'assimiler sa marque secrète. Puis, elle ramasse le ballon et le lance en l'air.

On peut difficilement parler de match. Quelques lycéens et étudiants, deux jeunes papas encore plus ou moins en forme, une femme qui baisse la tête dès qu'elle voit le ballon arriver, un couple d'une trentaine d'années – petite bedaine débordant du short de bain à motif dauphins du mari, corps parfait de la femme, résultat d'heures passées en salle de sport – et un type qui sait vraiment jouer, et dont le surinvestissement dans le jeu (smashes agressifs et superflus, répétition des mots *petit conseil* pour motiver son équipe) ne tarde pas à agacer tout le monde.

Au fil de la partie, les joueurs se mettent à bavarder de choses habituelles. Il est très vite établi que deux couples viennent de New York, un de Boston et un autre de Miami. La femme qui esquive le ballon est de Minneapolis. Un type de Chicago en lune de miel a laissé sa toute nouvelle femme dans leur chambre au fond du lit – les langoustines de la veille ne devaient pas être très fraîches.

« Elle m'a obligé à partir, s'empresse-t-il d'ajouter. Comme je ne servais à rien, elle a dit que ce n'était pas la peine qu'on gâche tous les deux notre journée. » Après avoir répété les propos de son épouse, il fronce les sourcils : peut-être l'a-t-il mal comprise, songe-t-il ; vient-il de rater son tout premier examen de passage en tant que jeune mari ?

« Bienvenue dans les quarante prochaines années de ta vie », lance l'homme trop investi. Il est à l'Indigo Bay avec sa femme depuis deux jours. C'est bien ici, il ne faut pas se méprendre sur ce qu'il veut dire, mais ils préfèrent le Malliouhana à Antigua – ou est-ce à Anguilla ? – où ils sont allés l'année dernière. Le couple de Miami a des amis qui ne jurent que par le Malliouhana.

« On est les seuls à trouver la bouffe vraiment moyenne ici ? » demande l'homme trop investi.

La femme de Minneapolis trouve la nourriture délicieuse mais scandaleusement chère.

« C'est parce qu'ils doivent tout acheminer par bateau, remarque l'homme au short de bain à motif dauphins.

— C'est ce qu'ils prétendent. On ne peut pas vérifier, nous, rectifie sa femme.

— Et ils nous achèvent avec les frais de service.

— Quand la note arrive, je ne regarde pas. Je signe, c'est tout.

— Pas bête.

— Presque, chéri ! » s'exclame l'épouse de l'homme au short à motif dauphins dont le service vient d'atterrir dans le filet. Il n'est pas à l'aise dans son maillot, mais c'est un cadeau de sa femme, et elle était tellement enthousiaste en le lui offrant qu'il n'a pas voulu la vexer en l'échangeant, même s'il la soupçonne de l'avoir choisi parce qu'au fond elle préfère avoir un mari un peu ridicule. Il l'a remarqué mais n'a rien dit, pensant qu'il serait inutilement cruel de souligner la laideur de ses intentions, qu'elle croit pures. Lorsqu'ils se sépareront dans trois ans, il prendra soudain conscience du nombre de choses qu'il a relevées en silence, du nombre de fois où il lui a souri en lui faisant intérieurement des reproches.

Une conversation s'engage sur les diverses excursions que propose l'hôtel. Quelqu'un se demande si la sortie plongée à Carnival Bay vaut la peine.

« On y est allés hier. Il y a tellement de poissons à voir qu'on n'en peut plus au bout d'un moment », décrète un des maris new-yorkais.

Quelqu'un d'autre a entendu dire qu'il ne faut pas rater l'exploration de la *Lady Ann*, une goélette qui s'est échouée il y a cinquante ans pendant un ouragan. Quelqu'un d'autre a passé la matinée à faire du golf et garantit que le parcours est épatant. L'épouse de l'homme au short de bain à motif dauphins a décidé qu'il ne faut pas aller visiter la vieille plantation de canne à sucre et la distillerie de rhum. Un autre mari de New York recommande chaudement le pique-nique romantique sur Tamarind Island. La plage y est exquise. Avec sa femme, ils l'ont eue rien que pour eux. Il passe sous silence les pétales de roses en papier à moitié enfouis dans le sable – vestiges des pique-niques romantiques de ceux qui les avaient précédés – auxquels il pense pourtant et qui entachent le souvenir d'une expérience malgré tout agréable.

Parmi les garçons qui ont suivi Alison, il y a un petit râblé avec une tresse de chanvre effilochée autour du cou ; un avec un tee-shirt floqué des lettres grecques de sa fraternité ; et un grand blond qui finit par avouer être étudiant à Yale. Il y a aussi une fille, en licence de communication. Pendant quelques minutes, ils passent en revue les gens qu'ils connaissent dans les établissements des uns et des autres, en quête de relations communes. L'ex du garçon au collier en chanvre est en psychologie du développement avec le mec de la fraternité. La camarade de chambre de la fille en communication joue dans le même orchestre que le blond de Yale. Le blond fait du violoncelle. Il part en tournée à Saint-Pétersbourg en mars.

« Le monde est petit », déclare-t-il lorsqu'il comprend qu'un gars qui jouait au foot avec lui au lycée est dans la même résidence universitaire qu'Alison, à Princeton.

« Oui, enfin le nôtre », rétorque-t-elle.

Il rit. « Bien vu, Ali.

— Alison.

— Bien vu, *Alison*. »

Les joueurs servent et smashent sur un fond bicolore, sable et ciel. Ils récupèrent, mains sur les genoux, en lâchant des « ouf » après un échange particulièrement intense. Ils observent Alison. Elle saute et plonge, s'élance vers le ballon. Son corps est souple et athlétique. Même immobile, elle dégage de l'énergie. Lorsque l'épouse de l'homme au short de bain à motif dauphins surprend son mari en train de la fixer, celui-ci fait aussitôt semblant de contempler l'océan.

Assise sur le sable, Claire observe la beauté fluide des mouvements de sa sœur et se demande si elle bougera comme elle quand elle sera grande, un jour. Elle en doute, mais cela ne l'attriste pas pour autant. Se prélasser dans l'éclat de sa sœur lui suffit.

À la fin de la partie (perdue par l'équipe de l'homme trop investi qui répète désormais à l'envi que « c'était juste pour s'amuser »), le blond s'approche d'Alison. Ils bavardent. Les autres garçons, contrariés et contrits, le regardent en coin avant de se tourner vers la fille étudiante en communication, réévaluant leur point de vue. Le blond pose la main sur l'épaule d'Alison, puis s'éloigne sur le sable. Une fois seule, Alison effleure sa peau douce, là où il l'a touchée.

Tandis que l'après-midi touche à sa fin, les clients quittent la plage. Durant les quelques heures précédant le dîner, ils récupèrent de leur journée – du soleil, de la chaleur, de l'alcool, de la beauté si ardente que leurs yeux aspirent au repos. Ils se douchent. S'assurent que tout se passe bien au bureau. (Leur savoir-faire est requis pour résoudre un problème particulièrement épineux, et ils trouvent avec soulagement la solution ; ou bien on leur enjoint de profiter de leurs vacances, rien à signaler, tout roule, et pour le restant de la soirée ils sont grincheux et irascibles. Ils font l'amour dans les draps blancs et soyeux des lits de l'hôtel. Après quoi, ils savourent les mangues des paniers de bienvenue, laissant couler le jus onctueux entre leurs doigts. Ils examinent les mignonnettes des minibars. Par habitude, ils zappent devant la télé, regardent quelques minutes le journal de Saint-Christophe sur la chaîne locale, une redif de *Deux flics à Miami*, un documentaire sur un chanteur de reggae qui n'est ni Bob Marley ni Jimmy Cliff. Ils s'installent sur le balcon, fument un des joints roulés avec l'herbe médiocre qu'ils ont réussi à se procurer sur l'île et observent la nuit qui tombe : le soleil couchant, les papillons de nuit émergeant de l'obscurité, les ombres des palmiers tels des moulins à vent, les premières étoiles tremblotantes surgissant dans le ciel.

Les sœurs sont allongées côte à côte sur le lit de Claire ; l'air climatisé déferle sur leurs corps. Une journée de plage et Alison est déjà dorée. Ses taches de rousseur, abricot ce matin, ont pris une étincelante couleur acajou. La peau de Claire, en revanche, est rose vif.

« Ma pauvre », souffle Alison.

Elle va chercher dans la salle de bains la crème à l'aloe vera et en prend une noix dans la paume. Elle soulage sa sœur, centimètre par centimètre. Claire ferme les yeux et rêvasse sous les doigts délicats de sa sœur.

Cela fait quatre mois qu'Alison est à l'université. Parfois, à la maison, Claire entre dans sa chambre et s'assied sur son lit. C'est comme si sa sœur venait de partir. Des tas de photos jonchent le bureau, et dans une tasse en céramique bleue, au milieu des stylos et des crayons, il y a un gloss à la fraise. (Une fois, Claire l'a ouvert et s'en est mis sur les lèvres ; l'odeur de sa sœur l'a submergée. Elle n'a pas osé le refaire.) Des affiches de groupes de rock ornent les murs. Les vêtements qu'Alison n'a pas emportés à la fac sont pliés à la va-vite dans la commode. Mais la pièce ne semble plus habitée. Parfois, lorsque Claire ferme les yeux, elle a du mal à visualiser le visage de sa sœur, elle n'entend plus sa voix, et dans ces cas-là une vague de panique la submerge.

Maintenant, la présence d'Alison baigne la chambre d'hôtel qu'elles partagent, et Claire pense à tout ce qui lui a manqué : les ongles rongés de sa sœur, son habitude de caresser sa cicatrice à travers ses vêtements lorsqu'elle est songeuse, sa manière particulière de bouger, comme si elle dansait, lorsqu'elle parcourt une pièce. Sa sœur est un secret qu'on lui chuchote à l'oreille.

À quoi pense un père lorsqu'il se réveille à l'aube alors qu'il est en vacances depuis deux jours ? Ces satanés oiseaux. Des coqs chantent, quelque part derrière l'hôtel. Des moineaux piaillent sans discontinuer sur le balcon. (Ce sont des sucriers à ventre jaune, une nuisance tristement célèbre sur l'île.) Il enfile un peignoir, sort sur le balcon, chasse les volatiles et retourne au lit. Mais moins d'une minute plus tard, ils sont de retour. Le père s'y reprend à trois fois, songeant de plus en plus rageusement au client qui a occupé cette suite avant lui et qui a dû leur laisser des miettes de pain au chocolat. Détends-toi, se répète-t-il. Il est réveillé de toute façon, alors autant commencer la journée. Il embrasse sa femme, qui dort encore à poings fermés, et se glisse à nouveau sur le balcon pour voir le temps qu'il fait. C'est une belle journée. Tels des navires de croisière sur l'océan, quelques petits nuages flottent mollement dans le ciel bleu. Faraway Cay semble si proche qu'il a presque l'impression de pouvoir toucher l'îlot. Il distingue les palmiers sur la plage. Les rochers noirs parsemés de mousse, et l'ombre des ravines. Il n'a tout simplement jamais vu de verts aussi intenses. La plupart des gens traversent l'existence sans jamais connaître d'endroits comme celui-ci, songe-t-il. Il se répète, comme il s'efforce souvent de le faire, qu'il a de la chance. Il s'est fait une réflexion similaire dans la navette qui les emmenait de l'aéroport à l'hôtel. En voyant ce qui défilait sous ses yeux pendant le trajet – enfants jouant dans des cours poussiéreuses ; femmes à moitié assoupies derrière des marmites en fer-blanc cabossées disposées sur des étals au bord de la route ; maisons en béton autrefois turquoise, jaune ou rose, mais dont la peinture est désormais presque complètement écaillée ; animaux errants –, il a pensé par opposition à sa propre vie : ses deux filles magnifiques, son épouse, sa maison (à l'avant-toit coiffé à l'heure actuelle de neige scintillante), Foldingo, leur chien.

Un bruit mécanique interrompt ses pensées. Un tracteur avance sur la plage. Il remarque que le sable, immaculé la veille, est désormais parsemé d'algues marron. Deux hommes en salopette armés de râteaux rassemblent les algues en tas. Le tracteur les suit pour les ramasser. Dans le sillage de l'engin, un quatrième homme efface les traces de pneus avec un grand balai.

Un père, debout sur le balcon, observe un moment ce processus. Il s'aperçoit que la plage n'est pas naturellement immaculée, ce qui, il doit l'admettre, aurait dû être évident, et cette prise de conscience ternit quelque peu son plaisir. Sa réaction le contrarie. Pourquoi doit-il moins apprécier la plage à cause de ces hommes qui s'affairent sur le sable ?

Alors que son deuxième jour à l'Indigo Bay se poursuit et qu'il s'habitue à la beauté du site, aux explosions de roses dans les arbres, à l'eau effrontément bleue, il remarque de nouveaux détails. Par exemple, au buffet du petit déjeuner servi dans le pavillon en plein air, le lait est légèrement aigre et lui laisse un arrière-goût désagréable sur la langue. Il ne dit rien. Il ne demande pas à la femme qui les a chaleureusement accueillis à leur arrivée de rectifier le tir. Il se contente d'enregistrer. Il enregistre aussi qu'une odeur nauséabonde hautement reconnaissable lui envahit toujours les narines dans certains endroits de l'établissement. À l'extrémité de la piscine : poubelles. Au détour d'un virage dans l'allée de gravier qui mène de leur chambre à la plage : égouts. Jamais il ne songerait à se plaindre de ce genre de choses, contrairement à d'autres clients. Il se plaît à penser qu'il n'est pas là pour étaler sa richesse. Il ne s'attend pas à ce que le monde soit parfait. Il essaie de tout aimer, et d'apprécier chacun, autant que possible. Pour lui, c'est grâce à la place même qu'il occupe dans ce monde qu'il peut avoir cette ouverture d'esprit. Il est aisé d'être tolérant lorsque vous menez une vie heureuse.

Sauf que maintenant tout est un peu gâché, non ? C'est la même déception chaque année, puérile, concède-t-il, mais voilà : il n'a toujours pas découvert le paradis, pas vraiment. Car, comme partout ailleurs, lorsqu'on y pense, il n'est question que de corps, de déchets et d'endroits où les évacuer ; tout ne tient qu'à un fil. Une semaine avant son arrivée ici, une tempête de neige a empêché le ramassage des ordures à Manhattan durant quelques jours. Entre Grand Central et le bureau, les trottoirs étaient jonchés d'énormes tas de sacs-poubelle noirs. Au coin des rues, les poubelles publiques débordaient et os de poulet, hot dogs à moitié mangés, couches et rivières de café gelées gisaient tout autour. Il a vu un petit fox-terrier en manteau rouge uriner sur un tas de sacs noirs ; il a vu une flaque visqueuse et jaunâtre près d'un autre tas et l'a examinée un instant avant de reconnaître l'odeur de vomi. Alors qu'il passait devant tout cela, l'image d'une plage sous les tropiques s'est imprimée dans son esprit et il a songé : *Dieu merci, je me tire d'ici*. Mais maintenant qu'il est là, il ne peut s'empêcher de se demander : les bougainvilliers suffisent-ils à faire la différence ? Ce lieu n'est-il rien d'autre que la même laideur recouverte d'un vernis de beauté peu convaincant ?

Une balle jaune en caoutchouc s'élève en l'air. Une douzaine d'enfants se précipitent sur le sable pour l'attraper. Il est dix heures du matin, le début des activités quotidiennes proposées aux enfants. Tandis que les bambins s'amusent, leurs parents savourent leur temps libre. À l'instant où la balle atteint le point le plus haut de sa trajectoire, une mère frissonne de plaisir – son premier orgasme depuis un mois. Une autre n'est pas loin d'y parvenir, et prie que son mari tienne encore un peu. Un couple qui avait la ferme intention de faire l'amour ronfle au lit. D'autres couples boivent des tequilas sunrise dans un bain chaud, lisent sur la plage, courent côte à côte au centre de fitness sur des tapis de course. Une femme pose pour son mari devant l'océan, s'efforçant de dissimuler ses cuisses flasques. Pendant un moment, ils n'ont plus à surveiller leurs enfants. Comme si, le temps d'une escapade, ils n'existaient plus du tout.

Claire n'est pas très bonne aux jeux. Elle tombe à la marche du crabe. « Alleeeeez ! » la presse sa partenaire pendant la course à trois pattes. À peine s'élance-t-elle dans la course aux œufs que le sien tombe de sa cuillère et s'écrase à ses pieds. Mais surtout, ce qui lui échappe, c'est l'apparente facilité avec laquelle les enfants deviennent amis le temps d'un séjour. Même Axel, qui vient de Belgique et ne parle pas anglais, s'acoquine aussitôt avec un garçon bagarreur. Ils se lient si vite d'amitié qu'elle en a le vertige, comme si elle avait tourné sur elle-même trop longtemps. Lorsqu'elle reprend ses esprits, le monde a cessé de vaciller et il n'est plus question de se faire des amis : la question s'est réglée sans elle.

Le gros apporte le déjeuner de la famille. Ils l'observent cheminant sur la plage, un lourd plateau sur l'épaule. Il trébuche. Une pluie de frites se répand sur le sable.

« Désolé, dit-il en arrivant à leur hauteur. Je vais vous rapporter des pommes frites.

— Oh, ne vous embêtez pas. Ça va aller, dit la mère, indulgente. Clairon, chérie, arrête d'écrire. »

La fillette se fige, index suspendu dans le vide. Elle était en train d'écrire *pommes frites*. Elle en était au *e* de *pommes*. Elle baisse précipitamment sa main. Son doigt la démange :

elle n'a pas eu le temps de finir son mot. Elle le fera plus tard.

« Laisse-la tranquille », siffle Alison avant de saisir la main de Claire, de la porter à ses lèvres et de l'embrasser.

La mère soupire. Sa plus jeune fille a pris cette habitude quelques mois plus tôt. Son index gigote soudain et se met à tracer des boucles dans le vide. « J'écris », avait marmonné Claire lorsque sa mère lui avait demandé ce qui se passait. Ils avaient consulté la psychologue de l'école, une erreur, car après, Claire était devenue fuyante ; elle avait continué de le faire, mais en cachette, lorsqu'elle se croyait à l'abri des regards. C'est un défi constant pour les mères : comment faire la différence entre un comportement bizarre et un comportement préoccupant ? Quel tort fait-on à son enfant lorsqu'on les confond ?

Après avoir déposé leurs plats sur les tables basses entre leurs transats, Clive sort une petite serviette de sa poche et s'essuie le front.

« Vous devez avoir chaud en pantalon », remarque le père.

Alison lui lance un regard désapprobateur, qu'il ignore. Si les pères ne disaient que ce qui plaît à leurs filles adolescentes, on ne les entendrait jamais. La mère et le père échangent un bref coup d'œil. Leur fille a changé. Ces derniers temps, non seulement elle est d'humeur maussade, mais elle a tendance à juger à tout-va. Sans compter ces soupirs méprisants ; comme s'ils ne valaient même pas la peine de faire l'effort de les juger. Impossible d'ignorer qu'elle est étudiante à présent.

« Ça va, fait le gros. L'hiver est rude cette année chez vous ?

— Terrible, répond le père. Il neige sans discontinuer. Je vous envie de vous réveiller avec ça tous les jours.

— On a des ouragans ici, dit le gros.

— Oui, il y en a eu un violent cette année, non ? José, c'est ça ?

— Luis. »

Le père frappe dans ses mains. « Luis ! Absolument !

— Six cents maisons ont été détruites, et pas mal d'écoles aussi.

— C'est affreux », intervient la mère.

Le père n'arrive pas à comprendre comment on peut accepter de vivre dans un endroit où ce genre de choses risque de se produire. La notion de destruction potentielle, l'idée de tout perdre doit être inscrite à la naissance dans le tempérament des habitants de cette île, décide-t-il, de sorte qu'ils envisagent plus facilement que lui de vivre ici. Ce qui ne remet pas en cause son tempérament, car selon toute vraisemblance on peut penser que s'il était né ici, il leur ressemblerait, il serait lui aussi capable de supporter avec stoïcisme le caractère imprévisible de son environnement. Il s'oublie un instant et se glisse avec bonheur dans la peau d'un être en paix avec les vicissitudes planétaires.

« Dites-moi, déclare enfin le père, où nous recommanderiez-vous d'aller manger ? Vous savez, quelque chose d'authentique. »

Le gros indique le nom d'un restaurant en ville. Il a un ami qui travaille là-bas ; son ami propose aussi des visites guidées de l'île et des récifs alentour. « C'est pas cher », ajoute-t-il. La mère et le père sourient et le remercient, mais un silence entendu s'installe entre eux l'espace d'un instant : ils sont satisfaits qu'un gars du coin leur donne des tuyaux mais ils ne vont pas pour autant se laisser embobiner.

D'un bout à l'autre de la plage, des pères signent des additions : déjeuners, cocktails. En s'efforçant de ne pas penser aux sommes dépensées. Cinq dollars pour l'Orangina de leur rejeton, dix-huit pour la salade de chèvre de leur femme. Ils refusent de s'attarder sur la manière dont ils se font plumer au paradis. En outre, comment chiffrer un moment pareil ? Il y a la mer, l'eau d'azur et l'écume laiteuse. Il y a le sable doux et chaud. Il y a moins de grains de sable sur terre, a lu quelque part un père, que d'étoiles dans l'univers. Quel coup de chance incroyable, dans ces circonstances, d'être sur cette plage avec sa famille.

Quelque temps plus tard, le maigre rapplique pour débarrasser leurs assiettes.

« Qu'est-ce que les sœurs ont prévu de faire cet après-midi ? demande-t-il.

— On va faire un château de sable, pas vrai, Clairon ? dit Alison.

— Vous savez, j'ai gagné le championnat de châteaux de sable du carnaval de cette année !

— Vraiment ? » Alison ramasse ses cheveux en queue-de-cheval.

« Sans mentir. Enfin, j'étais sur le podium. » Il sourit. « Si vous avez besoin d'un conseil, n'hésitez pas.

— On préfère construire nos châteaux de sable en solo, merci », rétorque Alison avec un sourire charmeur.

Edwin s'accroupit devant Claire. « Et toi, petite demoiselle ? Tu préfères aussi construire tes châteaux de sable en *solo* ? » Il lui sourit.

Claire hoche la tête, avec raideur.

Il rit. « OK, petite demoiselle. » Il lui ébouriffe les cheveux. « À plus tard, les filles. »

Tandis qu'il s'éloigne sur la plage, la mère remarque que sa fille ne le quitte pas des yeux.

Le maigre est le prince de la plage. La hiérarchie sociale des clients passe par lui. Ceux qu'il adoube semblent posséder un statut invisible. Il prend beaucoup de pauses, il a tendance à s'arrêter et à bavarder, ce qui ralentit le service, mais on lui pardonne ; on adhère même à ce comportement affable. Pourquoi se presser ? Ils sont à l'heure de l'île. En plus, les enfants l'adorent ; ils le suivent comme des groupies.

Puis il y a le gros, Gégé, maladroit lorsqu'il marche sur le sable, maladroit lorsqu'il porte le plateau de cocktails sur son épaule, maladroit lorsqu'il ajuste les parasols en fonction du soleil ; il marmonne plus qu'il ne parle. Mais c'est l'ami d'Edwin. La proximité entre le maigre et le gros est manifeste. Lorsqu'ils se croisent sur la plage, ils se font un check et se chambrent. Souvent, Edwin revient de sa pause un sac en papier gras à la main : le déjeuner de Gégé.

Lorsqu'un client interroge Clive sur leur amitié, celui-ci répond simplement : « On est meilleurs potes. »

« Moi et Gégé ? » fait Edwin, lorsqu'on lui pose la même question. « On se connaît depuis toujours. On était en primaire ensemble. Qui c'est qui l'a surnommé Gégé à votre avis ? Je vous dirais bien pourquoi, mais il me tuerait. »

Au coucher du soleil, alors qu'il court sur la plage, l'homme au short de bain à motif dauphins voit Edwin qui a du mal à déplacer un tas de transats empilés. Clive se précipite et, sans un mot, lui prend son fardeau. L'homme sent quelque chose céder en lui. Il aime sa femme, certes, mais il avait oublié jusqu'à cet instant – peut-être s'était-il obligé à le faire – la douceur de l'amitié.

Les sœurs font beaucoup de choses ensemble. Elles ramassent des coquillages. Elles se passent des messages sous l'eau : « La mayonnaise, c'est dégueu », « Foldingo, c'est le plus beau chien du monde. » Dans l'océan, Alison prend Claire dans ses bras, et Claire enlace le cou de sa grande sœur.

« Notre navire a coulé ! Maman et papa et tout le monde est mort ! s'exclame Claire. On est au milieu de l'océan.

— Tu vois cette île là-bas ? fait Alison, désignant Faraway Cay. Faut qu'on y aille à la nage. C'est notre seule chance. Ça va aller ? »

Claire acquiesce, grave et courageuse.

Elles construisent des châteaux, Claire se soumettant volontiers à la vision et aux injonctions de sa sœur. Elle va chercher de l'eau dans son seau ; elle ramasse des brindilles et des petits cailloux tandis qu'Alison sculpte des ponts, des arches, des escaliers en colimaçon qui s'élèvent vers le ciel.

Edwin s'approche et évalue leur travail. « Regardez, votre pont, là, il s'effondre. C'est peut-être pas une si bonne idée finalement de faire un château en *solo*. » Il sourit.

« C'est une ruine, riposte Alison. On construit un vieux château. »

Une ruine, répète Claire intérieurement tandis qu'elle part chercher de l'eau. *Une ruine. Une ruine.*

Une célébrité est arrivée à l'Indigo Bay. C'est un acteur, un homme d'une soixantaine d'années connu pour ses personnages décalés, des faire-valoir principalement, souvent misanthropes. Il est venu avec une petite amie docile : une jeune femme aux cheveux noirs et aux pieds en canard.

La nouvelle de leur présence se répand vite parmi les clients, qui s'emploient à faire comme s'ils ne le reconnaissaient pas. Au bord de la piscine, les transats à côté de l'acteur et sa petite amie restent vides. Lorsque les jeunes mariés (la femme ayant désormais récupéré de ses langoustines pas fraîches) se retrouvent par hasard avec l'acteur dans le Jacuzzi, l'homme va jusqu'à lui demander ce qu'il fait dans la vie.

Si l'acteur est dans les parages, les clients rient plus fort. Les hommes se tiennent plus droits, touchent plus souvent leurs femmes. Celles-ci se déhanchent. (Même si intérieurement et avec une certaine complaisance elles se disent que jamais elles ne coucheraient avec lui. Il était beau avant, mais il s'est laissé aller ; il est devenu flasque, il boit trop. Elles entendent dire depuis des années qu'il écume les centres de désintoxication du désert californien.)

Il a beau être une personnalité publique depuis plus de trente ans, l'acteur n'arrive pas à s'habituer à la façon dont les gens réagissent à sa présence. Il le sent dans l'air : une sollicitude quelque peu stridente. Pendant que sa petite amie se fait masser, il s'assied au bar de la piscine et se commande une vodka rondelle. Le couple installé sur les tabourets jouxtant le sien se tait. Puis l'homme lance à la femme, trop fort, qu'il aimerait que les vagues soient plus grosses ici ; qu'il adorerait faire du surf. Et il se lance dans une vieille histoire. Hawaï, une grosse vague prise au bon moment, et qui l'a porté jusqu'à la plage. Il s'agit là pour l'homme d'un instant où il s'est senti puissant, l'acteur le comprend. Ce qui est incroyable, c'est le nombre de fois où l'acteur a eu l'occasion d'entendre ce genre d'histoires.

Mais cet homme ne peut pas savoir que l'acteur a une peur bleue de la mer. Ce voyage est l'idée de sa petite amie. (Mais d'où vient l'idée d'avoir choisi cette fille comme petite amie, nul ne le sait. Il a toujours eu le chic pour se créer des problèmes et s'y cramponner.) Si cela ne tenait qu'à lui, il passerait ses vacances à la maison, une semaine sans voir personne, c'est tout. En fin de compte, c'est des gens qu'il a besoin de se couper, pas du travail.

En arrivant ici, sa petite amie a ouvert les rideaux dans leur chambre et l'a exhorté à sortir sur le balcon. Au-delà du sable, l'océan s'étendait, camaïeu de bleus de plus en plus profonds. Le soleil miroitait sur l'eau, infiniment stroboscopique.

« Tu vois ? C'est pas si flippant, non ? » Elle lui a tapoté le bras comme on le ferait pour calmer un chien.

Puis, il s'est produit ce qui se produit toujours. Un mur de mer s'est dressé, toujours plus haut, à perte de vue. Il a ouvert la bouche et l'eau l'a englouti.

Chaque famille a son documentariste. Disons que c'est le père. Il s'accroupit sur la plage, position que ses genoux douloureux supportent difficilement désormais, et il photographie ses filles affairées à leur château de sable. Au dîner, il immortalise Alison aux prises avec une pince de homard. Il saisit Clairon en extase devant les volutes d'un coquillage. Cette tâche lui incombe car sa femme ne prend jamais de photos ; elle dit qu'elle va le faire mais elle oublie, ou elle a la flemme ; il ne sait pas trop. Quoi qu'il en soit, cela fonctionne. Il s'est trouvé une vocation et est devenu, comme il se plaît à le dire, un photographe amateur plutôt bon. Quel soulagement de s'apercevoir qu'à son âge il y a encore des centres d'intérêt à découvrir en soi : qui sait, peut-être est-il plus artiste qu'il ne le croyait ?

Les murs de leur maison sont recouverts de photographies de voyage. Le père et la mère ont fait un safari en Afrique l'année précédente pour célébrer leur vingtième anniversaire de mariage. Un cortège d'éléphants en contre-jour dans la lumière du soleil couchant. Une nuée d'oiseaux telle une étole de soie déployée dans le ciel. Des enfants indigènes, visage tendu vers l'objectif. Leur guide, Buyu, donnant des coups de pied dans les braises de leur feu de camp avec ses bottes en caoutchouc noir.

Mais quelle déception de voir, sur les murs de leurs amis, *leur* faune dans le soleil couchant, *leur* groupe d'enfants fascinés, *leur* petit guide en bottes en caoutchouc noir. (On dirait que partout dans le monde, en Tanzanie, au Vietnam, au Pérou, des hommes petits, secs, avec des bottes en caoutchouc noir, guident les touristes à travers la savane, la jungle ou les montagnes.) Il avait connu ces moments fugaces où la beauté vous éblouit ; et de voir se multiplier ces instants sacrés qui lui appartiennent… le père sait qu'il ne devrait pas y accorder autant d'importance.

Heureusement, cette fois, ils sont tout simplement en vacances à la plage. Pas d'espèces en voie de disparition ni de vestiges à immortaliser. Clairon qui joue. Sa femme, pudique et charmante dans les dernières lueurs du jour. Après plusieurs jours d'indifférence, voire de refus, il persuade Alison de se laisser photographier. Elle défait sa queue-de-cheval et ses cheveux tombent sur ses épaules ; elle s'appuie contre un palmier et fixe l'objectif, l'air songeur, lèvres entrouvertes. Il est si touché de la voir poser ainsi qu'il écarte l'appareil et l'observe simplement.

Au loin, il aperçoit le gros et le maigre qui marchent sur la plage. Le maigre lorgne sa fille. S'il est honnête, si tous les pères de filles adolescentes ici présents sont honnêtes, ils n'apprécient guère la manière dont cet homme regarde leurs filles. Il est tellement décomplexé. Il y a quelque chose de désinvolte dans ce regard, comme si la fille du père, tout attirante qu'elle soit, n'était en rien remarquable.

Si les pères s'inquiètent, c'est en partie à cause de la couleur de peau de cet homme, ils se l'avouent volontiers. Mais sont-ils *vraiment* inquiets ? Ils entrevoient plutôt une possible inquiétude. Ce n'est rien. Les gens ici sont tout bonnement très amicaux. C'est dans leur culture de se montrer chaleureux et ouvert. Lorsque la gentillesse d'autrui commence à devenir un problème, il est clair que l'on manque de repos.

Un après-midi, le blond du match de volley s'approche des transats de la famille sur la plage. La mère observe Alison lui faire signe, geste qu'elle exécute avec une nonchalance savoureuse.

« Qu'est-ce qui t'est arrivé à la jambe ? » s'enquiert-il, debout près du transat d'Alison.

La mère remarque alors le mollet écorché de sa fille.

« J'ai trébuché », répond Alison avant de hausser les épaules.

La mère a envie de dire à sa fille d'aller à la réception demander du désinfectant et un pansement ; elle a envie de s'en charger elle-même et de soigner sa plaie, mais elle ne dit mot.

« Je vais taper quelques balles de golf dans le lagon. Je me disais que tu voudrais peut-être venir », dit le garçon.

La mère l'observe. Ses cheveux sont longs et hirsutes ; sa peau dorée tel un gâteau à la vanille cuit à point. Il porte, bas, un short de bain. Sur sa poitrine, elle remarque quelques poils blond vénitien.

« Ouais, fait Alison. Pourquoi pas ? »

Elle se lève. Elle s'éloigne avec le garçon, l'air distant. Elle est parfaite. Cet âge, cet instant. On devine la femme dans la silhouette embrasée de sa fille.

Au quatrième jour de leur séjour à l'Indigo Bay, la mère et le père somnolent tranquillement sur la plage. Ils piquent même parfois du nez, leur livre encore ouvert dans les mains. Plus le temps passe, plus ils glissent dans le sommeil avec une facilité déconcertante. Autour d'eux, d'autres clients se laissent aussi aller. Dans leurs vies de tous les jours, ils ont de grosses décisions à prendre, pour quarante millions de dollars, la vie d'un patient, les emplois d'un millier d'ouvriers dans le Midwest. Dans un moment de vulnérabilité au bar, la femme de l'homme au short de bain à motif dauphins avouera que parfois, en quittant son bureau le soir, le simple fait d'avoir à choisir quoi manger suffit à l'achever. À l'Indigo Bay, ils s'abandonnent à un monde où les choix sont sans conséquence. Plage ou piscine ? Bière ou Margarita ? Ils se soumettent avec gratitude au rythme vivifiant de leurs journées. Ils commencent à rêver de changer d'existence, une fois rentrés chez eux. Ils pourraient arrêter de travailler, acheter une petite maison par ici, tourner définitivement la page. Ils pourraient passer tout leur temps sur la plage sans jamais s'en lasser. Ils pourraient rester ici à jamais.

« Fais attention à eux pendant que je ne suis pas là », souffle Alison à Claire, désignant de la tête leurs parents assoupis. Claire regarde sa sœur s'éloigner sur la plage jusqu'à ce qu'elle disparaisse, puis elle se tourne vers le seau de coquillages qu'elle a ramassés avec Alison. Elle les étale sur le sable et les range par tailles. Après quoi, elle les classe par formes, couleurs, préférence. Elle descend vers le rivage et trace le nom de sa sœur dans le sable. Contemple une vague qui vient effacer ses lettres. Elle retourne ensuite à ses coquillages. Elle serre son préféré dans son poing et ferme les yeux.

La mère ouvre les siens et bâille.

« Où est ta sœur ?

— Aux toilettes peut-être ? » réplique Claire, même si cela fait longtemps désormais que sa sœur est partie. Lorsque Alison réapparaît enfin, sa mère lui demande où elle était.

« Je suis allée me balader. C'est vraiment beau là-bas, au bout de la plage. » Elle désigne une barrière de rochers noirs qui délimite le domaine de l'Indigo Bay. « Hé, Clairon, je pars à la chasse au trésor et j'apporte un citron vert. »

Sa grande sœur a menti. Lorsqu'elle a dit *citron vert,* son haleine sentait la fumée. C'est au tour de Claire, mais rien ne lui vient à l'esprit.

« À tout à l'heure », dit Alison le lendemain après la plage, alors qu'elles sont toutes les deux à attendre l'heure du dîner. Claire dessine sur la table basse. Après le départ de sa sœur, elle compte jusqu'à dix et se lève pour la suivre.

Elle reste à distance. Sa sœur retourne sur la plage. Au bord de l'eau, ses orteils effleurent les vaguelettes. Claire fait de grands pas. Elle s'applique à mettre ses pieds dans les empreintes de sa sœur. Alison ne va pas à la piscine, ni au bar. Elle passe devant la paillote des activités nautiques, les kayaks et les dériveurs sont soigneusement alignés sur le sable. Elle pousse jusqu'au bout de la plage, puis continue sur un sentier avant de disparaître entre les raisiniers.

Lorsque Claire atteint le sentier, elle hésite. La nuit tombe. Et si leurs parents ouvrent la porte qui communique entre leurs chambres et découvrent qu'elles sont parties ? Elle inspire profondément et s'engage sur le sentier. Au bout de quelques instants, le sentier s'interrompt brusquement pour laisser place à un parking encombré de vieilles voitures protégées par des pare-soleil argentés.

Elle entend un rire, masculin, et se dirige vers le son. L'asphalte lui brûle les pieds, mais elle demeure silencieuse. Là, à côté d'une voiture aubergine, sa sœur est debout entre le gros et le maigre. Ce dernier plonge la main dans sa poche. Il en sort une petite boîte et, de cette boîte, une cigarette. Sa sœur se penche vers lui et il la lui glisse entre les lèvres.

Maris et femmes ont perdu toute notion de temps. Est-ce mardi ou mercredi ? En fait peut-être seulement lundi. Ils sont sur l'île depuis quatre jours, non... cinq ; ou six ? Les moments, les heures, les matins se succèdent et se perdent. Les minutes se propagent dans l'air tel un parfum. Seule la beauté trahit le passage du temps : la mer se muant en fluide argenté en fin de journée, le coucher de soleil tirant sur le bleu lavande juste avant l'arrivée de l'obscurité, les étoiles étincelantes.

Soir. Au bar de l'hôtel, des couples boivent des cocktails élaborés au rythme du reggae qui sort des haut-parleurs. Une vieille veuve prend son bain nocturne dans la piscine. (Elle ne nage pas dans la journée. La piscine est trop animée et bruyante avec tous ces gens qui s'éclaboussent et rient aux éclats.) Un vigile aux cheveux blancs ôte d'une plate-bande de pourpiers un sachet de chips vide et le dépose dans une poubelle.

Dans leur chambre, les sœurs sont allongées sur le lit de Claire. Alison tresse mollement les cheveux de sa petite sœur, les démêle du bout des doigts, puis recommence.

« Je pars à la chasse au trésor et j'apporte une perle, souffle Alison.

— Je pars à la chasse au trésor et j'apporte une perle et une pizza.

— Je pars à la chasse au trésor et j'apporte une perle, une pizza et les étoiles.

— Tu ne peux pas apporter les étoiles.

— Pourquoi pas ?

— Tu ne peux pas les porter.

— J'apporte ce que je veux. »

Jour de pluie. Les clients zappent devant la télévision. Ils s'installent sur leur balcon et observent la pluie. Ils commandent à manger dans leur chambre. Ils somnolent et font l'amour, font l'amour et somnolent. Pour certains, la pluie est un outrage personnel, un impôt sur leur bonheur. D'autres sont secrètement reconnaissants. La pluie leur évite d'avoir à jouer les épanouis toute la journée ; ils se terrent dans leur chambre, singulièrement soulagés.

Dans l'après-midi, Alison trouve un dessin animé pour Clairon à la télé.

« Je vais faire un tour à la boutique. Je reviens tout de suite », déclare-t-elle sans demander à sa sœur si elle aimerait l'accompagner.

Même si elle n'aime pas les dessins animés, Claire regarde docilement l'écran. L'émission s'achève et Alison n'est toujours pas revenue. Claire sort sur le balcon. La pluie tombe en rideaux argentés. Les palmiers s'agitent dans le vent. La fillette scrute l'océan. Quelqu'un nage, là-bas – elle voit une tête qui apparaît par intermittence dans les vagues ; elle apparaît, disparaît, réapparaît. La personne s'immobilise au large, le visage tourné vers l'îlot enveloppé de brume, comme dans un conte de fées. Claire tressaille. La brume est décevante ; on ne peut jamais *vraiment* y entrer. Dès qu'on veut la toucher, elle s'évanouit. La petite île telle qu'elle apparaît maintenant est donc inaccessible.

La personne se remet à nager. Elle contourne la digue de rochers noirs au bout de la plage et disparaît pour de bon.

« Je t'ai acheté un truc », lance Alison en entrant plus tard dans la chambre.

Elle sort un collier de coquillages d'un sac. Claire incline la tête et sa sœur le lui passe autour du cou, deux fois.

« Ça te va bien », dit-elle.

Elle a les cheveux mouillés.

Cette nuit-là, un bruit de clé dans la serrure tire Claire du sommeil. La porte de leur chambre s'ouvre et sa sœur traverse la pièce sur la pointe des pieds. Elle se glisse dans son lit. Au petit matin, Claire se réveille ; le lit de sa sœur est vide. Elle est sur le balcon et fixe quelque chose au loin. On dirait que sa sœur ne dort presque pas.

L'acteur n'arrive pas à se détendre. L'océan est trop proche. Sa petite amie le teste. Elle batifole, elle plonge dans les vagues. Chaque fois qu'elle disparaît, la peur l'étreint. Elle le sait et s'en délecte. Le plaisir qu'elle tire de son angoisse lui donne envie de lui tordre le cou.

Elle insiste pour qu'ils aillent en bateau à Faraway Cay. Le concierge de l'hôtel le leur a déconseillé, à cause des chèvres, et a suggéré plutôt Tamarind Island, mais elle a décrété que Faraway Cay sortait des sentiers battus et l'attirait par conséquent plus. D'après elle, la plage y est encore plus belle qu'à l'Indigo Bay. (La plage ici n'est-elle pas assez belle ? Jusqu'où peut-on surenchérir en matière de beauté ?) Il y a une cascade sur Faraway Cay. Il faut qu'ils la voient. Il faut qu'il surmonte une bonne fois pour toutes cette peur stupide. Elle va l'aider. (Tant mieux pour elle.)

La nuit, il rêve qu'il se noie. Un Jacuzzi l'engloutit. L'océan le submerge. Mort, sous l'eau, il sent son corps se gonfler et se raidir. Il entend crier les mouettes.

Pour le réveillon, l'Indigo Bay organise un barbecue sur la plage. Il y a un groupe de calypso – trois hommes avec chapeau feutre beige et chemise à fleurs, le son entraînant du steelpan. Des flambeaux. Un buffet de spécialités locales – langoustes grillées, fricassée de lambis, purée de taro ; nuggets de poulet et spaghettis pour les enfants. Les adultes boivent des piñas coladas. Ils se régalent avec les langoustes, sucent les pattes, lèchent le jus salé sur leurs doigts. Dans la lueur des torches, les petits titubent, ivres de bonheur devant les musiciens.

Les musiciens entonnent *Day-O,* et Alison chante avec eux.

« Allez, Clairon. Tu connais les paroles », l'encourage-t-elle.

Claire hésite d'abord, chuchote à peine, mais ne tarde pas à chanter plus fort.

Six foot, seven foot, eight foot bunch.

La mère et le père sourient. Leur petite Clairon si timide donne de la voix. Alison semble enfin se détendre. La mère et le père se joignent à elles. Durant quelques minutes, ils chantent en famille.

Daylight come and me wan' go home.

Un père comprend tout de suite : voilà un souvenir.

Tandis que la nuit se poursuit, les gens se débarrassent de leurs sandales. Les maris se rapprochent de leurs femmes. Ils dansent, boivent, festoient sous un ciel constellé d'étoiles. Pendant tout ce temps, ils ne s'en rendent pas compte, mais des mouches de sable dévorent leur peau. Le lendemain matin, au petit déjeuner, tout le monde se gratte furieusement les jambes.

« Je n'ai rien senti.

— C'est sournois, ces petites bêtes. »

Les jambes et les pieds de Claire sont couverts de piqûres. Une mouche l'a même piquée à la paupière, et elle parvient à peine à ouvrir son œil. La mère achète un antihistaminique à la boutique de l'hôtel et Claire passe la journée à se gratter, à moitié dans les vapes.

Alison prend la main de sa sœur : « Arrête. » Elle presse sa paume sur la peau de sa petite sœur. L'espace d'un instant, Claire est soulagée. « Ma pauvre chérie. Tu es trop mignonne. »

Durant les derniers jours de vacances, les adultes commencent à évoquer leur retour.

« Quand on sera rentrés, rappelle-moi d'aller faire réviser la voiture.

— On téléphonera aux Vitale pour les inviter à dîner.

— Il faut impérativement inscrire les garçons au base-ball. »

Les parents des sœurs n'échappent pas à la règle. Deux jours avant leur départ, allongée sur la plage, la mère se souvient des livres qu'elle a empruntés à la bibliothèque, qui sont restés sur sa table de chevet, qu'elle n'a pas encore lus, et dont la date de retour est désormais dépassée. En rentrant, elle les rapportera pour en prendre d'autres, qu'elle lira cette fois. Cette semaine de vacances lui a rappelé à quel point elle adore lire. Lorsqu'ils rentreront, proclame le père, il se remettra au sport le matin avant d'aller travailler, vraiment. Ils sont pleins d'entrain. Excités même à l'idée de quitter cette île et de rentrer à la maison, où ils pourront mettre en œuvre leurs projets, profiter de cette énergie. Les vacances sont réussies : ils ont hâte de retourner chez eux.

Quelques jours plus tôt, ils se voyaient arrêter de travailler, vendre leur maison et tout laisser derrière eux pour venir vivre ici. Certains ont même passé un après-midi avec un agent immobilier du coin. Ils savent maintenant qu'ils caressaient un rêve qui, à l'instar de la plupart des rêves, ne correspondait pas vraiment à ce qu'ils désiraient. Ils s'ennuieraient ici. L'intensité des couleurs finirait par leur irriter les yeux, le bruit des vagues par les agacer.

Tous les jours, des clients partent. À bord de la navette de l'hôtel, ils font le chemin inverse. Reprennent l'allée centrale, puis filent sur la route défoncée, passant devant maisons en béton, poules, chèvres, cours poussiéreuses, fils à linge encombrés de vêtements claquant dans le vent. À l'aéroport international Sir Randall Corwin, ils retraversent le tarmac, grimpent les marches et embarquent dans leur avion qui s'élance sur la piste et s'envole dans les airs. Ils atterrissent à Boston, à New York, à Chicago et, sous une neige fine, dans la pénombre, ils rentrent chez eux en voiture.

Inévitablement, ils oublient des choses – dans leurs chambres, au bord de la piscine, dans le sable. Le personnel de l'hôtel dépose ces objets perdus au secrétariat, mais il est rare que quiconque les réclame. Une fois par mois, Gwendolyn, du spa, apporte tout à l'église baptiste de Bendy Harbour. Un collier en or avec un pendentif en améthyste. Une veste en jean. Un châle rouge. Une ribambelle de paires de lunettes de soleil. Un appareil photo (avec une pellicule à l'intérieur qui ne sera jamais développée). Un thriller juridique. Une montre à cadran vert.

La veille de leur retour, Alison, Clairon et leur père vont voir la femme qui tresse les cheveux sur la plage, sous un parasol bleu décoloré. Le père tend à la femme soixante dollars, prend en photo ses deux filles (la femme levant brièvement les yeux vers l'objectif – d'un air morose, songe le père – tout en coiffant Claire), puis regagne son transat.

Pendant que la femme tresse les cheveux de Claire, les sœurs passent en revue les perles dans un panier et choisissent les violettes et les blanches.

« Je reviens dans pas longtemps », déclare Alison. Elle embrasse le front de sa sœur et s'éloigne.

Le tressage dure près de deux heures. La femme n'essaie pas de faire parler Claire, ce qui est un soulagement pour la fillette. Elle aime être assise là, écouter le silence, sentir les mains de la femme s'affairant promptement mais en douceur dans ses cheveux. Le soleil tape, elle meurt d'envie de se gratter les jambes mais demeure immobile, réconfortée à l'idée du jour où elle retournera à l'école avec ces tresses. Les perles tinteront pendant qu'elle marchera et pour une fois elle fera envie aux autres filles.

Lorsque la femme a fini, elle tend à Claire un miroir en plastique. C'est encore mieux que ce qu'elle espérait.

La femme la regarde. « Eh ben, t'es sacrément patiente, toi. »

Cette nuit-là, Claire a du mal à dormir. Elle a beau se gratter, ça continue de la démanger. Elle ne cesse de s'assoupir et de se réveiller. Au petit jour, ses jambes sont maculées de sang séché. Il y en a aussi sur les draps blancs amidonnés, des points d'un rouge si parfait qu'elle en a le vertige. Elle balaie la pièce du regard. Alison n'est pas là.

Que font un père et une mère lorsqu'une de leurs filles les réveille en leur annonçant que l'autre a disparu ? D'emblée, ils se disent de ne pas paniquer. Leur grande doit tout simplement être partie se promener. Le domaine de l'hôtel est vaste et il y a beaucoup d'endroits où elle pourrait se trouver. Elle est peut-être allée courir, ou taper la balle contre un mur aux courts de tennis. La petite tache rouge au large, c'est peut-être elle qui fait du kayak – elle a peut-être décidé de faire une ultime sortie en mer avant leur départ. Elle a peut-être trop bu hier soir au bar de l'hôtel et à l'heure qu'il est, elle dort dans la chambre d'une autre fille de son âge. (Les parents ne sont pas naïfs ; ils savent que, pour son dernier soir de vacances dans les Caraïbes, une adolescente est tout à fait capable d'abuser du daiquiri une fois ses parents partis se coucher.) Elle ne va pas tarder à les rejoindre sur la plage, avec la gueule de bois, et alors là, le savon qu'elle va se prendre ! Ils seront trop contents de se fâcher contre une fille saine et sauve et qui ne manquera pas de se montrer méprisante et arrogante lorsqu'ils lui diront à quel point ils se sont inquiétés pour elle.

Mais elle n'est nulle part. Lorsque la matinée touche à sa fin, la mère et le père, initialement convaincus que leur fille reviendrait d'un moment à l'autre, sont désormais terrifiés. Ils ne pensent plus qu'à Alison. Petit déjeuner, déjeuner… Claire est affamée, mais ne dit rien.

La nouvelle se répand vite dans l'hôtel.

« Vous êtes au courant ? La jolie fille aux cheveux auburn a disparu.

— Celle avec la cicatrice ?

— Il paraît qu'ils ne l'ont plus vue depuis hier soir. »

La police est appelée. Le commissaire interroge la mère et le père, et ils lui racontent dans le détail leur séjour. Tandis que les clients se prélassent au soleil au bord de la piscine et s'affairent jusqu'à épuisement à faire du cardio au centre de fitness, la Royal Police Force de Saint-X ratisse le domaine. Et l'heure du vol retour de la famille passe.

Le soir suivant la disparition d'Alison, le coucher de soleil est plus beau que jamais, un pêle-mêle flamboyant de rouge et de violet qui, à mesure que l'astre s'engouffre dans la mer, s'intensifie pour finir par ressembler à une ecchymose. Sur le balcon, une mère observe le spectacle, puis s'effondre à quatre pattes sur le carrelage en terre cuite, secouée de haut-le-cœur. Un père s'approche, l'enlace. Tout peut encore bien se terminer, lui dit-il. Elle répète ses mots. Tout peut encore bien se terminer. En entendant ses propres paroles dans la bouche de sa femme, un père craque. Ils restent sur le balcon blottis l'un contre l'autre. L'impression d'être loin des événements de la journée submerge la mère et elle se demande, avec détachement, si elle est en train de devenir – ou l'est-elle déjà ? – ce que toute mère redoute d'être. Un souvenir obsède inexplicablement le père : Alison, un an, chauve comme un œuf, lui étalant des framboises sur la joue.

Claire, que l'on a installée devant la télévision, les observe sagement. Plus tard dans la soirée, ils la glissent entre eux dans leur lit. Au beau milieu de la nuit, elle s'éveille : une main est posée sur son dos. L'espace d'une seconde, elle se dit que c'est Alison. Puis elle se rappelle. C'est son père, qui vérifie qu'elle respire. Les yeux grands ouverts dans le noir, Claire ne bouge pas.

Le lendemain, le commissaire demande à la mère et au père de revenir encore sur leur séjour. Ils sont arrivés dix jours plus tôt, répète le père, sur un vol de la TWA en provenance de New York. Alison a dormi tard le premier matin. Elle a bu un punch sans alcool.

« Il l'a collée toute la semaine », interrompt la mère. Elle tremble. « Le blond. Il venait toujours la chercher. » Une ribambelle d'éventualités horribles défile dans son esprit. Elle a bien aimé ce garçon ; il était charmant, prétentieux et timide à la fois, à tourner autour de sa fille. Et si elle s'était trompée ? Quelle idiote, de s'être crue une bonne mère, une mère sympa, en laissant sa fille le suivre. Comment a-t-elle pu oublier qu'en fin de compte une mère n'a qu'une mission ? Soudain, elle ne peut plus respirer. L'air chaud des tropiques l'étouffe. Le commissaire fait appeler le médecin de l'hôtel ; ce dernier examine la mère sans perdre une minute et lui prescrit un calmant. Un employé est envoyé à la pharmacie. Le médecin prend le père à part. « Je pense que vous devriez demander une baby-sitter pour s'occuper de la petite », déclare-t-il calmement, désignant Claire assise dans un fauteuil en osier, les yeux rivés sur sa mère. « Ça vous donnera un peu de recul.

— Vous croyez qu'on va lâcher notre fille, vous croyez qu'on va la laisser avec n'importe qui ?

— Oh, excusez-moi.

— Tout le monde ici pourrait être n'importe qui. *Vous y compris.*

— Je vous laisse, monsieur. »

Le couple dans la chambre jouxtant celle des parents demande, avec beaucoup de tact, au responsable de l'Indigo Bay s'ils peuvent être logés ailleurs.

« C'est tellement affreux, ce qui est arrivé. Le truc, c'est qu'on les entend, avoue le mari.

— Traverser... ce qu'ils traversent », ajoute la femme. Elle pose une main protectrice sur son ventre ; elle est enceinte de quatre mois ; ce voyage est leur ultime baroud d'honneur avant un changement de vie radical. De l'autre main, elle étreint celle de son mari, un geste comme pour dire : *ça pourrait nous arriver aussi.* Son mari fait de même, comme pour lui promettre que cela n'arrivera pas, qu'il ne faut pas voir dans ce qui se passe de mauvais présage ; tout ira bien. (Et il aura raison. Durant les décennies à venir, tandis que son fils grandira et que sa famille traversera ses propres petites difficultés, la femme songera souvent à ces vacances gâchées comme à une sombre bénédiction, car peu importeront les obstacles qu'elle et son enfant pourront rencontrer, cela ne sera rien comparé aux cris d'une mère anéantie qui continueront de la hanter.)

Le responsable de l'hôtel les surclasse dans une villa privée.

Les autres clients s'efforcent de modérer leur inquiétude et de profiter de leur séjour. Ils ne connaissent pas cette fille, après tout. Une certaine excitation plane aussi. Des bruits courent.

« Il paraît que la police interroge le blond.

— Vous êtes au courant : ils parlent au maigre et au gros.

— Il paraît que la police les a arrêtés le soir de la disparition de la fille. Ils ont passé la nuit en prison à ce qu'on dit.

— C'est toujours aux jolies filles que ça arrive, pas vrai ? »

Les recherches mettent l'île sens dessus dessous. Des fonctionnaires des services publics sont mis en disponibilité pour participer aux battues. Une île voisine, plus grande, prête de petits avions pour survoler les eaux alentour. On fouille en vain le lagon dans lequel quelques jours plus tôt le blond envoyait des balles de golf sous les yeux d'Alison.

Grâce aux recherches, de vieux mystères s'éclaircissent. La carcasse d'un chien chéri, disparu durant une tempête l'année précédente, est découverte dans un fourré non loin d'un étang salé. Une alliance est retrouvée dans un parking poussiéreux derrière le Paradise Karaoke. Dans une grotte calcaire sur Carnival Cay, un douanier tombe sur un petit carnet noir dans lequel sont consignées les dettes d'un habitant de l'île qui s'est mystérieusement volatilisé un an plus tôt. Mais aucun signe d'Alison.

Lorsque, trois jours après la disparition de leur fille, le commissaire pénètre dans la chambre des parents pour faire le point, le père regarde autour de lui – le carrelage en marbre, l'orchidée écarlate dans le vase blanc, le lit à baldaquin. Ses yeux papillonnent, sans parvenir à se poser, comme si son environnement s'effondrait autour de lui. « Je ne comprends pas. Pourquoi est-ce qu'il vous faut autant de temps ? Où est-elle ?

— Je vous assure que nous mobilisons toutes nos ressources. Nos hommes travaillent quinze heures d'affilée. Nous sommes en contact avec le FBI. Trois autres îles nous ont envoyé des équipes de sauvetage supplémentaires et un navire de patrouille de la marine britannique participe aux recherches.

— Mais cette île est minuscule. » Le père plisse les yeux. « Pourquoi est-ce que vous ne la trouvez pas, bordel ? »

La petite amie de l'acteur le persuade enfin de visiter Faraway Cay. Tandis que leur embarcation fend les flots, il ferme les yeux et écoute sa petite amie qui bavarde avec les deux hommes d'équipage. (« J'*adore* le reggae. L'esprit rasta et tout, vous voyez ? J'ai toujours trouvé ça tellement intéressant. » « Je viens de Los Angeles. Mais lui, elle le désigne d'un geste, il le sait, il a grandi dans une toute petite ville du Kentucky. » Il savait qu'elle allait dire ça ; elle évoque le Kentucky dès qu'elle peut. Cela le blesse. Il n'a pas eu une enfance heureuse. S'il lui demandait de cesser d'en parler, elle le ferait, mais sans comprendre pourquoi, donc il s'abstient.) Chaque fois que le bateau atteint le sommet d'une vague, le temps se fige et il se sent piégé.

L'îlot n'est situé qu'à quelques centaines de mètres de la côte, mais les cinq minutes de trajet lui semblent une éternité. Ils finissent par jeter l'ancre ; il lui faut descendre l'échelle métallique fixée sur le flanc du hors-bord et avancer dans l'eau. Il s'applique à tourner le dos au large, les yeux rivés vers le sable. Elle a raison : l'endroit est somptueux. Les petites falaises couvertes de végétation sont d'un vert si intense qu'elles semblent vibrer. Le croissant de plage est si scintillant qu'il doit mettre sa main en visière. Les palmiers semblent les inviter à s'approcher.

Tandis que les hommes installent leur pique-nique sur la plage, l'acteur et sa petite amie s'engagent sur un sentier menant à la cascade. Lorsque enfin l'océan disparaît de sa vue, l'acteur commence à se sentir mieux. Au début, ils grimpent une pente raide à travers une végétation humide et verdoyante ; les oiseaux sont si nombreux à chanter qu'il est impossible de reconnaître la moindre espèce. Autour d'eux, fougères et vignes pullulent, et d'imposantes racines saillantes soutiennent des arbres dont les frondaisons forment une canopée imposante. (Des fromagers vieux de plusieurs siècles.) Après avoir parcouru environ huit cents mètres, ils débouchent soudain sur un plateau aride : broussaille argentée, cactus, poussière. La transition est si brutale que c'est comme sortir d'un rêve pour replonger dans un autre. Quelques arbustes nus et rabougris surgissent de la terre craquelée. Des lézards détalent ici et là. Un petit papillon blanc flotte au-dessus du sol chaud.

Non loin du sentier, quelques chèvres broutent des broussailles.

« Beurk ! décrète l'acteur.

— Je les trouve mignonnes.

— C'est *toi* qui es mignonne. »

Il ne sait pas pourquoi il répond ça. Parce qu'il le pense, ou parce qu'il ne le pense pas mais aimerait le penser ? Ou tout bonnement pour lui faire plaisir ?

Le sentier repart en pente et la végétation redevient dense et moite. L'acteur sent l'odeur de la terre, de la pierre humide. Il distingue le bruit d'une cascade. Ils ne sont pas loin.

Et au détour d'un virage, ça y est. L'eau qui ruisselle le long des parois rocheuses est à la fois scintillante et brumeuse. Le bassin dans lequel elle se déverse forme un rond parfait et transparent. Au bord, une mousse d'un vert tendre recouvre les rochers, et des fleurs blanches imprègnent l'air d'un léger parfum. Il a l'impression de voir quelque chose qu'il ne devrait pas voir. Certaines beautés trop intenses vous traumatisent peut-être à jamais.

« Tu aimes ? » lui demande sa petite amie. Une pointe de triomphe résonne dans sa voix et il a, comme souvent, l'envie brutale et subite de la baiser. Mais il se tourne vers elle et remarque qu'elle est sur le point de pleurer. Elle rit et s'essuie les yeux. « Je sais, je suis bête. »

Il est injuste envers elle. Elle ne veut que son bonheur. Est-ce donc si terrible ? Il l'enlace. C'est quoi son problème ? C'est très bien ici ! Il entraîne la jeune femme au bord de l'eau. Il lui tient la main afin qu'elle ne glisse pas sur les rochers mousseux et ils pénètrent dans l'eau. Il rend les armes. Ils nagent tous deux jusqu'au centre du bassin. L'eau est belle et translucide. Il éclabousse sa belle.

« Hé », s'exclame-t-elle en lui rendant la pareille.

Il la serre dans ses bras. « Tu m'appartiens. »

Elle crie, se débat, proteste avec délice. « Laisse-moi ! Laisse-moi !

— Jamais ! » Intérieurement, il se promet qu'à partir de maintenant il fera, donnera, dira tout ce qu'elle demande.

Ils nagent jusqu'à la cascade. Ils glissent leurs têtes sous le rideau d'eau qui leur martèle le cuir chevelu. Puis passent de l'autre côté. Ils s'embrassent. Elle tend les mains vers lui mais il secoue la tête.

« Allonge-toi », fait-il. Il soutient sa tête tandis qu'elle s'étend sur la roche mouillée. Lorsqu'elle jouit, ses cris se perdent dans le rugissement de l'eau.

Après quoi, ils se laissent flotter, détendus et épuisés, dans le bassin.

« Ils vont nous attendre, déclare-t-il enfin.

— Vraiment ? » fait-elle en faisant la moue.

Ils regagnent le bord.

Des années plus tard, la petite amie, qui entre-temps aura été la petite amie de plus d'un homme à Hollywood, publiera un récit (promettant en quatrième de couverture de révéler « dans le détail l'intimité de certains des premiers rôles préférés du cinéma américain »). Dans le chapitre sur l'acteur, elle évoquera sa terreur de l'eau et ses diverses addictions, dues selon elle à une enfance sans amour. Naturellement, il sera aussi question de cette journée : du trajet en bateau jusqu'à l'îlot à travers des eaux turquoise, des chants d'oiseaux et des chèvres, de la cascade et du moment où, juste avant de rejoindre la rive, la petite amie a vu un bras, bouffi et blême, surgir de l'eau comme pour leur faire signe.

« Pourquoi est-ce que le poulet traverse la route ?
— Pour que l'agent Roy se mette au boulot. »

On aime bien cette blague par ici, et ça ne me dérange pas. Sur cette île, la police n'a pas grand-chose à faire. M. Untel a abattu le pommier cannelle de Mme Unetelle. Une bagarre au Papa Mango's. Floyd Vanterpool conduit encore un taxi sans licence. Nous traitons aussi chaque année quelques affaires de violences conjugales.

J'aide essentiellement nos enfants à grandir en sécurité et à devenir des citoyens honnêtes. J'aime mon métier. Tous les ans, je fais le tour des écoles primaires de l'île pour parler de la sécurité à vélo. J'enfourche une petite bicyclette rose avec des franges au guidon, et ça plaît toujours beaucoup. Quand les gamins me voient, ils me crient : « Agent Roy ! Agent Roy ! » juste pour me dire bonjour.

Lorsque les jeunes font la noce sur Little Beach, il faut bien que j'intervienne, mais j'essaie de ne pas être trop sévère avec eux. J'essaie de me souvenir qu'à mon époque, moi aussi je traînais sur Little Beach. Pendant qu'ils ramassent leurs déchets, je fais des blagues. Si je vois un garçon et une fille émerger des fourrés, je leur lance : « Elle est trop bien pour toi, mon gars ! » Et si j'en vois un qui est petit pour son âge, je dis : « Qui l'a invité, celui-là ? Il devrait être à la crèche ! »

Si des jeunes se rassemblent devant chez Perry's, au Basin, je m'arrête à leur hauteur et je leur dis : « Ça s'appelle un attroupement, ça. Je vais devoir vous verbaliser. » Il faut voir comment les durs à cuire se liquéfient jusqu'à ce que je me mette à rigoler.

« Ah, m'sieur, nous faites pas ça ! » s'exclament-ils, sans vraiment m'en vouloir.

« Allez, agent Roy, rien qu'une fois ! » me supplient-ils lorsque je m'apprête à repartir. « *S'il vous plaît,* agent Roy ! » Alors j'allume mon gyrophare et ma sirène et je démarre sous leurs acclamations. J'ai créé un lien avec eux, si vous voulez. Je regarde ces gosses grandir, et je joue mon rôle.

Edwin et Gégé – je les chassais de la tour radio quand ils avaient encore la morve au nez. J'ai grandi avec le papa de Gégé, paix à son âme, quel brave homme. Je les arrêtais tout le temps, ces deux-là et leurs vandales de copains, pour conduite en état d'ivresse, et je les faisais dessoûler au poste. Pour moi, il ne s'agissait pas de les punir. Je ne les ai jamais verbalisés. Je les protégeais de leur propre stupidité de jeunes gens, comme j'aurais empêché un bébé de s'approcher trop près de l'eau. Ma femme et moi on n'a pas pu avoir d'enfants. Les enfants de l'île sont mes enfants.

J'ai arrêté Edwin et Gégé cent fois avant cette nuit-là. Voilà pourquoi j'ai su qu'il s'était passé quelque chose et qu'ils étaient impliqués. Parce que les

quatre-vingt-dix-neuf autres fois où je les ai arrêtés, ils blaguaient et bavardaient avec moi sur le chemin du commissariat. Mais la nuit où Alison Thomas est morte, ils n'ont pas dit un mot, ni l'un ni l'autre.

EMILY DE PASADENA

Le jour de mon entrée à la maternelle, mon père m'a prise en photo sur notre perron dans ma salopette violette et, avant que je ne grimpe à bord du bus jaune, ma mère m'a parlé de Cody Lundgren. Elle s'est accroupie, ses yeux à hauteur des miens, et m'a avertie qu'il y aurait dans ma classe un garçon différent des autres, et que je ne devrais pas en avoir peur, au contraire, qu'il fallait être particulièrement gentil avec lui. Dans ma logique d'enfant, j'ai pensé que c'était normal : lorsqu'on allait à la maternelle, on prenait le bus et on apprenait à lire (même si je savais déjà le faire, et j'en étais plutôt fière), on avait des récréations et des devoirs, et on se montrait particulièrement gentil avec le garçon qui était différent. J'étais une fillette timide et la perspective de la maternelle m'emplissait d'une joie teintée de réticence.

Dès que je suis entrée dans la classe ce matin-là et que je l'ai vu, j'ai compris que je ne pourrais pas faire ce que ma mère m'avait demandé. Cody Lundgren m'a terrifiée. Ses membres étaient secoués de spasmes. Sa bouche restait entrouverte. Il bavait et de minces filets de salive luisante tombaient sur son tee-shirt mouillé telle une toile d'araignée. Le pire, c'étaient les bruits qu'il faisait, des borborygmes glaireux ponctués de cris stridents. Chaque jour, tandis que nous apprenions les nombres et étudiions les papillons – larve, chrysalide, imago –, Cody restait à l'écart avec son accompagnant personnel, à faire ses bruits et à piquer parfois d'horribles colères.

Puis, un lundi de février, Cody Lundgren n'est pas venu à l'école. Notre institutrice, Mlle D'Elia, nous a rassemblés en cercle pour nous apprendre que Cody était mort pendant le week-end. Elle a voulu que chacun raconte le souvenir que lui laisserait Cody. Demander à des gamins de cinq ans d'inventer des souvenirs agréables de Cody me semblait déjà à l'époque un exercice particulièrement mal conçu. (Mlle D'Elia était nouvelle et j'avais plus d'une fois entendu ma mère au téléphone avec d'autres mamans affirmer à son sujet qu'elle « perdait pied », ce qui m'avait amenée à imaginer Mlle D'Elia avec un bonnet de bain jaune, en pleine démonstration de natation synchronisée, battant furieusement des pieds sous la surface de l'eau.) Tous mes camarades se sont souvenus de la même chose : des cupcakes que la mère de Cody avait apportés en classe pour son anniversaire. Ils n'étaient pas faits maison comme ceux que nos mères mettaient dans des Tupperware pour nos anniversaires ; ceux-là venaient de la boulangerie, ils étaient sophistiqués, avec des fleurs en sucre et des torsades de crème au beurre parfaitement dessinées. En vérité, ce souvenir n'avait rien à voir avec Cody ; il reflétait seulement l'amour que lui portait sa mère. Lorsque mon tour est arrivé, j'ai dit que je me rappelais à quel point Cody aimait chanter. Tous les matins, quand nous faisions de la musique, Cody braillait et geignait sur *Funga Alafia* ou *Erie Canal Song*, des sons terrifiants de plaisir manifeste. En vérité, je ne gardais pas un bon souvenir de ces moments, mais je comprenais que c'était le genre de choses auxquelles songeait Mlle D'Elia. Ensuite, elle nous a lu un album, une parabole dans laquelle une famille de souris pleurait un de ses membres, qu'un chat avait dévoré, et le tour était joué.

En réalité, j'ai été soulagée que Cody Lundgren soit mort. La mort signifiait qu'on ne revoyait plus jamais la personne, et j'étais contente de ne plus jamais voir Cody, ni entendre ses cris et ses borborygmes qui me rebutaient tant.

Quelques mois plus tard, ma mère et moi avons croisé par hasard la mère de Cody au supermarché. Mme Lundgren était grande, avec des cheveux noirs et soyeux, beaucoup plus jolie que toutes les autres mères que je connaissais, plus jolie que ce qu'une mère était censée être, d'après ce que j'avais alors compris.

« Comme tu as grandi ! » s'est-elle exclamée en me voyant. Son sourire semblait si dur et désespéré que j'ai saisi la main de ma mère comme un bébé. En sortant du magasin, j'avais la boule au ventre. Une émotion que je n'ai pas pu identifier sur l'instant me tourmentait, mais aujourd'hui je sais que c'était de la honte.

Voilà ce que je savais de la mort lorsque le corps de ma sœur a été retrouvé sur un îlot inhabité des Caraïbes, il y a plusieurs années. Avec le recul, les jours après la disparition de ma sœur et avant la découverte de son corps sont chargés de détails curieusement anodins. Par exemple, je me rappelle la faim qui me tenaillait le premier jour, alors que mes parents avaient oublié le petit déjeuner et le déjeuner ; je me rappelle m'être apitoyée sur mon sort comme n'importe quel enfant se sentant délaissé au profit d'un frère ou d'une sœur. Je me rappelle m'être cachée dans la salle de bains pour dévorer un Toblerone et des fruits secs chapardés dans le minibar. Je m'étais cachée pour voir combien de temps il faudrait à mes parents pour s'apercevoir qu'ils avaient oublié de me nourrir, et à quel point ils se désintéressaient de moi. Lorsqu'ils s'en sont finalement aperçus, je me souviens clairement de tout ce qu'on m'a servi les jours suivants dans la chambre pour m'apaiser ou me distraire (je ne saurais trop dire) : cheeseburgers, frites, sundaes, une minipizza au salami que j'ai adorée. Je vidais mon assiette à chaque repas ; si mes parents l'ont remarqué, ils ont certainement pensé que les événements ne m'avaient pas fait perdre l'appétit parce que j'étais trop jeune pour saisir la gravité de la situation, ce qui n'était pas tout à fait exact. J'étais terrifiée, mais Alison n'y était pour rien. Même si les gens autour de moi paniquaient, je ne m'inquiétais pas pour elle. Je n'avais tout bonnement pas compris que ce qui était arrivé à Cody Lundgren pouvait arriver à ma sœur. J'ai cru – je *savais* – qu'elle nous jouait un tour. Elle observait tout, sourire aux lèvres, depuis un discret perchoir : les élégants policiers avec leurs uniformes aux épaulettes à franges dorées, les membres du personnel de l'hôtel dans tous leurs états ; le spectacle qu'elle avait créé. Non, ce n'était pas la disparition d'Alison qui me terrifiait, mais la terreur de mes parents. Leur angoisse et leur désarroi secouaient les fondations d'un monde qui jusqu'alors m'avait paru absolument stable.

D'autres souvenirs de ces jours-là sont moins nets. Ils relèvent plus d'une sorte d'hallucination fiévreuse – flous, sans queue ni tête, un monde tourbillonnant devenant par instants d'une limpidité cristalline. Je me rappelle avoir dormi avec mes parents, la main de mon père posée sur mon dos guettant chacune de mes respirations. Je me rappelle ce qu'il a dit au médecin. *Vous croyez qu'on va lâcher notre fille.* Je me rappelle le commissaire interrogeant mes parents, et de ma mère, effarée et inquiète, lui parlant du blond qui s'était tant intéressé à ma sœur. Je me souviens de sa voix instable, tour à tour criarde et froide. Je ne comprends pas vraiment ce qu'elle dit, ni de quoi elle accuse le garçon qui jouait au volley. Je sais seulement que sous mes yeux ma mère est devenue une personne autre que celle que je l'avais crue capable d'être.

Pour faire court, j'ai pris à ce moment-là conscience de terribles vérités. J'ai compris que je ne serais plus jamais en sécurité, parce que je ne l'avais jamais été, pas une seule fois dans ma vie, ce que je n'avais pas saisi jusqu'alors, car j'avais toujours cru mes parents infaillibles.

Le commissaire m'a interrogée, moi aussi. Mon père m'a installée sur ses genoux et ma mère m'a expliqué qu'un des gentils messieurs qui cherchaient Alison voulait me parler. À ce moment-là, je me souviens d'avoir eu peur pour ma sœur. Je crois que j'ai compris que si la police demandait de l'aide à une enfant, c'est que quelque chose ne devait vraiment pas tourner rond. J'ai senti les fourmillements habituels au bout de mes doigts, et j'ai commencé à tracer les lettres dans le vide : A-L-I-S...

Ma mère a immobilisé ma main dans la sienne. « N'écris pas, Clairon. S'il te plaît. C'est important. »

J'avais ce tic depuis plusieurs mois déjà. Je ne sais pas vraiment comment ou pourquoi cela avait commencé. J'entendais un mot et j'avais soudain un besoin irrépressible de l'écrire dans le vide. Lorsque ma mère a libéré ma main, j'ai raidi mes doigts pour résister à l'envie ; le prénom de ma sœur vibrait dans mes os, cherchait désespérément à sortir. Alison. Alison. Alison.

Le commissaire m'a souri. J'ai eu un mouvement de recul. Je n'aimais pas quand des inconnus me souriaient. Il m'a demandé ce que je savais sur les activités de ma sœur depuis le début de notre séjour, si j'avais vu quoi que ce soit d'anormal.

Ce que je savais ? Ma sœur allait et venait, elle était là, et plus là. Je savais qu'elle ne passait jamais inaperçue. Je suis restée silencieuse et j'ai blotti mon visage contre la poitrine de mon père. Il a esquissé un sourire et m'a dit que je m'en étais très bien sortie, que j'avais été très courageuse, mais je ne l'ai pas cru. On m'a apporté une coupe de glace à la vanille avec une cerise confite. J'ai détesté le rouge vif dégoulinant sur la glace, mais j'ai mangé.

Le troisième matin après la disparition d'Alison, mon père a proclamé avec un enthousiasme peu convaincant qu'il m'emmenait nager. Mes parents m'avaient gardée enfermée dans la chambre durant tout ce temps et il avait décidé qu'il serait bon pour moi de me changer les idées. J'ai enfilé mon maillot de bain et mes sandales en plastique, et nous sommes sortis. À peine avions-nous posé le pied sur le sol en marbre au bord de la piscine que les autres clients se sont subitement tus. Je les ai observés en train de nous observer et la nausée m'a prise. J'ai eu très nettement l'impression qu'ils savaient sur nous quelque chose que nous ignorions, mais qui nous serait révélé s'ils continuaient de nous regarder.

« Tout va bien », a dit mon père, en m'incitant à avancer.

Nous ne sommes pas restés longtemps dans l'eau, vingt minutes au maximum. Mon père m'a prise dans ses bras et m'a lancée en l'air. Nous avons fait la course, des roulades et des équilibres sous l'eau – mon père est même allé jusqu'à faire une magnifique planche, pointes de pieds tendues. Nous nous efforcions de remonter le temps, je m'en rends compte à présent. Si seulement nous pouvions oublier ce que nous commencions à entrevoir, nous pourrions peut-être refaire de ces vacances de simples vacances. En sortant de l'eau, ma mère m'emmitouflerait dans une serviette blanche et moelleuse. *Regarde-moi cette crevette,* dirait ma sœur.

Quelques heures plus tard, on a frappé à la porte de la chambre de mes parents. Mon père a ouvert et j'ai aperçu le commissaire, immobile dans son uniforme avec épaulettes à franges. On m'a mise devant un dessin animé et mes parents l'ont rejoint dans le couloir. Après quoi, ils ont dû me répéter ce qu'il leur avait dit : Alison avait été retrouvée, elle était morte. Mais je ne m'en souviens pas. Je me souviens des épaulettes, qui semblaient tout droit sorties d'une belle histoire.

Ce que l'on sait sur la nuit de la disparition d'Alison : vers vingt heures, Harold Moses, un vieux vigile de l'hôtel, l'a vue quitter la piscine et se diriger vers le bar où elle a retrouvé le blond, ce qu'ont confirmé le jeune homme en question et trois autres témoins. Alison et le garçon sont ensuite allés fumer un joint sur le parking du personnel. À vingt heures quarante-cinq, le jeune homme a regagné le bar, sans Alison. Vers vingt-deux heures quinze, Alison est revenue sur le parking, où Edwin Hastie et Clive Richardson l'ont fait monter dans la voiture d'Edwin, une Vauxhall Astra 1980 aubergine, et ils ont traversé l'île pour se rendre au Basin. Ils ont passé deux heures Chez Paulette's, un bar local où ma sœur a été vue en compagnie des deux hommes, en train de fumer de l'herbe, de boire du rhum et de danser. Plusieurs clients de Chez Paulette's confirment qu'elle est partie avec les hommes vers minuit quarante-cinq.

À une heure et demie, Roy Cannadine, un agent de police, a arrêté la Vauxhall Astra sur Mayfair Road pour conduite dangereuse. Seuls Clive et Edwin se trouvaient à l'intérieur. L'agent Cannadine a fait ce qu'il fait toujours avec les jeunes gens qu'il surprend fréquemment sur les routes de l'île tard la nuit en état d'ébriété. Il les a emmenés dans la prison bleu ciel pour dessoûler. Le lendemain matin, ils ont été libérés ; on leur a remis leur clé de voiture et ils sont repartis à pied chercher leur véhicule resté à trois kilomètres de là sur le bas-côté de Mayfair Road. Ils sont arrivés à l'heure sur leur lieu de travail.

Est-ce que vous voyez la scène ? Un bar, avec en guise d'enseigne CHEZ PAULETTE'S peint en blanc sur du bois flotté. On y danse, on y boit dans un nuage de fumée de tabac et d'herbe, et au beau milieu, une fille aux cheveux auburn. Elle danse avec les hommes. Elle boit les verres qu'ils lui tendent.

Lorsqu'ils partent, ils lui disent qu'ils vont l'emmener dans un endroit incroyable.

« C'est une surprise, ajoutent-ils.

— Tu vas adorer. »

Ivre, et ayant fumé de l'herbe, mais plus que tout naïve, elle décide d'ignorer son instinct (estomac noué) et elle les suit. Ils roulent jusqu'à la limite du domaine de l'Indigo Bay, au bout de la plage derrière les rochers noirs, où attend un bateau. Ils embarquent et rejoignent Faraway Cay. Elle saute dans l'eau et sourit : la mer est belle, bonne et lui arrive aux genoux, et avec ses cuisses dénudées et l'ourlet mouillé de sa jupe qui lèche les vaguelettes sous le ciel étoilé, elle est belle, elle le sait. Il y a une cascade, lui révèlent-ils, au centre de l'îlot, et ils se mettent en marche. Elle pense encore qu'ils passent du bon temps ensemble.

« On n'est plus très loin.

— Continue de marcher. »

Leurs voix, aux intonations encore amicales, sont néanmoins empreintes d'une certaine froideur. Non, se dit-elle. Elle se fait des idées. Tout va si vite que lorsqu'elle comprend ce qui se passe, il est trop tard pour réfléchir à ce qu'elle pourrait faire. (De toute façon, que pourrait-elle faire, perdue au milieu de nulle part ?)

Ils l'attirent dans les broussailles. Elle se débat, mais l'un d'eux la gifle. Après quoi, elle n'ose plus se débattre. À quoi bon ? Ils ont obtenu ce qu'ils voulaient depuis la première fois qu'ils l'ont vue sur la plage à l'Indigo Bay, avec la tunique blanche dans laquelle elle se sentait si attirante. Ils défont son dos nu, remontent sa jupe en jean et lui arrachent sa culotte. C'était peut-être leur plan depuis le début. Ou peut-être ont-ils perdu le contrôle de la soirée ? Pendant qu'ils se ruent sur elle, qu'ils écrasent son corps contre les racines d'un mancenillier, sur le sol jonché de petites pommes acides et pourries, peut-être n'éprouvent-ils aucun plaisir ? Peut-être sont-ils terrorisés, car, ils s'en rendent compte, après cela ils seront obligés de la tuer. Lorsque tout est fini, ils balancent son corps nu dans la cascade. Et au retour, ils jettent à la mer ses vêtements qui jamais ne seront retrouvés.

Ou peut-être était-ce un accident malheureux ? Ils font la bringue à Rocky Shoal, et elle tombe, se cogne la tête contre une des roches volcaniques qui donnent son nom à la plage. Ou elle trébuche dans la mer et ils comprennent trop tard qu'elle n'est pas en état de nager. Ils paniquent. Ils font la première chose qui leur vient à l'esprit : ils transportent son corps sans vie jusqu'à la voiture, puis jusqu'au bateau, puis jusqu'à l'îlot.

On peut aussi imaginer les choses différemment. On peut imaginer toutes sortes de variantes, en fait, mais l'issue reste la même. Clive Richardson et Edwin Hastie ont été arrêtés.

Le soir qui a suivi la découverte du corps d'Alison, je me suis rendu compte en me déshabillant pour me mettre en chemise de nuit que mes épaules pelaient. Quelques jours plus tôt, ma sœur avait tartiné ma peau brûlée d'aloe vera. En me concentrant, je sentais encore le contact de ses doigts. Et maintenant, cette peau s'en allait. Bientôt mon épiderme aurait complètement effacé la moindre réminiscence de son toucher.

Pour la première fois depuis qu'elle avait disparu, j'ai pleuré. Désormais fille unique, je me sentais désespérément inadéquate. J'ai tiré sur mes lambeaux de peau, dans l'espoir que m'inonde une tristesse nouvelle lorsque j'aurais entièrement pelé. Je désirais tout le chagrin du monde.

Quelques jours plus tard, alors que mes parents s'affairaient à organiser l'enterrement et le rapatriement du corps de ma sœur à New York, le commissaire est venu nous voir pour nous informer qu'Edwin Hastie avait été libéré et que si Clive Richardson était encore détenu, il l'était pour possession de drogue et non dans le cadre de l'enquête sur la mort de ma sœur. Malgré les circonstances de la disparition d'Alison, a expliqué le commissaire, ils n'avaient pas assez de preuves pour inculper les deux hommes, et ils ne pouvaient donc pas prolonger plus longtemps leur garde à vue. Il avait apparemment été établi que le laps de temps entre le moment où les témoins avaient vu Clive et Edwin quitter Chez Paulette's avec Alison et celui où l'agent Cannadine les avait arrêtés sur Mayfair Road était trop court pour qu'ils aient eu le temps de faire un aller-retour à Faraway Cay.

Comme on pouvait s'y attendre, mes parents ont été choqués. Je me souviens d'être restée assise sur le lit avec ma mère tandis qu'elle me caressait le dos avec une vigueur sans cesse grandissante tout en montant le son de la télévision tandis que sur le balcon mon père s'en prenait de plus en plus bruyamment au commissaire de police.

« Expliquez-moi s'il vous plaît comment vous pouvez être aussi sûr que le laps de temps n'est pas suffisant », a dit mon père en arpentant le balcon, mains enfoncées dans les poches.

« Au cours de notre enquête, nous avons fait plusieurs reconstitutions, en partant de plusieurs endroits possibles. Le laps de temps pendant lequel personne n'a vu ces deux hommes est tout bonnement trop court. »

Mon père a ricané. « Comment pouvez-vous en être aussi sûr ? Comment êtes-vous certain qu'il n'y a pas un trou d'une demi-heure, voire plus ?

— Trois témoins ont confirmé l'heure à laquelle ils ont quitté Chez Paulette's. Le témoin qui les a vus ensuite est un de nos agents.

— Pratique pour vous.

— Je peux vous assurer de la probité de son témoignage.

— Eh bien, votre certitude me rassure. J'ai maintenant entièrement confiance en… c'est quoi le terme, déjà ? Le déroulement de votre enquête ?

— Oui, monsieur. »

Mon père a cessé de faire les cent pas. Il s'est approché du commissaire et l'a fixé. « Ces hommes sont mêlés à cette affaire. Ils n'ont peut-être pas été les seuls à agir. Quelqu'un d'autre l'a peut-être emmenée sur l'îlot, je ne sais pas. Ce n'est pas à moi de le savoir... C'est votre boulot. Mais je sais que d'une manière ou d'une autre, ils sont impliqués, et vous le savez aussi.

— Je comprends que vous soyez très contrarié.

— Oh, oui, *contrarié*. On ne peut pas mieux dire.

— J'ai quelques questions à vous poser, monsieur, mais nous devrions peut-être poursuivre cette conversation plus tard.

— Mais non, je vous en prie. Allons-y. » D'un geste méprisant, mon père a invité le commissaire à poursuivre.

Le commissaire a hésité un instant. « Aviez-vous remarqué des changements chez votre fille ces derniers temps ? a-t-il demandé.

— Quel genre de changements ?

— Était-elle plus nerveuse, par exemple ? Avait-elle adopté des comportements dangereux ? La trouviez-vous différente, ou montrait-elle des signes de dépression ? »

Mon père a éclaté d'un rire froid. « C'est ça que vous voulez ? On ne peut pas parler de meurtre, c'est ça ? C'est mauvais pour les affaires, sans doute.

— Nous ne voulons que la vérité, monsieur.

— La vérité, c'est qu'Alison est la définition même de l'enfant qui ne pose aucun problème. » Il a marqué une pause. « Était.

— Je comprends.

— Vraiment ? Parce que ce n'est pas l'impression que vous me faites. Alors écoutez-moi bien. Ma fille a été tuée ici, sur votre île, et si j'apprends que vous ne faites pas tout ce qui est en votre pouvoir pour établir la vérité, je vous jure que je passerai sur tous les plateaux télé d'Amérique pour appeler au boycott total de votre joli petit paradis, et je ne m'arrêterai que lorsque chaque boutique de plongée, chaque bar à rhum aura mis la clé sous la porte.

— Je comprends, monsieur. Merci de m'avoir reçu. »

Une semaine après la découverte du cadavre de ma sœur, nous sommes rentrés chez nous. Mon père a tiré deux valises à travers l'aéroport de Saint-X, la sienne et celle d'Alison. À trois, nous formions à peine une famille.

« Il est temps de retrouver le monde réel », a lancé l'homme assis à côté de ma mère dans l'avion comme l'appareil rejoignait la piste de décollage.

Ma mère a souri et hoché la tête poliment. Elle a fermé les yeux et ne les a rouverts qu'une fois à New York.

J'étais assise près du hublot. Tandis que l'avion s'élevait dans le ciel, j'ai collé mon nez sur le panneau transparent. Au début, je ne voyais que l'île. Mais elle n'a pas tardé à devenir un simple trait dans la mer bleu clair. Quelques secondes plus tard, elle avait disparu, et nous avons pénétré dans une couche de nuages.

Mes tresses se sont desserrées et mes cheveux sont devenus hirsutes. Je n'aurais pas l'occasion de crâner avec à l'école, et cette déception était cuisante malgré les circonstances. La plupart du temps, mes parents ne semblaient pas remarquer à quel point j'étais décoiffée. Mais de temps à autre, l'un d'eux fixait mes tresses, puis tendait la main pour les toucher comme s'il s'agissait d'une étrange relique.

Pour finir, la veille de l'enterrement d'Alison, mon père m'a mise devant la glace de la salle de bains. Il a ôté les élastiques, jeté les perles dans un bol et défait les tresses une à une. Chacun de ses gestes était d'une douceur exquise. Je crois que c'était un rituel nécessaire pour lui, qu'il avait d'abord repoussé ; mais maintenant, il se sentait prêt. Mes cheveux s'entortillaient autour de ses doigts. Des mèches tombaient mollement sur le sol.

« Voilà qui est fait », a-t-il déclaré d'une voix rauque une fois sa tâche accomplie. Puis il s'est éloigné dans le couloir.

Des centaines de personnes ont assisté à l'enterrement. Des copains de lycée et de fac d'Alison, des femmes qui avaient été membres d'associations de parents d'élèves avec ma mère, des collègues et des clients de mon père. Y compris, geste toutefois fâcheux, l'ambassadeur de Saint-X aux États-Unis.

Mon souvenir des funérailles est très flou. Trop de gens. Trop de parfum dans l'air. Une robe grise qui me grattait, qu'une amie de ma mère m'avait achetée au dernier moment. Ce dont je me souviens le plus, c'est de la beauté des adolescents en larmes. Après la cérémonie, ils se sont rassemblés en petits groupes compacts sur le trottoir devant l'église. Les filles portaient des robes noires courtes et décolletées. Elles ne devaient pas posséder de tenues d'enterrement à proprement parler, ou peut-être avaient-elles choisi ces tenues légères pour faire l'expérience d'une sensualité triste et tragique. Elles pleuraient dans les bras de garçons à l'air grave, subitement métamorphosés en hommes. Le plus beau de tous était Drew McNamara. Drew avait été le chéri de ma sœur au lycée. Leur histoire avait débuté au printemps de leur seconde, et ils étaient restés inséparables jusqu'à ce que ma sœur rompe une semaine avant de partir à l'université. Cela m'avait brisé le cœur – j'étais convaincue que je disperserais des pétales de roses sur leur passage le jour de leur mariage. Et il était là, au milieu des autres. Je les observais, ces filles et ces garçons vivants, si tristes et si attirants, quand moi je me sentais décalée, différente, seule.

Durant les mois qui ont suivi la mort d'Alison, l'enquête a absorbé mes deux parents, mais différemment. Mon père s'est mis en congé prolongé, et Alison est devenue son occupation à temps plein. Il était fréquemment en contact avec le FBI, et il téléphonait sans cesse à la police de Saint-X pour suivre les progrès de leur enquête qui, il en était de plus en plus persuadé, n'était pas bâclée, mais carrément une vaste imposture visant à préserver la réputation de l'île, afin que l'on continue d'y emmener en vacances sa famille, ses gosses, sa femme et sa fille ravissante. Son bureau au sous-sol était recouvert de papiers et de dossiers. Il a même engagé un détective privé pour en savoir plus sur Clive Richardson et Edwin Hastie ; en vain, je crois.

Ma mère s'est repliée sur elle-même. Sans qu'elle en parle, il était évident qu'elle pensait constamment à ce qui s'était passé. Derrière son regard distant, je percevais les questions et les théories qu'elle ressassait. Parfois, je l'entendais se parler toute seule : « Je le sais. Je le sais. » Dans les livres et les films, les chambres des enfants morts deviennent des sanctuaires, où tout est préservé, intact, comme c'était avant leur disparition. Mais ma mère vivait dans la chambre d'Alison. Lorsque je rentrais de l'école, la maison était silencieuse et je savais qu'elle y était, couchée en chien de fusil dans les draps de ma sœur. Un jour j'ai ouvert la porte de la chambre, elle était assise au bureau d'Alison et tenait quelque chose dans le creux de ses mains : une touffe de cheveux d'Alison qu'elle avait ôtés de sa brosse jaune.

Pour ma part, si avant la mort d'Alison j'avais une légère tendance compulsive, mon état s'est très clairement dégradé par la suite. Le bout de mes doigts me démangeait sans cesse, j'avais constamment besoin d'écrire dans le vide. Alison. Alison. Alison. J'avais aussi développé une seconde compulsion liée à la première : j'élaborais des scénarios dans lesquels mouraient ceux que j'aimais. Il s'agissait d'un rituel de protection : si j'imaginais une mort en particulier, il me semblait quasiment impossible qu'elle advienne telle que je me la figurais, ainsi, plus je fabriquais de scénarios, plus mes proches me paraissaient en sécurité. Ma mère me bordait le soir, après quoi je restais éveillée durant des heures, à écrire le prénom d'Alison dans le noir tout en imaginant mes deux parents couchés côte à côte sur des lits d'hôpitaux, morts d'une maladie rare, ou notre chien Foldingo écrasé sous une branche. Je pleurais ce faisant, car j'étais épuisée ; j'avais désespérément besoin de dormir et mon impuissance face à ces rituels me terrifiait. J'avais envie de réveiller mes parents, mais je ne voulais pas les inquiéter plus qu'ils ne l'étaient déjà. J'affrontais donc seule ces longues heures nocturnes, et lorsque le ciel s'éclairait enfin, mon esprit lâchait prise et je m'endormais.

Tout dépend d'où vous viviez à l'époque, mais peut-être vous souvenez-vous des hivers terribles du milieu des années 1990 ? De décembre à avril, la côte est des États-Unis a essuyé vague de froid sur vague de froid. Ces hivers-là, bon nombre d'Américains se sont retrouvés enfermés chez eux pendant des mois d'affilée, rassemblés autour de la télévision, en quête de divertissement. Si vous étiez l'un d'eux, vous vous souviendrez qu'Alison était à la une de tous les journaux l'hiver où elle a été tuée, tout comme Nancy, Tonya et JonBenét l'ont été durant d'autres hivers dans ces années-là. On aurait dit que la nation entière réclamait – exigeait même – l'histoire dramatique d'une beauté américaine. (Nancy avec toutes ses paillettes scintillantes sur la glace de Lillehammer. JonBenét, comme je la préférais, sans maquillage, ses cheveux bruns au naturel sous un chapeau de cow-boy, un bandana rouge autour de son cou gracile.) Les fourgons des chaînes d'informations ont stationné pendant des semaines dans notre impasse de banlieue. Je n'avais plus le droit de jouer dans le jardin devant la maison. Mais un jour, j'ai désobéi. Il avait neigé durant la nuit. Alors que mes parents dormaient encore, j'ai enfilé mon pantalon de ski et ma doudoune violette et je suis sortie en catimini. À pas lourds, j'ai avancé dans la neige, j'en avais jusqu'aux genoux ; je me suis allongée sur le dos et j'ai fait l'ange. J'ai regardé le ciel. Il était blanc, diffus. Comme les eaux turquoise de l'Indigo Bay, dont la couleur était à la fois partout et nulle part. Ma sœur s'était-elle glissée dans cet infini entre les couleurs et les objets ? Était-elle là-haut, dans cet ailleurs insaisissable, à m'observer ? Dans mes moufles, mes doigts s'agitaient frénétiquement. Alison. Alison. Alison.

Quelques minutes plus tard, mon père a ouvert la porte et m'a sommée de rentrer. Ce soir-là, ma mère était en train d'égoutter des pâtes pour le dîner lorsque sur l'écran du petit téléviseur blanc dans la cuisine j'ai surgi au journal de la chaîne locale, agitant mes bras et mes jambes dans la neige. « L'enquête sur la mort de l'adolescente Alison Thomas se poursuit, a déclaré une femme en blazer bordeaux. Mais aujourd'hui, comme il a neigé, sa sœur en a profité pour faire l'ange. »

En avril, le commissaire de Saint-X a appelé à la maison. Nous venions de nous asseoir pour dîner. Mon père a pris le combiné fixé au mur à côté du four et il a écouté en tripotant le fil de l'appareil. Le commissaire l'avait appelé pour le prévenir qu'il tiendrait le lendemain une conférence de presse : les charges qui pesaient sur tous les suspects dans l'affaire de la mort de ma sœur avaient été levées faute de preuves, Alison n'avait pas été victime de violences et l'enquête était close.

Mon père est devenu fou de rage. Je ne me souviens pas de ce qu'il a dit, mais je me rappelle qu'il criait, et que j'ai regardé ma cuisse de poulet et mes haricots verts dans mon assiette, en me disant que si je les fixais assez longtemps, tout disparaîtrait – le moment présent et tout ce que j'avais vécu depuis que je m'étais réveillée en découvrant que ma sœur n'était plus là. Lorsque les cris de mon père se sont mués en sanglots, j'ai cru que j'allais vomir. Je me suis mise à furieusement tracer le nom d'Alison sur la table.

« Arrête, Clairon », a dit ma mère.

Je voulais tellement m'arrêter pour lui faire plaisir, mais j'en étais incapable. Mes yeux se sont emplis de larmes. Elle a posé sa main sur la mienne, mais je l'ai repoussée. J'ai pleuré de plus belle, et pressé si fort mon doigt contre la table que cela m'a fait mal.

« Clairon, s'il te plaît », m'a-t-elle suppliée.

Mon corps s'est mis à trembler.

Puis ma mère s'est agenouillée près de ma chaise et m'a regardée dans les yeux. Pour la première fois depuis des mois, son regard semblait animé non par une obsession intérieure, mais par le présent que nous vivions ensemble. Même si j'étais trop grande pour qu'elle me porte, elle a soulevé de la chaise mon corps figé. Je me suis laissée aller dans ses bras et elle m'a emmenée à l'étage où elle m'a mise au lit. Elle est restée près de moi, à me caresser les cheveux jusqu'à ce que je m'endorme.

Quelques semaines plus tard, mes parents m'ont annoncé que pour mes huit ans tante Caroline allait m'emmener à Paris. Tante Caroline était la sœur aînée de ma mère. Elle ne s'était jamais mariée et n'avait pas d'enfants. Elle vivait dans l'East Village et était la seule adulte de ma connaissance qui fumait. Durant une semaine, nous avons partagé un petit studio dans le Marais. Tous les matins, dans un café de la place des Vosges, nous prenions un expresso en mangeant du pain beurré à la confiture de framboises. (« Tu as remarqué comme le beurre a le goût de beurre ici ? » s'est extasiée tante Caroline.) Je me forçais à avaler le café en me répétant que j'en aimais le goût intense et sophistiqué. Nous n'avons visité ni la tour Eiffel ni Versailles, nous n'avons assisté à aucun des divertissements pour enfants que mes parents auraient choisis : musée Grévin, spectacles de marionnettes. Nous avons tout simplement flâné, pour reprendre l'expression de ma tante Caroline. Si nous passions devant la vitrine d'une fromagerie qui proposait des bûchettes de fromage de chèvre à la lavande, nous en achetions. Nous prenions notre temps pour dîner tandis que tante Caroline vidait des carafes de vin rouge, et nous lézardions des après-midi entiers dans les parcs.

Alison n'était jamais venue à Paris. J'avais dégusté une brioche aux pralines dans le jardin du Luxembourg, ce qu'elle ne ferait jamais. Je la devancerais toujours sur ce point. Chaque jour je la devancerais un peu plus. À Paris, j'ai finalement compris que ma sœur n'était pas partie comme elle l'avait fait lorsqu'elle avait commencé la fac – disparue de mon quotidien mais toujours quelque part, à vivre sa vie. On nous l'avait prise, à moi, à mes parents et à Drew McNamara, mais aussi et surtout, on lui avait pris sa vie à elle. Le chagrin de mes parents s'atténuerait peut-être, je finirais par aller mieux, Drew tournerait sans doute la page, mais l'avenir d'Alison demeurerait oblitéré à tout jamais.

Pendant le vol retour au-dessus de l'Atlantique, tante Caroline a dormi la bouche ouverte, tel un crocodile, pendant sept heures d'affilée. Je n'ai pas fermé l'œil. Je redoutais de rentrer à la maison. J'appréhendais le moment où je retrouverais mon père et encore plus ma mère, dont je sentirais la terreur à peine dissimulée que je disparaisse à mon tour, lorsqu'elle me serrerait dans ses bras.

Mais lorsque mes parents nous ont accueillis à l'aéroport, ma mère était tout sourire. Elle avait une nouvelle coiffure. Toute ma vie, je l'avais connue les cheveux aux épaules ; et maintenant elle les avait au menton. Elle portait une robe chambray bleue et des sandales.

« Alors, c'était formidable ? » a-t-elle demandé.

Après, les choses ont été différentes. Mon père a repris le travail. S'il est resté en contact avec la police de Saint-X, il n'en a jamais soufflé mot. Lorsque je rentrais de l'école l'après-midi, ma mère n'était plus dans la chambre d'Alison ; elle m'attendait dans la cuisine avec un verre de lait et une assiette d'Oreo. Elle avait toujours été une grande lectrice, et elle a recommencé à emprunter des livres à la bibliothèque. Mon père a repris ses entraînements de squash le dimanche. Certains soirs, dans ma chambre, j'entendais des rires enregistrés : ils regardaient *Murphy Brown* au lit.

De temps à autre, dans les années qui ont suivi, la police de Saint-X contactait mes parents pour les tenir au courant des toutes dernières informations. Une ancienne femme de ménage de l'Indigo Bay s'était souvenue d'un détail qui pourrait être décisif. Un homme de Chicago avait appelé avec un renseignement qui semblait bidon, mais sur lequel la police allait néanmoins soigneusement se pencher. Mes parents ne s'arrêtaient pas à ces nouveaux éléments qui, en fin de compte, n'ont jamais mené à rien.

Lorsqu'on demandait à ma mère combien elle avait d'enfants, elle répondait toujours la même chose : « Nous avions deux filles, mais l'aînée a été tuée. »

Chez nous, c'est ainsi que nous avions choisi de parler d'Alison. Elle *avait été tuée*. À la voix passive. Comme si Alison n'avait pas été actrice de son destin.

Cet été-là, mes parents ont vendu notre maison et nous avons déménagé pour nous installer à l'autre bout du pays, à Pasadena. J'en ai voulu à mes parents d'avoir fait ce choix. J'ai pensé qu'ils voulaient oublier Alison. Je comprends désormais que nous n'avions pas le choix. Les victimes de tragédies finissent presque toujours par partir. Tout le monde dans notre petite banlieue savait ce qui nous était arrivé. J'étais triste et mal à l'aise lorsque je croisais la mère de Cody Lundgren au supermarché, et maintenant nous faisions le même effet aux autres. Honnêtement, rester aurait été *inconsidéré.* (Les Lundgren étaient partis pour Philadelphie peu de temps après la mort de Cody.)

Dans notre banlieue de New York, nous habitions une grande maison blanche coloniale avec cinq chambres et une piscine ; Alison et moi avions chacune notre propre salle de bains. Tout le monde autour de nous vivait de cette façon, et j'étais trop jeune pour comprendre qu'il n'en allait pas toujours ainsi. Mais c'était différent à Pasadena. Nous habitions une petite maison vert sauge dans les collines. Ma mère a suspendu des carillons à vent sous l'avant-toit. Dans notre banlieue new-yorkaise nous avions un vaste jardin ; ici, il était minuscule. Notre maison à Pasadena n'était pas pour autant bon marché, et nous vivions dans un quartier *prestigieux* à en croire les agents immobiliers. Mais la petite maison était résolument, *délibérément* modeste. Si nous passions en voiture avec ma mère devant une demeure ultramoderne d'une voyante opulence, ou une propriété dans un faux style espagnol à Oak Knoll, elle ricanait et disait : « Quel mauvais goût », et je comprenais qu'en réalité, pour elle, ceux qui vivaient là étalaient leurs richesses quand ils auraient dû se montrer plus discrets.

La veille de ma rentrée en CE2, j'ai dit à mes parents que, dans ma nouvelle école, je voulais que l'on m'appelle par mon deuxième prénom. J'ai senti qu'ils échangeaient des regards entendus au-dessus de ma tête.

« Pourquoi pas ? a dit mon père. Tu pourras toujours revenir à Claire si tu changes d'avis. »

Je n'ai pas changé d'avis. À partir de ce jour-là, je suis devenue Emily.

Tout a changé pour moi à Pasadena. J'avais toujours été une fillette timide et réservée, plus à l'aise en famille qu'avec les enfants de mon âge. J'avais eu du mal à me faire des amis et je m'étais habituée à la solitude. Mais à Pasadena j'étais nouvelle, ce qui m'a d'emblée rendue intéressante. Très vite, je me suis retrouvée à jouer à la maîtresse et au docteur dans les chambres lilas d'autres filles. Contre toute attente, je me suis fait des amies. Nous nous confiions nos secrets, nous nous effleurions du bout de la langue, en gloussant et gigotant de plaisir ; nous nous sculptions des espaces sacrés dans le mastic de notre monde de banlieue : forteresses, repaires, cachettes dans les rhododendrons. Les compulsions qui m'avaient tourmentée pendant si longtemps se sont évanouies dans l'air sec de ma nouvelle vie. Pendant très longtemps, jusqu'à l'hiver de mes vingt-cinq ans, où je retournerais à New York, et où certains événements changeraient à nouveau le cours de mon existence – et ce de manière irrévocable –, je les ai complètement oubliées.

À un moment donné, mon père a dû faire développer les pellicules de nos vacances, car quelques mois après notre arrivée à Pasadena, j'ai trouvé les clichés dans son bureau à la maison, au fond d'un tiroir. De temps à autre, j'allais les voir en catimini. Mon père les avait fait tirer en triple exemplaire. Je regardais attentivement chaque photographie, avec la même incrédulité. Comment tout cela pouvait-il être vrai ? Sur l'une d'elles, Alison et moi construisions un château de sable. Sur une autre, nous souriions toutes deux à mon père tandis que la femme sous le parasol bleu délavé me tressait les cheveux. Il y avait une série qui représentait Alison posant près d'un palmier. Au dos de l'une de ces photos, mon père avait écrit en majuscules d'une écriture soignée : MON ALI. Il y en avait aussi d'Alison et de ma mère marchant sur la plage, et une de moi émerveillée examinant un coquillage... des bains de mer, des jeux, des sorties en bateau et une demi-douzaine de couchers de soleil sublimes et incomparables. Au début, j'allais voir les photos lorsque ma sœur me manquait. Au fil du temps, j'y allais lorsqu'elle ne me manquait plus depuis un moment, et que ce sentiment me manquait.

Les onze ans d'écart entre Alison et moi ne sont pas anodins, et nécessitent quelques explications. Je n'étais pas un accident, et mes parents n'avaient pas non plus tenté sans succès pendant des années d'avoir un autre enfant. Je le sais car en CM2 j'ai demandé à ma mère pourquoi Alison et moi avions tant d'années d'écart, contrairement à mes amis et leurs frères et sœurs. Elle m'a répondu qu'avec mon père, ils avaient cru au début ne vouloir qu'un enfant. Mais ensuite ils avaient compris à quel point ils aimaient être parents et avaient décidé de m'avoir. C'est exactement comme ça qu'elle l'a formulé : « Nous avons décidé de t'avoir. » Comme s'ils avaient su, en choisissant d'avoir un autre enfant, que cet enfant serait moi.

À ces mots, la nausée m'a prise. Je me suis souvenue d'une chose que mon père avait dite au commissaire lorsque ce dernier lui avait demandé si ma sœur lui avait semblé différente dans les jours précédant sa mort : « Alison est la définition même de l'enfant qui ne pose aucun problème. » Ses mots m'étaient restés, et ils me revenaient de temps à autre, telle une douleur lancinante. Car pour dire une chose pareille, il fallait savoir ce que signifiait avoir un enfant pour lequel on s'inquiétait. Je percevais dans les propos de ma mère le désir de me faire croire qu'ils avaient voulu une petite fille exactement comme moi. Je ne veux pas dire qu'ils ne m'aimaient pas ; ils m'aimaient, tout le monde aime ses enfants. Mais ils ne m'aimaient pas comme ils aimaient Alison. À mon avis, mes parents ne comprenaient pas leur propre désir lorsqu'ils ont décidé d'avoir un autre enfant. Ils ont pensé vouloir élever un autre enfant ; mais en vérité, c'était une nouvelle Alison qu'ils souhaitaient élever.

Ma mère et mon père ont continué de remplir leurs obligations parentales. Ils m'ont inscrite au foot, à la poterie, et ont exposé des années durant mes petites créations sur les étagères du salon. Nous avons visité Yellowstone, Londres, Washington, DC. Ils m'ont aidée à faire des divisions et m'ont privée de télévision lorsque j'étais insolente. En résumé, ils se sont montrés à la hauteur. Toujours justes, toujours raisonnables. Des parents merveilleux, en un sens. Nous vivions en surface, en faisant des huit sur une mer gelée.

Quand j'ai eu dix ans, une chaîne de télévision pour les femmes, spécialisée dans les émissions sur les miss, ou les belles-mères psychopathes, a diffusé une série *true-crime* en huit épisodes – *Dying for Fun* – qui racontait les destins tragiques de jeunes filles dont l'envie de s'amuser (faire la fête, prendre une année sabbatique, partir en vacances au bout du monde) avait horriblement mal tourné. Chaque épisode mettait en scène l'histoire dramatique de l'une d'elles. À l'époque, je savais seulement qu'on faisait quelque chose sur ma sœur, ce qui contrariait mes parents, même si leur avocat leur avait certifié qu'ils n'y pouvaient rien.

Le soir de l'épisode sur Alison, mes parents m'ont emmenée à un match de base-ball des Dodgers, l'équipe de Los Angeles. Nous avons mangé des hot dogs arrosés de ketchup et de moutarde. Nous nous sommes levés et avons acclamé Mike Piazza lorsqu'il a frappé un *home run*. Nous avons chanté *Take Me Out to the Ball Game* trop fort et ri trop longtemps, et nous sommes efforcés d'oublier qu'au même moment des millions d'Américains assis dans leur canapé dévoraient des gâteaux apéritifs tout en regardant une reconstitution télévisée de la mort de ma sœur.

Il m'est difficile de faire la distinction entre ce que l'on m'a raconté de la mort de ma sœur au moment des faits et ce que j'ai appris par la suite. J'ignorais que c'était l'acteur qui l'avait trouvée, voire même qui il était, j'en suis presque sûre. Mais à un moment ou un autre, on a dû me le dire, parce qu'à deux reprises durant mon enfance je suis devenue obsédée par cet acteur. D'abord en CM2 : je dormais souvent chez des copines les week-ends, ce qui impliquait la plupart du temps une location de film. Si la soirée pyjama se déroulait chez moi, et que c'étaient mes parents qui nous emmenaient au vidéoclub, je faisais comme d'habitude et nous rentrions avec *Sauvez Willy* ou *L'Incroyable Voyage*, ou quelque chose dans le genre. Mais si j'allais chez une copine et que ses parents nous emmenaient au vidéoclub, je faisais tout mon possible pour la convaincre de choisir un des films de l'acteur. L'acteur ne jouait pas dans des films pour enfants, ce qui m'obligeait à vanter les mérites d'un film sur un braquage de banque ou la prohibition à Chicago. « Il paraît que c'est supermarrant », affirmais-je, ou « on m'a dit que c'est le film préféré de Sean Sawyer », ce dernier étant le garçon dont nous étions toutes amoureuses. « Vous êtes sûres ? » nous demandait le papa ou la maman lorsque nous leur tendions le boîtier sur lequel nous avions jeté notre dévolu, et si j'avais été convaincante, mon amie opinait du chef avec autant d'enthousiasme que moi. Parce qu'en fin de compte les films ne nous intéressaient pas du tout, mes amies s'assoupissaient assez vite et je me retrouvais toute seule vautrée sur un pouf dans l'obscurité de la salle de jeux, à scruter l'acteur, en quête d'une chose que je n'aurais pas su expliquer.

Puis, quelques années plus tard, vers mes treize, quatorze ans, mes amies et moi sommes devenues obsédées par la presse pour adolescentes, et le soir je faisais des rêves gentiment érotiques sur les membres timides et sensibles de divers boys bands. À cette époque je m'imaginais toutes sortes de scénarios complexes dans lesquels l'acteur contactait ma famille pour enfin tourner la page, ce qu'il parvenait à faire grâce à ses conversations avec moi. Nous devenions amis et il m'invitait à des cérémonies de remise de prix où, beauté stoïque et rayonnante, je défilais sur le tapis rouge en robe de soirée sous le crépitement des flashes. Je m'attirais ainsi l'admiration et la sympathie de toutes les stars que j'adorais. J'avais honte de ces fantasmes mais j'étais incapable d'y mettre un terme, incapable de résister au fort potentiel lacrymal de ma propre histoire. Je me trouvais horrible, mais à présent je me rends compte que je n'étais pas plus horrible que n'importe quelle adolescente : j'avais tout simplement à ma disposition plus de matériel narratif.

J'ai perdu ma virginité en seconde. Mon petit copain, bassiste dans un groupe qui s'appelait Skar Tissue et passionné de dessin, faisait des portraits de moi façon manga, avec de grands yeux et des cheveux ornés de fleurs. Ses propres cheveux étaient noirs striés de mèches violettes. Toutes les deux semaines, je l'aidais à se les teindre dans sa salle de bains. Mes mains étaient continuellement tachées de violet, comme si je m'étais gavée de myrtilles. Tout le temps que nous sommes restés ensemble, j'étais une skateuse, ce qui ne signifiait pas pour autant que je faisais du skate, mais plutôt qu'en compagnie de quelques autres filles je passais mon temps avec des garçons qui en faisaient. Je me maquillais d'un gros trait noir d'eye-liner, je portais des colliers de chien aux poignets et je me prélassais, dos appuyé contre le mur du gymnase dans lequel Skar Tissue jouait les soirs de fête de lycée comme si l'endroit m'appartenait. Pour la plus grande fête de l'année, ils ont joué un nouveau morceau intitulé *Emily*. J'étais une fille dont le petit copain lui écrivait des chansons qu'il jouait devant toute l'école. J'en étais fière et émerveillée.

Quatre mois après notre premier baiser, un soir où mes parents étaient partis dîner à Toluca Lake, je lui ai dit que j'étais prête. Il m'a traitée comme si j'étais faite de verre, ce qui m'a beaucoup plu. Il ne prenait pas le sexe à la légère, ce qui me plaisait aussi. Ensuite, j'ai pensé que si Alison avait été vivante, je lui aurais raconté tous les détails. Puis quelque chose d'autre m'est venu à l'esprit : si Alison avait été encore en vie, rien de tout cela ne se serait produit. J'aurais vécu une autre vie, une vie dans laquelle je n'étais pas Emily de Pasadena, mais Claire. Cette autre existence suivait la mienne en parallèle, tel un paysage défilant derrière la vitre d'un train lancé à pleine vitesse. Tandis qu'Emily faisait l'amour en Californie du Sud, Claire à New York faisait des exposés sur les asticots pour son cours de biologie. Les cheveux blonds comme les blés coupés au carré, Emily avait bonne mine sous le soleil californien. Claire était blême comme de la farine, et elle n'avait pas changé de coiffure depuis l'âge de cinq ans. Comment devais-je vivre le fait d'être ravie et terriblement soulagée d'être Emily plutôt que Claire ?

Lorsque j'aurais dix-huit ans, trois mois et douze jours, je savais que je serais plus âgée qu'Alison ne l'avait jamais été. À quinze ans, j'avais fait le calcul à la fin de mon cahier pendant que Magistra Kouchner récitait les conjugaisons latines : *credo, credis, credit.* J'ai longtemps redouté ce jour. Lorsqu'il est enfin arrivé, je l'ai noté en secret. J'ai pensé en parler avec mes amies qui toutes faisaient leurs valises et leurs adieux éplorés avant de s'éparpiller pour rejoindre chacune les universités huppées où nous étions inscrites (je serais la dernière à partir, dans une fac de lettres et de sciences humaines renommée). En fin de compte, je n'en ai parlé à personne. L'idée d'avoir calculé et noté la date me semblait suspecte : pompeuse et nombriliste, car avoir dix-huit ans, n'est-ce pas en fin de compte être constamment tiraillé entre l'intensité de ses désirs et la conscience naissante de soi-même ?

Le matin du jour où je suis à jamais devenue plus âgée qu'Alison, mon monde en me réveillant m'a paru imprégné d'une fausseté singulière. Le soleil qui brillait par la fenêtre de ma chambre me paraissait bizarrement *déplacé*, un peu trop jaune. Ma mère mangeait des céréales dans la cuisine, et lorsqu'elle m'a dit bonjour, sa voix m'a semblé décalée, comme un piano imperceptiblement désaccordé. La sensation tenace d'avoir été télétransportée dans un vaste simulacre pendant mon sommeil ne m'a pas quittée de la journée. J'ai erré de pièce en pièce, saisissant des livres et les posant, commençant à ranger ma chambre avant d'abandonner, m'asseyant dans le jardin, puis, obsédée par l'idée d'y avoir passé trop de temps, repartant vers le salon. Même mon propre visage me faisait l'effet d'un fac-similé un peu raté : en l'examinant dans la glace, j'ai vu les traits d'Alison très légèrement et disgracieusement déformés, ma peau pâle et mes cheveux telle une rémanence spectrale. J'avais attendu ce jour depuis des années, mais au fond de moi je ne croyais pas vraiment qu'il arriverait. Une fois ce cap critique passé, la tension en et autour de moi s'est soudain dissipée : mon monde flottait mollement telle une voile par un jour sans vent.

En arrivant en fac, pour la première fois depuis que j'avais emménagé à Pasadena, je me suis retrouvée entourée de gens qui ne connaissaient pas mon histoire. Les défis et les opportunités qui se présentent aux étudiants de première année – se faire de nouveaux amis, parler de soi (avec quelques modifications et ajustements par rapport à l'être que nous étions au lycée) – se compliquaient pour moi car je savais qu'à un moment ou un autre j'allais devoir révéler à ces gens qui j'étais, à savoir qui était ma sœur. Je ne saurais dire à quel point j'ai détesté cela. Même si j'étais sortie de ma coquille à Pasadena, je demeurais relativement timide, et il m'était tout simplement impossible de dire aux gens que j'étais la petite sœur d'Alison Thomas sans attirer sur moi les regards.

Le pire, c'étaient les réactions de surprise. Je ne parle pas de l'inévitable surprise lorsqu'on apprend qu'une personne de votre connaissance est liée à une histoire si tristement célèbre. Je parle de la surprise qui s'emparait des gens lorsqu'ils découvraient que cela m'était arrivé à *moi*, que cette histoire était *mon* histoire. Je parle de leur désarroi, de leur déception : quelque chose m'était arrivé, quelque chose d'énorme, et pourtant par miracle cet événement n'avait pas réussi à me rendre intéressante.

Je suis sortie avec quelques garçons en fac. Il y a eu Nick, un étudiant en médecine qui jouait dans l'équipe de foot et qui aimait par-dessus tout me voir seins nus avec son short. Avi était un fumeur d'herbe de Toronto. Entre ces deux relations plutôt longues, j'ai connu de brefs interludes avec tour à tour Dave, Jordan et Zeb (qui s'appelait en réalité Richard), tous si différents les uns des autres que c'était comme essayer des chapeaux rigolos dans un magasin. Je changeais avec chacun d'entre eux, je me métamorphosais pour m'intégrer à leur monde. J'étais fière de mes capacités de caméléon, et le fait de ne pas avoir de « type » était pour moi la preuve que j'étais ouverte au monde, et que mon moi profond était si solide qu'il pouvait prendre n'importe quelle forme.

Chacun avait une approche différente pour me faire parler d'Alison, mais ils ont tous essayé.

« Je veux juste que tu saches que tu peux être complètement en confiance avec moi. S'il y a quoi que ce soit dont tu veux me parler, n'hésite pas. »

« Mon oncle est mort quand j'avais sept ans. Il était comme un second père. Ça a vraiment tout dézingué pour moi, tu sais ? »

« Tu n'as pas besoin de m'en parler si tu n'en as pas envie. »

J'étais obnubilée par le sentiment humiliant que ces garçons, consciemment ou non, étaient épris de l'idée tragique qu'ils se faisaient de moi, à savoir une fille blessée, et qu'en me regardant ils voyaient deux personnes : moi et la sœur que j'avais perdue, un second moi dont la présence était palpable ; c'était elle et non moi qu'ils cherchaient à séduire, et lorsqu'ils m'embrassaient, me léchaient et m'étreignaient, ils s'efforçaient de se rapprocher d'elle, de toucher le vide infini et exquis d'une fille belle et disparue à jamais.

(Mais lorsque je refusais de m'épancher sur Alison avec ces garçons, était-ce vraiment parce que c'était trop douloureux, ou restais-je sur ma réserve pour forcer leur admiration devant mon stoïcisme ? N'aimais-je pas en réalité être leur petite amie tragique et blessée ? Ne jouissais-je pas, au fond, du statut hors norme que la mort d'Alison m'avait donné aux yeux de ces garçons ? Jusqu'à quel point ai-je cultivé ma douleur, jusqu'à quel point l'ai-je *utilisée* ? Ces relations, ces garçons, n'étaient-ils en fin de compte qu'une plateforme me permettant de faire étalage de ma souffrance, et ce faisant de m'approprier un peu plus cette tragédie, la mort de cette sœur que j'étais presque trop jeune pour connaître ?)

Malgré ces difficultés, je dirais que mon « expérience de la fac » a été pour ainsi dire normale. En d'autres termes, tout ce que j'y ai fait – passer une journée d'hiver terrée à la bibliothèque, ou une nuit entière à danser pour finir par manger une pizza à trois heures du matin – a été à la fois sain et formateur. J'avais choisi littérature, option sciences de l'environnement. Je me suis fait beaucoup d'amis. Je n'évoquerai ici que Jackie parce qu'elle a fait par la suite partie de mes années à New York. J'avais rencontré Jackie en arrivant, surtout pour des raisons de proximité : elle vivait dans la chambre en face de la mienne. Même si nous n'avions que peu de points communs, notre amitié a perduré. Jackie faisait du théâtre (« *pas* de comédies musicales »). Elle se disait « comédienne » sans aucune prétention, et même si cela me paraissait ridicule, son audace m'impressionnait. Dans notre relation, nos rôles étaient bien définis : elle se mettait à nu, et j'écoutais en dispensant quelques conseils.

Parfois je me demandais si Jackie – en mon absence et pour se rendre intéressante – ne mettait pas en avant son lien avec le meurtre d'Alison Thomas. Je l'imaginais sans peine, de retour à Bethesda pour les vacances de Noël, assise avec ses copines dans un sous-sol, un verre de vin rouge à la main :

« Vous savez, ma superpote, Emily, celle dont je vous ai parlé ? Eh bah, Alison Thomas, c'était sa grande sœur. Vous ne vous souvenez pas de cette histoire ? On avait, genre, sept ans, non ? » (« superpote » non pas parce que nous étions particulièrement proches, mais surtout pour souligner sa propre proximité avec Alison).

« Waouh ! Sérieux ? »

Jackie hochait solennellement la tête : si cette histoire relevait simplement pour ses amies de l'insolite, c'était bien pour elle un sujet intime et chargé d'émotion.

En vérité, je ne me demandais pas si cela se produisait. Je n'avais aucun doute. Jackie ressortait mon histoire à des fins personnelles, j'en étais sûre. Ce qui ne me mettait pas en colère, puisqu'elle ne pouvait manifestement pas s'en empêcher ; et comment en vouloir à quiconque d'être soi-même ? Tel était mon raisonnement à l'époque. Mais en y repensant maintenant, je vois les choses différemment : rien ne me mettait alors en colère.

Après la fac, j'ai trouvé une place d'assistante dans une maison d'édition à Manhattan. Lorsque j'ai annoncé à mes parents que j'allais partir à New York, ils m'ont encouragée avec cette distance polie qui leur était devenue coutumière. Avec Jackie et deux inconnues rencontrées sur Craigslist, tout juste diplômées comme nous, nous avons déniché un appartement dans Prospect Heights. La cuisine avait la taille d'un placard – peut-être celui dont ma chambre était privée. L'appartement se trouvait au rez-de-chaussée, et les détritus que les locataires des étages supérieurs lançaient par leurs fenêtres jonchaient la courette en béton fissuré à l'arrière – cannettes de bière, mégots, tickets de jeux à gratter perdants. Nous avons pensé qu'avec des guirlandes lumineuses, ce serait le paradis.

Avant d'emménager et de commencer à travailler, j'ai rejoint la côte ouest pour passer un dernier été en compagnie de mes parents. Deux mois à la maison avec papa et maman pendant que mes amis vaquaient dans des stations balnéaires de la Nouvelle-Angleterre à des jobs sympas qui fleuraient bon la crème solaire ou retraçaient à moto le périple de Che Guevara jusqu'à Valparaíso. Mes parents ne m'avaient pas demandé de faire quoi que ce soit de ce genre, et je n'en avais pas envie. Et pas seulement parce que sans Alison je croyais devoir remplir le rôle de deux enfants. Je faisais des choses qu'aucune de nous deux (si Alison avait été en vie) n'aurait faites. J'éprouvais pour mes parents une compassion que je n'éprouvais pas pour moi-même. Il est plus facile de tracer les contours de la douleur des autres ; beaucoup plus délicat de reconnaître la sienne.

Mes parents avaient la cinquantaine. Les cheveux de mon père étaient désormais clairsemés et gris. Ma mère venait de se faire remplacer un genou. Ils n'ont pas cessé de me répéter combien ils étaient heureux de m'avoir avec eux, combien il était merveilleux de passer des « moments privilégiés » ensemble. Ma mère m'a préparé mes plats préférés. Mon père a acheté des billets pour des trucs que nous faisions lorsque j'étais petite : match des Dodgers, films de science-fiction. Leur insistance les trahissait. Je ne dis pas qu'ils n'étaient pas heureux que je sois là. Je le voyais dans leurs yeux : un amour si fort qu'il faisait mal. Voilà ce que je veux dire. Ils seraient soulagés lorsque je serais partie. La maison redeviendrait silencieuse et ils se sentiraient mieux.

Un jour en rentrant de la salle de sport, j'ai pénétré en silence dans la maison, et sans qu'ils se rendent compte de ma présence, je les ai observés. Par la fenêtre de la cuisine, j'ai vu mon père dehors en train de s'occuper de son petit jardin. Assise dans le salon devant la baie vitrée, un plaid sur les pieds, ma mère lisait. Je les voyais sans moi : deux individus vivant en parallèle leur solitude respective.

Quelques jours avant de partir pour New York, je suis entrée dans le bureau de mon père à la maison. Dans le tiroir de sa table de travail, j'ai trouvé les photographies de nos vacances à l'Indigo Bay. Elles étaient passées et maculées de traces de doigts, et je me suis demandé si les regarder était devenu une forme de compulsion pour mon père. Peut-être avait-il tant de fois parcouru ces clichés qu'il n'y voyait plus vraiment Alison, qu'il en avait épuisé le pouvoir depuis bien longtemps. Ne les avait-il pas inconsciemment fait tirer en triple exemplaire pour contempler ma sœur jusqu'à ce qu'elle s'efface, comme lorsqu'on lit un mot encore et encore jusqu'à ce qu'il commence à se fissurer ? J'ai pris un exemplaire de chaque cliché, que j'ai emporté avec moi à Brooklyn. Je les ai mis dans une boîte à chaussures sous mon lit avec quelques autres souvenirs : le pompon de ma toque de remise de diplôme, le bracelet de fleurs du bal du lycée. Tandis que la boîte prenait la poussière, je regardais Netflix sur mon ordinateur portable, vautrée sur mon lit avec des chips au vinaigre ; me blottissais contre Jackie après sa rupture avec son petit ami ; copulais, souvent en état d'ébriété, avec des amis d'amis. Je sortais rarement les photos. Il me suffisait de savoir qu'elles étaient là.

Je suis frappée *a posteriori* de constater à quel point ma vie s'est déroulée de manière tout à fait ordinaire après la mort d'Alison. J'avais des amies, des petits amis. J'ai fait de brillantes études. J'ai pris en quantités raisonnables le genre de drogues qu'une fille prudente pouvait se permettre d'essayer : de l'herbe le week-end, une fois des champignons hallucinogènes dans Prospect Park, quelques gorgées d'absinthe lors d'une fête. Obsédée par mon poids, je cavalais tel un hamster sur un tapis de course après le travail, avant de m'effondrer et d'avaler deux rouleaux de printemps en guise de dîner. Au bureau, j'avais décoré mon box avec une photo de moi au bord du Grand Canyon et une médiocre esquisse de cathédrale que j'avais faite durant le semestre que j'avais passé à l'étranger, à Grenoble. Je gagnais trois fois rien, mais mes contacts me conféraient un certain glamour. Ainsi, ma vie correspondait à la vision que l'on se faisait des premières années d'une fille à New York : chercher un café pour un heureux bénéficiaire d'une bourse MacArthur ; trimballer sous la neige un carton d'illustrations jusqu'à l'élégante bâtisse en grès rouge où habitait un auteur que j'adorais ; faire référence à des écrivains mondialement connus de manière informelle, disant « Astrid » pour Astrid Teague, et parler du « nouveau Mann » pour évoquer le prochain livre d'Ian Mann. Un truc qui marchait bien lors d'un premier rendez-vous, c'était d'entraîner le garçon dans une librairie, me saisir d'un roman sur les tables et lui montrer mon nom dans les remerciements. Tous les dimanches après-midi, je me postais dans un café, stylo à la main, les pages d'un manuscrit disposées devant moi, et lorsque je surprenais les regards des gens aux tables voisines, je baissais promptement les yeux, signalant clairement que j'œuvrais pour l'économie créative.

À vrai dire, l'éditeur pour lequel je travaillais publiait essentiellement des romans policiers. Ian Mann sortait un roman par an sur un détective privé en souffrance psychologique.

Astrid Teague écrivait des polars atmosphériques se déroulant dans les Cornouailles, où elle avait grandi (et où elle restaurait un manoir en ruine, ce que la célèbre journaliste Martha Stewart avait immortalisé dans un sujet intitulé « Astrid Teague rentre à la maison »). Bon nombre de livres sur lesquels j'ai travaillé s'articulaient autour de la mort mystérieuse d'une fille. Un magnifique jeune corps féminin était retrouvé dans une petite ville du Maine, ou dans une chambre au quatre-vingtième étage d'un hôtel de Shanghai. Parfois les filles n'étaient jamais retrouvées, elles s'évanouissaient dans la nature sans laisser de trace, s'évaporaient tout simplement. Dans le roman d'Astrid que je préférais, *La Fille sur la photo*, un garçon et son setter anglais découvraient le cadavre d'une femme dans une grotte de la côte des Cornouailles. La femme n'avait pas de portefeuille sur elle, ni aucune pièce d'identité. Personne ne venait réclamer son corps et elle ne correspondait à aucun signalement de disparition inquiétante. Mais on avait trouvé sur elle un appareil photo, et les clichés qu'elle avait pris avant sa mort étaient devenus les indices qu'un détective local utilisait pour identifier une femme à la beauté envoûtante qui n'avait semblé manquer à personne.

Je travaillais sur ces livres par pure coïncidence. J'avais après tout postulé à plus d'une douzaine de postes. Je n'avais pas choisi ce genre, pas plus que la fille dans le box à côté du mien qui travaillait sur la vulgarisation scientifique, ou celle au bout du couloir, dont le domaine était l'histoire militaire mais qui de temps à autre s'occupait d'une autobiographie sportive. Ma cheffe ignorait tout de mon histoire, et j'étais fière du professionnalisme avec lequel j'abordais mon travail. Par exemple, il m'incombait entre autres d'élaborer des questions sur ces romans pour les clubs de lecture.

À votre avis, que se serait-il passé si Leah avait survécu à l'incendie ? Est-ce qu'elle se serait réconciliée avec Colin ? Pourquoi ?

Tandis que Rose Van Kleef croit qu'Emmaline est peut-être encore vivante, Orrin sait qu'elle est morte. Quel est le pire à votre avis : savoir que votre bien-aimée est morte, ou ne pas le savoir ?

Comment avez-vous réagi aux passages comiques de ce roman par ailleurs noir ?

J'écrivais ces questions, ma cheffe me félicitait, et j'étais heureuse. Si l'espace de quelques moments fugaces toute cette organisation m'agaçait, je m'efforçais de me rappeler que les gens avaient le droit d'apprécier ce genre d'histoires, tout comme moi j'aimais des livres sur toutes sortes de choses affreuses qui étaient arrivées à d'autres gens mais pas à moi. À quoi servaient les histoires sinon ? Cette prise de conscience me soulageait aussitôt ; je n'y croyais pas pour autant, je m'en rends compte aujourd'hui, mais il me semblait diablement adulte d'adopter cette position.

Quoi qu'il en soit, mon mode de vie se conformait à une certaine vision de ce qu'était censée être l'existence d'une jeune citadine d'une vingtaine d'années. J'ai vécu durant deux ans dans l'appartement minable de Prospect Heights. (Les soirs d'été, après le coucher du soleil, lorsque le ciel prenait une belle texture de velours brossé, les guirlandes lumineuses insufflaient à cette courette fissurée un charme céleste.) Après quoi, je suis partie m'installer dans un immeuble de grès rouge à Bed-Stuy où une douzaine d'artistes avaient mis sur pied une sorte de communauté : chacun faisait la cuisine ou le ménage à tour de rôle, et chaque semaine avait lieu une « réunion de famille ». Lorsque l'enthousiasme de la nouveauté a cédé la place à la lassitude provoquée par les crises perpétuelles des uns et des autres, j'ai sous-loué un studio dans le sous-sol d'un vieil hôtel particulier autrefois somptueux et désormais décrépi, à l'extrême est de ce que l'on pourrait, en faisant preuve d'imagination, considérer comme Ditmas Park, à quelques encablures du quartier afro-caribéen de Flatbush. Par les deux fenêtres donnant sur le trottoir, je ne voyais que les pieds des passants : bottines noires à talons aiguilles, Adidas rafistolées au gros scotch, bottes de pêche vertes. Deux ampoules jaunes et nues suspendues au plafond éclairaient la pièce.

Je n'avais pas à vivre ainsi. Tous les mois, mes parents me versaient une coquette somme sur mon compte. J'avais sans doute choisi cette façon de vivre, j'imagine, parce que j'étais une fille privilégiée qui voulait se prouver à elle-même qu'elle n'avait pas besoin du confort matériel dans lequel elle avait grandi (et qui voulait aussi, il faut bien l'avouer, le faire avant d'être trop vieille pour en profiter). C'était en d'autres termes une chose que l'on fait non par envie intrinsèque, mais parce qu'on *veut l'avoir fait*, pour avoir une histoire à raconter des années plus tard je suppose, au cours d'un cocktail ou sur un gradin pendant un match de foot (votre enfant cavalant délicieusement sur la pelouse sur ses petits crampons).

Vivre dans un bâtiment où j'étais l'une des seules locataires blanches m'impressionnait, je l'admets. J'éprouvais une pointe de fierté en rentrant du travail sur la ligne 2 et en voyant les autres passagers blancs sortir avant moi, et un sentiment de triomphe lorsque je me retrouvais certains soirs la dernière à bord. Lorsque, six mois après avoir emménagé, on a commencé à construire à trois pâtés de maisons de mon studio un immeuble d'appartements de luxe, j'en ai été sincèrement contrariée. Je considérais que j'avais de grands principes, j'imagine, en vivant là où je vivais, parmi les gens qui peuplaient le quartier, malgré ce qui était arrivé à ma sœur. C'était sans doute la raison pour laquelle j'avais choisi de vivre là, à la lisière du plus grand quartier afro-caribéen de la ville, n'est-ce pas ? Pour pouvoir penser tout cela de moi-même.

Partant du principe que mes voisins me toléraient tout au plus, je souriais chaleureusement à chacun, mais ne parlais à personne, ce qui pour moi revenait à « ne pas embêter les gens ». L'un dans l'autre, je me félicitais de mon choix de vie à New York. Je n'avais pas opté pour l'enclave blanche doctorante de Murray Hill. Je participais, certes, à la « boboïsation » du quartier, mais avec discrétion. Comme je le comprends à présent, ce n'était pas si simple. En restant à l'écart de mes voisins, je me félicitais de vivre là sans vraiment y vivre ; et ceci était lié à un tas d'autres malentendus : que cette discrétion synonyme à mes yeux de vertu exemplaire était même possible ; que je pouvais habiter cet immeuble, ce quartier, ce monde, cette vie, sans faire de vagues. Mais j'avais vingt-cinq ans. Suffisamment âgée pour savoir que je me trompais, mais suffisamment jeune pour ne pas m'en rendre compte.

Ayant adopté cette attitude, je ne connaissais que les bizarreries de mes voisins. Une femme voûtée d'au moins quatre-vingts ans descendait tous les soirs relever son courrier en chemise de nuit, Reebok d'un blanc éclatant aux pieds. Un vieillard parlant espagnol portait une casquette NASCAR et ne sortait jamais sans Jefe, son terrier aboyant à tout-va, pris de tremblements constants, et aux yeux opaques, symptôme de cataracte. J'imaginais que mes voisins m'identifiaient de manière similaire. J'étais la Blanche qui rentrait du travail tous les soirs avec une salade toute prête. Le seul autre Blanc de l'immeuble était un homme à la barbe hirsute qui avait une passion pour les écharpes, habitait au rez-de-chaussée et jouait de la guitare de deux à trois heures et demie du matin, chaque nuit, habitude qui ailleurs aurait simplement été énervante, mais que je trouvais particulièrement éprouvante ici, dans la mesure où j'étais persuadée que son comportement donnait une mauvaise image non seulement de lui, mais aussi de moi, de *nous*.

Pour faire court, durant ces quelques premières années à New York, avec mes dîners improvisés aux couverts dépareillés, mes samedis passés à écumer les friperies pour dénicher le parfait chemisier à deux dollars, je jouais à être pauvre, rôle si courant parmi les gosses de riches. Je ne dirais pas que j'étais *heureuse* à cette époque – même si je l'étais, ou du moins pensais l'être –, mais *légère*. Je croyais profiter de l'instant présent tout en me préparant avec une anxiété minimale aux étapes suivantes de ma vie. Après ma sous-location à « Ditmas Park », je louerais un deux-pièces dans Boerum Hill, avant d'acheter un appartement dans un immeuble en grès rouge à Park Slope, ou dans l'Upper West Side. Après mes commentaires incisifs aux réunions éditoriales, j'achèterais les droits de mes propres livres, puis finirais par lancer un best-seller. Ce qui me frappe le plus à propos de cette époque, ce n'est pas que ma vie fût ordinaire, mais que j'y croyais si pleinement, incapable que j'étais de percevoir en moi les courants plus sombres qui m'habitaient depuis le début.

Parfois, je croyais voir Alison. Elle s'emparait d'une boîte de céréales dans un supermarché bio à Flatbush et lisait les informations nutritionnelles sur l'emballage. Elle me dépassait en faisant son footing dans Prospect Park, un beagle tirant avec entrain sur sa laisse rouge. Elle s'engouffrait sous la pluie dans un taxi. Les Alison pullulaient. Elles disparaissaient au coin des rues. Elles étaient là, puis elles n'y étaient plus. Elles étaient toutes adolescentes.

Un jour, j'ai quitté le bureau à onze heures pour me rendre à mon rendez-vous annuel chez le dermatologue. Nous étions début octobre, le ciel était d'un bleu si incroyablement vivifiant que les trottoirs pleins de monde semblaient vibrer. Dans la salle d'attente, j'ai passé plus d'une heure à feuilleter toutes sortes de magazines. Dans la salle de consultation, j'ai enfilé une blouse d'hôpital. « Désolé pour l'attente. J'ai été retenu à cause d'un orteil gangrené », a annoncé le docteur Schwartz en pénétrant enfin dans la pièce. Il a parlé de choses et d'autres tout en examinant ma peau à la loupe. *Vous avez passé un bon été ? Et le travail, ça va ?* Sa stratégie consistait à faire semblant de se souvenir de qui vous étiez. « Vous mettez de l'écran total », a-t-il déclaré avec le sérieux qu'imposait sa blouse blanche : non pas en me posant la question, mais en m'exhortant à lui répondre par l'affirmative, quelle que soit la vraie réponse, afin de passer à autre chose.

« À dans un an », a-t-il dit après m'avoir examinée. Je me suis débarrassée de la blouse d'hôpital pour réenfiler mes vêtements. J'avais quitté le bureau depuis près de deux heures, beaucoup plus longtemps que prévu, et j'étais pressée d'y retourner. J'ai marché à toute allure sur Lexington, contournant une fille le nez collé sur son téléphone, une famille de blondinets le doigt tendu vers le sommet du Chrysler Building. Arrivée sur la 54ᵉ rue, j'ai brandi le bras à l'instant même où un taxi surgissait à l'angle, petite victoire exquise.

Durant le court trajet, j'ai consulté mes e-mails professionnels sur mon téléphone – un message angoissé de Kris du service de presse sur l'entretien radio raté d'un auteur, un autre du directeur marketing invitant les assistantes à se servir dans le plateau de wraps en rab dans la cuisine. Quelques minutes plus tard, lorsque le taxi s'est garé devant l'immeuble de mon bureau, j'ai ajouté un pourboire sur l'écran tactile et fait glisser ma carte de crédit.

« Merci », a murmuré le chauffeur de l'autre côté du panneau de séparation en Plexiglas.

Mes yeux se sont posés sur la licence de taxi fixée sur le panneau : une photographie de mauvaise qualité d'un homme à la peau sombre, sur fond blanc. Sous la photo, le nom du chauffeur. Clive Richardson.

Était-ce possible ? J'ai voulu faire quelque chose, dire quelque chose, mais mon esprit demeurait vide. Le moteur du taxi ronronnait à l'arrêt. Du bout du pied, je maintenais ma portière ouverte.

Ce que j'ai fait ensuite était plus instinctif qu'intentionnel. En descendant du taxi j'ai discrètement glissé mon téléphone sous le siège du chauffeur. Puis j'ai claqué la portière. Quelques secondes plus tard, le taxi rejoignait la mer jaune se pressant vers le nord de la ville.

On sait comment affronter la mort lorsqu'elle nous touche de près. Votre maman meurt, ou un vieil ami, et vous les pleurez. Vous vous y prenez peut-être mal, la mort vous fout peut-être en l'air, mais c'est censé être difficile, c'est censé vous foutre en l'air. On sait aussi comment affronter la mort lorsqu'elle est loin de nous. Un sportif connu ou un chef célèbre meurt, et vous lisez l'avis de décès. Vous démarrez votre déjeuner d'affaires en disant : « Vous connaissez la nouvelle ? » Vous lisez sur les réseaux sociaux les réactions en souvenir du défunt pendant un jour ou deux. Puis vous passez à autre chose. Mais comment on fait pour affronter la mort de ceux qu'on connaissait à peine ?

Il a fallu qu'Alison Thomas disparaisse pour que je sache qu'elle s'appelait Alison Thomas. Avant ça, est-ce que j'ai le droit de le dire ? C'était juste une fille que je ne pouvais pas m'empêcher de mater, malgré les remarques de ma femme. C'était pour elle que j'avais voulu faire un service de malade au volley-ball, pour l'impressionner et faire oublier ce putain de short de bain rose avec ces dauphins débiles. C'était à cause de cette fille que ma femme avait lâché avec une condescendance à faire peur : « Presque, chéri ! » quand mon service était allé dans le filet. Tous les matins, pendant que ma femme s'efforçait de fondre au centre de fitness, je prenais de longues douches ridiculement chaudes durant lesquelles je déshabillais intérieurement ce corps adolescent et insouciant.

Je ne suis pas un pervers. Quand on voit des corps beaux, des corps jeunes, ça fait du bien. On fait tous ça, OK ? C'est *permis*. Mais qu'est-ce qu'on est censé faire bordel quand la fille sur laquelle on fantasme en se branlant tous les matins depuis une semaine est retrouvée morte ?

Le soir où ma femme m'a annoncé qu'elle demandait le divorce, elle a dit : « Tu sais quand j'ai compris que tu n'étais qu'un bloc de glace jusqu'au fond de ton âme ? Quand cette fille a été tuée et que tu n'as eu aucune réaction. Chaque fois que j'essayais d'en parler, chaque fois que je mettais le sujet sur la table, parce que j'étais *choquée*, j'étais *dévastée*, tu me clouais le bec. »

Je me demande parfois si nous serions encore mariés si Alison Thomas n'avait pas été tuée. Ne me faites pas dire ce que je n'ai pas dit, notre amour était devenu un rapport de force bien avant ça. Mais ce voyage nous a éloignés l'un de l'autre comme jamais. Je refusais de donner à ma femme la satisfaction de savoir à quel point la mort de cette fille m'avait bouleversé. Je ne supportais pas d'entendre ses effusions de larmes égocentriques quand, faut pas déconner, elle n'avait vu en cette fille rien d'autre qu'une rivale. Pendant que j'écoutais ma femme pleurer, je savais qu'elle attendait que je l'enlace par-derrière, que je lui apporte une réponse émotionnelle appropriée, mais quand j'ai essayé de me souvenir de ce que j'avais aimé en elle en la rencontrant et pourquoi, durant nos premières années ensemble, j'avais eu l'impression d'être le mec le plus chanceux de la terre, rien ne m'est venu à l'esprit.

ÎLES

Les gens laissent toujours des choses derrière eux. Parapluies. Portefeuilles. Manteaux. Sacs pleins de souvenirs : tee-shirts I LOVE NEW YORK, boules à neige avec la statue de la Liberté ou la Freedom Tower se dressant dans un hiver perpétuel. Parfois les objets sont plus singuliers et laissent entrevoir les existences des inconnus qui les ont oubliés. Un bouquet de tournesols avec un message attaché à une ficelle : *Evelyn, pardonne-moi.* Au dépôt, un chauffeur sénégalais avait un jour eu un client qui avait sauté du véhicule au feu rouge, abandonnant derrière lui un serpent vert pomme dans un terrarium. Des années plus tôt, alors qu'il débutait à peine et que le boulot lui-même était beaucoup plus dangereux qu'aujourd'hui, il avait trouvé à la fin de son service un cran d'arrêt coincé entre les sièges. Il l'a toujours, dans le bac en plastique où il met ses affaires, avec un bric-à-brac d'objets récoltés au fil des ans. Une montre d'enfant en plastique rose. Une bague avec une pierre blanche translucide qui s'illumine de reflets arc-en-ciel à la lumière. Un appareil photo avec une pellicule finie à l'intérieur.

On était censé rendre tout ça au dépôt, mais tout le monde savait que Larry et son crétin de fils avec son cou boutonneux bardé de chaînes en or les gardaient ou les vendaient. Ce qu'il fait lui aussi ; c'est voler, sûrement, mais il n'a pas l'impression que c'est mal. Au contraire, il sauve ces choses des gens négligents qui les ont oubliées. Même si certains soirs, après quelques bières ou un joint, il se demande si en prétendant voler pour la bonne cause il ne se raconte pas des conneries. Depuis peu, il se dit qu'il garde ces objets pour compenser, même de façon piteusement insuffisante, ce qu'il a lui-même perdu.

Aujourd'hui il rentre du boulot avec un iPhone, le tout dernier modèle, dans une coque gris clair, pas quelque chose qu'il peut garder. Le téléphone va sonner d'un instant à l'autre et il va parler à la personne à laquelle il appartient. Ce sera peut-être le banquier qu'il a pris dans Midtown et qui a hurlé dans son portable pendant tout le trajet jusqu'à La Guardia. Ou la mère sur Park Avenue qui portait un legging noir avec le mot SOUL imprimé en grosses lettres sur la cuisse, accompagnée d'un petit garçon en blazer et d'une petite fille en pull bleu ; il avait déposé la fillette à Brearley, le garçon à St. Bernard's, la mère devant une salle de vélo sur la 83ᵉ rue. Ou la touriste russe qu'il a conduite chez Chanel, ou la gamine de seize ans qu'il a prise dans Dumbo, qui ne sait sûrement pas combien coûte son portable, ou encore un cuisinier qui allait à Williamsburg et qui avait des découpes de cochon tatouées sur son propre jarret. Et lorsqu'il confirmera que oui, ils ont laissé leur portable dans le taxi, et qu'il l'a récupéré, qu'il leur a gardé, ils lui en seront reconnaissants, et il ressentira quelque chose qu'il connaît bien, non pas de l'énervement ou de la colère, mais plutôt un certain détachement : pour eux, vous êtes invisible, vous n'êtes qu'une tête vue de dos, et soudain vous leur êtes indispensable. Tout à coup ils sont genre, *super reconnaissant.* Tout à coup vous leur *sauvez la vie, chef.* Lorsqu'il rendra le téléphone à la personne, celle-ci lui tendra cinq dollars, ou cinquante (étonnant comme chacun évalue différemment son geste), et il secouera la tête en refusant poliment, comme si le plaisir de leur être utile lui suffisait largement. Ils le regarderont différemment après son refus, et ils penseront qu'il est vraiment quelqu'un de bien. Ils raconteront sûrement cette histoire : le chauffeur de taxi qui leur a rendu leur téléphone sans même accepter un centime, alors qu'il aurait sans doute eu besoin de l'argent. Sous leur regard approbateur, il se sentira à la fois satisfait et dégoûté d'être satisfait, de désirer ce regard, de courir après, de prêter attention ne serait-ce qu'une putain de seconde à ce que pensent ces gens, et il regrettera en fin de compte de ne pas avoir pris l'argent. Car ils ont raison : il en aurait eu besoin.

C'est le début de l'automne, il fait encore doux, les arbres commencent tout juste à changer de couleur. Mais il perçoit déjà les signes de ce qui l'attend. Bientôt les feuilles mortes tapisseront les trottoirs, avant de se ranimer brièvement dans les bourrasques de vent. La nuit, le ciel deviendra bleu-noir comme le large, la même profondeur abyssale, la même beauté implacable. Puis viendra le froid, et avec, la neige, et il passera son temps à naviguer dans la glace et la neige fondue, à se prendre des giclées gelées dans le sillage des chasse-neige, se frayant un chemin à travers la ville en quête d'un pauvre type aux chaussures de ville détrempées essayant d'arriver à Grand Central avant que les voies ferrées ne deviennent impraticables et que le trafic ferroviaire vers le nord soit interrompu.

Le *clic clic clic* d'un brûleur lui parvient de la cuisine : Les, son colocataire, tente de se réchauffer quelque chose sur la gazinière. À travers la mince paroi qui sépare sa chambre de la pièce voisine, il entend Leon qui appelle sa femme comme tous les soirs. Cecil s'est installé dans leur petit espace commun, devant les émissions de téléréalité que les autres ne supportent pas mais dont il raffole, ou du moins dont il semble avoir besoin, car il n'a jamais vraiment l'air content de les regarder ; disons plutôt que c'est pour lui une façon de faire passer le temps en échappant à la granularité de l'instant.

Il vit ici depuis deux ans. Il a remplacé un type de Trinidad qui est rentré chez lui pour prendre sa retraite dans la maison qu'il a construite pour sa famille. Les et Cecil habitaient déjà ici lorsqu'il a emménagé. Leon est arrivé il y a quatre mois, en provenance de Carriacou après avoir d'abord atterri à Canarsie. Il ne connaît presque rien de ces hommes, seulement ce que lui a dévoilé la proximité : lequel a une famille à appeler, et lequel n'en a pas, lequel travaille de jour, et lequel de nuit. Leurs habitudes alimentaires. Les bruits qu'ils font en dormant.

C'est son neuvième appartement en presque vingt ans, tous plus ou moins semblables à celui-ci : des immeubles quelconques de Flatbush, des coins cuisine incrustés de gras, des radiateurs qui cliquettent et gémissent et soupirent. Les premières années à New York, il prenait la peine d'essayer de se lier d'amitié avec ses colocataires. Lorsqu'il s'est installé ici, Les et Cecil ont essayé d'engager la conversation. D'où venait-il ? Depuis combien de temps était-il à New York ? Avait-il une femme ? Des enfants ? Il avait répondu à ces questions de manière bourrue ou en esquivant, et ils avaient vite compris qu'il fallait le laisser tranquille. Maintenant il va et vient tel un fantôme. Ses colocataires lui cèdent la place lorsqu'il veut cuisiner ou aller à la salle de bains. Ils ont un peu peur de lui, un grand type avec un regard inquiétant. Mieux vaut lui fiche la paix.

Au boulot c'est pareil. Quand il a commencé comme taxi, il y en avait beaucoup comme lui qui venaient des Caraïbes, mais les choses ont changé depuis ; aujourd'hui, les chauffeurs viennent du Gujarat, du Pendjab et de Chandigarh, ou bien du Bengale ou d'Afrique de l'Ouest. Leurs langues respectives les isolent et le tiennent d'autant plus à distance.

La nuit, dans son lit, il sent des vagues tièdes et douces contre sa peau.

Parfois, l'eau lui manque tellement qu'il en a mal. Et pourtant, quelle ironie : l'eau est partout autour de lui ici.

À New York il a toujours vécu à moins de dix kilomètres de Manhattan Beach, à peine plus loin de l'océan que ne l'était la maison de sa grand-mère. Il n'arrête pas de traverser l'East River sur le Williamsburg Bridge avec des clients, de passer sous l'Hudson par le Lincoln Tunnel, de traverser la Harlem River sur des ponts tous plus charmants les uns que les autres. New York est une ville d'îles. Peu après son arrivée, il avait acheté un vieux guide dans une librairie d'occasion. À la fin du livre, avec les rubriques sur les pourboires et le parler local, il y avait une carte. Manhattan Island, Long Island, Staten Island – ça, il connaissait. Mais il y avait d'autres îles dont il n'avait jamais entendu parler : Randall's, Roosevelt, Ellis, Wards, Hart, Governors. Au fil des ans, il en a découvert beaucoup d'autres : North et South Brother, South et East Nonations. Goose et Hog et Rat. Hunter et Shooters et Swinburne. Mill Rock et Heel Tap Rock. Les Blauzes, les Chimney Sweep Islands, Canarsie Pol. Ruffle Bar et Rulers Bar Hassock et Hoffman. U Thant et Mau Mau et Isle of Meadows.

Il a beau vivre à New York sur une île entourée d'îles, il se répète parfois – en quittant le dépôt pour rejoindre son métro après son service, ou en fourrant une grappe de raisin dans un sac en plastique à l'épicerie coréenne sur Beverley, ou en récurant les toilettes le mardi – qu'il est effectivement sur une île, et cela lui semble impossible. L'insularité même de New York lui échappe.

Un jour, alors qu'il était là depuis deux mois, il a pris le métro jusqu'à Coney Island. Il n'avait jamais vu de montagnes russes auparavant et il a longuement observé les foules hurlant dans les dizaines et les dizaines de wagons qui passaient sur les rails en bois. Il a flâné sur la promenade, s'est commandé des palourdes frites et un hot dog aux oignons chez Nathan's. C'était le mois de septembre, et il faisait bon. Après le déjeuner, il est descendu sur la plage, a ôté ses mocassins. Il s'est approché de l'océan, a remonté l'ourlet de son pantalon et a fait quelques pas dans l'eau. Mais même alors, avec la mer lui léchant les chevilles, les mouettes volant au-dessus de sa tête et le parfum iodé dans ses narines, il n'arrivait pas à croire que c'était l'océan qu'il sentait, qu'il voyait.

Chez lui, même sans voir la mer, on la sentait. Il la sentait dans la cour d'école, le sang qui coulait de sa lèvre fendue après un match de boxe entre amis en avait le goût. Lorsque à l'aube il roulait à vélo pour aller travailler, l'océan agissait comme un aimant, sa force l'aidait à pousser les pédales pour gravir la côte jusqu'à la tour radio, et la mer surgissait, étalée devant lui tel un filet. Il la sentait aussi lorsqu'il était à l'intérieur, dans la cuisine de sa grand-mère avec les rideaux blancs et le réfrigérateur rouillé par le sel marin, chez Paulette's, où il éclusait avec ses amis des bouteilles de Cruzan et de Bounty, et tout particulièrement entre les murs de la prison bleu ciel sur Commerce Street où il posait parfois la joue sur le sol en béton humide, en songeant au sable mouillé crissant sous le poids de ses pas.

La sensation d'être entouré d'eau faisait partie intégrante de sa vie là-bas. Il a fallu qu'il arrive à New York pour ressentir l'absence de la mer pour la première fois. Ce n'est pas seulement qu'à la maison l'odeur de sel flottait constamment dans l'air, qu'il sentait la brise venant de la mer, ou qu'il savait toujours à quelle distance de l'eau il se trouvait en fonction de la lumière, et qu'à New York ce n'était pas le cas, tant il était si remarquablement et arrogamment insensible à son environnement. Chez lui, la mer était conscience. On savait toujours qu'elle était là, et qu'elle contenait tout le reste : les réponses et les mystères, visibles ou invisibles, ce dont on se souvenait et ce qui était oublié. À New York, l'océan n'était plus qu'une relique séparée de la ville, et les immeubles semblaient collés les uns aux autres comme un tas de mouchoirs en papier pressés sur un nez en sang, monticule de verre et d'acier transperçant le ciel.

Il vit aussi une autre vie. Qui se déroule sous celle-ci. Il la sent, profonde, à l'instar des fonds marins dont on a conscience en pleine mer. Dans cette autre existence, il n'a jamais conduit un taxi dans les rues enneigées de New York. Il n'a jamais passé un anniversaire à manger des samoussas rassis dans la zone des taxis de l'aéroport JFK. Il n'a jamais passé une nuit blanche à écouter ronfler son colocataire. Il n'a jamais mis les pieds à New York. Il n'a jamais quitté son île, ne l'a jamais vue disparaître dans la mer tandis que l'avion s'élevait dans le ciel. Jamais la prison bleu ciel. Jamais les visages choqués de tous ceux qui l'avaient connu. Jamais cette nuit et jamais cette fille. Jamais, jamais, jamais.

Sur la table, l'iPhone dans sa coque grise sonne : le thème stupide de *Day-O*. Allez comprendre. Il décroche et dit « allô ».

LE LITTLE SWEET

Était-ce possible ? Ça ne pouvait pas être lui, me suis-je dit en m'asseyant à mon bureau cet après-midi-là. Il devait au moins y avoir cinq Clive Richardson – dix, trente – dans tout New York, sans parler du fait qu'il n'y avait aucune raison de croire que l'homme qui avait été suspecté d'avoir été impliqué dans la mort de ma sœur se trouvait à New York. J'ai fixé le manuscrit du « nouveau Mann » sur mon ordinateur, incapable de penser et encore moins de travailler pour le restant de la journée. À dix-sept heures tapantes, je me suis sauvée.

De retour dans mon studio, je me suis assise sur mon lit dans la lumière crue des ampoules nues. Il ne serait pas exact de dire que j'ai réfléchi à ce que j'allais faire. Je n'avais pas réfléchi en laissant mon téléphone dans le taxi, et je ne réfléchissais pas plus à présent. J'attendais plutôt que mon corps déclenche une réaction instinctive, et que je lui obéisse. J'ai mangé un peu de ma salade. J'ai laissé le temps s'écouler. Puis j'ai pris une poignée de pièces dans le pot à monnaie sur mon bureau, j'ai quitté mon appartement, monté l'escalier et suis sortie dans la nuit tombante en quête d'une cabine téléphonique en état de marche.

Je ne m'étais plus servie d'un téléphone public depuis la fois au collège à Pasadena où j'avais dû appeler mes parents pour qu'ils viennent me chercher. Je ne me souvenais pas d'avoir vu de cabines téléphoniques à New York, mais en fait il y en avait une à moins de cinq minutes de marche de chez moi. Manifestement, cela faisait plus d'un an que je passais devant sans la remarquer, et même si mon esprit rationnel intégrait sa présence, même si je savais qu'en ville chacun a tendance à effacer les détails qui lui sont inutiles, j'avais malgré tout l'impression inouïe que cette malheureuse petite cabine maculée de fiente d'oiseau, de chewing-gum, de graffitis qui s'estompaient comme les noms sur une antique pierre tombale venait d'être installée pour moi à l'instant, afin que puisse advenir ce qui devait se produire. J'ai saisi le combiné et entendu, contre toute attente, une tonalité. J'ai glissé mes pièces et composé mon numéro.

Le téléphone a sonné plusieurs fois. J'étais sur le point de perdre patience et de raccrocher lorsqu'une voix douce a dit « allô ».

« Allô ? ai-je répliqué.

— Oui ? a fait la voix.

— Oui, ai-je répété. Vous êtes le chauffeur de taxi ? C'est moi qui ai laissé par accident ce téléphone dans votre voiture. »

J'ai aussitôt regretté d'avoir dit *par accident.* Quand on laisse quelque chose par accident, on ne prend pas la peine de le préciser. Je m'étais trahie, par inadvertance. Mais j'étais paranoïaque. Il ne remarquerait rien. Pourquoi le remarquerait-il ?

« Je commence à cinq heures demain, a-t-il dit. Je pourrais vous retrouver demain matin quelque part dans Midtown pour vous le rendre.

— Est-ce que je peux vous retrouver maintenant ? J'aimerais bien le récupérer ce soir si possible. J'en ai besoin pour le travail. »

Ce qui n'était pas vrai. Mais le mensonge a coulé comme de source. Il fallait que je le voie ce soir. Il fallait que… quoi ? Je n'avais pas de plan. J'avais seulement besoin de regarder cet homme dans les yeux, de lui parler et de voir comment il réagirait.

« C'est possible. Mais j'habite Flatbush.

— C'est pas vrai ! me suis-je exclamée avec entrain. Nous sommes pratiquement voisins.

— Le monde est petit, a-t-il dit avec un léger rire (sincère ? confus ?). Dans ce cas, il y a un restaurant sur Church qui s'appelle le Little Sweet. Je peux vous retrouver devant si ça vous va. »

Je connaissais l'endroit ; c'était l'un des nombreux restaurants caribéens qui peuplaient Church Avenue, près de la station de métro de Nostrand. J'étais souvent passée avec envie devant ces restaurants, sans jamais entrer à l'intérieur, en me disant que les clients n'avaient pas envie de voir des gens comme moi les envahir. (Ou était-ce par simple nervosité ?)

J'ai répondu que je pourrais être là-bas dans un quart d'heure. « Je ne vous remercierai jamais assez, ai-je ajouté avant de raccrocher. Je porte un chemisier bleu. Je m'appelle Emily. »

En me dirigeant vers le Little Sweet, je me suis répété que ce n'était pas lui. Même si je ne pouvais pas nier que la voix au bout de fil avait une douceur qui m'avait semblé familière, il ne pouvait pas s'agir du Clive Richardson qui avait jadis renversé mes frites sur le sable (mes pommes frites comme il les avait appelées, ce qui m'avait enchantée), celui que tout le monde appelait Gégé, l'homme avec lequel ma sœur, en compagnie d'Edwin Hastie, avait été vue vivante pour la dernière fois. J'allais le retrouver sur le trottoir et me rendre compte que son visage n'était pas le même, qu'il était beaucoup trop petit, qu'il avait la peau trop claire ou trop foncée. Je lui donnerais vingt dollars, le remercierais et m'en retournerais. Et même si cette histoire me perturberait encore quelques jours, ma vie retrouverait bien vite ses marques habituelles. Je ne me souviens plus si je redoutais ou espérais cette issue.

Tandis que je marchais vers le nord-est, le paysage changeait. Certes, le bâtiment où j'habitais était décati et situé dans un pâté de maisons sans charme parmi des terrains vagues et des petits immeubles d'habitation, mais il était aussi non loin des restaurants chics de Cortelyou Road illuminés d'ampoules vintage, des cafés qui proposaient tout un éventail de « laits alternatifs » (soja, amande, noix de cajou) et de boutiques où l'on pouvait acheter pour des prix exorbitants un tapis berbère fait main ou un plateau à fromage en bois d'olivier. Je n'étais qu'à quelques minutes de marche d'une portion particulièrement pittoresque d'Argyle Road, où en été les bâtisses victoriennes avec leurs vastes vérandas et leurs hortensias violacés semblaient provenir tout droit d'un littoral idyllique et conféraient à cette rue du cœur de Brooklyn un certain cachet. Même si je me targuais de vivre à l'écart de ce genre d'endroit, j'étais cependant bien contente d'habiter tout près. Alors que je poursuivais mon chemin, les panneaux sur les artères commerciales devenaient plus pressants : ICI ON ENCAISSE LES CHÈQUES ! PARIEZ MAINTENANT ! VIREMENTS À MOINDRES FRAIS !

Lorsque j'arrivais à destination, le ciel était d'un rose pourpre, la pénombre éclairée par les néons des devantures. Le Little Sweet était un restaurant où l'on pouvait acheter à emporter, avec une demi-douzaine de tables, une succession de chauffe-plats derrière un comptoir et une carte lumineuse avec photos. Il était situé entre un mont-de-piété et un restaurant chinois qui s'appelait le Hunan Star, en face d'une épicerie antillaise et d'une solderie qui proposait toutes sortes de marchandises sur le trottoir : glacières, diables, serpillières, gilets phosphorescents, blouses d'hôpital. Un peu plus loin, une librairie créole anglaise diffusait des enregistrements d'anglais facile : *I run to the house. She bakes a cake. He goes to sleep.*

Je me suis postée devant l'étroite vitrine en prenant un air occupé. J'ai glissé un billet de vingt dollars dans ma poche pour le donner à l'homme. J'ai fait le ménage dans mon sac à main, jeté plusieurs vieux tickets de caisse et une pastille contre la toux égarée, pleine de poussière et de miettes. Il était inutile d'avoir précisé ce que je portais. J'étais la seule personne blanche, à l'exception d'un homme de mon âge, barbu, cheveux longs attachés en chignon, qui, assis à une table au centre du Little Sweet, mangeait et dessinait dans un carnet à croquis.

Lorsque j'ai vu Clive Richardson arriver sur le trottoir, j'ai tout de suite compris que c'était lui. C'était sa démarche. Les épaules voûtées, la tête baissée. Il se déplaçait comme s'il redoutait de prendre trop de place. J'ai serré les mâchoires pour arrêter de claquer des dents et me suis ordonné de rester calme.

L'espace d'un instant, j'ai songé à mes parents. À l'heure qu'il était, ils mangeaient leurs produits locaux dans leur cuisine de Pasadena en buvant de l'eau. Je les ai imaginés en train de me voir regarder Clive Richardson arriver sur ce trottoir à Brooklyn, et de m'exhorter à réintégrer le monde aveugle et douillet dans lequel notre famille habitait depuis toutes ces années, sous le soleil californien, fait d'ateliers de céramique et de sports de raquette. Oublie le téléphone. Fais demi-tour. Rentre chez toi et ne te retourne pas. Voilà ce qu'ils auraient voulu que je fasse.

« Emily ? »

J'ai hoché la tête. Je n'arrivais pas à lever les yeux vers lui.

« J'espère que vous n'avez pas attendu trop longtemps ?

— Pas du tout. »

Il a sorti mon téléphone de sa poche.

« Merci infiniment. Je vous suis extrêmement reconnaissante, vous n'avez pas idée. »

Je lui ai tendu le billet de vingt dollars.

« Je ne peux pas accepter. » Il s'exprimait d'une voix douce, comme s'il craignait de me vexer en refusant.

« Je vous en prie, prenez-le, ai-je supplié.

— Je préfère pas.

— Vous êtes sûr ?

— Oui, mademoiselle. »

Mademoiselle.

Pour la première fois, nous nous sommes regardés dans les yeux. Clive Richardson devait avoir une quarantaine d'années désormais, et cela se voyait : ses cheveux avaient commencé à blanchir, et son front était profondément ridé. Je tremblais. J'avais tellement verrouillé mes mâchoires que j'en aurais des crampes ensuite. En même temps, mon esprit se convulsionnait en essayant en vain d'intégrer que cet homme ordinaire debout devant moi, avec un coupe-vent et des mocassins noirs, était bien *lui*.

J'ai remis l'argent dans ma poche. « Bon. »

Gênés, nous nous sommes fixés. Le moment m'échappait. Est-ce que je n'allais rien faire ? Le laisserais-je tout simplement partir ? Mais que pouvais-je faire d'autre ? Tout en me posant ces questions, j'ai articulé : « Merci encore, je vous suis vraiment reconnaissante », et Clive Richardson m'a répondu que ce n'était rien, et je lui ai souhaité une bonne soirée. La clochette de la porte d'entrée du Little Sweet a tinté comme il pénétrait à l'intérieur. J'ai tourné les talons et me suis éloignée rapidement sur le trottoir. Mes yeux se sont emplis de larmes. Tout s'était passé trop vite. Je n'étais pas prête, j'avais laissé passer l'occasion. L'occasion de quoi exactement, je ne savais pas trop, mais j'étais convaincue d'avoir été incapable de profiter de cet extraordinaire concours de circonstances, et plus encore, d'être inapte de manière générale à saisir ma chance lorsqu'elle se présentait.

Cette nuit-là j'ai rêvé que je sortais de chez moi et découvrais qu'un escalier en pierre descendait quelque part au beau milieu du trottoir. Je ne distinguais que les premières marches. Ensuite, l'escalier disparaissait dans les ténèbres sous la ville. Il n'en finissait pas, je le descendais pendant ce qui me semblait une éternité dans le noir absolu, toujours plus bas, jusqu'à ce que j'arrive sur une plage. Sable blanc, palmiers penchés, eaux turquoise. Cet endroit, ce passé était là tout du long, n'attendant que mon retour. (Dans le rêve je savais sans avoir besoin de me le dire que j'étais à nouveau Clairon, une enfant.) À quelques mètres, debout au bord de l'eau, les vaguelettes lui léchant les chevilles, se trouvait Alison. Elle me tournait le dos et contemplait le large. Lorsque je suis arrivée à sa hauteur, elle m'a regardée en souriant, et je lui ai souri en retour. Elle a posé un doigt sur ses lèvres. *Chut. Ne le dis à personne.* Elle a renversé la tête en arrière et a éclaté de rire.

Je me suis réveillée en nage et très contrariée contre moi-même : je ne rêvais que rarement d'Alison, et j'avais tout gâché en quittant trop tôt mon rêve. Pour la première fois depuis des mois, j'ai pris les photographies dans la boîte à chaussures sous mon lit. J'avais besoin de lui raconter ce qui m'était arrivé, et à quel point je m'étais sentie impuissante en remerciant Clive Richardson avant de le quitter. Il avait été là tout ce temps. Comment avais-je fait pour ne pas le savoir, ne pas le sentir ?

Elle était là, sous mes yeux, bronzée et souriante devant une assiette avec un énorme homard. En train de chanter pendant le barbecue sur la plage. Tout sourire à côté de moi sous le parasol bleu délavé. *Eh ben, t'es sacrément patiente, toi.* J'ai eu la sensation que les clichés allaient spontanément s'enflammer dans mes mains. Elle était là, pagayant sur un paddle, trinquant avec notre mère, écoutant son Walkman à l'ombre. Elle était là en bikini appuyée contre un palmier, mains sur les hanches, sel dans les cheveux, regard perdu dans le lointain en direction de la plage. Mon père avait pris cette photo. Je me suis souvenue d'Alison posant pour lui. À présent, alors que je regardais cette photographie pour la millième fois, j'ai remarqué quelque chose que je n'avais pas vu jusqu'alors. Très loin, sur le sable, minuscules silhouettes floues, se tenaient Edwin Hastie et Clive Richardson.

J'ai constaté autre chose, aussi. Comme une intuition dans son regard. Comme si intérieurement elle voyait Faraway Cay, comme si elle savait qu'à chaque instant, pendant que nous nagions, rigolions, essayions de nouer les queues de cerises au marasquin avec la langue, elle avançait inexorablement vers l'îlot à travers les eaux plates et azurées. Je n'avais peut-être jamais vraiment connu ma sœur, ai-je songé.

Au bureau le lendemain j'étais distraite, perturbée. Je relisais la même phrase encore et encore sans arriver à la comprendre. La photographie que mon père avait prise d'Alison me turlupinait. Pour qui avait-elle véritablement pris la pose ?

J'ai fini par arrêter de travailler. Et j'ai ouvert Facebook pour chercher Clive Richardson. Il y avait des douzaines de profils, mais j'ai fini par trouver celui que je cherchais. Sa photo était un selfie en contre-jour. Manifestement il n'était pas tellement actif puisqu'il n'avait pas posté d'autres photos et n'avait que deux amis. Le premier s'appelait Ousseini, et lui au contraire était très présent. Sa page était pleine de photos de famille et de citations inspirées avec en arrière-plan des couchers de soleil et des paysages montagneux. Clive n'avait posté qu'un message, pour souhaiter l'anniversaire de son autre ami, un certain Bryan Richardson. Le message datait de plusieurs années et était écrit à la manière de ceux qui ne comprennent pas Facebook : *Cher Bryan, je te souhaite un très heureux anniversaire. Bien à toi, Clive.* Bryan Richardson était sans doute de sa famille, même s'il ne ressemblait pas du tout à Clive : il était grand et mince ; dans sa photo de profil, il portait un costume et était assis devant un clavier, mains délicatement posées sur les touches.

Edwin Hastie n'avait pas de profil. En cherchant son nom sur Google, je n'ai trouvé que de vieux articles sur Alison.

Ensuite, j'ai tapé « Alison Thomas » dans la barre de recherche et des options de saisie automatique se sont tout de suite affichées :

Alison Thomas meurtre
Alison Thomas Dying for Fun
Alison Thomas avis de décès

Je n'avais jamais lu l'avis de décès de ma sœur. J'étais trop jeune pour l'avoir lu à l'époque, et ces dernières années, alors que j'aurais pu facilement le trouver en ligne, je ne l'avais jamais fait. Ce n'était pas faute d'y avoir pensé. Mais mes parents s'étaient appliqués à m'apprendre à ne pas me retourner en arrière, pour ne pas sombrer, et j'avais intégré la leçon. J'ai cliqué sur le lien et trouvé le bref avis de décès publié dans notre journal local.

Richard (Rick) et Ellen (Wolfe) Thomas, ses parents, Claire, sa petite sœur, ainsi que Sylvia, Edward, Jean et Fred, ses grands-parents, et Helen, son arrière-grand-mère, ont la douleur de vous faire part du décès d'Alison Brianne Thomas, 18 ans, survenu le 3 janvier alors qu'elle était en vacances en famille sur l'île de Saint-X.

Née le 8 septembre 1977, Alison aimait le théâtre, la danse moderne, la natation, le tennis et la nature. Scientifique en herbe, elle rêvait de devenir médecin et venait de passer avec brio ses examens de fin de premier semestre à Princeton. Même si la vie lui a été ôtée beaucoup trop tôt, elle a pleinement vécu chaque moment de son existence et a été une source inépuisable de joie et de bonheur pour sa famille et ses amis.

Une vie, réduite à ce qui était à la fois ses caractéristiques les plus essentielles et les plus insignifiantes. J'ai été surprise de lire qu'Alison « rêvait de devenir médecin ». Je ne me souvenais pas du tout de ma sœur exprimant le moindre désir de cet ordre. À vrai dire, je ne me souvenais pas de l'avoir entendue exprimer la moindre aspiration professionnelle dans quelque domaine que ce soit. J'étais peut-être trop jeune pour être attentive à ces aspects de sa vie, mais je ne le croyais pas. Quelque chose là-dedans sonnait faux. Qui avait écrit cet avis de décès ? Mon père, sûrement. Peut-être avait-il souhaité donner au monde une image de ma sœur plus déterminée, plus mûre qu'elle ne l'était en réalité. *C'était une fille pleine de projets !* Mais il me semble qu'il y avait là quelque chose de plus profond : avec cette courte allusion à son prétendu rêve, elle n'était plus seulement une jeune fille de dix-huit ans, mais elle devenait une étudiante en médecine, une interne, membre de la Faculté, puis chef du service de cardiologie pédiatrique au Brigham and Women's Hospital de Boston. *Elle rêvait de devenir médecin.* Une affirmation tant mensongère que nécessaire. Pleurer un médecin en devenir était terrible, mais faisable. Mais pleurer une jeune fille avec un avenir sans limites revenait à la pleurer éternellement.

Comment se fait-il qu'un son, une image, une odeur très précise nous viennent à l'esprit lorsque l'on songe à quelqu'un ? Par quels arcanes du cerveau ce prodige survient-il ? Par exemple, lorsque je pense à mon père, je le vois penché sur ses violettes africaines dans notre jardin de Pasadena, à l'affût de pucerons. J'associe mon amie d'enfance Kelsey Johnston, à l'odeur de jambon très caractéristique de ses pets. Tante Caroline, aux racines grises de ses cheveux au bout de sa nuque longue et gracieuse.

Pour Alison, je pense fleurs et dents blanches. Je sais d'où vient cette image. De son gala de danse en dernière année de lycée. Elle portait un justaucorps gris perle et une longue jupe en mousseline, et bondissait à travers la scène. J'ignore le titre du morceau sur lequel elle dansait mais je me souviens que c'était mélancolique. En la regardant, c'était comme si je voyais danser et tournoyer en l'air la musique elle-même. Je me souviens d'avoir compris à quel point la musique l'habitait, à quel point elle inondait l'auditorium d'un parfum poudreux de désir. Je me revois, assise là, à regarder les autres spectateurs la regarder. Ma sœur. La mienne.

Après quoi, dans le hall de l'auditorium, mes parents, Drew McNamara et ses amis l'ont couverte de bouquets de fleurs. Elle avait des paillettes sur les joues. Elle souriait. Des fleurs et des dents blanches.

Telle était la vision d'Alison que j'avais enfant. La vision qu'avaient d'elle mes parents était différente mais, je le comprends désormais, tout aussi inexacte. Lorsqu'ils parlaient d'elle, ils ne se remémoraient pas le passé mais l'imaginaient dans le présent.

À propos du mandarinier qui poussait dans notre petit jardin à Pasadena :

« Alison l'aurait adoré. »

« Elle aurait mangé les mandarines là, directement sous l'arbre. »

Parfois, ce qu'ils disaient me paraissait délibérément faux.

Devant Old Faithful, le geyser du parc de Yellowstone :

« Alison aurait trouvé ça tellement super. »

Vraiment ? Alison n'avait jamais été du genre à être impressionnée par quoi que ce soit.

Dans la vision de mes parents, Alison était tel un morceau de verre poli par la mer ; ses angles et ses aspérités s'étaient lissés avec le temps pour céder la place à une agréable douceur.

Ce soir-là, j'ai repris le chemin du Little Sweet, comme sous l'emprise d'un sortilège. Peu avant d'arriver à destination, mon rythme cardiaque est devenu presque insupportable, mais je n'ai pas fait demi-tour. Il fallait que je le trouve. Je ne pouvais pas le laisser disparaître. Et pourtant, je ne croyais pas que j'allais vraiment tomber sur lui. Aussi, lorsque j'ai regardé par la vitrine et que je l'ai vu, assis à une table dans un coin près d'un palmier en pot, une assiette de ragoût rouge carmin et une cannette de bière bleue devant lui sur un plateau, j'ai eu le sentiment que cette image n'était, ne pouvait pas être vraie. Il avait les épaules voûtées, les jambes pliées maladroitement sous la petite table ; il dégageait une aura d'inconfort à la fois physique et métaphysique.

Je ne suis restée plantée là que quelques instants, terrifiée à l'idée qu'il lève la tête et me voie. Puis j'ai traversé la rue. Dissimulée dans l'ombre, sous l'auvent d'une épicerie caribéenne, je l'ai observé. Les haut-parleurs de la librairie à quelques pas de là diffusaient une leçon sur la vie quotidienne : *They drive to work. I go to the store. He comes home.* Clive mangeait lentement, en regardant ce que j'imaginais être une télévision fixée au mur. Il a fini sa bière et en a commandé une autre. Il a hoché la tête en direction d'un client pour le saluer. Avec une serviette en papier qu'il tenait en bouchon à la main, il a essuyé les traces rouges sur ses lèvres. Des faits et gestes ordinaires, objectivement sans intérêt. J'étais incapable de détourner les yeux.

De retour dans mon appartement ce soir-là, j'ai trouvé *Dying for Fun : Alison Thomas* sur YouTube. Ma sœur était interprétée par Selena Richter, une actrice qui, une décennie plus tard, deviendrait une superstar en jouant dans une trilogie dystopique adaptée d'une série de livres populaire. Quelqu'un avait mis en ligne tous les épisodes : Kristin Broekner, Maggie Donohue, Flora Salter, Alicia Madigan. J'ai enfilé mon pyjama et me suis couchée avec mon ordinateur portable pour m'obliger à regarder *Dying for Fun : Alison Thomas (avec Selena Richter à ses débuts !!!).*

L'épisode avait été vu 47 000 fois et avait reçu environ 2 400 *j'aime* et 650 *je n'aime pas.* (J'ignore si ces *je n'aime pas* visaient la qualité du film, ou celle de l'interprétation de Selena Richter, ou l'antiféminisme démodé et le côté moralisateur lourd et maladroit de toute la série *Dying for Fun.*) Les commentaires n'étaient pas plus éclairants :

Dingue ! J'ai adoré ce truc quand c'est passé à la télé et maintenant c'est comme un retour de ouf dans le passé.

C'est années 90 à donf.

Selena Richter = surcotée.

Je ne peux pas, malgré les chaussures compensées.

Selena Richter ne ressemblait pas du tout à ma sœur. Elle était plantureuse, avec une poitrine généreuse, alors qu'Alison était menue et musclée. Son interprétation d'Alison sonnait faux sur toute la ligne : couinements de plaisir, gloussements, minauderies grotesques. Elle n'avait pas son côté contestataire, ni le moindre éclat d'intelligence dans ses yeux bleu piscine. J'apparaissais dans quelques rares scènes, même si, bizarrement, je m'appelais Katie. Une enfant belle comme le jour aux boucles d'or et aux lèvres angéliques jouait mon rôle. Lorsque le corps d'Alison était retrouvé, Katie pleurait toutes les larmes de son corps, et j'ai eu l'impression d'être une version ratée de ce qu'aurait dû être la sœur d'Alison.

Dans *Dying for Fun*, ma sœur était une jeune fille dorlotée, victime de sa propre naïveté. Pour faire plus simple, je suppose, Clive Richardson et Edwin Hastie étaient devenus un personnage unique qui s'appelait Apollo, affublé de dreadlocks et d'un anneau doré à l'oreille.

« Je n'ai jamais fait de *body shot* avant. Tu me montres ? » demande Alison à Apollo dans une des premières scènes.

« Faut d'abord que tu lèches le sel », répond Apollo.

Alison s'agenouille et lèche une ligne de sel sur le ventre musclé du jeune homme. Elle lève sur lui un regard candide et glousse.

Dans cette version, étendue au clair de lune sur une plage scintillante de poussière d'étoiles, ma sœur laisse Apollo défaire la fermeture Éclair de sa robe.

« Détends-toi », murmure-t-il avec des yeux manifestement malveillants. (Le jeu des comédiens est uniformément monochrome et surfait.)

« Je veux que tu sois le premier », lui chuchote-t-elle à l'oreille. Elle rosit et halète comme surprise par son propre désir ; c'est une pivoine rose pâle, sur le point d'éclore. « T'avise pas d'être gentil avec moi. »

Il plaque ses mains sur la bouche et le nez de ma sœur. Elle se débat. Il appuie. La scène se traîne inexorablement jusqu'à sa terrible conclusion tandis que des milliers de femmes au foyer serrent leur oreiller.

« Je serai aussi le dernier. »

Je n'ai pas pu dormir cette nuit-là. Je n'arrêtais pas de revoir dans ma tête les dernières séquences du film. Sauf que dans chaque scène, à la place d'Apollo j'ai imaginé Clive Richardson tel que je l'avais vu quelques heures plus tôt : étendant Alison sur le sable, défaisant la fermeture Éclair de sa robe, l'étouffant avec les mains dont il s'était servi pour essuyer le ragoût de ses lèvres. Pouvait-il être coupable ? Pouvait-il avoir joué un rôle ? Apollo était un cliché sur toute la ligne, non pas une personne mais un assassin, c'est tout. Mais aucune froideur, aucune cruauté n'émanait de l'homme que j'avais observé plus tôt, ce qui me glaçait jusqu'aux os. Oui, naturellement, il pourrait être coupable. On voit à la télévision des photos d'identité judiciaire et on se dit : *Lui ? Mais il a l'air si gentil. Son regard est si doux*. Des nounous noient des enfants dont elles s'occupent avec amour depuis des années. Le couple parfait devient un homme qui a assassiné sa femme. Nous connaissons si peu de choses des gens. Nous oublions à quel point autour de nous, à tout moment, chacun dissimule sa part d'ombre. Nous oublions, jusqu'au moment où l'on est obligé de se souvenir.

Durant la semaine qui a suivi, j'ai regardé les autres épisodes de la série *Dying for Fun*. Je m'étais sentie coupable de ne pas m'intéresser aux autres filles. Mais j'avoue que j'ai aussi regardé, comme tout le monde, en partie pour le plaisir ringard, vulgaire et daté que cela procure. J'avais entendu parler de leurs histoires lorsqu'elles avaient été rendues publiques. Vous vous en souvenez peut-être aussi. Maggie Donohue (Thaïlande, ecstasy, une aventure avec un Australien en année de césure). Kristin Broekner (Mykonos, une histoire avec l'héritier d'un magnat russe du pétrole). L'histoire de Flora Salter avait fasciné l'Amérique durant quelques semaines, à cause de son dénouement tragique à rebondissements : l'appartement incendié à Montmartre, le suicide du jeune prodige du tennis. Maggie. Kristin. Flora. Alicia. Qu'est-ce qui nous attire dans ce genre d'histoires ? Vous savez de quel genre d'histoires je parle. Toutes les jolies Blanches décédées. Celle qui arpentait l'Europe de l'Est avec son sac à dos, et celle à la fête de la pleine lune à Bali, et la blonde aux joues roses à Aruba. On voit leurs photos aux actualités. Elles portent des toques de remise de diplôme, des robes de bal, ou des chemisiers brodés avec une couronne de fleurs : c'est Halloween et elle est sacrément bien déguisée en hippie. On écoute les déclarations des témoins. « Je l'ai vue monter à l'arrière de sa moto. »

« Je crois qu'elle avait pris quelque chose. » « Elle était toujours boute-en-train. » On se dit qu'elles ont été bien bêtes, qu'elles ont dû faire quelque chose pour en arriver là. On se sent légèrement indigné, à vrai dire. On voit leurs cheveux châtains, ou blond vénitien, leur queue-de-cheval auburn, leurs yeux bleus, verts, caramel, et toujours un sourire si franc, comme si elles ne soupçonnaient pas le moins du monde qu'il puisse leur arriver quoi que ce soit. On les trouve naïves et suffisantes. Peut-être le sont-elles. Peut-être Alison l'était-elle.

Pendant cette période, je me suis rendue tous les soirs au Little Sweet. Maintenant que j'avais trouvé Clive, il m'était tout simplement impossible de ne pas y aller. Il était toujours là, à la même table, dans le coin près du palmier en pot. Je l'observais dissimulée dans l'ombre de l'auvent de l'épicerie d'en face, aussi longtemps que je pensais pouvoir le faire sans attirer l'attention. Puis je faisais le tour du pâté de maisons trois ou quatre fois, en ralentissant mon allure lorsque je passais devant le Little Sweet. J'entrais dans quelques magasins. Parcourais les annales d'examens à la librairie, comme si cela m'intéressait. Examinais les mystérieux produits de l'épicerie – manioc, curcuma, taro – et souriais au vieux couple coréen derrière le comptoir, avant d'acheter un paquet de chewing-gum en sortant pour justifier ma présence.

Durant ces soirées d'observation, mon vague besoin de surveiller Clive Richardson, d'être témoin de sa présence s'est peu à peu transformé en une espèce de plan. Je chercherais à apprendre tout ce que je pourrais sur Alison, afin de dresser un portrait complet de ma sœur, ses relations, ses émotions, les drames et les préoccupations de son existence, tout ce qui pourrait m'aider à comprendre le genre de dangers auxquels elle aurait pu s'exposer à l'époque où nous étions en vacances. Et je continuerais d'espionner Clive, en quête du plus petit détail, du moindre élément de preuve qui puisse me révéler quel genre d'homme il était et quel rôle il aurait pu jouer dans la mort de ma sœur. Je ne savais pas du tout ce que je cherchais, mais j'étais convaincue qu'une personne ne pouvait pas tuer quelqu'un et se fondre ensuite tout simplement dans la foule. Un tel acte devait laisser des traces, des cicatrices, et si j'étais attentive, si je pouvais me mettre en quelque sorte au diapason de cet homme, je pourrais les déceler.

Je n'ai rien dit à mes parents. En me persuadant que c'était pour les protéger. Mais en y repensant à présent, je crois que si je ne leur ai rien dit, c'est parce que je savais qu'ils me feraient promettre d'arrêter de traquer Clive, pour ma propre sécurité, et que je leur obéirais parce que je l'avais toujours fait, et parce qu'il me serait alors encore possible de le laisser filer maintenant, durant l'automne, plutôt qu'une fois l'hiver installé. Je me serais sentie soulagée ; leur inquiétude m'aurait permis de laisser tomber, de retourner vivre ma vie, comme si Clive Richardson ne vivait pas la sienne à quelques pâtés de maison de chez moi. Je ne pouvais plus supporter d'être lâche. Je voyais clairement désormais que c'était bien de lâcheté qu'il était question, et depuis toujours : notre vie de famille parfaitement réglée, parfaitement raisonnable, comme si notre douleur commune n'existait pas. Ce serait à moi d'agir. Si mes parents n'avaient pas pu ou voulu le faire, il allait falloir que je plonge seule dans l'abîme pour découvrir la vérité, quelle qu'elle soit.

Quelle putain de prise de tête. Au lycée, on me traitait comme de la merde parce que j'étais Shelly la théâtreuse, Shelly la foldingue. Ensuite j'arrive à Hollywood, je me fais appeler Selena, et on me traite encore comme de la merde, mais maintenant c'est parce que je ne suis qu'un joli minois parmi tant d'autres. Je suis la fille déjantée, puis je suis la fille que tout le monde s'arrache, et cinq secondes plus tard je suis « surexposée ».

Pour sortir, je me sape selon le bon vouloir de ma styliste, tout est factice. Je sors en jogging, les cheveux gras, je fais tout – trop – pour avoir l'air de celle qui ne se soucie pas de son apparence.

J'adore comment Selena Richter ne se conforme pas à ce qu'Hollywood veut qu'elle soit.

Beurk, Selena Richter, je déteste cette façon moralisatrice d'être non conforme.

Son jeu minimaliste m'obsède.

Pourquoi est-ce qu'on continue d'engager ce putain de bout de bois et de s'attendre à ce qu'elle porte un film ?

Je me tiens mal et je me ronge les ongles pendant les interviews, où est mon aplomb ? Je m'efforce de me redresser, où est ma personnalité ? Je souligne quoi que ce soit de cet ordre, et c'est, *Oh, quelle pleurnicheuse cette Selena Richter, ça doit être tellement dur d'être riche et célèbre.* Je ne dis pas que c'est plus dur que d'être maçon, espèces de cons. Je dis que notre société s'auto-empoisonne.

S'il vous faut des preuves, voici une liste de quelques-unes des merdes qui me sont arrivées quand j'ai enfin décroché mon premier vrai rôle – un truc plus gros qu'une pub pour bonbons :

1. Quand on m'a proposé de jouer Alison Thomas, j'ai dit à mon agent que je n'étais pas sûre de vouloir accepter parce que ça me faisait flipper de jouer une vraie fille morte. Il m'a répondu : « Ça sera pas ta dernière, Selena. »

2. C'est la même équipe pour tous les épisodes de *Dying for Fun.* Parfois à l'habillage, à la coiffure ou au maquillage, ils me préparent et ensuite ils discutent entre eux, genre : « La tresse, ça fait pas trop Alicia ? » « La jupe, ça rappelle Kristin, non ? » « Waouh, on dirait Maggie Donohue avec ce vernis. »

3. Dans la dernière scène, je suis censée dire : « T'avise pas d'être gentil avec moi », et je demande très poliment si on peut couper cette réplique, parce que franchement, qui parle comme ça ? Pourquoi est-ce qu'elle doit être si cruche ? Le réalisateur le prend mal et il me sort : « Dis ce qui est écrit, poupée. » Pour me remettre à ma place, il nous fait faire des dizaines de prises. Il me fait répéter encore et encore la phrase. Les premières prises, je suis

à côté de Mike, qui joue Apollo. Puis le réalisateur me demande de me coller à lui. Puis il demande à Mike de me plaquer les poignets contre un arbre. Puis il me fait enlever mon haut, et je me retrouve en bikini.

« S'il te plaît, dis-je. On peut arrêter ?

— Tu es fatiguée, Selena ? Tu as soif ? Qu'on apporte à cette conne un Perrier. » Espèce d'enfoiré.

Le pauvre Mike est tellement gêné.

Je ne sais plus combien de fois je le répète. Pour finir, Mike dit : « Bon, ça va, elle a compris. »

Le réalisateur pose son bloc-notes débile et vient vers moi. Il tire sur la ficelle du haut de mon maillot de bain et je me retrouve seins nus devant toute l'équipe. Il me chuchote à l'oreille : « Tu as *compris*, Selena ? »

Mais je ne suis pas Selena. Je ne suis pas non plus Shelly. Ils croient m'avoir cernée. Mais ils sont carrément loin du compte.

NOTRE FILLE MAGNIFIQUE

Extrait de « À la mémoire d'Alison Thomas », de Jessica Nazarian, 10 janvier 1996, *The Daily Princetonian* :

Dimanche, après les vacances de Noël, les étudiants revenaient au compte-gouttes sur un campus transformé par la neige en féerique paysage hivernal. Mais quelqu'un en première année manquait à l'appel. Alison Thomas est décédée alors qu'elle était partie en famille aux Caraïbes. Tandis que là-bas l'enquête sur sa mort se poursuit, ici les étudiants se sont recueillis pour évoquer une amie adorée et une camarade de classe appréciée de tous.

« Elle était très intelligente, a affirmé Mike Chernin, son binôme en biologie moléculaire. Je devais toujours être au top avec elle. »

Larissa Venable, responsable de la troupe de danse moderne, a déclaré qu'Alison faisait partie des trois seules premières années admises dans le groupe ce semestre. « D'habitude, les premières années restent en retrait pendant les répétitions, mais elle bouillonnait d'idées dès le premier jour. On a intégré tous ses pas dans notre chorégraphie de *Like a Prayer*. »

Nika Ivanova, qui partageait une chambre avec Alison, a déclaré : « Je n'arrive toujours pas à croire qu'elle ne sera pas là demain quand je me réveillerai. Je veux juste dire qu'on ne l'oubliera jamais… »

Extrait de « Pour ces vacanciers, tristesse et interrogations après la mort mystérieuse d'une des leurs », de Vince Cerusi, 17 janvier 1996, *New York Times* :

… « Alison était adorable, a déclaré sa tante, Colleen Thomas. C'était la personne la plus douce, la plus attentionnée qu'on puisse connaître. J'ai trouvé mon chien dans un refuge, il a vraiment du mal à faire confiance, et elle était vraiment merveilleuse avec lui. » Lorsque nous avons évoqué devant elle les témoignages selon lesquelles sa nièce avait été vue en train de boire et de fumer de la marijuana dans un bar local la nuit de sa disparition, Colleen Thomas a répliqué : « Peu importe ce que peut dire la police là-bas, c'est une île très touristique ; c'est dans leur intérêt de la dépeindre d'une certaine manière. Ce n'est pas l'Alison que nous connaissons et que nous aimons. »…

Extrait de « Notre ville lui dit adieu », de Kate Cafferty, 23 janvier 1996, *The Patent Trader* :

… Pour Becca Frankel, dix-huit ans, camarade de lycée, Alison Brianne Thomas était une fille qui avait tout pour elle. « Elle était intelligente, belle. C'était une athlète hors pair, elle dansait superbien. Je pourrais sûrement nommer dix mecs qui en pinçaient pour elle. Elle ne passait pas inaperçue, et elle aimait ça, ça se voyait. » Lorsque nous avons demandé à Becca si Alison Thomas multipliait les conquêtes, elle a répondu : « Elle n'avait d'yeux que pour Drew. » Alison fréquentait depuis trois ans Drew McNamara, étudiant en première année au Rensselaer Polytechnic Institute. Selon Becca, « c'était *le* couple par excellence ». Nous n'avons pas réussi à joindre McNamara…

Cela faisait deux semaines que j'étais montée dans le taxi de Clive Richardson, et au travail ma productivité était en chute libre. Tous les matins, dans le métro, je griffonnais une liste de choses à faire : envoyer les maquettes de couverture, faire la quatrième pour la réédition avec l'affiche du film, envoyer des messages de refus à une demi-douzaine de manuscrits récemment reçus. En arrivant au bureau, je suspendais mon manteau dans le casier de mon box et je m'asseyais à ma table de travail avec la ferme intention de mettre tout cela derrière moi. Mais très vite, sans même m'en rendre compte, je laissais tomber ce que j'avais entrepris pour me perdre dans l'océan d'articles en ligne sur Alison. Aucune des intrigues des romans sur lesquels je travaillais ne pouvait se mesurer à la mort mystérieuse de ma propre sœur.

Apparemment, tous ceux qui l'avaient connue, même de loin, avaient eu leur mot à dire sur qui était Alison Thomas. Les articles regorgeaient de détails que j'ignorais sur les derniers mois de ma sœur. Elle était allée à un concert de R.E.M. au Meadowlands l'automne qui avait précédé sa mort. Elle adorait le yaourt glacé au moka qu'ils servaient à la cafétéria. Elle s'était déguisée en danseuse étoile pour Halloween. Chaque information me blessait, en me rappelant à quel point je connaissais peu ma propre sœur.

Extrait de « Une énigme à l'étranger », de Sean Winokur, juin 1996, *Esquire* :

… Je retrouve Richard Conti, le professeur d'anglais d'Alison Thomas au lycée, à la Station, un restaurant situé dans le centre-ville en faux style Tudor de la banlieue aisée où elle a grandi. Dans une ville où teinturiers, salons de manucure et traiteurs haut de gamme foisonnent dans la rue principale au charme désuet, la Station dénote. Non seulement l'intérieur de l'établissement n'est pas chic, mais il est franchement défraîchi : les néons clignotent au plafond, quelque chose colle mystérieusement sous les pieds, un buffet propose de tristes salades de pommes de terre à la mayonnaise, de macaronis et de poulet. Un pot d'œufs au vinaigre trône près de l'antique caisse enregistreuse sur le comptoir. Mon omelette est résolument insipide. D'entrée, je suis interpellé par le fait que Conti ait choisi cet endroit. Ça sent celui qui s'efforce de convaincre le monde qu'Alison Thomas n'était pas une petite fille riche et idiote.

Conti, trente-trois ans, est grand et beau. Il a les épaules larges et il est agile comme le gardien de but de première division qu'il fut jadis. Même s'il a accepté cet entretien, il hésite au début à évoquer son ancienne élève. Alors qu'il entame son sandwich à l'œuf et au fromage, il me confie qu'il a failli ce matin même annuler notre rendez-vous. « Je suis prof de lettres, donc je sais comment on peut raconter la même histoire de mille façons différentes. »

Mais au fil de la conversation, Conti est de plus en plus à l'aise et partage volontiers avec moi ses souvenirs d'Alison Thomas. « C'était une fille très intelligente. Pas nécessairement l'élève la plus appliquée, mais très intelligente. Il y a un genre d'élève qui planche sur ce qui l'intéresse et se fiche du reste, et je crois qu'au début j'ai eu du mal à reconnaître qu'Alison en faisait partie, parce que ce sont plutôt des garçons habituellement. Ces gamins rendent leurs devoirs en retard, mais leur travail est tellement bon qu'on n'a pas envie de les pénaliser, même si on sait très bien qu'ils se contrefichent de la note qu'on peut leur donner, et aussi qu'ils en jouent, et qu'ils vous narguent avec ça. » Lorsqu'on lui demande si Alison Thomas était arrogante, Conti est soudain troublé. « Non, non, non. C'était une gamine bien. Elle était vraiment intelligente, gentille, sympa. C'est ça que j'essaie de dire. C'était une star. »…

Alison en faisait des tonnes. Elle était la douceur incarnée. Elle était la fille que tout le monde enviait. Celle que tous les garçons désiraient. Une star. Elle était, à l'instar de tous les morts, ce que souhaitent les vivants.

Je n'ai pas arrêté de voir au fil des articles les deux mêmes photographies d'Alison. La première avait été prise lors du gala de danse quand elle était en dernière année de lycée. Elle a des paillettes sur les joues et les paupières et elle scintille telle une créature céleste, angélique. Elle a un sourire doux et rêveur, expression inhabituelle chez ma sœur. En deux mots, elle ne ressemble pas à ce qu'elle était. Vous avez peut-être connu cela : vous regardez une photo de quelqu'un que vous connaissez bien, et vous avez l'impression de voir quelqu'un d'autre. Comment est-ce possible ? Est-ce un jeu de lumière qui déforme les angles et les traits du visage ? Quelque chose qui modifie les volumes ? Est-ce parce que nous sommes habitués à voir les gens en mouvement, et que l'immobilité totale nous induit en erreur ? Je crois plutôt que nous ne savons pas à quoi ressemblent les gens. Nous savons seulement à quoi ils ressemblent à travers notre propre regard. Nous projetons sur eux une idée façonnée par nos sentiments et nos souvenirs, et c'est là que les choses se déforment. Dans cette photographie, ma sœur ressemble à une jeune fille idéale et romantique, bien trop ravissante pour ce monde. Une fille destinée à mourir.

La seconde photographie est différente. Elle a été prise lors d'une soirée étudiante un mois avant la mort d'Alison. Seul le flash éclaire la pièce sombre. Le thème était manifestement « soirée pyjama ». Certains garçons portent des caleçons ; d'autres, ironiquement, des grenouillères en polaire. Un fût de bière trône dans un coin ; chacun tient un gobelet en plastique, et il y en a partout sur les tables. Ma sœur porte une minuscule nuisette bleue. Le bout de ses seins pointe visiblement sous la soie. Elle danse les bras en l'air, un gobelet à la main. Elle est en nage, du rimmel coule sous ses yeux ; aguicheuse, elle sourit à celui (ou celle) qui prend la photo.

Vous ne comprenez donc pas ? Ma sœur était innocente, elle n'est en rien responsable de son horrible destin. Et tout était de sa faute.

J'ai continué de surveiller Clive. Je voyais tout le temps la même chose, les mêmes habitudes méticuleusement répétées : le ragoût carmin et une bière, puis une autre, après avoir vidé la première. Saluts silencieux de la tête aux autres habitués. Une serviette chiffonnée dans la main. Je l'observais jusqu'à ce qu'il se lève pour aller vider son assiette dans la poubelle. Puis je m'éloignais à grands pas sur le trottoir, sans ralentir, jusqu'à mon appartement.

Naturellement, il m'arrivait de sortir le soir. Par exemple, un après-midi, Jackie m'a envoyé un texto pour me dire qu'elle avait besoin en urgence de me « parler entre filles », et ce soir-là nous nous sommes retrouvées pour boire des verres dans son bar favori près de notre ancien appartement. Jackie avait l'habitude d'être en retard. Je suis arrivée à l'heure et me suis assise pour l'attendre en me tournant les pouces, furieuse d'être à nouveau tombée dans le panneau. Pourquoi fallait-il toujours que ce soit moi qui l'attende ? Pourquoi étais-je incapable de cesser de répéter ce schéma ? (Je crois que je connais désormais la réponse à ces questions. J'aimais ce schéma, cette situation frustrante et prévisible qui me permettait de bouillir intérieurement.) Cette fois, j'étais d'autant plus agacée qu'à cause de Jackie Clive m'échappait : et si c'était ce soir qu'il allait se produire quelque chose, et que je n'étais pas là pour le voir ?

Je me suis bien énervée toute seule avant son arrivée, et comme d'habitude ma colère est retombée dès la seconde où Jackie a surgi avec une demi-heure de retard, sincèrement confuse.

Jackie voulait me voir en urgence parce que, selon ses propres termes, elle n'en pouvait plus. Je l'ai écoutée décrire de plus en plus nerveusement les origines de ce qui la tracassait. Elle n'était pas une priorité pour son petit ami. Elle détestait son boulot. Elle n'avait jamais le temps de pratiquer son « art ». (Même si selon moi elle passait le plus clair de son temps à aller voir son petit copain participer au championnat de balle au prisonnier, et à transformer quotidiennement en jus des kilos de fruits et légumes. Mais je n'ai rien dit.)

« Bien sûr que tu n'en peux plus, ai-je fait. C'est trop. »

Jackie a acquiescé. « Pas vrai ? Ça arriverait à tout le monde. »

Elle avait les larmes aux yeux. Je l'ai serrée dans mes bras. Je lui ai caressé les cheveux. Je lui ai donné le conseil standard : il fallait s'occuper d'une chose à la fois, étape par étape. Et cetera.

Jackie s'est mouchée dans une serviette en papier. « Comment tu fais pour avoir autant les pieds sur terre ? »

Nous sommes restées dans ce bar une heure de plus.

« Et toi, qu'est-ce que tu deviens ? » a-t-elle demandé en réglant avec sa carte de crédit.

J'ai songé à Clive Richardson, au Little Sweet, à l'avis de décès d'Alison, et à la fillette aux boucles d'or et aux lèvres roses de *Dying for Fun* qui était à la fois moi et pas moi.

« Pas grand-chose. »

Un jour, au travail, je suis allée sur Facebook pour essayer de retrouver Nika Ivanova, la fille qui partageait la chambre avec Alison à Princeton. Ce qui n'a présenté aucune difficulté. Elle s'appelait Nika (Ivanova) Cunningham à présent ;

elle vivait à Philadelphie et travaillait pour une entreprise pharmaceutique. Sur la photo de son profil elle était assise sur un télésiège, prise en sandwich entre deux garçons aux joues parsemées de taches de rousseur. Je lui ai envoyé un message :

Tu ne te souviens sûrement pas de moi, mais je suis la petite sœur d'Alison Thomas. Je travaille sur un projet à la mémoire d'Alison. Ce serait formidable d'avoir ton témoignage. Je sais que tu n'as pas connu Alison longtemps, mais elle a adoré t'avoir comme camarade de chambre. On pourrait peut-être convenir d'un rendez-vous téléphonique pour que je puisse t'en dire plus ?

C'était bizarre de mentir, mais ancrer ma demande dans un projet concret la rendait moins insolite. Incroyable, la puissance d'une raison d'être.

Nika a répondu le soir même. Elle serait ravie de m'aider. Nous sommes convenues d'un rendez-vous téléphonique plus tard dans la semaine, mais quelques minutes après l'heure à laquelle nous étions censées nous parler, Nika m'a envoyé un texto pour annuler. Elle avait oublié que c'était son tour d'aller chercher son fils et ses copains au taekwondo. Vingt minutes plus tard, j'étais devant le Little Sweet. Ragoût, bière, hochement de tête. Pendant une heure, j'ai fait le tour du quartier en repassant à chaque fois devant le restaurant pour observer Clive. Il y avait du monde dans les rues. Une maman avec trois enfants en uniforme scolaire. Un vieillard appuyé contre une vitrine en train de siroter un soda à l'ananas. Le flot régulier de corps humains surgissant de la bouche de métro à Nostrand. Un petit Blanc perdu portant un panier de linge sale sur le trottoir. En repassant pour la énième fois devant le Little Sweet pour m'apercevoir que Clive n'était plus là, j'ai eu l'impression désagréable qu'un fil avait été rompu malgré moi.

Nika a encore annulé la fois d'après : le match de basket de son autre fils avait duré plus longtemps que prévu, et je suis à nouveau sortie de chez moi pour aller sur Church Avenue. Ragoût, bière, hochement de tête. Clive s'en tenait tellement à ce rituel que j'ai fini par croire qu'il se savait observé et qu'en conséquence il s'évertuait à ne rien révéler de lui-même. J'avais parfois l'impression que nous étions engagés dans un bras de fer. Je n'avais pas encore réussi à m'extraire de la répétition hypnotique de ses habitudes. Mais cela ne m'inquiétait pas. J'attendrais le temps qu'il faudrait. J'étais patiente.

Nika et moi avons finalement parlé le dimanche suivant.

« Désolée, je n'ai pas pu t'appeler plus tôt. J'ai eu une semaine complètement folle », a-t-elle dit comme si elle débitait une réplique par cœur, comme si pour elle chaque semaine était complètement folle. En fond sonore, j'entendais des bruissements de sacs de courses que l'on vide.

Je n'avais qu'un seul souvenir de Nika. Lorsque ma famille était arrivée dans la chambre d'Alison à l'université pour l'installer, Nika et ses parents étaient déjà là, en train de se disputer à voix basse en bulgare, le regard braqué sur le matelas de leur fille. Ils n'avaient pas acheté la bonne taille de draps et venaient de comprendre qu'ils ne pouvaient donc pas faire le lit. En nous voyant dans l'embrasure de la porte, ils ont pris un air contrit. Nika portait une jupe plissée, un chemisier et des mocassins à talons carrés. Ma sœur était en short et en tongs. J'ai compris sans qu'on ait à me le dire qu'Alison était habillée comme il le fallait, contrairement à Nika. Pour moi, elle était restée la jeune fille douloureusement endimanchée et collée à ses parents.

J'ai expliqué à Nika que je voulais faire un livre de souvenirs sur ma sœur. « J'étais tellement jeune quand elle a été tuée. Depuis quelque temps je trouve que ça m'aide d'entendre ceux qui l'ont connue parler d'elle. »

J'ai entendu la porte du réfrigérateur s'ouvrir et se fermer, le broyeur de déchets se mettre en route. Le manque d'attention de Nika n'était pas blessant, pas exactement. C'était rude, comme le quotidien, et je ne lui en ai pas voulu. Ma tragédie n'était pas la sienne, et ce n'était pas sa faute.

« Ta sœur a été vachement importante pour moi, a dit Nika. J'étais complètement à côté de la plaque quand je suis arrivée à Princeton. Nous avons émigré quand j'avais dix ans, mais mes parents parlaient à peine anglais. J'avais une tignasse horrible. J'allais au réfectoire me remplir une tasse de soupe que je retournais manger dans notre chambre, parce que les autres m'intimidaient. Je n'ai même pas eu la moyenne à mon premier examen de maths. J'étais allée dans un lycée affreux à Chicago. Je n'étais pas du tout préparée. Je n'ai pas arrêté de pleurer. Il y avait des tuteurs prêts à aider dans ces cas-là, mais j'avais peur. J'étais littéralement persuadée que si j'allais les voir, ils allaient se rendre compte que Princeton avait fait une erreur en m'acceptant, et qu'il fallait me virer. Je ne savais pas du tout... excuse-moi une seconde. » Je l'ai entendue plaquer la main contre le combiné. *Pas maintenant, Logan. Maman est au téléphone.* « Désolée. Bref. En tout cas, je ne savais pas du tout quoi faire.

— Ça a dû être dur. » J'ai déplié un trombone et me suis curé les ongles avec. Sa tragédie n'était pas la mienne, non plus.

« Ta sœur a été déterminante pour moi. Je ne dis pas ça comme ça. Elle m'a incluse. Le premier mois, je ne me suis fait aucun ami. Je vivais pratiquement en ermite. Alors que ta sœur, ça lui a pris cinq minutes pour connaître tout le monde sur le campus. Et tout le monde voulait être ami avec elle. Elle avait du charisme, tu vois ce que je veux dire ?

— Elle était hors du commun », ai-je dit, évasive. On peut parler de charisme, oui, mais ce mot n'éclaircit pas le mystère, car les gens charismatiques le sont tous différemment.

C'est le sentiment qu'ils provoquent chez les autres, cette ivresse enchanteresse, ce courant irrésistible qu'ils partagent. C'est Edwin Hastie avec une kyrielle d'enfants lui sautant dessus dans le sable. C'est une dizaine d'hommes qui tombent amoureux de tante Caroline pendant qu'elle épluche une mandarine dans le jardin du Luxembourg. Qui était Nika pour me parler du charisme de ma sœur ? ai-je pensé, contrariée. Mais j'ai gardé mon sang-froid.

« Chaque fois qu'elle allait à une fête ou un événement quelconque, elle m'invitait, a poursuivi Nika. J'ai dû refuser une centaine de fois. J'avais peur. Finalement, un soir elle m'a prise par le bras et elle a dit : *Tu viens, Nika Nika* ; elle aimait bien m'appeler comme ça. Et elle m'a traînée dehors. On est allées à une fête dans une autre résidence. J'étais tellement flippée. Je n'avais jamais bu une goutte d'alcool. Ta sœur ne m'a pas quittée d'une semelle de toute la soirée. Elle m'a présentée à tout le monde comme si j'étais la nana supercool qui avait finalement daigné les honorer de sa... pardon. » Elle a encore plaqué la main sur le combiné. *Jackson, pourquoi j'entends un jeu vidéo ?... Ne me dis pas que tu ne sais pas... Cinq minutes... D'accord, huit.* Elle a soupiré. « Désolée. On en était où ?

— Ma sœur t'a emmenée avec elle à une soirée.

— Ah oui. Bref, après ça, elle m'a adoptée, je faisais partie de son groupe d'amies. » Nika accélérait le débit maintenant. L'histoire du jeu vidéo l'avait arrachée à l'océan de ses souvenirs pour la déposer sur la rive de son quotidien chargé. Je sentais qu'elle avait hâte de raccrocher, pour s'assurer du bon déroulement de tout ce qui lui restait à faire.

« Et quand elle est morte ?

— On était choqués. Dévastés. Par ce qui s'était passé. Je m'en veux encore de ne pas être allée à son enterrement. On était en plein dans les examens et je ne pouvais pas partir. Mais notre groupe est resté soudé. On est tous restés amis. On va à Steamboat tous les hivers avec nos enfants.

Mon mari, Alex. Alison n'arrêtait pas de me chambrer, elle me disait que je le faisais craquer, mais je ne voulais jamais la croire.

— C'est génial. »

Nika a collé derechef une main sur le combiné. *On n'interrompt pas les gens au téléphone, mon chéri.* « Désolée. Qu'est-ce que tu disais ?

— Je disais que c'est chouette de savoir tout ça.

— Écoute, je suis vraiment désolée, mais il faut que j'y aille. J'ai des photos et des trucs. Je vais t'envoyer des photocopies couleurs pour ton livre. » Je lui ai répondu que cela me ferait très plaisir et je lui ai donné mon adresse. « Je suis vraiment navrée de devoir filer. Il faut que j'aide mon fils. On a une présentation Prezi à faire sur le chaparral », m'a-t-elle informée avec une pointe d'ironie.

— Ça me manque, l'époque des bons vieux exposés », ai-je répliqué comme si moi aussi j'étais une maman harassée et dépassée par la modernité des devoirs de son fiston.

Ce n'est qu'après avoir raccroché que je me suis rendu compte combien j'étais physiquement crispée. Elle ne m'avait pas raconté une belle histoire sur le bien que ma sœur avait fait durant sa courte existence. Elle m'avait raconté l'histoire de sa vie. Alison n'avait été qu'un simple levier actionné par l'univers pour mettre en branle le destin de Nika, à savoir devenir Nika (Ivanova) Cunningham, maman de Jackson et de Logan. On subtilise l'histoire des morts, qui se voient condamnés à une éternité de figurants dans les histoires des autres.

Rapport d'autopsie, Alison Thomas, version abrégée, pour le *New York Post*, 25 mars 1996 :

Nom de la défunte : Thomas, Alison Brianne

Examen autorisé par : Cardigan Ralston, médecin légiste

Assisté de : Diandra Young, docteur en médecine
Défunte identifiée par : Thomas, Ellen, et Thomas, Richard, parents de la défunte
Date de naissance : 8 septembre 1977
Type : blanc
Sexe : féminin
Taille : 1 m 65
Poids : 52 kg
Yeux : marron
Cheveux : auburn

EXAMEN EXTERNE

Le corps est présenté dans une housse mortuaire noire. La victime ne porte pas de vêtements mais trois boucles à l'oreille gauche : un anneau doré, un clou doré et une petite pierre bleue, ainsi que deux à l'oreille droite : un anneau doré et un clou doré. Les ongles des mains et des pieds sont vernis en bleu ciel. Le corps correspond à celui d'une femme blanche, normalement développée et nourrie. Son âge semble correspondre à celui indiqué. Les paupières sont fermées. Les iris sont marron clair. Les dents sont normales et en bon état. La langue est lisse, gonflée et gris clair. Les cheveux, qui mesurent trente-cinq centimètres et demi pour les plus longs, sont auburn, raides et attachés au sommet de la tête en queue-de-cheval avec un élastique jaune. Les parties génitales correspondent à celles d'une femme adulte normalement développée. Il y a une cicatrice de douze centimètres sur la partie gauche de l'abdomen, et les parents de la victime précisent qu'elle résulte d'une blessure accidentelle subie en 1981. La peau est fripée et présente un aspect macéré concordant avec un séjour prolongé du corps dans l'eau douce.

Lésions

La nuque est fracturée. Le crâne est lacéré sur trois centimètres au niveau du lobe pariétal gauche. La vulve présente des abrasions qui suggèrent un rapport sexuel récent, mais la nature superficielle desdites abrasions ne permet pas de conclure à un rapport forcé. Aucune trace de sperme n'est trouvée dans le vagin, sans qu'il soit toutefois possible de déterminer si cela est dû à l'immersion du corps dans l'eau.

Examen interne

Poumons : de l'eau douce est trouvée dans les deux poumons. Des grains de sable, de couleur beige, sont trouvés dans les deux poumons.

Les appareils gastro-intestinaux, cardio-vasculaire et urinaire sont normaux.

Examen radiologique

Les radios de l'ensemble du corps révèlent une fracture au niveau de la quatrième vertèbre cervicale.

Examen toxicologique

Le sang et le liquide oculaire sont positifs à l'éthanol.

Le sang et le liquide oculaire sont positifs aux cannabinoïdes.

INDICES DE PREUVES

Éléments soumis à la Royal Police Force de Saint-X comme indices de preuves : prélèvements vaginaux ; prélèvements oraux ; échantillons de cheveux, de cils et sourcils ; boucles d'oreilles ; élastique à cheveux ; fragments d'ongles des mains ; trois tubes de sang.

CONCLUSIONS

Heure du décès
D'après la rigidité cadavérique, l'état du foie et le contenu de l'estomac, la mort est survenue 72 à 96 heures avant l'autopsie.

Cause immédiate du décès
Non déterminée

Circonstances du décès
Non déterminées

Remarques
Étant donné l'état du corps au moment de l'examen médico-légal, il est impossible de déterminer la cause première du décès. Parmi les causes possibles, trauma causé par un choc violent et asphyxie provoquée par l'immersion. Il est impossible de déterminer si la mort est d'origine accidentelle, intentionnelle ou criminelle.

Communiqué de presse, Prentice Carter, commissaire de police, le 10 avril 1996 :
La Royal Police Force est pleinement consciente de l'intérêt mondial qu'a suscité notre enquête sur la mort de l'adolescente américaine Alison Thomas, survenue sur notre île le 3 janvier dernier. Je tiens à affirmer ici que notre enquête a mobilisé toutes les ressources de notre département et qu'elle a été menée en étroite collaboration avec le FBI, avec le plus grand sérieux et la plus grande minutie. Nos services ont entendu plus d'une centaine de témoins. Je suis en mesure de vous dire aujourd'hui que le soir de la mort d'Alison Thomas, de nombreux témoins ont confirmé avoir vu l'adolescente chez Paulette's, le bar

situé au 24 Underhill Road, où, encore une fois, de nombreux témoins attestent qu'elle était manifestement sous l'emprise de l'alcool, ce que confirme le rapport toxicologique de l'examen médico-légal. Les témoins affirment qu'elle portait un chemisier très décolleté et dansait de manière provocante avec plusieurs clients. Le barman a certifié avoir servi à Alison Thomas au moins quatre verres, dont une vodka au cannabis. Plusieurs dizaines de témoins ont rapporté que Mlle Thomas a beaucoup fait la fête dans les nuits qui ont précédé sa mort. Nos services ont exploré jusqu'au bout toutes les pistes possibles dans ce dossier et Edwin Hastie et Clive Richardson ne sont plus considérés comme suspects. À l'heure actuelle, M. Richardson purge une peine de trois mois de prison pour possession de drogue sans lien avec l'affaire. Pour le moment, en l'absence d'autres suspects et de preuves tangibles qui nous permettraient d'affirmer qu'Alison Thomas a été victime d'un crime violent, nous avons pris la décision de clore notre enquête.

Communiqué de presse, Rick et Ellen Thomas, 11 avril 1996

Nous, les parents d'Alison Thomas, rejetons avec la plus grande fermeté les conclusions du commissaire Carter et de la Royal Police Force de Saint-X. Nous implorons aujourd'hui toute personne ayant la moindre information sur les circonstances de la mort de notre fille de se faire connaître, afin que le dossier de cette affaire soit rouvert, comme il se doit. Nous nous battrons jusqu'à ce que les responsables de la mort de notre fille soient démasqués et punis autant que le permet la loi.

Nous voulons conclure en adressant un message aux autres parents. S'il vous plaît, serrez vos enfants dans vos bras un peu plus fort ce soir. Nous prions pour que ce qui est advenu à notre fille magnifique n'arrive jamais à une autre enfant.

La fille magnifique était morte. Quelle fille, entre-temps, avait survécu ?

Une bruine froide tombait le lendemain soir lorsque je me suis rendue au Little Sweet. Je me suis postée sous l'auvent de l'épicerie, comme d'habitude, pour regarder Clive Richardson assis à sa table faire ce qu'il faisait toujours.

Quelques minutes plus tard, il a reculé sa chaise, porté son plateau jusqu'à la poubelle et raclé son assiette. Mais cette fois je ne me suis pas dépêchée de partir. Lorsqu'il s'est approché de la porte, j'ai baissé mon parapluie pour me dissimuler. Je suis restée immobile jusqu'à ce qu'il quitte le Little Sweet, arrive au coin du pâté de maisons et tourne à l'angle de la rue. Puis je lui ai emboîté le pas.

Je suis restée à distance, rasant les murs, agrippée à mon parapluie, prête à me cacher si jamais il faisait volte-face. Nous avons marché sur Nostrand en direction du nord en passant devant des vitrines qui, dans les mois à venir, me deviendraient extrêmement familières. La pharmacie Healthwise. Le fast-food US Fried Chicken & Pizza. La boulangerie Immaculee. Les Ongles rouges. La quincaillerie Winthrop. J'ai ralenti l'allure, pour le laisser prendre un peu d'avance. KBB Shipping, l'entreprise de fret et l'église Beulah United. J'ai suivi Clive durant plus d'une heure, tandis qu'il tournait à droite, à gauche, et encore à droite, sans direction particulière, me semblait-il, dans les rues scintillantes de pluie. Pour finir, il est arrivé dans une zone résidentielle non loin de là où nous avions commencé : une succession d'immeubles peu élevés aux façades en brique beige parcourues d'escaliers de secours en zigzag. À un moment, Clive a tourné et monté l'escalier d'un bâtiment semblable en tout point aux autres. Il a plongé la main dans la poche de son coupe-vent et a sorti ses clés. Il a bataillé un peu avec la serrure.

Je n'avais pas prévu ce que j'ai fait ensuite. Je ne me suis même pas rendu compte de ce que je faisais jusqu'à ce que je l'aie fait. Jusqu'à ce que je crie : « Gégé ! » et que l'écho de ce nom me revienne aux oreilles après s'être réverbéré sur les briques humides et dans l'air doux de la nuit.

Je me suis cachée dans l'ombre d'un platane tandis que Clive Richardson se retournait brusquement.

« Qui est là ? » a-t-il crié. La rue était vide, silencieuse. « Qui a dit ça ? » Il est resté figé dans l'entrée. « Laissez-moi tranquille ! Vous m'entendez ? Laissez-moi tranquille ! »

La porte a claqué derrière lui et il a disparu.

GÉGÉ

C'était le vent. C'était quelqu'un dans la rue qui criait. Un chien qui aboyait. Il y avait toutes sortes d'explications possibles à ce qu'il avait entendu : une voix qui n'en était certainement pas une, qui disait ce nom. Dans les jours qui suivent, il reste vigilant. S'il se surprend à ruminer pendant son service, il allume l'autoradio et écoute attentivement un sermon sur la station chrétienne. Lorsqu'en se promenant le soir il remarque qu'il accélère malgré lui le pas, il s'oblige à ralentir. Dans l'appartement, il s'occupe : il nettoie la cuisinière, se brosse longuement les dents contrairement à d'habitude. Il va jusqu'à engager la conversation avec Cecil, son colocataire, qui lui raconte dans le détail l'étonnante tournure des événements de l'émission de variétés qu'il a regardée la veille : un magicien s'est fait chiper la place en finale par un monocycliste. Il opine du chef tandis que Cecil se lance dans un discours qu'il a de toute évidence répété intérieurement depuis un moment, sur la clé du succès de cette émission, à savoir comparer ce qui n'est pas comparable. Comment évaluer le talent d'un contorsionniste par rapport à celui d'un humoriste ? Qui est le plus impressionnant, un ventriloque hors du commun, ou un chanteur d'opéra professionnel ? Tout est bon pour étouffer la voix. *Gégé*. Ce n'est pas la première fois qu'il entend de manière fugace son nom. Il sait où cela peut mener, et il ne veut pas y retourner.

La voix dans la journée reste silencieuse, si bien qu'il pense chaque jour l'avoir domptée. Mais la nuit, elle refait surface ; elle résonne tellement dans les ténèbres qu'il en étouffe. *Gégé.* Il se répète encore et encore qu'il n'a pas entendu ce qu'il croit avoir entendu. Après tout, comment serait-ce possible ? Il n'est plus Gégé pour personne depuis très longtemps.

Le jour de la rentrée en CE1, la grand-mère de Clive Richardson avait boutonné jusqu'au cou le polo rose de son uniforme. Ils étaient assis tous les deux à la table de cuisine ; sa grand-mère avait préparé pour le petit déjeuner du poisson pané, des petits pains et du thé rouge dans des tasses en émail bleu. Tout en mangeant, Clive tirait sur son col. Sa grand-mère, qui dévorait son poisson, s'était emparée de sa main.

« Arrête de gigoter. »

Il avait hoché la tête. Elle était comme ça : résolue, et merveilleusement ferme. Elle avait ôté sa main, et ils s'étaient remis à manger.

« Tu vas te faire des amis bien aujourd'hui. Des bons garçons. »

Elle avait l'habitude de parler ainsi, comme si l'avenir ne faisait aucun doute ; comme si les choses allaient forcément se produire selon son bon vouloir. Cela faisait moins d'un mois qu'il vivait avec elle, et assis là dans sa cuisine, alors que les rideaux en dentelle blanche flottaient dans l'encadrement de la fenêtre ouverte, que l'odeur de piment régnait autour de lui et que chaque chose était à sa place – le pichet jaune d'huile près de la cuisinière, les haricots roses qui trempaient sur le comptoir, la margarine dans la petite assiette bordée de boutons de rose sur la table –, cela lui semblait encore miraculeux d'être pris en charge par un adulte qui était manifestement aux commandes et savait clairement ce qui devrait advenir. Il irait à l'école et se ferait des amis bien. Il en avait très envie. Mais il était troublé aussi, parce qu'inquiet : et si l'art divinatoire de sa grand-mère n'était pas assez puissant pour provoquer quelque chose d'aussi improbable ? Après tout, il avait sept ans et n'avait jamais eu d'amis. Pas vraiment. Sauf si l'on comptait Vaughn, qui l'appelait « Big Man », mais Vaughn était le bon ami de sa mère, donc il ne comptait pas vraiment. Il y avait aussi Jeremiah, qui vivait en bas de la rue chez sa mère, mais Jeremiah était simple d'esprit, et Clive avait honte d'avoir pour seul ami un simple d'esprit, donc il ne voulait pas le comptabiliser.

« Oui, ma-ma-mie », avait-il dit.

Elle avait posé délicatement la main sur sa joue. « Tu es un bon garçon, Clive. » Et lorsqu'elle disait ces mots, c'était une autre manière de façonner la réalité, de démêler les fils épars du passé pour tricoter un présent soigné et ordonné.

Clive était venu vivre chez la mère de son père lorsque sa propre mère était partie à Saint-Thomas pour trouver du travail. Son père était mort, ce qui ne l'attristait pas, parce qu'il ne se souvenait pas de lui. Il avait quatre ans à l'époque, et c'était cela qui le troublait, car il avait des souvenirs de ses quatre ans. Il se souvenait qu'une chèvre noir et blanc avait essayé de le mordre, et que sa mère avait flanqué une tape sur la croupe de l'animal, comme elle l'aurait fait avec un sale gosse. Il se souvenait de Claude Félix, le vieux pêcheur aux yeux brumeux qui parcourait les rues du village au crépuscule, pour livrer du poisson enveloppé dans du papier kraft à ses clients. Il se souvenait du soir où sa mère lui avait annoncé que Claude Félix avait rejoint les ancêtres. Mais il n'avait aucun souvenir de son propre père, ni de la mort de celui-ci, si bien que ces autres souvenirs lui faisaient honte.

Le jour où sa mère est partie, elle a mis les affaires de Clive dans une demi-douzaine de sacs de supermarché, et une de ses amies les a emmenés en voiture de Bendy

Harbour jusqu'à la maison de sa grand-mère, au Basin, de l'autre côté de l'île. Sa grand-mère a ouvert la porte d'entrée en les voyant arriver au loin sur la route. Les bras croisés, elle se tenait dans l'embrasure de sa porte. Ils l'ont rejointe sous la véranda.

« C'est comme ça que tu m'amènes mon petit-fils ? Avec ses affaires rangées n'importe comment ? a-t-elle lancé.

— J'ai besoin de la valise, Nella.

— Mais oui, que je suis bête ! *Tu* as besoin de la valise.

— Et comment je prends l'avion sans valise, tu peux me dire ? » a rétorqué sa mère.

Pendant ce qui a semblé être une éternité, sa grand-mère est restée plantée là, bras croisés, à fixer sa belle-fille d'un regard dur comme du bois.

« Ça tombe bien que tu l'emmènes pas avec toi, hein ? Comment tu ferais, avec les bagages, sinon ? »

Depuis des semaines sa mère lui parlait de son départ imminent, comme si leur séparation était une chose qu'elle ne pouvait contrôler. Il comprenait maintenant que ce n'était pas le cas. Elle aurait pu l'emmener. Mais elle avait décidé de ne pas le faire. Quel idiot, il ne valait pas mieux que Jeremiah.

Sa mère s'est agenouillée près de lui et l'a serré dans ses bras. « Tu vas tellement manquer à maman, chéri. »

Son petit corps s'est raidi. Il ne pouvait se détacher d'elle. Sa grand-mère a fini par desserrer ses doigts agrippés au cou de sa mère, et l'attirer à elle. Sa mère s'est engouffrée dans la voiture de son amie et elles sont parties. Lorsque la voiture a disparu de sa vue, il s'est mis à sangloter. Sa grand-mère lui a tapoté le dos. « Allez, viens », a-t-elle murmuré en l'entraînant à l'intérieur. Il a pleuré jusqu'à épuisement, puis sa grand-mère l'a déshabillé et lui a enfilé une vieille chemise de nuit ayant appartenu à son grand-père, avant de le mettre au lit. Au milieu de la nuit, il s'est réveillé courbaturé et perdu, et elle l'a accompagné jusqu'à la cuisine. Elle lui a préparé un bol de soupe. Il n'en avait jamais mangé de meilleure.

C'était difficile d'expliquer ce qu'il ressentait pour sa grand-mère et ce qu'il pensait de sa nouvelle vie chez elle. Il savait que c'était mieux ici. Sa maison était d'une propreté impeccable. Pour le petit déjeuner, il y avait du poisson et du gruau ou de la bouillie à la place des Frosties avec du lait en poudre. Le dimanche, ils allaient à St. George, l'église anglicane. Elle lui préparait un bain tous les soirs, et avec un gant rêche et un morceau de savon Ivory, elle le frottait, tâche qu'elle accomplissait sans douceur ni rudesse particulières. Elle lui faisait faire son lit tous les matins, et lire un psaume tous les soirs, et même s'il n'aimait pas se plier à ces deux obligations, il sentait qu'il se devait de le faire.

Chez sa mère, il ne se couchait jamais à la même heure. Souvent, elle sortait le soir et il veillait, jouant aux billes par terre et grignotant des chips jusqu'à ce que la maison s'assombrisse et qu'il s'endorme. Parfois, il se réveillait dans la nuit et entendait des rires et des voix. Il trottinait jusqu'à la cuisine et trouvait sa mère et quelques autres assis, la lampe à pétrole bleue allumée au milieu de la table, en train de tirer sur des cigarettes roulées dont la fumée âcre lui picotait les narines. « Viens là, Big Man », disait Vaughn s'il était là. Clive grimpait sur ses genoux. « T'as soif ? » lui avait demandé une fois Vaughn. Clive avait acquiescé. Vaughn lui avait tendu son verre. « Juste une petite gorgée, Big Man. » Clive avait craché le liquide marron qui lui brûlait la gorge. Vaughn avait applaudi et ri en lui flattant l'arrière du crâne. « Regardez-moi ça. C'est le roi de la nuit. »

Pourtant, la maison de sa mère lui manquait parfois. Elle lui embrassait les doigts les uns après les autres, et cela aussi lui manquait. Même après des semaines, des mois, des années d'absence, l'amour lui picotait encore le bout des doigts. Les fleurs qu'elle cueillait dans leur jardin et qu'elle se mettait dans les cheveux lui manquaient ; parfois, le soir, lorsqu'elle n'était pas là, il sortait au clair de lune et touchait les fleurs en s'imaginant que c'était elle. Aller avec elle au port à Noël voir le bateau arrivant de Sainte-Croix chargé de glace lui manquait ; sur la jetée, elle le portait bien haut au-dessus de la foule, et il regardait l'homme jeter des cristaux de sel dans la machine, et tourner la manivelle jusqu'à ce qu'il en sorte du sorbet.

Tous les dimanches soir, presque tout le monde dans Bendy Harbour se rassemblait chez l'unique famille du village qui possédait un groupe électrogène et une télévision. Ils positionnaient le petit écran face au jardin, allumaient, et tout le monde s'asseyait dehors pour regarder. D'ordinaire, avec sa mère, ils n'allaient pas rejoindre les voisins, si bien que le dimanche soir Clive restait à la maison, sachant que tous les autres se rassembleraient sans lui. Mais de temps à autre ils y allaient, et Clive s'asseyait sur les genoux de sa mère parmi tous ceux qu'il connaissait depuis toujours. Ils regardaient *Rawhide* et *Les Mystères de l'Ouest*, acclamaient André the Giant quand il affrontait Killer Khan ou Kamala. Lorsque le groupe électrogène finissait par faiblir, quelqu'un allumait une lampe à pétrole, et les histoires commençaient. C'était ça qui manquait le plus à Clive : s'endormir dans les bras de sa mère tandis que des voix qu'il connaissait aussi bien que sa propre peau évoquaient les contrées lointaines du passé.

Il y avait des histoires d'hommes qui avaient quitté l'île au début du siècle pour voguer vers la République dominicaine à bord de la *Lady Ann* pour aller couper la canne à sucre, ou vers Trinidad pour aller travailler dans les raffineries de pétrole ; des histoires de pêcheurs et de marins qui, en route pour Aruba, Cuba et Curaçao, avaient vu le port de Saint-Domingue, le club Sans Souci, le Malecón à La Havane. Il y avait l'histoire du coupeur de canne à sucre qui, un soir sur une route isolée, rencontrait une femme magnifique. L'instant suivant, il se réveillait en plein jour sous un fromager au milieu d'une forêt. Ses chaussures avaient disparu ; il avait les pieds maculés de terre et de sang. En rejoignant finalement une route, il s'apercevait qu'il était à vingt kilomètres de là où il se trouvait la veille. Il avait traversé des montagnes et des rivières mais ne se souvenait de rien.

Il y avait les histoires de la *Lady Ann* : la fois où l'arrière-grand-père de Jonathan Bell avait fait le trajet à bord de la goélette de Saint-Domingue à Saint-X en un jour de moins que d'habitude, et était arrivé juste à temps pour dire adieu à son père mourant ; le pont qui scintillait de petits cristaux blancs comme des étoiles une fois que sa cargaison de sel avait été déchargée. Il y avait des histoires de sel : durant les grosses chaleurs, il n'était pas rare de récolter dans le bassin de Thomasvale une galette plus lourde qu'un enfant. Il y avait l'histoire de Harlan Ghaut, qui marchait sur la route d'Old Vale le long des marais lorsqu'il avait vu une femme avec une queue de poisson prendre le soleil sur les rochers, enfin c'est ce qu'il disait. Harlan était retourné à l'endroit tous les jours, mais il ne l'avait jamais revue, jusqu'à la fois où tard un soir il l'avait découverte perchée sur le rocher, des pieds humains émergeant de sa nageoire caudale. Vingt ans plus tard, assis dans son appartement à Londres, Harlan regardait la télévision et il avait vu surgir à l'écran la sirène en question.

Il y avait des histoires sur Janet, Alice, Carla et Camille, les grandes tempêtes qui avaient balayé l'île avant la naissance de Clive : les toits s'étaient envolés des maisons et les gens, couchés dans leurs lits, s'étaient retrouvés dans des chambres à ciel ouvert ; les voitures roulaient comme des bouteilles dans les rues, le vent décapait les peintures des maisons et les éclats pouvaient vous couper comme du verre. Le naufrage de la *Lady Ann* dans Britannia Bay.

Puis, il y avait l'histoire préférée de Clive ; il suppliait sa mère de la lui raconter lorsqu'elle le couchait, celle sur une femme aux cheveux longs qui avait des sabots à la place des pieds et qui vivait sur Faraway Cay.

« Elle existe pour de vrai ? demandait Clive.

— Oui. Ta grand-tante Ruth a disparu à cause d'elle. Pouf. Elle s'est évaporée d'un coup. »

(« Ha ! » a fait sa grand-mère lorsqu'il lui a demandé si elle croyait que la femme de Faraway Cay avait enlevé Ruth. « Je crois que ta tata avait ses raisons pour disparaître ; voilà ce que je crois. » Sa grand-mère ne racontait pas d'histoires. Avec elle, le monde était juste lui-même.)

Sa mère était partie depuis moins d'un an lorsque la première usine à glace avait ouvert. On pouvait acheter un bloc de vingt kilos ; et des hommes faisaient du sorbet et de la glace pilée sur la jetée toute l'année. On n'avait plus besoin d'attendre à Noël le bateau de Sainte-Croix, et on oubliait vite à quel point cela avait été merveilleux de s'asseoir sur la jetée, les pieds suspendus au-dessus de la mer ondoyante, en savourant le froid de la glace pendant que le soleil vous tapait sur les épaules. Peu après, l'électricité était arrivée dans les villages de l'île. Les gens n'avaient pas tardé à avoir leur propre téléviseur, et les rassemblements et les histoires avaient cessé. Ensuite les câbles de téléphone avaient été installés. En un rien de temps, Mayfair Road avait été pavée, puis Investiture Boulevard et toutes les rues du Basin. Les hôtels de luxe étaient ensuite sortis de terre, les touristes avaient débarqué, et tout avait changé.

Ainsi, pour Clive, le souvenir douillet, magique de l'enfance était inextricablement lié à l'île telle qu'elle était auparavant – avec l'odeur de pétrole et le murmure des histoires dans la pénombre –, et, par ricochet, à sa mère. Au fil des ans, alors qu'elle ne revenait toujours pas, elle est devenue, à l'instar de son père, un vide inquiétant au centre de lui, là où il aurait dû y avoir de la tristesse.

L'école Horatio Byrd était trois fois plus grande que celle de Bendy Harbour, où Clive avait fait son CP. C'était un petit bâtiment en béton blanc bordé de bleu en forme de fer à cheval. À l'intérieur du fer à cheval, des enfants couraient et criaient dans la cour en terre battue. Clive a tiré sur le col de son polo.

« Arrête », a dit sa grand-mère.

Il ne savait pas comment elle l'avait vu, elle ne le regardait même pas. Il s'est arrêté.

« Vas-y », a-t-elle ajouté.

Il a fait quelques pas hésitants. Lorsqu'il s'est retourné, elle était déjà au milieu de la cour. Il l'a regardée passer le portail à grands pas avec ses chaussures noires, et elle a disparu.

La salle de classe ressemblait à celle de l'année précédente à Bendy Harbour. Les longues tables en bois étaient identiques. Les filles portaient les mêmes pulls et les mêmes chemisiers, sauf qu'ici ils étaient marron et roses au lieu d'être verts et blancs. Tous les garçons étaient en polo rose et pantalon marron, comme lui, sauf que les autres n'avaient pas leur col boutonné jusqu'au cou. Il aurait voulu défaire un bouton, mais il n'a pas osé. Sa grand-mère allait le savoir, Dieu sait comment. Sur le mur au-dessus du tableau noir il y avait le même alphabet illustré : un ballon pour *B*, une girafe pour *G*, un igloo pour *I*, et, son préféré, une sirène pour *S*. Il a observé l'image familière, les écailles rose et vert de la queue de la sirène, ses cheveux qui faisaient des volutes autour de son crâne, et il s'est senti calme.

L'institutrice, une grande femme à l'air gentil, qui s'appelait Mlle Forsyth, a fait l'appel.

« Annmarie Bell.

— Présente.

— Don Claxton.

— Présent.

— Damien Fleming.
— Présent. »
Tandis qu'elle progressait inexorablement dans la liste, sa bouche s'asséchait, et pour finir sa langue s'est collée à son palais.
« Edwin Hastie. »
Silence.
« Edwin Hastie ? »
Un garçon au dernier rang a sursauté, comme s'il venait de se réveiller. « Oui ! »
Tout le monde a gloussé.
« Oui, quoi, monsieur Hastie ?
— Oui, chui présent.
— Je *suis* présent.
— J'espère bien, mademoiselle Forsyth. C'est toi la maîtresse. »
La classe a éclaté de rire. Clive a ri aussi, mais nerveusement : son tour approchait.
« Sara Lycott, a fait Mlle Forsyth, coupant court au chahut comme on déracinerait une mauvaise herbe.
— Présente, mademoiselle Forsyth.
— Daphne Nelsen.
— Présente.
— Desmond Phillips.
— Présent.
— Ron Rawlins.
— Présent.
— Clive Richardson. »
Il a ouvert la bouche, mais sa gorge s'est coincée. Ses oreilles se sont mises à chauffer comme s'il avait été piqué par des abeilles.
« P-p-p- »
Trente paires d'yeux se sont tournées vers lui.
« P-p-p- »
Il a scruté désespérément le plafond.

« P-p-p-*présent.* » Le mot est sorti beaucoup trop fort, comme s'il avait poussé un cri de colère. Ils ont tous à nouveau éclaté de rire, encore plus bruyamment que pour le numéro d'Edwin Hastie.

« Ça suffit, s'est exclamée Mlle Forsyth. Merci Clive. » Elle lui a souri avec bienveillance, ce qui n'a fait qu'empirer les choses.

Ils ont commencé par faire des maths. Mlle Forsyth a écrit des opérations sur le tableau. Elle avait une magnifique écriture. Chaque chiffre ressemblait à une fleur. Elle appelait à tour de rôle chaque élève au tableau pour résoudre un problème. *Si Michael a sept clous et John douze, combien de clous en plus a John par rapport à Michael ? Marie a dix-sept mètres de tissu. S'il lui faut quatre mètres pour faire une jupe, combien de jupes peut-elle confectionner ?*

À chaque fois que Mlle Forsyth énonçait un problème, l'esprit de Clive s'agitait. Les mots se mélangeaient, prenaient des formes étranges dans sa tête. Il s'efforçait de trouver la réponse en priant pour ne pas être appelé car s'il ne comprenait pas ce qu'on lui demandait, il avait aussi terriblement besoin d'uriner. Il avait bu tout son thé au petit déjeuner. Mais il n'osait pas demander à aller aux toilettes parce qu'il savait qu'il n'arriverait pas à articuler les mots comme il le fallait.

« Johnny a douze œufs. Il en mange quatre au petit déjeuner, donc qu'est-ce qui lui reste ? Edwin ? »

Le garçonnet maigre s'est avancé vers le tableau en bombant le torse. Son pantalon trop grand pour lui avait l'air d'un sac ; une ceinture lui sanglait le ventre pour le faire tenir. Il a pris la craie dans la main de Mlle Forsyth et a écrit *à faire caca.*

La classe était pliée en deux de rire. Mlle Forsyth s'est elle-même autorisée à esquisser un sourire.

« Au coin », a-t-elle dit. Edwin est parti, le torse toujours bombé, vers le coin. « Vous voyez, les enfants, Edwin est peut-être le garçon le plus intelligent de la classe, mais comme il ne prend jamais rien au sérieux, on ne le saura jamais. »

Au coin, Edwin Hastie a joué à remonter et rabaisser le col de son polo en faisant celui qui n'avait pas entendu Mlle Forsyth. Ses yeux étincelaient, comme chargés de foudre.

Après les maths, Mlle Forsyth leur a distribué à chacun un livre de lecture. Un par un, en partant du premier rang, les élèves ont lu l'histoire d'un Américain qui plantait des pépins de pomme partout où il allait. Clive entendait à peine les mots. Il ne pensait désormais qu'à serrer les jambes pour réprimer la pression insupportable qu'il sentait dans son bas-ventre. Il a tourné la page de son livre. L'Américain, pieds nus, une marmite en fer-blanc sur la tête, dormait près d'une rivière. De l'eau qui bouillonnait, bleue, blanche, pleine d'écume. Il ne pouvait plus se retenir. Alors que Daphne Nelsen lisait avec cette voix nasillarde et haut perchée qu'il détesterait à jamais, il a timidement levé la main.

« Oui, Clive », a dit Mlle Forsyth, interrompant Daphne en pleine phrase. Les yeux se sont à nouveau tournés vers lui.

« J'ai-j'ai-j'ai- »

Il n'allait pas y arriver. Il allait faire dans son pantalon, devant toute la classe, le jour de la rentrée dans sa nouvelle école.

« J'ai-j'ai-be-be-be-be-soin »

Mlle Forsyth a compris l'urgence et s'est écriée : « Oui ! Dépêche-toi ! »

À moitié plié en deux, il s'est précipité hors de la salle de classe. Dans le couloir, il a plaqué ses deux mains entre ses cuisses et il a couru, et en arrivant aux toilettes, il a pleuré en se soulageant, à la fois reconnaissant et honteux.

À la récréation, il s'est trouvé un coin à l'écart dans la cour. Assis pendant que les filles jouaient aux billes et les garçons, brutalement, à chat, il a arraché des brins d'herbe sèche. Il se retrouvait avec lui-même. C'était mortifiant d'être ainsi, mais il y puisait aussi une certaine paix. Il avait trouvé son coin dans la cour, et il y retournerait tous les jours s'isoler avec lui-même. Il a songé à sa mère. Où se trouvait-elle à présent ? Est-ce qu'elle savait que c'était son premier jour d'école ? Il l'a imaginée dans une pièce blanche en train de taper à la machine.

Des garçons se sont approchés de lui. Le fauteur de troubles, Edwin, menait la bande. Il a mis ses mains en porte-voix autour de sa bouche et a crié : « Hé, Gégé ! »

Les autres garçons ont applaudi.

Don s'est esclaffé. « Oui ! C'est ça ! J'ai-j'ai, gé-gé, be-be-be-*besoin* ! »

Clive a fixé ses cuisses.

« Hé Gégé, je te parle », a lancé Edwin.

Clive s'est obligé à lever les yeux. Contre toute attente, Edwin lui souriait, l'air moqueur, certes, mais aussi – était-ce possible ? – chaleureux.

« On va faire une partie de cricket, nous contre eux. » Il a désigné l'autre extrémité de la cour, où quelques autres garçons étaient rassemblés. Clive est resté figé, incrédule, jusqu'à ce qu'Edwin s'écrie : « Qu'est-ce que t'attends ? Lève-toi ! On a besoin de toi ! »

Clive a obtempéré, essuyé le fond de son pantalon et suivi le mouvement.

Ils ont gagné la partie, sans que Clive y soit pour grand-chose, puisqu'il était resté la plupart du temps à la même place, priant pour ne pas faire d'erreur. À partir de là, Edwin et Clive ne se sont plus quittés. On ne voyait jamais l'un sans l'autre, et si c'était le cas, cela signifiait qu'il y avait anguille sous roche et que vous ne tarderiez pas à en faire les frais. Ils ont fait les quatre cents coups, Edwin et Clive, et le reste de la bande, Don, Des et Damien. Ils attrapaient des appâts et allaient à Little Beach où ils pêchaient sur la jetée, plongeant et chahutant dans la mer lorsqu'il faisait trop chaud. Ils jouaient au cricket sur la plage et faisaient des courses à la nage – le premier arrivé au bout de la jetée, ou à l'*Atalanta* mouillée un peu plus loin. (« Tu vas voir ce que tu vas voir ! avait crié Don lorsque Edwin lui avait attrapé la jambe pour le ralentir. Je vais te noyer ! Te noyer, tu m'entends ? ») Ils construisaient des pièges et attrapaient des colombes. Ils secouaient le tamarinier dans le jardin de Damien pour faire tomber les gousses, et mélangeaient la pulpe marron et collante des fruits avec du sucre et de l'eau. Ils suppliaient la mère d'Edwin de leur donner un dollar pour acheter des friandises. Lorsque la grand-mère de Clive faisait cuire des petits pains, ils allaient les voler dans le four, les tartinaient de beurre rouge puis sortaient et dévalaient la rue en les lançant en l'air pour ne pas se brûler les doigts.

En CM2, ils allaient souvent à vélo à la plage qui, quelques années plus tard, deviendrait l'Indigo Bay. C'était encore sauvage à l'époque. Il y avait des jujubiers partout et ils cueillaient les fruits à même les arbres, même si un sur dix seulement était mangeable. La plage puait les algues, et les algues étaient pleines de saloperies : des seringues et des préservatifs qu'ils soulevaient avec des bâtons et se lançaient dessus. Parfois ils tombaient sur deux homos. Ils se cachaient pour les regarder, puis Edwin criait *On y va !* et ils couraient comme des dératés vers eux pour les chasser.

Une fois, ils ont escaladé le grillage et grimpé dans la tour radio de l'île, une structure délabrée dont la peinture rouge s'écaillait. Clive avait gravi un quart de la tour et se trouvait loin derrière ses copains lorsque Edwin lui avait crié de là-haut : « Lève le nez, Gégé ! À quoi ça sert de monter si tu ne vois rien ? » Il s'était agrippé au barreau métallique aussi fort qu'il le pouvait et avait redressé la tête. Il n'avait jamais oublié ce qui s'étalait sous ses yeux. Il pouvait voir le ruban de Mayfair Road qui partait d'Horatio Byrd pour passer devant la maison rose du gouverneur général et la prison bleu ciel ; voir l'océan se déployer autour de l'île en bandes de couleurs de plus en plus intenses – d'abord un vert pâle et laiteux comme les yeux du vieux Claude Félix, puis un turquoise éclatant, pour finir par un bleu profond, chatoyant. En plissant les yeux, il pouvait voir Bendy Harbour – du moins il devinait les vagues silhouettes de maisons, dont l'une avait été la sienne. Il pouvait voir sa vie entière étalée devant lui – passé, présent, futur –, et la réalité de ce spectacle lui donnait l'envie de s'en saisir comme d'une pièce de monnaie et de la mettre dans sa poche pour toujours.

La première salle de cinéma de l'île a ouvert ses portes lorsqu'ils avaient treize ans, et Edwin et Clive ont pris l'habitude de s'éclipser du collège en douce pour aller voir un film en matinée. Ils laissaient passer les premières cinq minutes de la séance, le temps que la salle soit plongée dans le noir, puis ils se faufilaient incognito à l'intérieur par une porte latérale, en faisant attention de ne pas tomber sur Wilmot, le vieux qui vendait les billets, au cas où celui-ci aurait l'idée de parcourir l'allée avec sa lampe torche. La salle projetait des vieux films – des westerns et des films de kung-fu surtout – et des nouveautés. Ils retournaient plusieurs fois voir le même, en s'arrangeant pour arriver au moment de leurs scènes favorites. Clive connaissait *Pale Rider, le cavalier solitaire* et *La Fureur du dragon* et *SOS Fantômes* par cœur. Parfois il se rendait compte qu'Edwin avait quitté le collège sans lui, et il l'imaginait au chaud dans la salle obscure qui sentait le pop-corn rassis et la transpiration, en train de regarder E.T. passer à vélo devant la lune pour la quatrième, cinquième, douzième fois.

Les films étaient souvent sortis aux États-Unis depuis un an ou plus avant d'arriver sur l'île. Pour Clive, c'était normal. Tout prenait du temps pour atteindre l'île. Les journaux étaient là avec une semaine de retard, après être passés par Saint-Christophe et la Jamaïque. Les chaînes de télévision diffusaient *Bonanza* et *Jinny de mes rêves* et *The Beverly Hillbillies*.

Pour Edwin, c'était une immense source de frustration.

« C'est quand que vous aurez *Rocky IV* ? avait-il demandé un jour à Wilmot en sortant de la salle.

— Qu'est-ce que vous faites là sans billets, les garçons ?

— C'est moi qu'a posé la première question. *Rocky IV* est sorti y a un an. C'est quand que vous l'aurez ?

— Quand tu verras l'affiche. Ça te va ?

— Allez ! Déjà qu'on vit au milieu de nulle part. Pourquoi faut être aussi dans le passé ? »

Au début, Clive se méfiait d'Edwin. Pourquoi voulait-il être ami avec *lui* ? Il aurait pu choisir d'autres garçons. Il y avait Arthur, par exemple ; il était loin d'être un garçon cool, et il était lèche-bottes avec ça, mais quand même, il était beaucoup plus cool que lui, et en plus son père avait les chaînes satellites dans l'arrière-boutique de sa supérette. Pourtant, Edwin n'avait pas choisi Arthur. (Personne n'avait choisi Arthur, qui pour de mystérieuses raisons était resté à l'écart de tout le monde.) Est-ce qu'Edwin avait choisi Clive à cause de sa taille – cherchait-il un garde du corps, un bras droit ? Ou bien peut-être l'avait-il choisi parce qu'il ne disait jamais rien, qu'il acceptait toutes les combines d'Edwin. Mais même s'il était méfiant, Clive savait qu'en fin de compte la véritable raison était plus profonde. L'amitié ne s'expliquait pas. C'était magique. Elle existait, ou elle n'existait pas, c'est tout. Edwin avait dit qu'ils étaient copains, donc ils étaient copains, et Clive lui en était reconnaissant.

De nombreuses années plus tard, assis dans un petit restaurant dans une ville nouvelle pendant que tombait la neige – chose qu'il n'avait jamais pensé toucher un jour –, il comprendrait que tout s'était joué à l'instant où Edwin s'était approché de lui dans la cour de récréation. C'était l'instant à partir duquel tout le reste s'était déroulé. Celui sur lequel on pourrait éternellement s'interroger sans jamais vraiment savoir : et s'il était resté assis dans l'herbe, tout simplement ?

À partir de ce jour-là, Clive est devenu Gégé. Pour ses camarades de classe d'abord, puis pour ses voisins, et même parfois pour sa grand-mère. Et parce que c'était Edwin qui l'avait surnommé ainsi, le sortant d'un coup des ténèbres de la solitude pour le plonger dans la lumière de l'amitié, il avait vite occulté l'origine humiliante de ce sobriquet.

Je ne cherchais à « convaincre » personne en emmenant ce crétin de journaliste de l'*Esquire* à la Station. C'est sûr, les gamins de cette ville aiment ce restau parce que c'est un peu miteux ; ils y vont après leur entraînement de lacrosse, ou plus tard le soir, à six dans une BM, et ils discutent avec les gars du bar comme s'ils n'étaient pas des gosses de riches. Le truc, c'est que je les aime bien, ces gamins. Ils ont beau être privilégiés, ils ne se comportent pas pour autant comme des enfants gâtés. Franchement, les gamins sont chouettes ici, mis à part quelques emmerdeurs avec leur « Mon père est avocat », et blablabla. Mais ce n'est pas pour ça que j'ai suggéré qu'on se retrouve à la Station pour l'entretien. J'ai l'habitude d'y aller, c'est tout. Je suis prof. Où est-ce que je peux trouver un sandwich à l'œuf pour deux dollars, sinon ?

Donc, non, je ne cherchais à « convaincre » personne. Mais il y a des choses que je ne lui ai pas dites. Des choses que je n'avais pas envie de confier à un journaliste aux dents qui rayent le parquet. (Petites lunettes en écaille, blazer en tweed, et c'est moi qui cherche à manipuler l'image ? Foutaises.) Des choses qui n'auraient fait que du mal si elles avaient été publiées.

Je ne lui ai pas parlé de ses dissertations. Alison développait toujours des thèses à contre-courant. *On comprend mieux* Macbeth *si l'on y voit une œuvre féministe dans laquelle Lady Macbeth est la véritable héroïne.* Catch 22 *rend la guerre glamour.* Et ma préférée : *alors que l'auteur de* Sa Majesté des Mouches *semble vouloir dépeindre une humanité sauvage et anarchique, il s'évertue au contraire à prouver que l'ordre et la civilisation priment sur le chaos.* Elle écrivait sacrément bien, et elle faisait des contorsions invraisemblables pour défendre ce qui était au fond de mauvaises lectures des textes. Intentionnellement mauvaises. Elle semblait croire que les meilleures dissertations étaient celles qui arrivaient à faire croire n'importe quoi au lecteur, même si c'était faux. J'avais toujours envie de lui dire en commentaire que ce n'est pas parce qu'on prend le dessus dans un débat qu'on a forcément raison. Mais j'hésitais toujours à la critiquer, pour être franc. Elle était plus intelligente que moi. Je l'admets volontiers. Elle le savait, et je le savais. J'avais envie de lui dire : ce n'est pas parce qu'une personne est moins intelligente que toi qu'elle n'a rien à t'apprendre. Mais je ne lui ai pas dit ça non plus. Je lui donnais toujours la meilleure note en me disant qu'à un moment ou un autre, elle trouverait le moyen d'exprimer son talent autrement qu'en faisant la maligne.

Je n'ai pas raconté au journaliste la fois où j'ai refusé l'accès à la classe un jour d'examen à ce pauvre gamin grassouillet qui était en retard, et comment Alison m'a pris à partie pour le défendre, alors qu'elle n'avait rien à dire sur la question. Plus notre face-à-face a duré, plus il était évident qu'elle avait toute la classe derrière elle ; je courais le risque de perdre la confiance de tous mes élèves et de provoquer une mutinerie qui plomberait le

reste de l'année scolaire. Les élèves m'ont toujours bien apprécié, en plus. Tout le monde veut être dans la classe de Conti. Pour vous donner un exemple de l'influence qu'elle avait sur ses camarades.

Je ne lui ai pas dit non plus qu'elle levait les yeux au ciel lorsque ces mêmes camarades faisaient un commentaire qu'elle trouvait banal ou stupide.

Je ne lui ai pas parlé non plus de la fois où je suis allé à la Station pour corriger des copies un soir, et où je l'ai vue assise seule à une table au fond de la salle en train de manger des frites au fromage. Elle devait revenir d'une répétition de danse ; elle portait un legging et un sweat à capuche par-dessus un justaucorps noir.

« Asseyez-vous avec moi, monsieur Conti. »

Comme un idiot, j'ai obtempéré.

« Une frite ? »

J'ai mangé.

Je lui ai demandé où elle en était avec ses inscriptions à la fac.

« Ça va », a-t-elle fait en soupirant, comme si c'était le cadet de ses soucis, ce qui n'était pas vrai, j'en étais sûr, pas pour une gamine ambitieuse et intelligente comme elle. « Je peux vous poser une question, monsieur Conti ? » a-t-elle ajouté.

J'ai acquiescé.

« Ça ne vous dérange pas, à la longue, de passer tout votre temps avec des lycéens ? »

Je lui ai dit que si ça avait été le cas, pourquoi je serais devenu prof au lycée ? J'étais plutôt content de ma réponse.

« Ça me rendrait dingue. » Elle m'a regardé droit dans les yeux. Sous la table, elle m'a caressé la jambe du bout du pied.

Je lui ai dit qu'il fallait que j'y aille. Elle a ricané comme si elle me prenait pour une couille molle. J'étais complètement flippé de la voir dans ma classe le lendemain, mais elle s'est comportée normalement, comme si de rien n'était. Au bout de quelques jours, ça s'est tassé pour moi aussi.

Après sa mort, la dernière chose qu'elle m'a dite ce soir-là n'a pas cessé de me tarauder. *Ça me rendrait dingue.* Où est-ce qu'elle voulait en venir exactement ? Elle n'admirait pas ma capacité à travailler avec de jeunes gens, ça s'est sûr. Non, c'était une façon de me dire qu'elle ne ferait jamais ce que je faisais, parce qu'elle n'était pas comme moi. Elle était mieux que moi.

Le truc, c'est qu'à partir de ce moment-là enseigner a commencé à me rendre dingue. Avant, je passais des heures à corriger les dissertations de mes élèves, puis je les voyais regarder directement la note sans lire un seul de mes commentaires et balancer leurs copies à la poubelle. Et ça m'était égal. Après, des trucs comme ça m'ont mis hors de moi. Ce qui était pour moi une vocation n'était pour les élèves que le deuxième cours de leur journée, j'ai commencé à le comprendre très clairement.

J'ai commencé à voir les choses comme elle, à *me* voir comme elle, et le sentiment de satisfaction que me procurait mon métier, et qui était le fondement de ma vie, s'est effrité. Pas entièrement, mais un peu.

Les gamins sont chouettes ici, mais je ne dirais pas ça d'Alison Thomas. Elle avait du talent à revendre. Elle pouvait se montrer très passionnée. Elle avait une puissance qu'elle utilisait souvent pour faire du bien. Mais je ne dirais pas que c'était une chouette fille.

PREUVES

Comme Clive Richardson avait eu peur lorsque j'avais crié son nom ! Les secrets de son passé étaient là, immergés mais encore palpables. Si je me débrouillais bien, j'étais certaine de pouvoir les ramener à la surface. Et après ? Voulais-je qu'il soit publiquement puni ? Ou cherchais-je à discrètement me venger ? Imaginais-je Clive Richardson avec des menottes ? Le voyais-je au fond de l'eau lui aussi, noyé dans le canal Gowanus ? Ces possibilités et beaucoup d'autres flottaient dans mon esprit, sans toutefois que je les envisage clairement. La vérité. D'abord, je voulais la vérité.

L'automne s'est poursuivi : les trottoirs étaient jonchés de feuilles mortes, de fruits rose orangé de ginkgos qui pourrissaient sur le bitume et dégageaient une odeur nauséabonde. J'ai passé la soirée à me bagarrer avec mon wifi. Jefe le chien s'est oublié sur la vieille moquette verte dans le couloir. Il a été décidé que le dernier roman d'Astrid serait intitulé *La Fille de Pendeen* ; après moult discussions, le fait que deux de ses romans précédents contenaient le mot *fille* dans leur titre ne posait non seulement pas le moindre problème, mais était même un plus. J'ai continué d'appeler mes parents tous les dimanches, des conversations qui devenaient de moins en moins franches. Je leur ai annoncé que j'avais commencé à prendre des cours de yoga le soir.

« C'est formidable, ma chérie, a dit ma mère.

— Le yoga, c'est censé être bon pour l'équilibre », a renchéri mon père.

(Même si je voulais les convaincre, la facilité avec laquelle ils se laissaient berner m'a contrariée.)

En vérité, je consacrais désormais toutes mes soirées ou presque à Clive. Je traînais devant le Little Sweet jusqu'à ce qu'il quitte le restaurant, puis je le suivais. Clive Richardson, je m'en suis vite rendu compte, aimait marcher. Il se baladait une heure, voire deux, avant de rentrer chez lui. Lorsqu'il pénétrait dans son immeuble en brique, j'attendais dehors qu'une lumière au troisième étage s'allume, puis s'éteigne vingt à trente minutes plus tard. À ce moment-là seulement, je rentrais chez moi. En chemin, je me rendais compte que j'étais en nage. J'étais terrifiée en suivant Clive, terrifiée d'être vue ou de ce que je pourrais voir, mais cette terreur restait en sourdine, je n'en prenais conscience qu'après l'avoir quitté, tout à coup.

Pendant ces sorties, j'étais dans ce qu'on pourrait appeler un état d'hypervigilance. J'étais attentive au moindre détail, au moindre mouvement, en quête de la moindre information qui pourrait me donner une idée de l'homme qu'était Clive Richardson et des secrets qu'il dissimulait. Que devais-je déduire du chemin qu'il choisissait ? Ou de sa manière de traîner ses mocassins sur le trottoir ? De retour chez moi, tard le soir j'essayais de mettre mon nez dans la montagne de manuscrits que j'avais en retard dans ma boîte de réception, mais je me perdais rapidement en conjectures : à quoi pensait-il en s'endormant ? Qu'avait-il dans son réfrigérateur ? À quoi ressemblait sa chambre ? (Je m'imaginais une pièce simple et spartiate, un parquet mal entretenu, un lit à une place, une petite chaise en bois. Cette image détaillée s'était spontanément imposée à mon esprit, ce que j'avais pris pour une preuve de mon imagination florissante ; cependant, quelques années plus tard, en visitant le musée d'Orsay, je me suis rendu compte qu'elle ne m'appartenait même pas : c'était *la chambre à coucher* de Van Gogh à Arles.)

Non seulement je guettais les faits et gestes de Clive, mais je le devinais dans tout ce que je voyais : des graffitis sur un mur de brique (*Rochelle, épouse-moi ???*) ; un homme en turban qui vendait de l'encens au coin d'une rue ; un étal de fruits avec un panneau en carton (4 BANANES POUR 1 $!) ; de petits ruisseaux de liquide poisseux qui coulaient sur le trottoir devant une boucherie halal. Remarquait-il ces choses ? Si c'était le cas, à quoi cela lui faisait-il penser ? Que ressentait-il ? Qu'est-ce que cela lui rappelait ? Le monde de Clive devenait porteur de preuves, une foule de détails, presque trop précis ; le paysage lui-même était chargé de signification.

Extrait de « Les secrets de Faraway Cay », *Dateline*, 12 juillet 1996 :

JANE PAULEY : Vous avez travaillé à la sécurité à l'Indigo Bay.

HAROLD MOSES : [hoche la tête] Pendant sept ans. Et j'ai été élu employé du mois quatre fois.

JANE PAULEY : Vous avez vu Alison Thomas le soir de sa mort ?

HAROLD MOSES : Absolument, madame Pauley.

JANE PAULEY : Racontez-moi.

HAROLD MOSES : [boit une gorgée de café] Il était vingt heures. Je le sais parce que je revenais des toilettes, et j'y allais tous les soirs à dix-neuf heures quarante précises. Je faisais ma ronde. Au bord de la piscine je l'ai vue tremper le bout des pieds dans l'eau.

JANE PAULEY : Vous lui avez dit quelque chose ?

HAROLD MOSES : [il secoue la tête] Je n'ai pas voulu la déranger. Elle semblait très calme, comme si elle profitait d'être seule. C'était une fille douce, ça se voyait.

JANE PAULEY : Que s'est-il passé ensuite ?

HAROLD MOSES : [il secoue la tête tristement] Elle s'est éloignée en direction du bar. Je ne l'ai plus revue après. Mais tout le monde sait que plus tard ce soir-là elle est sortie avec ces deux bons à rien. J'ai une théorie sur ce qui lui est arrivé, madame Pauley. Vous voulez que je vous dise ?

JANE PAULEY : Je vous en prie.

HAROLD MOSES : Je crois que c'est un crime passionnel. Elle était jolie, cette fille. Oh, ça, elle était jolie. Il y a encore une chose que je voudrais dire, madame Pauley. Au fond de moi, je crois que je suis le dernier visage bienveillant que cette fille a vu, je veux que vos téléspectateurs le sachent.

Communiqué de presse, 12 janvier 1996 :

Alors que j'étais récemment en vacances dans les Caraïbes, j'ai fait une excursion sur un îlot inhabité. Comme il en a été abondamment question dans la presse, ma compagne et moi-même avons découvert sur cet îlot le corps d'une jeune femme disparue depuis plusieurs jours. Contrairement à ce qu'affirment de nombreux articles outrageusement trompeurs, *je n'ai rien à voir* avec la disparition d'Alison Thomas. J'ai dit tout ce que j'avais à dire aux enquêteurs locaux. *Je ne suis pas considéré comme suspect dans cette affaire.* Toute affirmation contraire est diffamatoire. Je voudrais en profiter pour exprimer mes plus sincères condoléances à la famille Thomas. Je demande en outre à ce que l'on respecte ma vie privée.

Extrait de : *Tragédie au paradis : l'histoire secrète du meurtre d'Alison Thomas*, de Craig Sheppard :

… les recherches effrénées pour retrouver la magnifique adolescente se sont poursuivies, mettant sens dessus dessous cette île d'ordinaire somnolente. Cependant, il y avait une chose que la police ignorait. Au moment du drame, un individu bien connu des forces de police pour son rôle clé dans la Petite Haïti, modeste mais célèbre cartel de Miami, un Haïtien nommé Siméon Payen avait quitté Saint-X pour Miami où il possédait une luxueuse propriété en front de mer. En tournant la dernière page de ce livre, cher lecteur, je crois que vous serez d'accord pour dire que ces deux événements ne sont pas étrangers l'un à l'autre, et que sur une île, même petite, la corruption peut faire des ravages…

Extrait de « Mystères non résolus », forum, reddit.com :

C'est la première fois que je viens sur ce forum, donc soyez indulgents, mais cette affaire est depuis toujours l'un de mes mystères non résolus favoris. J'ai BEAUCOUP lu sur le sujet au fil des ans, et je dois dire que je me suis toujours interrogé sur le cartel haïtien dont il a été question pour la première fois dans le livre de Sheppard (son livre sur Alison Thomas est à mon humble avis le moins réussi ; pourtant je suis d'habitude un fervent admirateur de son travail). Je veux dire, ça ne vous semble pas tiré par les cheveux que Payen ait voulu utiliser cette fille pour faire passer de la drogue, avec les risques que cela représentait pour lui ? Je sais que beaucoup d'entre vous ici souscrivent à la théorie de Payen, mais j'ai toujours pensé que la solution la plus simple et la plus élégante est d'ordinaire la bonne.

Laissez-moi finir. Imaginez que la police soit quasiment sûre que Richardson et Hastie sont impliqués. Il n'y a même pas besoin que ce soit eux, en fait – c'est peut-être quelqu'un d'autre de l'île, le fils d'un policier par exemple. Autrement dit, un désastre en termes d'image pour l'île. Donc qu'est-ce qu'ils font ? Ils inventent des preuves selon lesquelles les deux mecs étaient en fait en prison à une heure du matin, et du coup : « Désolés, la chronologie des événements ne marche pas, et il n'y a plus d'autres suspects. L'affaire est close et les affaires sur l'île peuvent reprendre. » Cette théorie fonctionne à tous les niveaux ! Réfléchissez. Je veux dire, n'est-ce pas plutôt commode que ces types soient mis hors de cause *par la police elle-même ?*

Ce forum à lui seul avait reçu plus de neuf cents messages. En poursuivant mes recherches, j'ai découvert un nombre incalculable de forums sur d'autres sites dédiés à Alison. Sur la Toile, des gens s'évertuaient à élucider les circonstances de sa mort. De parcourir ces messages, de découvrir théorie sur théorie, ça m'a rendue malade. Ils étaient des milliers – des types (il ne s'agissait quasiment que d'hommes) qui se servaient de la mort d'Alison pour s'extraire de leur morne existence passée devant la télé à fumer des joints, en caressant le rêve d'être celui qui résout le mystère.

Il n'est pas aisé de faire la part des choses : ces individus anonymes que jamais je ne connaîtrais et auxquels je ne serais jamais confrontée me dégoûtaient-ils vraiment, ou bien me servais-je d'eux pour attiser mon indignation ? Les forums en ligne. Craig Sheppard qui s'en mettait plein les poches. Le récit que l'ex-petite amie de cet acteur a publié et dans lequel elle décrivait le corps d'Alison. La version absurde de sa mort dans *Dying for Fun* (Apollo ! Mon Dieu...). Toute l'économie qui s'était développée autour de la mort de ma sœur : ces choses-là me blessaient-elles réellement ? Atteignaient-elles le cœur de mon traumatisme personnel ? Oui et non, et voilà pourquoi j'ai eu tant de mal à voir clair en moi-même, à séparer ce que je ressentais vraiment de ce que je *pouvais* ressentir. Il m'était parfois très difficile de distinguer où prenait fin la douleur authentique que j'éprouvais face à la disparition de ma sœur, et où naissait une émotion factice qui découlait de « l'événement » Alison.

Plus je surveillais Clive Richardson, plus son emprise sur ma vie s'accentuait. Avant de le suivre durant ses promenades digestives, son existence se résumait pour moi au Little Sweet. Jusque-là, j'arrivais à le laisser derrière moi, non seulement physiquement, mais aussi mentalement et émotionnellement – et j'allais faire du sport par exemple : je passais quarante minutes sur un vélo elliptique à me sentir inférieure à la femme sans cellulite qui s'activait à mon côté, en me demandant comment c'était d'avoir des cuisses comme ça et en me répétant que tout le monde avait des problèmes, cette femme aussi probablement ; et je m'interrogeais sur la nature de ces problèmes, je l'imaginais fillette, pétrifiée dans l'escalier à écouter ses parents crier et se disputer, et je lui souriais au bout du compte lorsque nos yeux se croisaient tandis qu'elle nettoyait son engin avant de partir ; après quoi, je faisais sans conviction quelques étirements sur un tapis parsemé de cheveux, ce qui m'énervait, et pour finir je m'apercevais que je n'avais pas pensé à Clive depuis une heure. Mais lorsque j'ai commencé à le suivre, il s'est libéré. Ses habitudes sont devenues mes habitudes, ses manies mes manies.

Un soir, il est entré dans une église. Je me suis assise sur un banc à un arrêt de bus non loin de là. Il n'est pas resté longtemps à l'intérieur, dix minutes peut-être, et en sortant son visage était posé, comme apaisé. S'il venait de prier, j'étais bien incapable de deviner ce qu'il avait demandé à Dieu. Un autre soir, en passant devant des seaux de roses fripées et de marguerites bleues devant la devanture d'une épicerie, il a tendu la main pour effleurer les fleurs avec une infinie délicatesse.

Alison avait tenu un journal. Non pas un journal classique – genre carnet orné d'un petit cadenas avec NE PAS LIRE !! en avertissement sur la couverture –, mais un journal sonore qu'elle avait enregistré sur un magnétophone rose pour enfants équipé d'un petit micro en plastique assorti. L'appareil m'appartenait à l'origine, cadeau d'anniversaire chargé de bonnes intentions parentales pour l'enfant timide que j'étais – *Regarde, tu vas bien t'amuser à chanter, Clairon !* Je ne m'en suis jamais servi et au bout d'un moment Alison se l'est approprié. Elle s'enfermait souvent dans sa chambre le soir et s'enregistrait. Elle aimait s'entendre parler, je crois. Ce n'était pas de la vanité, pas du tout. Je restais assise à l'extérieur de sa chambre et m'imprégnais du murmure de sa voix avec la conviction que quelque chose de sacré traversait la porte : l'âme de ma sœur mise à nu pour la nuit.

Mes parents possédaient les cassettes, je le savais. Quand j'avais dix-huit ans, j'avais demandé à ma mère où elles étaient passées et elle m'avait répondu qu'elles se trouvaient dans la boîte sur l'étagère du haut dans le placard du couloir, avec les trophées de danse, les albums scolaires et les chaussons de jazz d'Alison. Lorsque j'ai voulu savoir si mes parents les avaient écoutées, le visage de ma mère s'est durci. Elle allait pleurer, et je me suis sentie à la fois coupable et en colère. Coupable parce que je savais que ma question la rendrait triste, ce qui ne m'avait pas empêchée de la lui poser ; et en colère parce que j'étais l'enfant et elle la mère, et n'était-ce pas son rôle de me faciliter les choses, et non le contraire ? « J'ai essayé une fois, a-t-elle dit. Mais je n'ai pu écouter qu'une minute ou deux. C'était trop. »

Un soir, fin octobre, j'ai téléphoné à ma mère. Il était dix-huit heures passées à New York ; il faisait sombre et froid.

« Ça fait tellement plaisir de t'entendre, ma chérie. » Elle disait toujours ça, comme si je lui faisais une extraordinaire gentillesse en l'appelant. J'ai grimacé. Je l'ai imaginée dans sa cuisine ensoleillée, avec son existence faussement chaleureuse, faussement joyeuse – ne savait-elle donc pas qu'il faisait déjà nuit ? Ne savait-elle donc pas que l'hiver était presque là ?

« J'étais en train de faire un gaspacho blanc. J'ai retrouvé la recette dans le vieux livre de cuisine que j'avais acheté en sortant de l'université. C'est vraiment pour les nuls ! » Elle avait ri avec autodérision. « Il suffit de faire mariner des concombres, du raisin blanc, du pain et des amandes dans du sel pendant quelques heures. Ensuite tu mixes le tout avec du yaourt et hop ! Sympa, non ? »

Je pouvais toujours compter sur ma mère pour papoter sur quelque chose dont nous nous moquions éperdument l'une comme l'autre – l'intrigue d'un film qu'elle avait vu avec mon père, la vente de charité à laquelle elle avait assisté et les dons que différents entrepreneurs locaux avaient faits, le truc génial qu'elle venait de découvrir pour éplucher les oignons sans pleurer. (Elle m'enverrait le tuto sur YouTube.) Ma mère n'était pas une femme superficielle. En réalité, elle était d'une intelligence féroce, mais pour une raison ou pour une autre, elle s'appliquait à le cacher, ce qui m'exaspérait. Elle avait fait des études de lettres. Selon la légende familiale, si mon père avait réussi *ses* études, c'était grâce à elle (« Ta mère est tellement intelligente qu'elle s'est arrangée pour que ce soit moi qui travaille », se plaisait-il à dire). Sur nos étagères à la maison, parmi les livres juridiques et les épaisses biographies d'hommes d'État américains, étaient dispersés les volumes de poésie de ma mère et les minces et singuliers romans d'une écrivaine brésilienne dont elle était éprise. Le samedi matin, lorsque j'étais petite, tandis que notre vie de famille bruissait bruyamment autour d'elle, ma mère s'installait confortablement sur le canapé du salon et lisait comme si elle se trouvait seule dans une pièce silencieuse, ce qui dans son esprit était le cas, je crois. Mais elle ne nous parlait jamais de ses lectures, et lorsqu'elle reposait le livre, elle redevenait notre mère, se mettant en quête des protège-tibias, vérifiant nos devoirs, une femme si ordinaire et quelconque qu'Alison une fois m'avait exposé sa théorie selon laquelle tante Caroline et notre mère ne pouvaient être de vraies sœurs : l'une d'entre elles avait dû être intervertie à la naissance, ou était le fruit d'une aventure extraconjugale. Je crois qu'Alison et moi avons grandi avec l'impression que notre mère conservait le meilleur d'elle-même pour elle-même, comme pour se défendre ou se protéger de nous. Donc, non, ma mère n'était pas naturellement superficielle. La superficialité était quelque chose qu'elle avait choisi, et après la mort d'Alison elle y avait eu recours de plus en plus. Elle était terriblement seule à Pasadena, je crois, malgré la vie sociale trépidante qu'elle menait là-bas ; il s'agissait d'une solitude existentielle directement liée à Alison, et à laquelle par conséquent rien ne pouvait remédier. Elle essayait à travers ses banals bavardages d'échapper à la solitude, de camoufler les non-dits. Mais ça ne marchait jamais, et elle continuait de parler, et d'espérer, et de parler.

« Très sympa, ai-je répondu.

— J'en avais fait il y a des années, mais j'avais complètement oublié. Je faisais du ménage… j'essaie de ranger les étagères de livres, et…

— Maman ?

— Oui ?

— Je me demandais. Tu te souviens des journaux intimes d'Alison ?

— Oui.

— Tu voudrais bien me les envoyer ? »

Elle a gardé le silence un instant. « Bien sûr, ma chérie, a-t-elle fini par dire. Je vais en faire des copies et je te les poste dès que je peux. »

Je savais qu'elle ne chercherait pas à savoir pourquoi je les lui demandais : que s'était-il passé ? ou à quoi pensais-je ? que ressentais-je pour vouloir les écouter ? Je n'ai même pas pris la peine de lui fournir une explication factice. Ce qui n'était pas très gentil de ma part, je le savais ; ma requête a certainement dû l'inquiéter, et j'aurais pu facilement dire quelque chose pour la rassurer ; néanmoins, je me suis abstenue. Mais il faut bien comprendre à quel point le sujet était douloureux. Je n'ai donc pas eu à répondre à : *Chérie, tu es sûre ?* Ni à : *Tu crois que c'est vraiment une bonne idée ?* Ma mère s'est dissimulée derrière sa douceur fragile, et j'ai détesté la protection ironique qu'elle tirait de sa fragilité.

Une soirée froide et claire. Clive a quitté le Little Sweet et s'est dirigé vers l'est pendant un moment avant de s'arrêter ; dans la lumière éblouissante d'un unique lampadaire, des adolescents, tee-shirts volant au vent, jouaient au basket sur un terrain grillagé. Quelques garçons plus jeunes, cinq ou six ans, jouaient à l'écart. Clive s'est appuyé à la clôture pour les regarder. Qu'est-ce qui retenait son attention ? De loin, je l'ai observé observer les garçons. Ils semblaient à la fois durs et sensibles, ce qui insufflait à leurs mouvements une tension inquiète. Un garçon dribblait avec grâce, faisant passer le ballon entre ses jambes, avant de foncer brusquement dans un défenseur. L'un des plus jeunes l'imitait, avant d'oublier le jeu et de se pencher pour examiner les touffes d'herbe qui poussaient entre les fissures du bitume. Un homme en survêtement se pavanait dans la rue devant moi, une petite fille en tutu endormie dans les bras. Le long de la ligne de touche du terrain de basket, un garçon encore en uniforme scolaire a sorti un chewing-gum de son emballage avant de le placer, téméraire mais hésitant, sur la langue d'une fille.

Bien sûr, il y avait aussi des filles et des femmes. Qui rentraient à la maison en tailleur et ballerines, ou en blouse d'hôpital. Des mères avec des enfants. Des groupes d'adolescentes avec des strass sur les poches arrière de leurs jeans. Mais c'étaient les hommes et les garçons qui m'intéressaient. Je n'avais pas beaucoup songé jusqu'alors, je l'avoue, à la vie intérieure masculine. J'étais une fille, et j'avais grandi avec une sœur. Avec mes petits copains, je m'en rendais compte, je n'avais pas creusé pour en savoir plus sur eux. Je ne voulais peut-être pas que leur douleur se mesure à la mienne. Mon histoire, ma tragédie avait un pouvoir rédhibitoire sur les hommes, et cela me plaisait. Ou bien, sachant qu'un homme ou des hommes avaient peut-être tué ma sœur, j'avais peur de ce que je pourrais découvrir en y regardant de plus près – une douceur qui se transformait en honte puis en fureur ; des désirs laids et tenaces –, des qualités qui suggéreraient un poison masculin universel dont je ne voulais rien connaître, car cela me condamnerait à vivre seule pour toujours.

Clive a repris sa route. Il s'est arrêté à un kiosque et a acheté un café, qu'il a bu en prenant vers le nord. Quelques minutes plus tard, sans ralentir l'allure et d'un geste rapide et machinal, il s'est débarrassé de son fond de café dans la rue.

La quantité d'informations sur Alison était énorme, il y en avait tellement que jamais je n'en verrais le bout, me disais-je. En revanche, il n'y avait que peu de choses sur Clive Richardson et Edwin Hastie. Un jour, j'ai dit à ma cheffe que j'avais besoin de consulter les archives à la New York Public Library pour confirmer certains détails sur la côte des Cornouailles dans *La Fille de Pendeen*, comme elle me l'avait demandé, et j'ai passé l'après-midi dans la salle principale, à fouiller le catalogue en quête de tout élément sur Clive et Edwin. Ma première découverte a été un essai universitaire, *Voyages dans les ténèbres : théorie et pratique du thanatourisme.*

TABLE DES MATIÈRES

Hospitalité dans les espaces hostiles : vers un nouveau modèle

2e PARTIE : FORMES ET FONCTIONS
Tourisme du génocide
Tourisme du meurtre
Tourisme de catastrophe

3e PARTIE : AXES DE RECHERCHE

Malheureusement, seul un bref passage du livre m'intéressait dans le chapitre intitulé « Tourisme du meurtre » :

> … Si le tourisme du génocide est généralement encadré par les gouvernements et les institutions humanitaires, le tourisme du meurtre s'organise plutôt ponctuellement, et représente donc une opportunité économique pour les acteurs locaux indépendants. Nous citerons l'exemple de Kristján Jóhannsson, qui propose des visites guidées de Keflavík, dans le sud-ouest de l'Islande, localité où s'est déroulée l'affaire Guðmundur et Geirfinnur ; et celui de Desmond Phillips, qui dans le cadre de ses visites guidées de l'île de Saint-X, invite à découvrir les maisons d'Edwin Hastie et de Clive Richardson, suspects dans le meurtre d'Alison Thomas, et de faire une excursion en bateau jusqu'à l'îlot où le corps sans vie de la jeune fille a été trouvé (déjeuner de poisson grillé inclus). Cet essai se concentrera sur l'affaire du village tyrolien de Zinn am Alberg, qui a rebâti son économie locale, qui reposait autrefois sur la production de lait et de jambon cru, autour du tourisme lié au sordide assassinat de la famille Krenn en 1975…

Les livres suivants ne m'ont guère plus renseignée. Une encyclopédie de mystères non résolus. Une thèse de sciences de l'information sur les représentations divergentes des femmes blanches et noires victimes de crimes violents de 1970 à 2000. Je fondais beaucoup d'espoir sur *Histoire de Saint-X*, le seul ouvrage que j'avais trouvé qui ne parlait que de l'île. Il s'agissait d'une monographie publiée à compte d'auteur par un employé des douanes à la retraite nommé David Webster, cent pages reliées, ambitieuses et fourre-tout, découpées en chapitres de cinq pages sur des sujets tels que l'histoire du commerce du sel et la civilisation amérindienne sur l'île.

Extrait du chapitre 8, « 1950 à nos jours » :

... La mort d'Alison Thomas à Faraway Cay (voir chapitre 11 : Folklore) a eu sur l'île des effets aussi nuisibles qu'un ouragan. Les fermetures en une seule saison du Grand Caribbee et de trois restaurants sur Mayfair Road sont certainement dues au scandale mentionné ci-dessus. Par ailleurs, l'île s'est profondément divisée sur la question de savoir si les premiers suspects dans cette affaire, messieurs Hastie et Richardson, ont été les victimes innocentes d'une chasse au bouc émissaire par la presse américaine, ou, comme le croit l'auteur de cet ouvrage, précisément, les seuls responsables d'une récession qui a duré des années et qui a conféré une notoriété internationale à notre île et à son peuple...

Extrait du chapitre 11, « Folklore » :

... Il existe de nombreuses légendes sur la femme de Faraway Cay. Selon la plus répandue, elle s'est échouée sur Faraway il y a plusieurs centaines d'années pendant un ouragan. Personne ne sait d'où elle venait, mais elle n'a jamais pu repartir car, comme chacun sait, les mauvais esprits ne peuvent traverser l'eau salée, si bien qu'elle s'est retrouvée piégée sur l'îlot pour l'éternité. Elle a la peau blanche, de longs cheveux noirs et des sabots à la place des pieds. Il faut s'attarder ici sur la démarche bizarre que cela lui donne ; il en est souvent question lorsqu'on évoque l'attrait qu'elle exerce, car les humains ne peuvent résister à mettre une pointe de sel dans leur existence.

On raconte qu'elle attire les gens pour se sentir moins seule. Elle les entraîne à travers l'îlot, et ils la pourchassent dans l'espoir de toucher cette créature sauvage. Pour finir, elle les mène jusqu'à la cascade au centre de l'île. Elle leur permet de s'approcher, mais lorsqu'ils sont sur le point de la toucher, elle s'évanouit dans la vapeur. Ils essaient de la suivre et se noient. On dit souvent qu'une nouvelle chèvre apparaît sur Faraway Cay chaque fois qu'une personne y disparaît. Il paraît que l'on distingue l'humanité dans leurs yeux...

J'ai refermé le livre, dégoûtée. Une femme aux pieds fourchus. Des humains transformés en chèvres. Avait-on jeté le corps de ma sœur dans une cascade pour faire une blague tordue ? *Vous avez vu, la femme de Faraway Cay a remis ça ! Hahaha.*

Je n'ai compris qu'en cet instant que depuis l'enfance j'avais trouvé réconfortant qu'Alison ait été retrouvée dans un lieu si magnifique. Combien de petits mécanismes inconscients de survie, combien de jolis scénarios me volerait-on avant que je découvre la vérité ?

J'ai ouvert Google Maps sur mon ordinateur, pulsion masochiste, pour voir, pour m'obliger à l'imaginer là-bas, son corps sous toute cette quantité d'eau pendant si longtemps. Mais Faraway Cay n'apparaissait même pas sur Google Maps. À son emplacement, il n'y avait que du bleu.

J'ai passé de nombreuses soirées à suivre Clive, sur des kilomètres. Pendant tout ce temps, hormis le soir où j'avais crié son nom et où il avait réagi avec une telle terreur, je n'avais jamais entendu le son de sa voix. Ses soirées étaient faites d'énormes pans de silence, et ce silence était mien désormais. Je rentrais chez moi vers minuit et m'apercevais que je n'avais pas prononcé un mot depuis que j'avais quitté le bureau à dix-sept heures trente. Parfois, je lançais *allô allô allô, je m'appelle Emily, aujourd'hui c'est mardi*, juste pour me prouver que j'existais réellement. Je ne l'avais pas entendu parler, ni n'avais relevé le moindre signe suggérant qu'il entretenait un lien important avec qui que ce soit. Clive Richardson était un homme caché en pleine lumière, qui n'attirait pas l'attention et ne laissait aucune trace dans l'esprit de quiconque. Il était une île, isolée et impénétrable.

Tout a continué. Puis la situation a commencé à évoluer. Chaque fois que je lui emboîtais le pas, la peur dont je parlais précédemment s'emparait de moi, assortie de la conscience du danger que Clive représentait et du risque que je prenais en le suivant. Mais au bout d'une demi-heure, d'une heure, les choses commençaient à changer. Cela s'est produit sans que je le remarque, comme lorsqu'on glisse dans le sommeil. Je n'avais plus l'impression de le suivre ; c'était comme si nous cheminions ensemble, liés l'un à l'autre. Avec le temps, même ce *nous* s'est évanoui ; nous ne parcourions plus à deux les rues sombres, mais formions un seul et unique esprit, une mémoire s'évertuant à travers les pas répétés de ces promenades à dépasser un périmètre qu'elle ne pourrait jamais atteindre. Si nous marchions assez longtemps, j'avais la certitude que nous n'étions pas seuls ; on nous observait ; à la périphérie de mon champ de vision, je distinguais de vagues silhouettes se dissimulant dans la pénombre. Une main tendue me faisait signe. Le martèlement des sabots. Les échos d'un éclat de rire flottaient dans les rues telle de la vapeur, avant de disparaître. *Chut. Ne dis rien.*

Le soir d'Halloween, la vieille femme de mon immeuble, tennis blanches aux pieds, s'est installée sur le perron pour distribuer de la réglisse à des fées et des pompiers déçus. J'avais été invitée à une soirée chez une copine de fac sur Pineapple Street et j'avais décidé d'y aller. Cela faisait un moment que j'ignorais les messages et les invitations de mes amis, et me rendre à la fête me semblait un moyen efficace pour me faire pardonner. Cette fête se tenait tous les ans, et les années précédentes j'avais passé du temps à élaborer mon déguisement : l'année d'avant, si je me souviens bien, je m'y étais rendue en Frida Kahlo. Mais cette année, je n'avais ni l'envie ni le temps, et j'ai enfilé un pantalon et un pull marron, pris quelques rameaux dans l'arbre devant mon immeuble et décrété que j'étais un arbre. Mon non-déguisement a finalement fait un carton, et au début j'étais contente d'être là, de retrouver une vie sociale qui m'avait manqué sans que je le sache. Gin tonic dans un gobelet. Jackie s'exclamant : « T'étais où, putain ? » en me tapant sur l'épaule. Conversations chargées de sous-entendus avec un type avec lequel j'avais eu une brève histoire quelques mois plus tôt. Quelques-uns d'entre nous grimpant à l'échelle sur le toit-terrasse au revêtement mou pour y fumer un joint – fumée, air froid et rires cassants sur fond de Manhattan scintillant de l'autre côté de la rivière.

Mais lorsque j'ai regagné l'air étouffant de la fête bruyante, tout est allé de travers. J'ai regardé autour de moi : il y avait une fille déguisée en tableau de Warhol, le visage parsemé de points rouges ; Jackie était une « fermière sexy », critique maligne des costumes sexy d'Halloween qui lui permettait néanmoins d'exhiber son ventre. Mon regard passait d'un visage à l'autre dans la pièce mal éclairée. Que faisais-je ici ? Clive était là-bas et je n'étais pas avec lui. J'ai essayé de m'obliger à rester, de m'obliger à m'amuser, mais contre toute attente je me suis rendu compte que je ne supportais plus l'idée de passer une soirée loin de lui. Je me suis éclipsée de bonne heure sans saluer personne.

En y repensant, je vois aujourd'hui que suivre Clive Richardson n'était plus une simple mission pour accumuler des indices ; je tombais sous l'emprise de quelque chose qui m'échappait. Mais à l'époque, je ne me suis pas autorisée à le comprendre. Si cela avait été le cas, tout aurait pu finir autrement.

J'ai été violemment critiquée quand j'ai publié mon livre. Les gens ont dit que seul l'argent m'intéressait. On m'a traitée de parasite, de pute à stars. À mon avis, aucun d'entre eux n'a pris la peine de lire mon livre, car s'ils l'avaient fait, ils auraient compris que j'ai écrit chaque mot avec le cœur.

Après avoir trouvé la fille, j'ai atterri chez le psy. J'ai travaillé avec un coach de vie. Je suis devenue végane. J'ai essayé le Xanax et le Zoloft. Je me suis mise au reiki et suis partie en retraite de quatre jours. J'ai même fait appel à une gourou. Elle vous enlaçait et c'était censé vous guérir, peu importe ce qui vous arrivait. Pendant sa tournée américaine, je suis allée la voir au Sheraton, près de l'aéroport de Los Angeles. J'ai fait la queue pendant trois heures. Quand mon tour est arrivé, je me suis approchée d'elle sous le dais, elle m'a prise dans ses bras et j'ai eu la sensation qu'un pouvoir renaissait au centre de mon âme. Je vous jure, j'ai eu l'impression que ça lavait tout. Que c'était un nouveau commencement. Enfin, c'est ce que je me suis dit. Mais en rentrant à Santa Monica, j'ai été coincée dans la circulation sur la 405, et ça a recommencé : j'ai vu la fille dans ma tête. Son bras blanc, bouffi, qui se tendait vers moi.

Mon psy m'a expliqué que les pensées et les images intrusives sont un phénomène neurologique extrêmement courant. Pour m'en débarrasser, il me suffisait de reprogrammer mon esprit ; il m'a affirmé qu'il était non seulement possible mais facile de reconnecter les circuits neuronaux du cerveau. Nos cerveaux sont plastiques, ils sont faits comme ça. Chaque fois que l'image de la fille surgissait, je devais m'imaginer à la caisse dans un supermarché. Il y avait différents articles sur le tapis roulant, et chaque article symbolisait une pensée, et la fille n'était que l'une d'entre elles, et comme je savais quel article était bon pour moi et lequel ne l'était pas, je pouvais prendre ce qui me convenait et laisser le reste, et je pouvais observer les pensées négatives s'éloigner sur le tapis roulant de mon esprit. Je n'avais qu'à la poser et ramasser autre chose. J'ai passé des heures à poser la fille et à prendre des yaourts, des avocats, des myrtilles. Mais plus j'y passais du temps, plus j'essayais de ne pas la voir, plus je la voyais. Le vernis bleu ciel sur ses ongles. Ses cheveux ondulant vers la surface de l'eau.

En fin de compte, j'ai décidé d'accepter sa présence dans ma vie. Je la vois toujours, mais lorsque c'est le cas, eh bien... je lui dis bonjour. Je prononce son prénom. Salut, Ali. Je lui dis que j'aime son vernis. Ça ne va pas, et je crois que ça n'ira jamais. Mais de cette façon, j'arrive à la voir comme une fille et non comme un cadavre. Et je suis sacrément fière d'avoir trouvé ma propre solution quand tous ces soi-disant experts n'ont pas pu m'aider.

J'ai pensé retourner à l'école pour devenir conseillère en santé mentale. Voilà bien quelque chose que personne n'attendrait de moi, n'est-ce pas ? En vérité, j'ai toujours voulu aider les gens. Vous voulez savoir ce qu'avaient en commun tous les hommes avec qui je

suis sortie ? Ce n'était pas le fait d'être des célébrités. C'était qu'ils étaient brisés, c'étaient des mecs brisés. Et lui, c'était le plus brisé de tous. C'est marrant, non ? Je l'ai poussé à aller voir cette cascade parce que je croyais que ça l'aiderait, mais en fait je crois que c'est ce qui l'a brisé pour de bon.

FANTÔMES

C'est déjà arrivé. Clive a connu plusieurs périodes comme celle-ci depuis qu'il est arrivé à New York, voici presque vingt ans : des accès de paranoïa pendant lesquels il croit sentir flotter la fille dans le vent, pendant lesquels même le sifflement d'un radiateur évoque sa fureur. Ça dure quelques jours, parfois quelques semaines, mais les choses finissent par rentrer dans l'ordre. Chaque fois que ça va mieux, il pense que ça ne recommencera pas. C'est fini, derrière lui. Mais ce n'est jamais le cas, pas vrai ? Les vieilles peurs, les vieilles voix – *on t'a trouvé, on sait, tout le monde sait* – restent en sommeil des mois, des années, et finissent toujours, aussi inéluctablement que la marée, par revenir.

Le moindre détail est déclencheur. Une fille qui lève les yeux au ciel, exaspérée par sa mère assise à côté d'elle sur la banquette arrière de son taxi. Une bouffée d'arôme de fraise. Durant ce terrible épisode avec Sachin, il y a bien longtemps, il a suffi que Sachin le regarde avec hostilité pour que Clive soit certain que Sachin, d'une façon ou d'une autre, *savait*. Cette fois, c'est encore plus insignifiant, une méprise. Il a cru entendre le nom qu'il n'utilise plus, et maintenant elle est partout. Elle le hante, un fantôme qui rôde à la périphérie de son champ de vision. Elle change de forme, apparaît sous les traits de quelqu'un d'autre. La belle fille avec le tee-shirt NYU qui s'ennuie dans la rame de métro à l'arrêt, c'est elle. Celle de son quartier, en jupe plissée, menton légèrement en l'air qui se délecte de l'adoration des garçons qu'elle suscite, c'est elle. Elle cesse de les regarder pour le fixer.

Dans ces moments-là, il a beau marcher, il a beau prier, rien ne peut chasser sa présence, car elle est en lui aussi, tel un second moi ; lorsqu'il marche en chaussettes chez lui, c'est elle qui sent le sol gelé sous ses pieds ; elle qui entend le client râler à cause de la circulation sur la voie rapide ; elle qui le voit uriner dans une bouteille d'eau minérale vide à la moitié de son service. Elle savoure chaque petite humiliation. Il a l'impression que son existence est son œuvre. C'est elle qui tire les fils. Et il éprouve contre elle une colère qui ne s'éteindra jamais. Et pourquoi, se demande-t-il, avoir fait d'elle un spectre si rancunier et vindicatif ?

La nuit, elle observe ses rêves. Il est avec Edwin, en compagnie de tous ceux qu'ils connaissent ; les gens crient, le regardent méchamment et sifflent. *On t'a trouvé, on sait, tout le monde sait.* À la lisière de la foule, Alison les examine, caresse sa cicatrice et sourit.

De vieux souvenirs ressurgissent : il se revoit danser avec elle, l'embrasser. Les bretelles bleues torsadées de son haut. Le premier jour où il l'a vue marcher sur la plage ; à son pas nonchalant, il avait tout de suite compris que c'était une fille à problèmes.

Comme tous les fantômes, elle irradie. Elle refuse de rester figée dans le temps. Elle habite chaque instant ; elle envahit tous ses souvenirs, même les plus doux, même ceux d'avant, et tout a un goût amer.

Tout le monde savait que Clive n'en pinçait que pour Sara Lycott. Elle n'était pas une des filles les plus populaires auprès des garçons, pas comme Daphne Nelsen avec ses longues jambes de sprinteuse, ou Saffy Lester avec ses cheveux soyeux et sa peau noix de cajou, ou Joy Vernon, qui avait des seins à onze ans. Les yeux de Sara Lycott étaient petits et noirs, et lançaient des éclairs d'hostilité. Elle était restée absolument plate comme une limande, comme résolue à ne rien donner à voir aux garçons. Elle était arrivée de Saint-Christophe avec sa mère lorsqu'elle était bébé. La mère de Sara, miss Agatha, prétendait être la veuve d'un ministre qui s'était tué dans un accident de voiture juste avant la naissance de Sara. La grand-mère de Clive semblait peu convaincue par cette histoire. Sara ne parlait pas comme les autres enfants. Elle s'exprimait bien, comme une prof, même devant les copains qui se moquaient d'elle.

Sa dévotion pour elle avait été scellée à l'occasion du spectacle de Noël en primaire lorsqu'ils avaient dix ans. Le spectacle était l'apogée d'une semaine de festivités durant lesquelles on avait joué du calypso, improvisé dans la rue et illuminé les acajous d'Investiture Boulevard. Clive était déguisé en bœuf. Sa grand-mère avait teint de la bourre de coton avec du thé et l'avait cousue sur une vieille chemise de nuit de son grand-père. (Même s'il était mort depuis des années, elle conservait ses vêtements dans une commode en bois dans sa chambre. Sa douceur ne se manifestait que là ; et il lui faudrait des années pour se rendre compte qu'il ne connaissait finalement pas si bien sa grand-mère, qui en réalité cachait en elle des réserves insoupçonnées de chaleur et de sensibilité.) Sara Lycott jouait Marie. Elle portait une robe bleue flottante et une couronne de fleurs blanches. Elle l'a subjugué. Non pas parce qu'elle était belle, sincère ou pure ; cela n'avait rien à voir avec ça. C'était précisément le vide qui émanait d'elle qui l'a envoûté. Elle s'exprimait comme si elle se moquait éperdument d'être sur scène devant la ville entière à jouer la Vierge Marie. Comment osait-elle donner si peu, comment se permettait-elle d'être aussi absente ? Lorsqu'un CM1 a fait tomber une assiette en porcelaine censée symboliser la myrrhe, que tout le monde sur scène s'affolait et que les rois mages s'empressaient de ramasser les éclats, Sara Lycott a sorti de la poche de sa robe un bonbon carré à la noix de coco. Et là, sur scène, elle a croqué dedans. Il l'a entendue mastiquer. Puis elle a esquissé un sourire, un sourire secret signe d'un plaisir secret. Était-il le seul à l'avoir vue ? Les autres garçons ne calculaient pas Sara, sinon pour se moquer d'elle, pour lui faire des blagues – comment une fille aussi bizarrement fichue pouvait-elle être aussi hautaine ? Mais en cet instant, elle s'était montrée telle qu'elle était. Et à partir de là, il n'a voulu qu'une chose : revoir cette part d'elle cachée.

Il n'arrivait pas à lui parler. Une fois au collège, son bégaiement avait pratiquement disparu, mais en présence de Sara il revenait au galop et le submergeait, si bien que non seulement sa langue lui jouait des tours, mais aussi ses membres, ses organes, l'air même qu'il respirait. Ses amis n'en finissaient pas de se moquer de lui.

« Gégé, demande à Sara si elle veut venir avec nous à Rocky Shoal. »

« Gégé, demande à Sara si on peut recopier ses maths. »

« Gégé, Sara a laissé son cahier. Là. Va lui rendre », lui a dit un jour Don dans la cour en lui plaquant un cahier jaune contre la poitrine.

Sara était de l'autre côté, à rigoler avec ses copines, agglutinées les unes contre les autres, chacune belle comme le jour. Lorsqu'elles l'ont vu approcher, elles l'ont toisé, mur de mépris féminin qui réduisait sa bite à rien.

« Ben merci », a fait Sara lorsqu'il lui a tendu le cahier sans rien dire. Les filles se vernissaient les ongles. Avec la chaleur, l'odeur lui a tourné la tête. « Comment ça va aujourd'hui, Clive ? »

C'était la seule, en dehors de ses professeurs et de sa grand-mère, à l'appeler Clive. Il était à la fois fier et terrifié qu'elle l'appelle par son vrai prénom, qu'elle lui accorde cette attention, même s'il soupçonnait qu'au fond cela n'avait rien à voir avec lui ; elle l'appelait Clive probablement parce qu'elle se refusait à ce qu'un surnom aussi bêta que Gégé franchisse ses lèvres.

Elle a souri. Elle était petite comme une araignée. Elle l'observait, le cou tendu, comme pour souligner sa carrure, et il a eu l'impression d'être grand comme l'univers, à tel point qu'il lui semblait ne plus pouvoir se maîtriser.

« Bien, et t-t-t-toi ?

— Très bien, merci. »

Elle avait le pouvoir de le rendre muet, et elle y prenait plaisir. Elle s'est détournée et a brandi la main pour que Saffy Lester puisse continuer de lui vernir les ongles.

Il a retraversé la cour en trébuchant pour rejoindre ses copains pliés de rire.

« Voilà le tombeur de ces dames, a lancé Des.

— Reviens sur terre, vieux. Pourquoi tu continues d'aimer une fille qui va jamais t'aimer ? a demandé Don.

— En plus, il paraît que sa mère est dingo », a renchéri Damien.

Edwin lui a tapoté le dos. « Les écoute pas, Gégé. Un jour, tu auras cette fille, tu verras. Et quand ce sera le cas, tu te souviendras que je le savais depuis le début. »

Gégé et Edwin se sont soûlés pour la première fois à quatorze ans. Ils rentraient de l'école un jour, et Edwin s'est arrêté sur Underhill Road pour parler à Jan, un Néerlandais qui était sur l'île depuis toujours. Jan portait des tuniques en lin et des sandales en cuir, et on le voyait toujours à l'ombre d'un bâtiment ou d'un autre dans le Basin, sac en papier à la main, en train de siroter quelque chose. Lorsque Jan leur a demandé s'ils voulaient boire un coup, Edwin a répondu « Bien sûr », comme s'ils le faisaient tout le temps. Jan les a emmenés dans un bar, chez Paulette's, où il a acheté une grande bouteille de bière. Ils l'ont bue tous les trois au comptoir. En sentant le liquide doré lui brûler la gorge, Clive s'est retrouvé dans la cuisine de sa mère, assis sur les genoux de Vaughn, visages d'inconnus étincelants et hilares autour de lui. Il a bu derechef.

« T'es un vieux de la vieille, toi », a dit Jan en lui flanquant une tape dans le dos.

Edwin a levé son verre et il a avalé une petite gorgée. « C'est bon comme une femme, a-t-il dit.

— Carrément », a répondu Clive, même si ni l'un ni l'autre n'avait goûté la saveur d'une femme.

La même année, durant quelques semaines, Edwin, Clive et leurs copains se sont passionnés pour la boxe. Dès que retentissait la dernière sonnerie, ils partaient en meute sur Gould Road – les automobilistes les klaxonnant pour qu'ils dégagent le passage, ce qu'ils se gardaient bien de faire – pour aller chez Don, parce que son père était à Tortola et que sa mère ne sortait pas du travail avant dix-neuf heures. La famille de Don vivait dans des conditions encore pires que la plupart d'entre eux. Le toit en tôle de leur maison était rouillé. Des poules efflanquées traînaient dans le jardin, picorant la poussière. Un tas d'ordures était dissimulé dans les broussailles. Devant la maison, quelques pieds de poivron desséchés poussaient dans de vieilles boîtes de lait en poudre. Les garçons aimaient ce côté rude et rustique. Dans le jardin de Don, ils serraient les mâchoires. Une énergie bouillonnante les démangeait.

Ils se mettaient en cercle et deux d'entre eux se plaçaient au centre. Ils pariaient. Ils sifflaient, applaudissaient et s'encourageaient. Lorsque le soleil commençait à décliner, ils faisaient les comptes, sortant de leurs poches des pièces encore tièdes qu'ils s'échangeaient. Puis, fourbu, contusionné, chacun partait de son côté pour rejoindre son foyer à travers les rues familières.

Lorsque Clive se remémore sa jeunesse, ce sont ces quelques fins d'après-midi qui sont le plus vivaces à son esprit. Ils cherchaient quelque chose. Ils auraient voulu être des hommes, ou craignaient de le devenir, et ils s'efforçaient d'apprendre ce que les hommes sont censés savoir. Personne ne s'attendait à ce qu'il s'en sorte, et ça n'a pas manqué. Le grand, le maladroit Gégé. Il flanquait des coups de poing dans le vide, esquivait trop tard, se faisait entailler la lèvre encore et encore.

Il y avait une fille de leur classe qui aimait les rejoindre. Elle s'appelait Berline, mais ils la surnommaient Bery ; elle était costaude, avec de larges épaules, et la jupe plissée marron de son uniforme lui descendait jusqu'aux tibias. Bery aimait la boxe. Elle se pointait tous les après-midi et les implorait de l'inclure dans leur cercle. « Je m'entraîne avec mon frère, avait-elle affirmé une fois. Il dit que je suis meilleure que lui.

— On veut pas te faire mal, Bery, avait répliqué Don d'une voix sirupeuse faussement prévenante.

— Qu'est-ce que ça peut vous faire si vous me faites mal ? Vous me détestez tous.

— Allez, va-t'en, Bery, avait lancé Des avec lassitude. On a n'a pas envie de te voir, d'accord ? »

Bery s'était plantée devant Des. « Tout ce que je demande, c'est d'essayer une fois.

— OK, Bery, était intervenu Edwin. Tu vas essayer, une fois.

— Vraiment ?

— Pourquoi pas ? Ça fait longtemps que t'attends maintenant. Gégé !

— Moi ? avait-il murmuré.

— Non, mon autre pote Gégé ! Bah oui, toi, pardi ! Vas-y, et montre à Bery.

— Mais je veux pas me battre contre Gégé ! C'est lui le plus nul.

— Tu veux y aller ou pas, Bery ? » lui avait rétorqué Don.

Elle lui avait brusquement pris les gants des mains et s'était placée au milieu. Gégé l'avait suivie. Le plus nul, tout juste bon à se battre avec une fille. Il entendait ses copains ricaner en pariant :

« Je mise tout sur Bery ; elle a déjà le visage cabossé comme un boxeur.

— Moi sur Gégé. Même lui, il peut battre une fille. En admettant que ce soit bien une fille, celle-là ! »

Ils s'étaient rapprochés, gants contre gants. Les yeux noyés de honte pour l'un, fulminant de rage pour l'autre.

Don avait compté de trois à zéro avant de s'écarter.

Le bras de Gégé était parti comme un pendule.

Il avait senti l'impact de son coup, comme s'il mordait dans une mangue et laissait la chair envahir sa bouche. Ensuite il l'avait entendue crier, avait vu ses gants couvrir son visage. Les garçons s'étaient précipités autour d'elle.

« Ça va, Bery ?

— Fais voir ton visage ? »

Lorsqu'elle avait baissé ses gants, Clive avait tourné de l'œil. Elle avait le nez et les lèvres en sang.

« Putain, Gégé. Tu l'as explosée ! »

Bery s'était relevée tant bien que mal et s'était enfuie, les mains devant la bouche. Les garçons s'étaient alors mis à rire.

« C'est quoi ton problème, mec ? Tu lui as cassé le nez !

— On dirait qu'il sait comment se battre maintenant. »

Gégé avait regardé les visages les uns après les autres. En voyant Edwin, hilare lui aussi, il avait eu une envie subite de le plaquer par terre. C'était sa faute. C'était lui qui avait décidé de l'envoyer se mesurer à elle. Le sang était épais, visqueux, comme du sirop à la fraise chez Milk Queen.

Mais une fois le soleil couché, les garçons s'étaient séparés et Edwin l'avait rejoint.

« Qu'est-ce que tu veux ? avait marmonné Clive en poursuivant son chemin.

— Allez, Gégé, arrête ça !

— Va te faire foutre, Edwin ! avait hurlé Clive en le plantant là.

— Doucement, mec ! avait lancé Edwin en lui courant après. Je m'excuse, OK ? Vraiment. »

Il avait passé son bras maigrichon autour des épaules de Clive, et même si celui-ci avait envie de se dégager, il n'en avait rien fait. « Tu sais, je crois que tu nous as débarrassés d'elle pour de bon », avait ajouté Edwin. Il avait souri avec malice, comme si c'était leur plan secret depuis le début, leur plan à eux deux. Et Clive s'était senti mieux. Il avait souri à son tour. Et ils étaient rentrés ensemble à travers les rues sombres.

L'année de leurs quinze ans, l'Oasis, le premier grand hôtel de luxe de l'île, a ouvert sur la côte sud. Un an après, le Grand Caribbee, et successivement le Salvation Point, les Villas de Sugar Cove, l'Oleander et l'Indigo Bay. L'arrivée des complexes hôteliers a entraîné d'autres changements. L'aéroport Sir Randall Corwin a été entièrement réaménagé et des vols directs en provenance de New York et de Miami ont été proposés. Il est devenu normal de voir une famille de Blancs en train de mordre dans des cuisses de poulet grillé chez Spicy's. Les rues tranquilles autour du seul véritable port de l'île ont été rebaptisées Hibiscus Harbour, à l'initiative de l'office du tourisme de l'île ; des façades victoriennes ont été ajoutées aux bâtiments et des magasins ont ouvert, proposant en duty free parfums et montres, tee-shirts et paréos, cigares cubains ainsi que tout un bric-à-brac de souvenirs : chapeaux en feuilles de palmier, photos de coquillages sous verre et bouteilles de sable local. Le port a été reconstruit pour pouvoir accueillir cinquante yachts et trois navires de croisière. En quelques années, l'île est devenue une halte populaire sur les itinéraires de croisière ; pendant la saison estivale, le *Carnival*, le *Celebrity* et le *Royal Caribbean* accostaient tous les jours et des milliers de touristes débarquaient tandis qu'une demi-douzaine au moins de groupes de percussions se tiraient la bourre sur là jetée pour les accueillir. Le Paradise Karaoke a ouvert ses portes, puis le Papa Mango's, qui n'a pas tardé à devenir célèbre pour ses cocktails géants glacés.

Keithley, le frère aîné de Des, a été le premier de la bande à trouver un boulot dans l'un des grands hôtels. Il est devenu responsable des activités nautiques au Salvation Point. Il avait vingt-deux ans, eux seize. L'hôtel proposait de faire de la voile et de la planche à voile. Il y avait deux bateaux à moteur pour partir plonger. Si pour de mystérieuses raisons les clients en avaient envie, ils pouvaient s'agripper à un bateau banane gonflable et se faire trimballer dans la baie. Le soir, lorsque les garçons buvaient et fumaient ici ou ailleurs – chez Paulette's ou derrière le magasin du père d'Arthur (à l'époque Arthur avait laissé tomber ses manières de premier de la classe et buvait plus que tout le monde) –, Keithley les régalait avec des histoires de son travail. Il avait vu des parents pourchasser comme des fous des enfants sur le sable pendant des heures, et une gamine devenir inconsolable en voyant arriver son cocktail sans alcool avec une seule cerise. Une femme d'une quarantaine d'années qui avait bu quatre punchs avant de faire du bateau banane lui avait vomi sur les pieds. Un type à qui il avait demandé de mettre un gilet de sauvetage pour faire du bateau, comme le règlement l'exigeait, lui avait répondu, « Non, pas la peine ! » Il avait contemplé des adolescentes et des jeunes femmes en lune de miel qui, allongées sur le dos, peaufinaient leur bronzage sous le soleil tropical.

Keithley travaillait au Salvation Point depuis quelques mois lorsqu'il est arrivé un soir chez Paulette's avec une petite clé dans la main. Ils ont attendu après minuit, puis se sont empilés à six dans la voiture de Keithley et ont traversé l'île jusqu'à l'hôtel. Il a éteint les phares et coupé le moteur en arrivant à l'entrée de service, et a descendu en silence la pente jusqu'au parking. Ils se sont dépêchés de traverser les jardins de l'hôtel.

« Putain, les gars, vous avez vu ça ! » s'est exclamé Don comme ils traversaient en catimini l'espace piscine avec ses trois bassins. En arrivant sur le sable, ils ont piqué un sprint. Ils ont enlevé leurs tee-shirts et se sont précipités dans l'eau, avançant dans la mer calme, tee-shirt en boule dans la main au-dessus de leur tête, pour rejoindre le bateau à moteur mouillé vingt mètres plus loin. Des a levé l'ancre et chuchoté, « Maintenant ! Maintenant ! » Keithley a mis le contact et ils se sont engouffrés dans la nuit, laissant à toute vitesse derrière eux les lumières de l'hôtel.

Pendant quelques semaines, jusqu'à ce qu'ils se fassent prendre et que Keithley se fasse renvoyer, ils ont passé leurs nuits à faire des tours en bateau. (Après avoir été mis à la porte, Keithley a été pompiste dans une station-service sur George Street, avant d'aller tenter sa chance à Liverpool, pour rentrer trois ans plus tard avec une femme et un fils, Jamie, qui allait mourir à neuf ans à la suite d'un choc improbable sur le terrain de foot derrière l'école primaire, l'un de ces moments sur lesquels on pouvait s'interroger pour le restant de ses jours : les millimètres et autres millisecondes qui vous garantissaient tel ou tel destin.) Ils fonçaient sur les eaux placides loin de la côte et s'arrêtaient pour traîner sur une plage ou une autre ; ils buvaient et fumaient, chahutaient dans la pénombre, écoutaient à fond Public Enemy ou Run-DMC, et hurlaient aux étoiles, qui brillaient si fort que cela faisait mal d'essayer de comprendre de quoi elles étaient faites. Histoire de faire un peu les cons. Dans la journée, les plages appartenaient aux touristes qui faisaient de la plongée ou qui pique-niquaient. Le soir, ils se les réappropriaient.

En bateau, ils ont découvert des criques que l'on ne distinguait pas du rivage car la végétation les dissimulait. Un soir, ils sont tombés sur un petit croissant de sable cerné de parois rocheuses. Ils y sont retournés le lendemain avec une corde. Keithley a escaladé la roche et attaché la corde à un arbre au sommet de la falaise. Ils sont souvent retournés dans cet endroit. Ils grimpaient à la corde jusqu'au sommet et, les orteils au bord du précipice, restaient là sous la lune qui, tel un projecteur, éclairait l'océan.

« Vas-y ! Vas-y !

— Fais pas ta mauviette, vieux !

— Trois, deux, un, allez mec ! »

Entre le moment où ses pieds quittaient le bord et celui où l'eau engloutissait son corps, Clive avait un sentiment d'éternité fugace ; jamais il ne s'était senti aussi léger. Don, Des, Edwin, Damien, Keithley : l'espace d'un l'instant, chacun à son tour laissait le monde derrière lui. Lorsqu'ils étaient au sommet de la falaise, ils entendaient les voitures. Ils n'étaient qu'à cinq minutes de marche de Mayfair Road à travers les fourrés, et de là, l'Indigo Bay n'était qu'à un petit kilomètre ; pourtant, personne ne les voyait ; personne ne soupçonnait l'existence de cet endroit. C'était un lieu anonyme sur une île dont ils connaissaient le nom de chaque chien et de chaque bateau de pêche ; c'était une promesse : ce monde, ces vies pouvaient s'ouvrir vers l'inconnu.

« Un jour, quand je me ferai plein de flouze à New York, je me ferai construire une putain de baraque, ici, tout au bord, et par la fenêtre on verra que la mer », a déclaré Edwin une nuit. Il était trois heures du matin et ils étaient allongés sur le sable au pied des falaises, la radio à peine audible.

« Flouze, a ricané Don. T'as vu comment tu parles. T'iras jamais à New York.

— Je t'emmerde, Don. Qu'est-ce que t'en sais ? Quand je serai installé à Brooklyn et que vous serez encore dans les jupes de vos mères, venez surtout pas me demander quoi que ce soit !

— Compte sur nous, a répondu Damien.

— Qu'est-ce que t'as avec New York en plus ? a demandé Don. Pourquoi aller te geler les miches à faire un boulot de merde quand tu peux faire la même chose ici, sous le soleil ?

— Et traîner avec nous sur Little Beach les jours où tu travailleras pas ? a dit Des.

— Et avec nos enfants », a murmuré Clive. Il avait tellement fumé que ses propres mots glissaient sur sa peau telle une brise.

— Avec nos enfants ! s'est étranglé Don en se tapant le genou. T'as perdu la tête ou quoi, mec !

— Nan, nan, il a raison a crié Des. Gégé, il est clairvoyant ! On sera là à se la couler douce en buvant des coups pendant que nos femmes tchatcheront et que nos gosses joueront au ballon sur le sable. »

L'espace d'un instant ils ont gardé le silence tandis que la vision que Des venait de dépeindre semblait s'animer au-dessus de leurs têtes dans la nuit noire.

« Nos femmes en train de râler, oui, et nos gosses en train de pleurer tu veux dire, a rétorqué Edwin. Bref, je ferai pas un boulot de merde à New York. J'ai un plan, qu'est-ce que tu crois ?

— Vous entendez ça, les gars ? s'est exclamé Don. Edwin sera un grand homme ! Tu veux savoir ce que j'en dis ? Tu racontes que des conneries, voilà ce que je crois. Dans dix ans, tu vivras encore avec tes grosses dondons de sœurs. Je crois que tu crèveras ici, comme nous tous ! Sauf monsieur-je-sais-tout, là. »

Damien a souri avec modestie. Il était intelligent, si intelligent qu'il arrivait à traîner avec eux tous les soirs tout en devenant tranquillement premier de la classe. Même s'ils se moquaient de son ambition, ils étaient fiers de le compter parmi les leurs.

« Qu'est-ce que t'en sais, bordel ? a lancé Edwin. Je partirai à la nage s'il le faut. Gégé viendra avec moi.

— Je nage supermal », a dit Clive.

Edwin lui a pincé le gras de l'épaule. « Tu sais flotter. » Edwin a haussé les épaules. « Tu flotteras.

— Merde, il est tard, a dit Keithley. Il faut qu'on rentre. »

Ils ont rassemblé leurs affaires, traversé l'eau jusqu'au bateau, puis regagné Salvation Point sur une mer calme. À bord, Clive, trop défoncé, s'est allongé au fond de l'embarcation et a laissé le vent lui balayer les yeux tandis qu'il fixait le ciel. New York, c'était le rêve d'Edwin, et même s'il parlait d'y emmener Clive avec lui, celui-ci n'y croyait pas vraiment ; au contraire, l'envie d'Edwin d'aller à New York semblait préfigurer un avenir dans lequel il se retrouverait seul sur l'île, sans perspective.

Durant les heures qui ont suivi, jusqu'à ce que sa grand-mère le réveille le lendemain matin, il a continué de sentir les doigts d'Edwin sur son épaule, comme s'ils étaient encore là, tel le fantôme d'une personne déjà partie.

« On va à Faraway ce soir, a décrété Keithley tandis que le bateau s'éloignait de la côte à toute allure.

— On peut pas, a bredouillé Clive malgré lui.

— Pourquoi pas ? » a répliqué Keithley.

Clive a baissé les yeux et regardé ses mains. « Tu sais pourquoi », a-t-il marmonné. Intérieurement, il la voyait : les cheveux noirs lui dissimulant le visage. Les pieds fourchus.

Ravi, Keithley a frappé dans les mains. « Gégé, mec, ne me dis pas que tu crois encore à ces vieilles conneries.

— Ma grand-tante a disparu là-bas !

— Qui n'a pas une grand-tante qui a disparu là-bas ? a lâché Des.

— T'inquiète pas, Gégé. Si elle te change en chèvre, on t'installera dans mon jardin, tu seras superbien, tu verras, a dit Don.

— Sans compter que si cette allumeuse décide d'attirer qui que ce soit, ce sera moi, a affirmé Edwin.

— Voyez-vous ça ? a fait Damien.

— Une dame toute seule comme ça a besoin d'un homme qui saura s'occuper d'elle comme il faut. Qu'est-ce que j'y peux moi si toutes les filles savent que je suis le seul qu'assure ? »

Tandis que Keithley ralentissait le bateau pour approcher du rivage, Clive a senti monter en lui un malaise qu'il était incapable d'endiguer. Les autres, un par un, ont descendu l'échelle pour sauter dans l'eau. Lorsque son tour est arrivé, Clive n'a pas pu bouger.

Puis il a entendu la voix d'Edwin lui souffler dans l'oreille : « Ça va aller, mec.

— Mais ma maman… »

Il ne devait plus y croire, il le savait, mais il n'arrivait pas à se défaire de cette histoire. Ça faisait partie de ce qui lui restait d'elle ; tout comme la montre à gousset, la Bible, la mèche de cheveux qu'elle avait laissés derrière elle avant de partir.

« Qu'elle aille au diable. T'as pas besoin de ta mère. Je suis là moi, je suis ton frère. »

Clive est descendu dans l'eau, Edwin à sa suite. La lune ce soir-là brillait tellement qu'ils n'ont même pas eu besoin des lampes torches qu'ils avaient apportées. Le sable semblait luire comme une lumière – maintenant qu'il y pense, on aurait dit de la neige. Il a encore hésité un instant avant d'arriver sur la plage, comme s'il s'apprêtait à briser quelque chose qu'il ne pourrait jamais remettre en place. Il a lancé un coup d'œil à Edwin par-dessus son épaule et celui-ci l'a poussé pour avancer.

« Dépêchez-vous, bande d'idiots ! On va voir le trou d'eau de la dame aux chèvres ou pas ? » a crié Don.

« Attendez-nous », a répondu Clive. Et avec Edwin, ils ont traversé le sable en courant.

C'était une de ces nuits où le moindre plaisir est multiplié par l'idée de tous les moments futurs où on se retrouvera avec ses amis pour se remémorer tout ça. Ils ont marché à pas lourds dans la jungle à la clarté de la lune, jetant derrière eux des sachets de chips vides et des mégots de joints. Ils ont croisé une chèvre et ont poussé des cris de joie tout en la pourchassant dans les broussailles. À la cascade, ils se sont débarrassés de leur short et ont sauté dans l'eau. Ils ont nagé, chahuté, fait n'importe quoi – sauté des plus hauts rochers, se sont vautrés dans l'eau, sont passés sous la cascade pour hurler dans le rugissement assourdissant, « Va te faire foutre, Daphne ! » et « Va te faire foutre, Joy ! » et allez vous faire foutre, toutes les autres filles qu'ils n'auraient jamais. Alors que la nuit se poursuivait, de plus en plus déchaînée, Clive a senti qu'il se débarrassait de tout : les histoires et les fantômes. Sa maman.

Plus tard, ils ont regagné la plage. Trop soûls pour rentrer, ils se sont allongés, leur tee-shirt roulé en boule sous leur tête en guise d'oreiller, tandis que le sable doux leur caressait la peau et que le son des vaguelettes les berçait. Ils se sont endormis. Ils ont été les rois du monde cette nuit-là. Ils ont porté l'amitié à son apogée divine.

Et la fille était déjà là. Tandis qu'ils sautaient et chahutaient et plongeaient dans l'eau fraîche et claire, elle était en dessous, tapie au fond du bassin, à attendre son heure pour les précipiter vers leur perte.

Frais de scolarité pour Jayson et Stasia à la Porter's International School. Un maillot Manchester United pour Jayson. Robe rose de Stasia pour le bal de fin d'année. Une antenne satellite avec huit cents chaînes. Assurance vie. Rendez-vous chez l'esthéticienne pour Jemma. Son voyage annuel à Saint-Christophe pour faire des emplettes. Vélos pour Noël. Notre maison à Crofton Hills. Un prêt à Don quand il était fauché. Un voyage surprise à Kingston avec Jayson pour voir Man-U jouer contre l'équipe nationale de la Jamaïque. Miss Verna pour faire le ménage toutes les semaines. Mains douces de Jemma. Traitement contre l'acné de Stasia. Inscription club de football de Jayson. Pierre tombale pour Jamie, en granit. La bague avec le diamant de Jemma.

Avant, je me sentais supercoupable pour tout ça. On n'aurait jamais eu ce train de vie si je n'avais pas commencé ces visites guidées. Si je n'avais pas fait de mon amitié avec Edwin et Clive une prétendue source d'informations secrètes. Alison Thomas : la vérité derrière les gros titres, c'est comme ça que je vends mon truc. Quatre-vingt-dix dollars par personne, moitié prix pour les moins de douze ans. Pendant les visites, je fais gaffe à parler de mort inexpliquée, et pas de meurtre. Comme si ça rendait plus acceptable ce que je fais.

J'ai essayé d'arrêter une fois. J'ai dit à Jemma que c'était de l'argent sale et qu'il fallait que ça cesse.

Elle m'a pris le visage dans les mains et m'a obligé à la regarder dans les yeux. « Tu n'as pas à t'en vouloir de faire vivre ta famille. Tu es quelqu'un de bien, Desmond Phillips. Tu m'entends ? Tu es quelqu'un de bien qui mène une bonne vie. »

J'ai envie de la croire.

Si c'était pas moi, j'imagine que ce serait quelqu'un d'autre qui deviendrait riche en montrant aux Amerloques les maisons où Edwin et Gégé vivaient à l'époque, le bâtiment où se trouvait chez Paulette's, et en les emmenant d'un coup de bateau sur Faraway. Mais c'est pas quelqu'un d'autre, c'est moi. C'étaient mes potes.

VOIX

Je m'appelle Alison Brianne Thomas. J'ai quinze ans et depuis cet après-midi je ne suis plus vierge. Je me suis dit qu'il fallait enregistrer ma vie pour qu'un jour, quand j'en aurai complètement marre de mon existence de femme de banlieue chic, ce que j'espère ne jamais connaître, je pourrai m'écouter et me souvenir de comment j'étais, et peut-être que j'arriverai à changer ma façon d'être. Bref, aujourd'hui c'est le bon moment pour commencer.

La première chose qu'il faut que tu saches, c'est que cet après-midi tu n'es pas allée à la répétition de danse. Tu as embobiné comme il faut Mme Conyers en lui parlant de tes règles horriblement douloureuses, qu'évidemment tu n'avais pas, et tu es allée chez Drew. Le plus fou, c'est qu'après tout ce temps on n'avait pas prévu de le faire. Aujourd'hui, quand je me suis réveillée, je me suis sentie différente, c'est tout. Je savais que ça serait aujourd'hui. Honnêtement ? J'ai pas beaucoup aimé. L'acte en lui-même n'était pas vraiment agréable. Mais ça va. Je ne suis pas une de ces idiotes qui croient que leur première fois doit être parfaite. C'est savoir que je l'ai fait qui compte.

Bref, après, Drew m'a embrassée partout dans le cou. J'adore quand il fait ça. Ça me... fait un bien fou. Il n'arrêtait pas de murmurer, « T'es tellement belle. T'es tellement belle. » L'Alison de quarante ans, je ne sais pas où tu es et ce que tu fais, mais j'espère qu'on te traite encore comme ça. Je veux dire, je suis pas bête, je sais que c'est sûrement pas avec Drew. Mais j'espère que tu as quelqu'un qui t'aime comme ça. Et qui t'embrasse dans le cou. J'adore *ça.*

Il a fallu quelques semaines à ma mère pour copier les cassettes et me les envoyer. Je l'imaginais tournant autour, inquiète à l'idée d'accéder à ma demande. En rentrant du boulot un soir, début novembre, j'ai vu le paquet avec l'écriture de ma mère dans le hall de l'immeuble ; il m'a fallu une minute pour comprendre ce que c'était. En l'ouvrant sur mon lit, j'ai vu qu'il y avait des dizaines de cassettes, bien plus que ce à quoi je m'attendais. Ma mère avait même pris la peine de photocopier les étiquettes, sur lesquelles ma sœur avait écrit de sa graphie adolescente et arrondie : « Lycée – seconde », « Mes seize ans », « Terminale », « Été ! » Elles étaient rangées par ordre chronologique, en commençant avec « Quinze ans » (un cœur sur le *i*). J'ai aussitôt glissé cette cassette dans le vieux magnétophone marron que j'avais acheté quelques semaines auparavant dans une brocante sur Flatbush Avenue, et j'ai appuyé sur *play.*

Dès que la première séquence a pris fin, et que la voix d'Alison s'est tue, j'ai appuyé sur *stop.* Les mains tremblantes, j'ai sorti la cassette du magnéto et l'ai remise dans sa boîte. Depuis des semaines, j'attendais d'écouter ces enregistrements, d'être apaisée et réconfortée par la voix de ma grande sœur. Mais ce que j'entendais sur la cassette ne correspondait pas du tout à ce que j'avais imaginé. J'ai été surprise et choquée d'entendre à quel point la voix de ma sœur était juvénile, et j'ai eu honte. J'étais une adulte qui écoutait les confessions d'une enfant. Pourquoi diantre m'étais-je attendu à autre chose ? Je me suis aussitôt juré de ne plus écouter la moindre cassette.

Au début, j'ai réussi. Je me suis concentrée sur autre chose. J'avais pris beaucoup de retard au travail, et je me suis efforcée de me rattraper : lire des manuscrits, éplucher les articles mitigés sur le nouveau Mann pour en extraire des phrases que nous pourrions, avec des ellipses stratégiques, utiliser pour la promotion. Le soir, je marchais avec Clive. Des fleurs devant une épicerie. Des garçons sur des terrains de jeu. *Kakis pas chers !*

Un soir j'avais un truc pour le boulot auquel il fallait que j'aille : un de nos livres était numéro un sur la liste des meilleures ventes du *New York Times* et tout le bureau allait boire un verre dans un bar de Midtown pour fêter ça. J'ai calculé que je pourrais y faire un saut et m'éclipser à temps pour aller au Little Sweet et suivre Clive pendant son périple quotidien. Mais le métro s'est arrêté pendant plus de vingt minutes sur le pont de Manhattan. On nous a annoncé un incident voyageur dans une autre rame, et tandis que j'étais assise là à attendre, de plus en plus impatiente, j'ai pensé que ce passager était un homme qui avait trop bu en sortant du bureau, et plus les minutes passaient plus je l'ai détesté. Lorsque enfin je suis arrivée à Church Avenue, j'ai monté l'escalier quatre à quatre et filé jusqu'au Little Sweet – trop tard. Il était déjà parti. Il allait falloir que j'attende une journée entière pour le revoir, autant dire une éternité.

Lorsque je suis arrivée à mon immeuble, l'homme avec la casquette NASCAR rentrait après avoir promené Jefe, et il m'a tenu la porte. Jefe, qui n'avait jamais fait attention à moi, s'est mis à grogner, un son plus profond et menaçant que ce que je le croyais capable d'émettre. « *Cállate* », a lancé l'homme. L'animal m'a sauté dessus. Ses petites griffes ont éraflé mon collant. Il m'a montré ses minuscules dents jaunes. L'homme a tiré d'un coup sec sur la laisse et l'a grondé, manifestement choqué du comportement de son chien, mais Jefe refusait de s'arrêter. Il m'a fixée méchamment de ses yeux opaques.

« Je suis désolée », ai-je dit, même si je ne savais pas de quoi je m'excusais. J'ai eu l'impression que cette créature pitoyable m'avait percée à jour. Je me suis hâtée de descendre les quelques marches jusqu'à mon appartement. Sans attendre, avant que raison ou volonté puisse intervenir, j'ai attrapé sous mon lit le paquet de ma mère et ai remis la cassette dans le magnéto.

Je viens de me souvenir d'un truc auquel je ne pensais plus depuis des lustres. Quand j'étais toute petite, on avait une cassette de chansons irlandaises que j'adorais écouter. Je dansais comme une furie dans le salon en chemise de nuit. Je chantais en même temps, je me souviens, en imitant l'accent irlandais que je trouvais tellement romantique, et je m'imaginais en train de caracoler dans les montagnes en kilt, même si le kilt c'est écossais en fait, mais tu vois ce que je veux dire. J'avais quoi ? Cinq ans ? Et j'avais déjà le sentiment qu'il manquait quelque chose dans mon monde. De la profondeur*, ou quelque chose. Ou des* racines*, peut-être. J'avais déjà compris que je venais d'un endroit complètement superficiel. Personne n'écrit de livre, personne ne fait de film sur son enfance poignante à Westchester, n'est-ce pas ? Ma famille n'a pas vraiment d'héritage, ni de religion, ni quoi que ce soit. Alison. D'où vient ce nom pour commencer ? On ne m'a pas appelée comme ça en mémoire de quiconque. Mon prénom n'a aucune valeur symbolique. Mes parents ont juste trouvé que ça* sonnait *bien, comme manifestement un million d'autres parents, et ils m'ont condamnée à être Alison T pour le restant de mes jours. Au moins ils ont eu la décence de l'épeler correctement. Mais c'est comme si toute mon identité depuis l'instant où ils m'ont donné ce nom ne* s'ancrait *dans rien. C'est comme si notre seule culture, c'était notre belle vie confortable.*

Ce soir, je dois remplir un questionnaire pour mon cours de prévention santé demain, et Dieu sait pourquoi, à la fin on nous demande : « De quoi avez-vous peur ? » Franchement, je sèche. Enfin, je pourrais répondre des trucs débiles. J'ai peur de rester seule à la maison le soir, parce que chaque fois que j'entends un bruit, je crois que c'est un assassin. J'ai peur de la mayonnaise parce que je trouve ça dégoûtant et je déteste quand les gens s'en mettent sur les doigts. Les dents qui bougent me font frémir.

Mais en vrai, le truc qui me fait le plus peur, c'est que ma vie ne soit pas ce qu'elle pourrait être. J'ai tout, tout roule pour moi. Je n'ai pas d'excuses. Et si malgré tout je ratais mon coup ?

Lorsque j'ai finalement décidé, contrairement à ce que je m'étais juré, d'écouter les journaux d'Alison, j'y suis allée à fond. Il y avait tellement d'heures d'enregistrement que j'avais l'impression que je n'en verrais jamais le bout. La plupart du temps, c'était décousu et pas particulièrement révélateur. Pendant vingt minutes, elle parcourait son album de lycée en faisant une liste des dix plus beaux garçons de terminale. Elle écoutait un album entier de Counting Crows en chantant en même temps. Je n'ai rien sauté. J'ai écouté chaque mot. Elle parlait beaucoup de Drew, des gestes romantiques qu'il avait à son égard, comme l'emmener au restaurant ou au cinéma, tandis que les autres garçons se contentaient d'emmener les filles au lac et de rester dans la voiture. Elle parlait de ses amies. Lisa était sa « sœur de cœur », Amanda la rendait « dingue » ; une semaine plus tard, Lisa était rétrogradée à « *OK*, j'imagine ». Elle se plaignait de ses profs. M. Conti n'arrêtait pas de la coller dans le groupe des « bouffeurs de craie », tentative délibérée selon elle de lui faire la leçon, et qu'il essaie donc. Plus j'écoutais, moins je me demandais si j'en avais le droit. Qu'est-ce que cela pouvait faire ? Je ne pouvais pas m'arrêter. Je me suis gavée d'Alison au point d'entendre sa voix sans même l'écouter : je retrouvais son souffle dans le ronronnement du ventilateur au plafond, son rire dans les notes au piano d'une chanson que j'écoutais dans le métro en rentrant à la maison. Elle était avec moi comme elle ne l'avait plus été depuis des années.

Salut. C'est encore moi. Hahaha. Tu es tellement drôle, Alison. Enjouée. Conviviale. Désopilante. Espiègle. Charmante. On est en mars et comme tu l'as peut-être deviné, tu as passé ce matin l'examen d'évaluation pour l'admission à l'université, et franchement ce genre d'examen est à l'intelligence ce qu'une jolie voix est au talent musical. Les analogies sont au sens ce qu'une flaque d'eau est à l'océan. Mais je pense que j'ai vraiment assuré. Bref, ce n'est pas de ça que je veux parler. Cet après-midi, Claire est allée à l'anniversaire d'une de ses copines de classe. Stacy ? En tout cas, la fête était organisée dans un restaurant avec un espace de jeux, et mes parents m'ont demandé d'aller la chercher après. Quand je suis arrivée, les gosses jouaient à chat et couraient dans tous les sens, et quelques petites filles faisaient semblant d'être des chevaux ou quelque chose dans le genre. J'ai cherché partout, mais pas de Clairon. Finalement, je l'ai trouvée. Elle était toute seule dans la piscine à balles. Elle faisait rouler une balle verte dans sa main en la regardant comme si elle essayait de résoudre une question fondamentale. Ensuite elle a commencé à écrire, comme elle fait, en agitant son doigt dans le vide. J'ai eu envie de me précipiter vers elle, de la secouer, de lui dire : Arrête ça, poulette. Arrête, c'est tout. *Mais elle ne peut pas. Elle ne peut pas changer, sinon elle le ferait, non ? Personne ne* choisit *d'être la gosse bizarre.*

Mais il n'y a pas que ça. C'est affreux à dire parce que c'est ma sœur et que je l'aime, mais parfois je n'aime pas être avec elle, en fait. Même si elle n'a que six ans, je vois déjà trop sa vie, je vois trop comment ça va être dur pour elle. En attendant, pour je ne sais quelle non-raison, tout ce qu'elle a du mal à faire me vient facilement. C'est pas pour me vanter. C'est comme ça. Quand je suis avec elle, je me sens parfois tellement soulagée de ne pas *être elle, et ensuite je me sens affreusement coupable de me sentir soulagée. Je ne mérite pas tout ce que j'ai, franchement. Ensuite je l'ai emmenée manger une glace, même si elle avait déjà eu du gâteau d'anniversaire. Voilà, terminé.*

Je me souvenais de ce jour-là. Alison n'était pas loin avec « Stacy » – c'était l'anniversaire de Tracy Donofrio. Elle avait dû inviter toute la classe, sinon je n'aurais jamais été du nombre. Je me suis souvenue d'avoir enlevé le salami d'une pizza dégoulinante. Il y avait un gâteau My Little Pony bordé d'un collier de fleurs à la crème au beurre, et je voulais avoir une fleur sur ma part, mais les autres filles en ont toutes réclamé, tandis que moi j'ai prié en silence de toutes mes forces pour en avoir une, et ça n'a pas été le cas. J'étais hypercontente d'être dans la piscine à balles, c'est ça dont je me rappelais le plus, parce que bientôt, d'une minute à l'autre, ma grande sœur allait arriver, et toutes mes copines de classe verraient qu'elle était venue me chercher, qu'elle était *ma* sœur. Quoi rêver de mieux ? Mais elle était arrivée sans que je m'en rende compte ; elle m'avait observée et elle avait eu pitié de moi.

Ce n'était pas tout. En continuant d'écouter les cassettes d'Alison, je me suis rendu compte qu'elle parlait souvent de moi, beaucoup plus que de nos parents, de Drew ou de ses amis. Ma sœur m'avait observée. Analysée. Elle s'était interrogée sur moi autant que je m'interrogeais sur elle désormais, comme si j'étais une énigme à résoudre, comme si en trouvant la solution elle se comprendrait mieux elle-même.

Il y a eu un moment à la piscine aujourd'hui qui m'a achevée. Claire va rentrer en CE1 à l'automne, ce qui veut dire qu'elle est officiellement assez grande pour aller dans le grand bain. Donc, le truc que les gamins de son âge aiment le plus, c'est sauter du plongeoir. Pas celui en hauteur, et pas la tête la première, mais sauter de celui du bas, à moins d'un mètre de la surface. Il faisait une chaleur de dingue aujourd'hui, et on est allés tous ensemble à la piscine. Tous les gosses de l'âge de Clairon sautaient du plongeoir, et elle se contentait de les regarder, en mangeant une glace à l'eau à côté de maman. Ensuite, quand mon père est parti faire des longueurs, ma mère lui a demandé très calmement, sans pression, si elle voulait essayer. Clairon a hoché la tête avec hésitation, et elles sont parties toutes les deux. Ma mère est entrée dans l'eau pour être prête à la rattraper. Quand le tour de Clairon est arrivé, elle a grimpé sur le plongeoir et a marché tout doucement jusqu'au bout. Je la regardais allongée sur mon transat. On a attendu et attendu et attendu. Mon cœur battait à tout rompre. Maman a dit, « Allez, ma chérie. Tu vas y arriver ! » Ensuite un petit con de dix ans qui attendait son tour dans la file s'est mis à imiter un roulement de tambour et tous les enfants se sont marrés. Les enfoirés. Finalement, Claire a regardé maman et elle a secoué la tête, et ma mère lui a dit que si elle ne voulait pas y aller, il fallait descendre. Ma mère est sortie de l'eau et Claire s'est plus ou moins effondrée dans ses bras. Mais juste avant, je l'ai vu. C'est allé vite comme l'éclair, tellement vite que je ne l'avais jamais remarqué jusque-là : j'ai vu ma mère ravaler toute sa personnalité, tout ce qu'elle pouvait ressentir, et sourire de toutes ses dents à Clairon en lui disant que tout allait bien ! Qu'est-ce que ça pouvait faire ? Elle y arriverait avant la fin de l'été ! Chose qu'elle ne peut objectivement pas croire. Pourquoi est-ce que la vie est si dure pour elle ? Qu'est-ce qui te fait si peur, Clairon ?

Et ça continuait : Clairon qui rentrait tôt de la première soirée pyjama à laquelle elle était invitée. Clairon qui refusait de monter sur scène lorsque le magicien l'avait choisie dans le public pour être son assistante. Clairon qui était trop timide pour commander ce qu'elle voulait manger au restaurant. Clairon qui se cachait dans sa chambre lorsque les copines de fac de maman venaient nous voir avec leurs enfants.

Qu'est-ce que ça m'a fait d'écouter ces cassettes ? C'était terrible, humiliant. J'aurais voulu retourner dans le passé et dire à ma sœur que je ne serais pas à jamais cette petite fille bizarre. Je grandirais, j'aurais des amis, des amoureux, un boulot sympa, une vie. Mais que penserait-elle si elle me voyait aujourd'hui, tapie dans l'ombre, à accumuler des informations sur Clive Richardson tel un collectionneur excentrique ? Cela ne ferait que renforcer toutes ses craintes, non ? Les amis, les amoureux, le boulot : j'avais peut-être réussi à gérer tout ça, mais était-ce moi vraiment ? Qui étais-je ? Vous n'avez pas entendu ce qu'Alison a dit ? La gosse bizarre. La peureuse. Et si les rôles avaient été inversés ? Contrairement à moi, elle aurait su quoi faire. Et elle n'aurait pas eu peur. Elle aurait fait ce qu'il fallait faire. *Qu'est-ce qui te fait si peur, Clairon ?* Assise sur mon lit, les genoux collés contre ma poitrine, je l'ai écoutée parler encore et encore et mes yeux se sont emplis de larmes. J'ai frotté le bout de mes doigts les uns contre les autres et pour la première fois depuis des années j'ai ressenti ce vieux picotement. J'ai levé mon index en l'air. *A-L-I-S-O-N.*

Je savais ce que j'avais à faire.

Le vent s'était levé, et la nuit de Brooklyn avait une couleur noisette inimitable. Je suis arrivée en face du Little Sweet un peu plus tôt que d'habitude et j'ai fait semblant, en attendant Clive, d'examiner les étagères de l'épicerie. À l'heure habituelle, je l'ai vu arriver sur le trottoir. Quelques instants après qu'il était rentré dans le restaurant, j'ai traversé la rue. Une fois devant l'entrée, j'ai hésité. Puis j'ai poussé la porte et pénétré à l'intérieur.

Mes soirées passées à suivre Clive ne m'avaient pas préparée à une telle proximité. J'ai pris place dans la file d'attente, juste derrière lui. Je sentais l'odeur de son après-rasage. Les poignets de son coupe-vent étaient élimés. Ses mains… il tapotait du bout des doigts sur sa cuisse en attendant son tour. Je ne pourrais pas tenir. J'étais sur le point de tourner les talons et sortir lorsque j'ai entendu en moi une voix me dire très clairement : *Calme-toi, Clairon. Voilà comment tu vas faire : lui, c'est juste un type qui a trouvé ton téléphone il y a quelques semaines ; toi, tu es juste une fille qui aime la nourriture exotique, et vous allez apprendre à vous connaître, c'est tout.* Je n'ai pas bougé. Je me suis obligée à fixer ses mains jusqu'à me convaincre moi-même que ce n'étaient pas *ses* mains, pas *les* mains, et ce faisant j'ai senti ma terreur s'apaiser. Dans les mois qui allaient suivre, je jouerais à ce jeu encore et encore. J'ai séparé en deux Clive Richardson : d'un côté, l'homme avec lequel Alison avait passé la dernière nuit de son existence, à Saint-X, et de l'autre, l'homme dans ce restaurant à Brooklyn, et ce n'était pas le même.

Lorsqu'il a levé les yeux, je lui ai souri poliment, vaguement, puis j'ai fait comme si je venais juste de me souvenir que je l'avais déjà vu.

« Clive, c'est ça ?

— Oui…

— Emily, ai-je dit. Vous avez retrouvé mon téléphone le mois dernier. »

Il a soupiré. « Ah oui. Ça va ? » Il a plissé les yeux, et j'ai senti dans son regard qu'il se demandait ce que je faisais là.

Allez, Clairon. Tu sais quoi dire.

« Après vous avoir rencontré, j'ai regardé sur Yelp, et quand j'ai vu toutes les critiques élogieuses je me suis dit qu'il fallait que j'essaie. »

J'ai été surprise de trouver une explication aussi convaincante. Qui pouvait dire que je n'étais pas le genre de fille toujours à l'affût des meilleures arepas, des meilleurs currys, des meilleurs dim sums de la ville ? Ma facilité à mentir, à me transformer en quelqu'un d'autre aurait peut-être dû m'alarmer, mais ça n'a pas été le cas. Alison rayonnait. *Bien joué, Clairon !*

« Un Pepper Pot et une Carib, mon chou ? » a demandé à Clive la femme derrière le comptoir. Elle était petite et costaude, avec les cheveux très courts.

« Oui, miss Vincia, a répondu Clive.

— Un Pepper Pot et une Carib, un Pepper Pot et une Carib », a répété la femme tout en versant une louche de ragoût carmin dans une assiette en plastique. « Et on est accompagné ce soir, à ce que je vois, a-t-elle lancé en me jetant un coup d'œil froid.

— Oh, nous ne sommes pas... a commencé Clive.

— Je m'appelle Emily. »

Elle a haussé les sourcils. « Et qu'est-ce que je vous sers, Emily ? »

J'ai levé les yeux vers la carte lumineuse. Je voulais choisir quelque chose vite, sans hésiter, mais hormis le jerk chicken, je ne connaissais aucun des plats proposés, et je me refusais de commander du jerk chicken de peur de passer pour une ignorante. Buss-Up-Shut. Zakari. Soupe de pied. Samoussa. Acra. Tandis que je parcourais la carte, je sentais la chaleur me monter au visage. Vincia me fixait, et elle commençait, du moins le pensais-je, à s'impatienter. Queue de bœuf. Bokits. Festivals. Mousse de mer. Punch cacahuètes. « Je devrais faire confiance au spécialiste, je crois, ai-je dit pour finir en souriant à Clive. Je vais prendre un Pepper Pot et une Carib moi aussi, s'il vous plaît. »

Vincia a servi une autre assiette, et Clive et moi avons glissé nos plateaux sur le comptoir pour aller payer à la caisse.

« Je vous invite », ai-je dit comme Clive sortait son portefeuille.

Il m'a regardé interdit.

« Allez, je vous en prie... Ça me fait plaisir. Je m'en veux tellement de ne pas vous avoir vraiment remercié pour mon téléphone. » Je lui ai fait mon plus beau sourire idiot.

« OK, a-t-il lâché. C'est très gentil à vous. Merci. »

J'ai payé pour nos deux repas et Clive a soulevé son plateau avant de me regarder. Il a hésité. « Vous voulez vous joindre à moi ? »

En l'invitant, j'avais espéré qu'il se sentirait obligé de le faire, et c'était exactement ce qui s'était produit.

« Oh, je ne veux pas vous déranger », ai-je répondu en regardant timidement par terre.

« S'il vous plaît. J'insiste. » Il a dit ça sans conviction. Il ne voulait pas que je m'asseye avec lui. C'était clair.

J'ai souri. « Eh bien d'accord. Merci. »

Cette tournure des événements était cruciale. Car maintenant, si Clive devait s'interroger sur cette Emily, se demander pourquoi elle s'intéressait tellement à lui, il se souviendrait que c'était lui qui avait insisté pour qu'elle se joigne à lui le premier soir. Elle n'avait rien demandé, avait même essayé d'emblée de refuser.

Il a désigné la table près du palmier en pot, et je me suis assise en face de lui. Il a sommairement débarrassé la table des emballages de paille et des grains qui traînaient dessus. Sur la toile cirée jaune trônait un vase d'œillets artificiels. Sur le mur était peinte une scène de fête sur une plage des tropiques. La télévision fixée à la paroi diffusait un jeu : des gens déguisés s'affrontaient pour gagner des lits et des Jacuzzi.

« Vous devez venir souvent ici », ai-je déclaré.

Il a paru surpris. « Pourquoi vous dites ça ?

— Bah, la dame savait ce que vous vouliez. »

Il a secoué la tête et a ri. « Bien sûr. C'est sympa ici. » Il a saisi sa fourchette, a commencé à manger, et je l'ai imité.

Dès la première bouchée, je me suis extasiée. « Mmm. C'est incroyable. » En vérité, j'étais beaucoup trop fébrile pour remarquer le goût de quoi que ce soit. Je faisais semblant, et la fausseté de mon attitude ne m'échappait pas : le *mmmm* exagéré, les yeux ronds comme des billes.

« Vincia fait la meilleure cuisine du quartier. » Lui aussi avait l'air emprunté. Il disait ce qu'il croyait devoir me dire.

Et maintenant ? *Reste simple, grosse maligne.*

« Alors, vous êtes des Caraïbes ? » ai-je demandé.

Il a acquiescé.

« Super. De quelle île ? »

Il a dit le nom et j'ai plissé les yeux comme si je ne voyais pas du tout de quel endroit il parlait.

« C'est petit, s'est-il empressé d'ajouter. La plupart des gens ici ne connaissent pas.

— Ça fait combien de temps que vous êtes aux États-Unis ?

— Dix-sept ans. »

Il était parti moins d'un an après la mort d'Alison.

« Pourquoi avez-vous décidé de partir ? »

Il s'est frotté la joue. L'air coupable, ou gêné ?

« C'était devenu difficile de trouver du travail. » Il a baissé la tête vers son assiette et a soigneusement enfourné une bouchée de ragoût carmin avant de mâcher en silence, bouche fermée. Y avait-il quelque chose d'anormal dans ces petites habitudes ? Essayait-il de faire diversion, de dissimuler, ou de se convaincre lui-même d'être un homme soigné ? J'ai eu envie de lui demander pourquoi il était devenu difficile de trouver du travail pour voir ce qu'il répondrait, mais je craignais de me montrer trop pressante.

« Ça vous manque ? » ai-je demandé à la place.

L'espace d'un instant, son regard s'est perdu. Il pensait à là-bas, ai-je songé – les eaux cristallines, les routes poussiéreuses, la petite maison blanche jadis la sienne.

« On s'habitue à tout.

— Vous y retournez souvent ?

— Jamais. » Il a prononcé ce mot avec calme, de manière définitive. Il a bâillé.

« La journée a été longue ?

— J'ai crevé. Je suis allé dans un garage en ville pour faire changer ma roue, mais il y avait un écrou coincé et ils n'ont rien pu faire. J'ai dû repartir jusqu'au dépôt. Avant, n'importe quel garagiste aurait pu réparer ça.

— Rien ne marche comme avant, n'est-ce pas ? » Ma compassion hypocrite m'a fait honte. Mais il a semblé apprécier le commentaire. Ou peut-être savait-il désormais faire comme s'il appréciait les commentaires de gens comme moi.

J'ai bu une gorgée de ma Carib et nous avons mangé en silence quelques instants. Je voulais poursuivre la conversation, mais il ne fallait pas que j'éveille en lui le moindre soupçon. Pourquoi d'ailleurs aurait-il des soupçons ? Ne pensait-il pas que j'étais ce qu'en fin de compte j'étais : une intruse blanche de plus dans le nouveau Brooklyn, qui s'intéressait à sa vie pour se rassurer elle-même, se prouver qu'elle était un bon élément de sa communauté, qu'elle se préoccupait d'autres existences que la sienne, etc. ?

Il s'est éclairci la voix. « Et vous ? Vous venez d'où ?

— De nulle part. Enfin, pas loin. De l'Indiana, ai-je répondu avec sarcasme. De Starlight, dans l'Indiana, pour être précise. »

Je n'avais pas prémédité ma réponse. L'endroit m'était venu à l'esprit spontanément. En CM1, nous avions fait des exposés sur les cinquante États et, à ma plus grande déception, on m'avait assigné l'Indiana. (J'aurais voulu parler de la Louisiane. Ses marécages pleins d'alligators. Sa magie vaudoue.) J'avais fabriqué une reconstitution sur une plaque de carton mousse avec des champs de maïs en pastel, du sable brun pour les plaines et des vaches en plastique. Je me souvenais de Starlight parce que ce nom (lumière d'étoile) m'avait semblé être le seul attrait de cet État.

« Starlight. C'est magnifique.

— Ouais. Si on veut », ai-je répliqué en levant les yeux au plafond. Je me suis penchée vers lui. « Moi non plus je n'y retourne jamais. » J'ai pris un air triste et réservé, censé sous-entendre un vaste océan d'histoires personnelles douloureuses : mon enfance difficile, les raisons qui m'avaient poussée à quitter Starlight dans l'Indiana, comme pour signifier à Clive Richardson : *Vous voyez ? Moi aussi, j'ai mes secrets. Moi aussi, je vis en exil.* « C'est marrant. Je suis à New York depuis trois ans maintenant et parfois j'ai encore l'impression de vivre la vie de quelqu'un d'autre. »

À ce moment-là seulement, j'ai compris que je me sentais effectivement ainsi. Je venais, sans m'en apercevoir, de mettre en place la méthode que j'allais suivre durant les soirées à venir au Little Sweet. Avec Clive, j'exprimais des sentiments que je ne m'étais pas formulés à moi-même auparavant. Pourtant, ces vérités émotionnelles se présentaient dans une architecture fictionnelle. L'impression d'être aliénée dans ma propre vie par exemple ne venait pas du fait d'avoir été bannie de l'Indiana. C'était la mort d'Alison qui m'avait placée dans ce simulacre d'existence.

« Pareil. » Il s'est remis à manger.

« Je n'arrive pas à croire qu'on vous ait laissé repartir avec un pneu à plat. Franchement, les gens, ai-je dit, méprisante.

— Les gens. » Il a raclé avec sa cuillère le fond de sauce carmin dans son assiette.

Nous nous sommes levés de concert et avons jeté nos déchets, posé nos plateaux sur la pile au-dessus de la poubelle. À la télévision, une femme habillée en écureuil venait de gagner un voyage aux Bermudes. Derrière son comptoir, Vincia nous a regardés sortir du restaurant.

Je ne suis pas certaine de pouvoir un jour expliquer comment c'était d'être assise face à Clive Richardson au Little Sweet. Je n'avais jamais rien ressenti de semblable, et je n'ai plus jamais rien ressenti de tel depuis. Le mieux serait de parler de lucidité, j'imagine – un sentiment, provenant d'une source extérieure, d'être exactement où j'étais censée être, de faire précisément ce que j'étais censée faire. En rentrant chez moi ce soir-là, j'étais à bout de souffle, euphorique, la conscience du danger de ce que je venais d'accomplir se mêlant au sentiment d'avoir habilement géré la situation. Je n'allais pas jusqu'à croire qu'il avait apprécié notre rencontre, mais c'était un début. Je comprendrais de qui il avait besoin et je deviendrais cette personne. Je gagnerais sa confiance, je m'immiscerais dans sa vie. Et je ne serais pas seule. Alison m'avait accompagnée ce soir-là, m'avait soufflé les mots que j'aurais été incapable de trouver seule. Plus je m'approchais de Clive, plus la présence de ma sœur s'intensifiait, comme s'ils formaient un système unique, comme s'ils étaient les deux pôles d'un circuit fermé dont le pouvoir grandissait en moi.

Tout ceci a l'air dingue, je sais, et en me remémorant jusqu'où je suis allée, j'ai du mal à comprendre comment j'ai pu plonger à ce point. Mais je m'étais retrouvée dans le taxi de Clive Richardson. Une coïncidence aussi improbable peut amener à croire qu'il y avait là un dessein – un destin qui transcendait les réalités ordinaires de l'existence ; ça peut se comprendre, non ? Même après toutes ces années, sachant ce que je sais, je ne parviens pas à me libérer complètement de l'idée que des forces étaient à l'œuvre à ce moment-là, des forces qui défiaient toute explication. Parfois je me demandais, et je me demande encore, si Alison n'orchestrait pas tout ça, depuis les nuées là-haut, au-delà de ce monde.

Tandis que la ville se libérait des fardeaux tape-à-l'œil de l'automne pour devenir plus discrète, plus froide, ma vie s'est réduite peu à peu à deux rituels intimement liés : je n'arrêtais pas d'écouter les journaux d'Alison, et de pister Clive. La voix de la première et celle du second ; tout se résumait à cela.

Bon, hier soir, pendant le dîner, mes parents parlaient des pans de gazon desséchés dans notre jardin, c'était fascinant, et ma mère a pris tout à coup son air gentil, cet air qu'elle prend pour annoncer une seule et unique chose : je vais dire un truc positif sur un Noir. *Et elle a fait : « Ce n'est plus aussi beau depuis la mort de John », et mon père a renchéri : « Cet homme faisait des miracles. » Ensuite ma mère s'est tournée vers moi et a dit : « Tu te souviens de John, n'est-ce pas, ma chérie ? Tu l'adorais. Tu étais tellement triste quand il est mort. Tu n'as pas arrêté de pleurer. » Elle a souri, de son petit sourire mignon. Bref, ce n'était pas la peine de discuter avec elle parce qu'elle ne pouvait pas comprendre, c'était au-delà de ses limites, donc je lui ai à mon tour fait un petit sourire mignon ; tout en pensant :* C'est faux. Tu as tort. Ce n'est pas du tout, mais alors pas du tout, ce qui s'est passé.

Tu ne te rappelles peut-être même plus de John maintenant, pas vrai mon vieux moi ? Je ne sais pas ce qui te reste comme souvenirs ni ce que l'existence fascinante que tu mènes, je l'espère de tout cœur, a effacé depuis. John était notre jardinier quand j'étais toute petite. Il est mort l'année de mes quatre ans peut-être. Cancer, je crois. Je me souviens qu'il avait des cheveux d'un blanc pur comme la laine d'un agneau et la peau très noire. Il venait une fois par semaine tondre la pelouse et chaque semaine maman m'emmenait dehors lui dire bonjour. Il essayait toujours de me parler, mais je me cachais toujours derrière les jambes de maman. Et maman disait : « Elle est très timide », ce qui n'était pas vrai, j'étais une gamine très sociable, et évidemment maman le savait. John me terrifiait et je ne savais pas pourquoi.

Ma peur de lui me semblait totalement inexplicable. Je la sentais, c'est tout.

Je me souviens quand maman m'a annoncé qu'il était mort. Je n'ai pas pleuré parce que je l'aimais. J'ai pleuré parce que ce vieil homme si bienveillant avait juste voulu être gentil avec moi, et au fond de moi je savais qu'en ayant eu peur de lui, j'avais mal fait, ça l'avait peut-être blessé, je l'avais peut-être blessé.

Maman me rend juste dingue. Franchement, tu ne choisis pas de fonder une famille dans un endroit où il n'y a que des Blancs et quelques médecins chinois et indiens pour ensuite te convaincre que ta gamine aimait plus que tout le jardinier noir que tu l'emmenais voir dehors – parce que c'est important d'interagir avec tout le monde –, puisque c'est la preuve que, même si tu as fait les choix que tu as faits, tes gosses sont bien, tu es quelqu'un de bien, vous êtes tous des gens tellement, tellement bien.

Je suis retournée au Little Sweet quelques jours plus tard. Clive a levé les yeux lorsque je suis entrée. Il ne m'a pas saluée, et j'ai fait celle qui ne le remarquait pas. Je me suis mise dans la file. Je l'ai senti m'observer. Vincia s'est montrée polie avec moi, professionnelle. J'ai réglé ce que je devais. Puis je me suis tournée et mon regard s'est posé sur lui comme si je venais de m'apercevoir de sa présence. Je me suis approchée de sa table.

« Vous revoilà, a-t-il dit.

— Vous m'avez convaincue. Je suis officiellement accro, je crois. Je peux ? » J'ai désigné timidement la chaise vide face à lui.

Ma demande l'a troublé. Mais je me disais qu'il ne serait pas assez impoli pour refuser, et j'avais raison.

« Je vous en prie. »

Dans les semaines suivantes, je suis retournée plusieurs fois au Little Sweet. Chaque fois j'ai pris un air faussement gêné en lui demandant de m'asseoir à sa table, et chaque fois il a accepté. J'ai commencé à m'installer dans le rôle que je m'étais inventé, celui d'une exilée solitaire dans New York, une fille venant de nulle part, seule au monde. Si Clive ne semblait pas véritablement se réjouir de ma présence, il m'a semblé qu'au fur et à mesure il devenait plus chaleureux à mon égard, ou disons à l'égard d'Emily.

De quoi avons-nous parlé ? De nos boulots respectifs – un passager grossier, un auteur capricieux. Nous nous sommes mutuellement plaints des diverses créatures urbaines qui s'incrustaient dans nos appartements – des poissons d'argent dans ma douche, des souris dans son plafond. Je lui ai parlé de ma courte carrière de joueuse de kickball, et il m'a raconté qu'il avait joué au cricket jusqu'à ce qu'une blessure à l'épaule quelques années plus tôt l'oblige à arrêter. Mais comme les New-Yorkais en ont l'habitude, nous avons évoqué principalement la ville elle-même, ce qui nous a permis de trouver un langage commun pour exprimer notre approbation ou notre mépris : la croisade de de Blasio contre les calèches – peine perdue. Les transports publics – exécrables. Les vélos-taxis – nuisibles.

Je lui ai raconté des histoires mêlant mensonges et demi-vérités sur une enfance au milieu de nulle part, dans l'espoir que mes confessions l'incitent à s'épancher lui aussi. J'ai essayé – en faisant attention, très attention – de lui poser des questions susceptibles de l'amener à me révéler quelque chose. Avait-il l'intention de rentrer chez lui un jour ? Est-ce que sa famille lui manquait ? Quel genre d'enfant était-il ? Rien. Souvent, je relevais quelques petits mensonges ici ou là. Par exemple, au cours de cet échange lors de notre troisième soirée ensemble :

« Est-ce que vous êtes taxi depuis que vous êtes arrivé à New York ?

— Oui. Mais j'ai commencé de nuit. Je suis passé de jour il y a quelques années seulement.

— J'espère que vous ne trouverez pas ça bizarre, mais je suis allée voir votre île en ligne. Ça m'a l'air d'une beauté incroyable !

— C'était beau, oui.

— C'est comment de vivre dans un endroit touristique ?

— New York aussi, c'est touristique.

— C'est vrai. Vous étiez taxi là-bas aussi ?

— Non.

— Vous faisiez quoi ?

— Des petits boulots. »

Un autre exemple, quelques semaines plus tard :

« Vous avez passé une bonne journée ?

— Ça circulait très mal.

— C'est la pire époque de l'année pour vous, non ? Avec les vacances qui s'annoncent ?

— Il y a toujours quelque chose. Au printemps, c'est les défilés. En automne, c'est le sommet des Nations Unies. Il y a pas mal de touristes en ce moment. Aujourd'hui, à la cathédrale Saint-Patrick, j'ai pris une famille qui ne parlait pratiquement pas anglais. Ils m'ont demandé de les emmener au Rockefeller Center. J'ai essayé de leur dire que c'était juste au coin de la rue, mais la mère n'arrêtait pas de dire : "Patiner ! Patiner !" Pour finir, je les ai emmenés là-bas.

— Je n'ai plus fait de patin à glace depuis que je vis ici.

— Je n'en ai jamais fait.

— Ah bon ?

— On n'avait pas beaucoup de glace là où j'ai grandi, mademoiselle.

— C'est vrai, pardon. Je suis bête. Chez moi, on patinait pendant tout l'hiver, dès que la rivière Wabash gelait. J'avais les orteils tellement engourdis après, je me souviens, que j'en pleurais quand j'enlevais mes patins. » (Les vérités se logent dans les mensonges qui se logent dans les vérités. La douleur des orteils engourdis qui se réchauffent après le patin à glace – un des souvenirs les plus marquants de mon enfance. Mais la rivière Wabash ? Une bande de papier cellophane bleuté dans mon exposé de CM1.) « Tous les gosses de mon quartier jouaient sur la glace, et moi je patinais toujours toute seule de mon côté. C'était comme si je ne savais pas m'y prendre, je ne sais pas pourquoi. Je crois que je n'ai jamais eu de meilleure amie, vous voyez ce que je veux dire ?

— Moi non plus. »

Ce soir, c'était mon gala de fin de terminale. J'ai répété pendant des mois. C'est moi qui ai fait la chorégraphie. J'ai dû passer une centaine d'heures à répéter. Mais dès que je suis entrée en scène, dès que je me suis préparée pour ma première pirouette, j'ai compris que je n'allais pas être à la hauteur. C'était comme si ça s'était déjà produit, et il n'y avait rien à faire.

J'ai dansé et je m'en suis sortie. Je ne me suis pas plantée, ni rien, mais je n'étais pas dans la musique comme j'aurais voulu l'être. Après le spectacle, j'ai enfilé mon survêt et je suis allée dans le hall et vingt personnes m'ont sauté dessus pour m'offrir des fleurs et me couvrir de compliments. « Oh, mon Dieu, Alison, tu es géniale. » « Tu danses tellement bien. » « C'était magnifique. » Bla, bla, bla, fabuleusement foireux, oui.

Les gens sont-ils donc tellement insensibles à ce qui se passe autour d'eux que tout leur semble pareil ? Je veux dire, tout le monde n'y a vu que du feu ce soir, comment c'est possible ? Je n'ai pas fait une seule erreur, pas une seule, et pourtant j'ai complètement foiré.

Fleurs et dents blanches. C'était l'image que j'avais de ma sœur. Elle m'avait semblé nager dans le bonheur ce soir-là. Quel choc d'apprendre qu'en réalité elle bouillonnait de sentiments négatifs et d'hostilité envers elle-même. Elle n'avait tellement rien laissé paraître ! Jamais je n'aurais cru ma sœur capable de ressentir une telle insatisfaction.

Je suis rentrée à Pasadena pour Thanksgiving. Je n'aimais pas l'idée d'interrompre mes progrès avec Clive, mais je ne voyais pas comment faire autrement. Nous nous sommes rassemblés comme d'habitude : moi, mes parents, tante Caroline et un homme – « l'homme du mois » comme avait dit ma mère d'un ton à la fois neutre et narquois. Cette fois, c'était un acupuncteur, argentin d'origine. Tante Caroline avait la soixantaine et était plus menue que jamais, lèvres botoxées, mais pas trop. L'acupuncteur paraissait avoir quarante-cinq ans. Tante Caroline fréquentait des hommes de quarante-cinq ans depuis qu'elle en avait vingt et n'avait apparemment aucune intention d'arrêter maintenant.

Avant le repas, chacun a pris son poste habituel : moi et ma mère dans la cuisine, tante Caroline, le petit ami et mon père dans le salon, à bavarder. (« Promis, je ne traînerai pas dans tes pattes », avait dit tante Caroline à ma mère comme si elle lui faisait une faveur en restant assise dans le canapé à siroter du cabernet.) À table, les choses se sont déroulées comme d'ordinaire.

« Le jardin est magnifique. C'est quoi ton secret ? » a demandé tante Caroline à mon père qui s'est lancé dans un discours passionné sur sa vision de la fertilisation, de l'élagage, de l'arrosage et de la lutte contre les parasites.

« Et toi, quoi de neuf, ma chérie ? » a fait tante Caroline en se penchant vers moi.

Avant même que j'aie le temps de concocter une réponse convaincante, mon père a lancé : « Emily s'est mise au yoga.

— Super ! a dit tante Caroline. J'ai une copine qui jure qu'elle a grandi de deux centimètres depuis qu'elle a commencé le yoga.

— C'est fantastique pour l'équilibre, s'est exclamé mon père. Et ça aide le corps à traiter le dioxyde de carbone.

— Ah bon ? a fait ma mère.

— Ils l'ont dit à la radio. » Mon père a haussé les épaules.

La conversation a dérivé vers d'autres sujets – la mission de consulting dont mon père s'occupait depuis qu'il était à la retraite, le doigt de sauce de poisson que ma mère avait ajouté cette année aux choux de Bruxelles, le semi-marathon d'Huntington Beach auquel mon père s'était inscrit et la douleur au genou qui allait probablement l'empêcher d'y participer.

Plus le dîner se poursuivait, plus sa banalité m'affligeait. Comment était-ce possible que personne ne s'aperçoive de ce qui m'arrivait ? La conversation a continué : ma mère ne pouvait pas blairer les nouveaux membres de son club de lecture ; ils ne lisaient jamais les livres ; elle pensait sincèrement arrêter. J'ai serré les poings sous la table, m'enfonçant les ongles dans les paumes. Voilà comment notre famille conservait les apparences depuis la mort d'Alison, je m'en rendais compte à présent : en se gardant bien de s'observer de trop près les uns les autres pour éviter de se connaître mieux.

La tarte à peine terminée, j'ai annoncé que je me sentais affreusement fatiguée à cause du décalage horaire et je suis partie me coucher, même si je n'ai quasiment pas fermé l'œil de la nuit, fixant à travers la fenêtre les violettes de mon père qui se dressaient parfaitement immobiles dans la nuit sèche et calme.

Le samedi matin, je me suis levée de bonne heure. Tante Caroline et son petit ami avaient repris un avion pour rentrer chez eux la veille. Mon vol pour New York n'était que le soir. J'ai trouvé ma mère dans la cuisine.

« Café ? m'a-t-elle demandé en ouvrant déjà le placard pour s'emparer d'une tasse.

— Non.

— Oh. Du thé ? Du jus d'orange ? »

J'ai secoué la tête.

« Et manger quelque chose ? Je peux te faire des œufs si tu veux ?

— Arrête, maman. Je ne veux rien. »

Je me suis approchée du lave-vaisselle et j'ai commencé à vider le haut.

Elle a posé une main sur mon épaule. « C'est gentil. »

Je me suis dégagée. Elle a grimacé et reculé, l'air blessée. Soudain, je n'éprouvais rien d'autre que de la répulsion pour ce petit oiseau fragile de femme, ma mère. J'ai eu envie de lui faire mal, non pas comme je venais de le faire, en lui infligeant quelque rudesse mineure de fille mal lunée, mais vraiment lui faire mal, au point qu'elle ne puisse ni esquiver ni refouler.

« Tu te souviens du dernier gala de danse d'Alison ? » ai-je demandé.

Elle a regardé par terre. Nous n'avions pas l'habitude d'évoquer Alison sans prévenir. J'ai poursuivi : « Celui où elle a dansé sur… »

Ma mère a fredonné quelques notes de la chanson, puis a ri doucement. « Ta sœur était tellement belle ce soir-là. » Ma mère ne prononçait jamais son prénom.

« Elle a détesté.

— Détesté quoi, ma chérie ?

— Toute la soirée. Tout.

— De quoi est-ce que tu parles, mon amour ? Elle était sur un petit nuage.

— Tu te trompes. Elle était furieuse. »

Ma mère a croisé les bras et les a serrés contre elle comme si la pièce venait de devenir subitement froide. « Tu as écouté.

— Comment tu le sais ? Tu as dit que tu avais arrêté au bout de quelques minutes. »

Ma mère a soutenu mon regard.

« Tu as écouté aussi.

— Il y a des années. Tu étais à la fac et ton père en déplacement pour une semaine. Je n'ai...

— Tu n'as pas pu t'en empêcher. »

Elle a hoché la tête.

« Alors tu sais de quoi je parle. Tu sais à quel point elle était déçue ce soir-là. »

Ma mère a soupiré. « Je sais que c'est ce qu'elle a dit, ma chérie. Mais j'étais là. Je l'ai vue. Elle était si heureuse.

— Apparemment pas.

— Je sais ce que j'ai vu, c'est tout ce que je peux dire. »

J'ai serré les dents. Ça lui ressemblait tellement, nier avec une telle froideur une vérité désagréable.

« Chérie, c'était quoi, ça ? »

J'ai fourré ma main dans ma poche. « C'était quoi, quoi ?

— Ta main. J'ai cru te voir...

— Ça me grattait. »

C'est étrange comme quelque chose peut dormir en vous pendant des années, tellement longtemps qu'on l'oublie, et puis ça revient comme si ça n'avait jamais disparu. Depuis quelques semaines maintenant le besoin grandissait, de plus en plus difficile à réprimer – des mots qui me chatouillaient le bout des doigts, désespérés de sortir. *S-i h-e-u-r-e-u-s-e.*

« Chérie, tu veux un peu d'air frais ? »

Un peu d'air frais ? *Fabuleusement foireux, oui.*

Il est tentant, rétroactivement, d'enjoliver mes rencontres quotidiennes avec Clive, afin de suggérer qu'au bout d'un moment notre rapport était devenu facile ; mais je préfère ne pas vous induire en erreur. Même après avoir passé des heures ensemble, nos conversations continuaient de manquer de naturel. Clive répondait souvent sommairement à mes questions, pour rester ensuite silencieux un bon moment. Cependant, il semblait se délecter d'un sujet en particulier : son boulot de taxi, les choses qu'il voyait et les histoires qu'il avait à raconter. Il m'a rapporté des conversations incroyables qu'il avait entendues. Il m'a parlé de la fois où on lui avait laissé, pour une toute petite course, deux cents dollars de pourboire. Et de la fois où il s'était fait braquer vers la 90e rue.

« J'ai eu un type un jour qui a commencé à se parler tout seul, a-t-il commencé un soir. Il parlait d'un braquage qu'il allait faire avec un complice. Il disait : *Voilà le plan. Je vais aller jusqu'au guichet, je vais montrer le flingue à la bonne femme et je vais lui dire qu'elle a vingt secondes. Quand je mettrai la main dans ma poche, tu obligeras tous les clients à se coucher par terre.* Il a continué comme ça : comment ils allaient se faire conduire dans la salle des coffres et ce qu'ils allaient y trouver et où serait garée la voiture pour s'enfuir. J'ai commencé à penser que c'était peut-être moi la voiture pour s'enfuir. Je me demandais comment j'allais faire pour me rendre dans un commissariat sans qu'il s'en rende compte, quand il a dit : *Alors ? J'étais comment ?* Il était comédien. C'était la première de sa pièce ce jour-là.

— Non !

— Si, c'est vrai. » Il a souri. « J'ai aussi emmené trois femmes à l'hôpital pour accoucher. Une, c'était pendant une tempête de neige. Elle m'a dit qu'elle donnerait mon prénom à son enfant. Je me souviens quand j'ai raconté ça à mon fils, il a dit : *Mais si elle a une fille ?* Si jamais vous rencontrez une Clivette, j'imagine que ça sera grâce à moi.

— Vous avez un fils ? »

Il a paru troublé, comme s'il n'avait pas voulu révéler ce pan de sa vie. Il a acquiescé. « Il aura bientôt vingt et un ans.

— Il vit ici ?

— Oh, non, non. Il est là-bas, à la maison… avec sa mère.

— Votre femme ? »

Il a secoué la tête. « C'était une femme difficile. Perturbée.

— Et vous êtes proche de votre fils ? »

Il a déchiré des petits bouts de sa serviette en papier et en a fait un tas sur la table. « J'ai essayé au début. Elle n'a pas voulu que je m'implique. » Il s'est raclé la gorge. « J'ai une autre histoire pour vous : vous n'allez pas me croire mais un jour j'ai pris Mike Piazza deux heures avant le début d'un match ! Son chauffeur était coincé dans un bouchon. C'était juste après le 11 Septembre et ça circulait supermal. Je l'ai déposé au Shea Stadium juste à temps. »

Clive avait prononcé les mots « mon fils » comme s'il avait déposé un baiser sur un front. Je ne savais pas qu'il avait un enfant. Si le garçon avait maintenant vingt ans, il devait avoir deux ou trois ans quand Alison avait été tuée. La colère m'est montée à la gorge. Clive était père au moment des faits. Il aurait dû considérer Alison comme une enfant, l'enfant de quelqu'un, et non pas comme ce qu'elle avait peut-être été pour lui : une manière d'échapper à une vie avec un enfant et aux responsabilités qui vont avec et auxquelles il n'était pas prêt ? La victime malchanceuse de la colère d'un homme envers une autre femme, une femme « difficile » ? Alison avait-elle su que Clive avait un fils ? Pendant qu'Edwin Hastie glissait une cigarette entre les lèvres d'Alison sur le parking poussiéreux du personnel, est-ce que Clive leur avait raconté une histoire charmante sur son fils ? Le genre d'histoire qui aurait pu rassurer Alison et lui fait croire que ces deux types n'étaient pas dangereux ?

« Waouh, ai-je fait. C'est dingue.

— Ça n'arrive qu'à New York. Avant qu'il parte, je lui ai dit : Mike, faut que je vous avoue quelque chose. Normalement, je suis pour les Yankees. Mais ce soir, je serai à fond derrière les Mets. »

Bon anniversaire ma poulette ! Youpiiii ! Aujourd'hui, ma bonne vieille Alison, tu as seize ans.

Je peux te conduire n'importe où maintenant. C'est trop super, bla bla bla. Pour mon anniversaire mes parents m'ont offert... roulements de tambour s'il vous plaît... une voiture neuve !

Carrément, mon père m'a acheté une Audi flambant neuve. Donc évidemment, on s'est engueulés grave. Je voulais une voiture d'occasion. Quelque chose de discret. Parce que franchement. J'ai seize ans. Pourquoi sans déconner je devrais posséder une putain de bagnole suédoise ou allemande flambant neuve... pourquoi m'offrir une voiture de luxe que je vais inévitablement abîmer parce que je n'ai même pas encore le permis ? Quand je lui ai dit ça, il a répondu : « C'est justement pour ça que je veux que tu aies une bonne voiture, une voiture solide. »

Enfin, il a raison. D'un côté, je comprends complètement pourquoi, si tu peux te le permettre, tu achètes la meilleure voiture possible pour ta fille. D'un autre côté, ça me fait trop honte. Pas seulement vis-à-vis de moi-même. Vis-à-vis de mes amis aussi. Surtout ceux qui adorent leur voiture de luxe et qui ne voient aucun inconvénient à en conduire une. On est des adolescents et les gens nous donnent des bagnoles beaucoup trop belles, c'est ridicule. On devrait avoir honte, non ?

Mais avoir honte ne fait qu'empirer les choses, parce que tu passes pour une gamine encore plus pourrie gâtée si tu engueules ton père parce qu'il t'offre une belle voiture, solide, chic et tout, au lieu de lui dire merci tout simplement, n'est-ce pas ? Mais ensuite... j'ai l'impression que la pente est très glissante entre le fait d'être contente de recevoir un cadeau et penser qu'on le mérite.

Lorsque ma mère m'avait dit que, malgré ce qu'Alison affirmait dans son journal, elle était certaine que ma sœur avait été sur un petit nuage à son dernier gala de danse, j'avais pensé qu'elle faisait l'autruche. Mais plus j'écoutais les journaux d'Alison, plus je me demandais s'il fallait vraiment croire ce qu'elle racontait. J'ai commencé à déceler une certaine fausseté dans ce qu'elle disait. Prenez par exemple l'insistance avec laquelle elle affirmait ne pas vouloir de la nouvelle voiture que mes parents lui offraient. Sommes-nous vraiment censés croire qu'elle n'en voulait pas ? Allons-nous véritablement accepter l'idée qu'elle n'était pas contente de l'avoir ? N'est-ce pas plutôt qu'elle aimait la voiture – son parfum de neuf, sa conduite souple dans les virages, son bleu étincelant sur le parking du lycée –, mais qu'elle aurait voulu être moins matérialiste, ou du moins pensait devoir l'être ? Une personne plus pure qu'elle – comme elle rêvait de l'être – ne le serait-elle pas ? N'essayait-elle pas à travers cette longue diatribe sur la voiture de se rassurer elle-même sur son propre caractère ?

Revenons au gala de danse. Et si ma mère avait raison, si Alison était tout simplement aux anges de recevoir autant de compliments après le spectacle ? C'est aussi comme ça que je me rappelle cette soirée. On voit bien comment un journal intime peut devenir un outil pratique pour réécrire l'histoire, redistribuer les moments fondamentaux de l'existence de quelqu'un pour dessiner un moi plus humble, plus critique envers soi-même.

En même temps, l'urgence et l'émotion dans la voix d'Alison étaient palpables. Elle se battait contre elle-même. J'en suis convaincue. Alison cherchait au moins à être honnête avec elle-même. Et là, un autre problème se pose : l'obstacle de sa jeunesse. Une jeune fille de quinze ou seize ans est-elle vraiment capable de se comprendre ? À quel point ses impressions sont-elles fiables ?

Le journal intime était quelque chose d'incertain, qui tissait confession et aveuglement, vérité et mensonge. Non, parler de tissage n'est pas la bonne métaphore. Cela suggère que vérité et mensonge sont les fils de la trame et qu'en tant que tels ils sont inextricablement liés. Je crois qu'il serait plus juste de dire que vérité et contre-vérité coexistaient dans le journal d'Alison, à l'instar de l'hydrogène et de l'oxygène qui sont présents dans l'eau. Le défi ne consiste pas à les séparer – à quoi servent l'hydrogène ou l'oxygène dans la compréhension de la nature de l'eau ? –, mais à comprendre ces moments sans chercher à les séparer. Il fallait que je trouve le moyen de comprendre comment la vérité et le mensonge se fabriquaient l'un l'autre.

Un jour, au bureau, une invitation Facebook est arrivée dans ma boîte de réception. Jackie organisait une soirée pour son anniversaire : buffet à volonté (boissons incluses) dans un bar à sushis karaoké de Koreatown. Je ne me voyais plus participer à ce genre d'événement. C'était tellement futile de fêter ses vingt-cinq ans en s'envoyant des bières et des shots de saké ; quelle blague, quel cliché. Quel cliché, aussi, de tourner en dérision son propre anniversaire, comme le faisait Jackie, en faisant semblant de se moquer d'elle-même et de ce qui lui plaisait le plus. (*Oui, c'est ce qui est prévu. Vous n'échapperez pas à Bon Jovi*, précisait l'invitation.)

Avant de partir pour le Little Sweet ce soir-là, j'ai envoyé un texto à Jackie : *Désolée, j'ai un truc ce soir, mais amusez-vous bien !*

Jackie m'a répondu illico : *Tu viens pas à mon anniv ?!? Tout va bien ??? Je m'inquiète.*

Son inquiétude a ouvert une brèche en moi. L'espace d'un instant, j'ai eu envie d'aller à l'anniversaire de Jackie et de m'amuser bêtement comme je l'aurais fait quelques mois plus tôt, mais je n'y arriverais pas, je le savais ; il ne m'était tout simplement plus possible de me soûler, de manger des sushis au thon à deux balles et de beugler *Sweet Caroline* comme si j'avais ma place dans ce genre de vie – même si cela me rendait triste aussi. J'ai songé une seconde à tout raconter à Jackie. J'ai tapé et supprimé une demi-douzaine de messages pour en fin de compte laisser tomber. Je n'ai jamais répondu.

J'ai commencé à dormir de moins en moins, et mal. Soir après soir, j'écoutais Alison jusqu'à une heure avancée de la nuit. Je n'avais plus eu de telles insomnies depuis mon enfance, lorsque je ressassais des scénarios fatals dans le noir, et je reconnaissais le processus : je voulais arrêter d'écouter, m'endormir, mais je n'y arrivais pas. Sans savoir dire pourquoi, j'avais l'impression qu'appuyer sur *stop*, qu'éteindre la voix d'Alison était dangereux, et je ne pouvais me défaire de cette crainte. J'étais presque reconnaissante lorsque à deux heures du matin mon voisin du dessus se mettait à jouer de la guitare comme toutes les nuits. J'avais enfin une excuse toute trouvée : la musique qui me parvenait à travers le plafond m'empêchait de fermer l'œil. Pour la première fois de ma vie, je n'entendais pas mon réveil le matin et arrivais en retard au bureau.

Je viens d'aller passer quelques jours dans le chalet de Becca. D'abord, c'était dément. Sérieux, je pense que j'ai des abdos en béton tellement on s'est marrés. J'ai l'impression de m'être, je ne sais pas, emmerdée *ces derniers temps, et ce voyage m'a permis de me rappeler que j'aime vraiment, vraiment mes amis. Quelques temps forts : Matt et Andy qui après avoir perdu un pari ont dû traverser à poil le jardin dans le froid glacial ; buller dans le Jacuzzi en buvant de la bière et en papotant pendant des heures. Fumer de l'herbe comme une malade un soir et aller s'allonger sur la terrasse avec une montagne de couvertures pour regarder les étoiles sous la neige. Au bout d'un moment, je ne savais même plus si c'était de la neige qui tombait ou des morceaux d'étoiles, c'était juste un méli-mélo magnifique. Regarder les étoiles en planant, c'est ce qu'il y a de mieux, franchement.*

Est-ce que je t'ai dit que je me suis cassé le poignet ? Pour de vrai. Heureusement, c'était le dernier jour, sinon ça aurait tout gâché. Je suis tombée en sautant. Tout le monde était rentré pour se boire un chocolat chaud, et j'étais partie toute seule faire un dernier tour. J'avais un télésiège à trois places pour moi. Tu sais comme parfois le monde s'ouvre, et tu te retrouves dans un moment carrément sacré ? Bah, c'était ça. Les cimes sous moi étaient recouvertes de neige et scintillaient. La neige avait cet éclat bleuté et c'était comme si ce spectacle était là juste pour moi. En fait, je me suis mise à pleurer parce que j'étais bouleversée, *c'est tout. J'étais encore dans cet état quand j'ai décidé de sauter du télésiège à l'arrivée. Je suis restée suspendue dans l'air un instant, légère ; j'ai presque eu l'impression de voler mais aussitôt j'ai compris que je ne contrôlais plus mon corps, et je me suis étalée.*

Les sauveteurs sont arrivés et m'ont descendue sur un brancard. Mes amis ont fini par comprendre où j'étais et ils ont tous déboulé dans la tente de secours, et ensuite ils m'ont accompagnée à l'hôpital pour passer les radios et tout. Je n'ai pas pleuré. Ça me faisait un mal de chien mais j'ai été hypercourageuse. Je suis vraiment fière d'avoir été si vaillante. Mais encore une fois, si je n'ai pas pleuré, c'est uniquement parce que je voulais que les médecins et mes amis me disent combien j'étais courageuse et incroyable, ce qu'ils ont fait. Donc est-ce qu'on peut vraiment parler de courage ? C'est consternant, plutôt, non ?

Je pars à la fac la semaine prochaine et mes parents ont dit qu'il fallait que je fasse le tri dans mon « bordel » avant de partir. Aujourd'hui, j'ai mis mon nez dans mes cartons de vieilles dissertations et de photos de classe, et tous les trophées idiots que j'ai amassés en natation et en danse. Tout à coup, j'étais genre : pourquoi j'ai gardé toutes ces merdes ? Pourquoi est-ce que c'est si précieux pour moi ? Je suis allée chercher de gros sacs-poubelle noirs dans le garage et je me suis mise à les remplir. À un rythme... ça serait trop de dire que j'étais en transe, mais soudain je n'avais plus aucune raison de garder quoi que ce soit. Le seul truc que je n'ai pas jeté, c'est le bracelet de fleurs que Drew m'avait offert pour le bal du lycée, et c'est seulement parce que je n'arrêtais pas de l'imaginer dans la pièce avec moi, ça lui aurait fait trop mal, ça m'a tuée.

Pendant que je jetais tout ça, je me suis vue avec un attaché-case qui contiendrait tout ce qu'il me faut dans la vie, comme ceux qui trimballent de l'argent sale dans les films d'espionnage. Et puis, genre, je me suis dit : et si tu te débarrassais non seulement des choses, mais aussi de certaines parties de toi-même ? Des souvenirs auxquels tu t'accrochais, des compétences qui ne servaient à rien, des connaissances aussi, et de tous ces livres que tu as lus et qui ne comptaient pas ? Et si tu te réduisais toi-même à l'essentiel ? Ce serait quoi ? Je me suis rendu compte que je n'en avais aucune putain d'idée.

J'ai quitté Drew aujourd'hui. C'était horrible. Il a pleuré sur mon lit et m'a suppliée de le garder. Je sais que c'est terrible, mais en l'entendant me supplier, ça m'a rendu les choses plus faciles. J'ai perdu un peu de respect pour lui, tu vois ce que je veux dire ?

Maintenant maman s'inquiète. « C'est tellement soudain*, ma chérie ! » Comme si c'était la soudaineté, le problème. Mais j'ai fait ce qu'il fallait faire. Pour commencer, on part chacun dans une fac différente. Mais c'est plus que ça. On est complètement installés avec Drew, et je vois bien comment ça pourrait durer et durer, et une petite voix en moi me dit :* non, non, non. *Genre, c'est vraiment ça, ton rêve ? Mais voir Drew pleurer en sachant que c'était ma faute, c'était trop nul.*

J'avais tout écouté, sauf la dernière cassette. J'étais terrifiée d'arriver à la fin, mais je ne pouvais pas ralentir le rythme. J'ai dit au bureau que j'étais malade et je suis restée chez moi pour écouter.

Est-ce que tu as déjà eu envie que quelque chose d'affreux t'arrive pour que le monde entier voie à quel point tu es forte ? Les gens doivent croire que je suis une fleur délicate parce que rien de mauvais ne m'a jamais touchée de près, mais ce n'est pas vrai. C'est con de dire ça, mais je crois que je serais incroyable face à la tragédie.

« L'offense est une purification ; c'est la manière la plus douloureuse et la plus corrosive de prendre conscience des choses. » Nous lisons Les Carnets du sous-sol *en littérature comparée et Dostoïevski est officiellement mon nouvel écrivain préféré. Il a tout compris.*

Je ne devrais vraiment pas être en train d'enregistrer en ce moment, parce que je rentre à la maison demain pour les vacances de Noël et il faut que je fasse ma valise parce qu'on part comme tous les ans en famille dans un hôtel de luxe au beau milieu d'un désert culturel tropical, et je n'ai même pas encore commencé. Mais il y a un truc qui me tracasse depuis hier soir et il faut que j'en parle. Bon, j'étais à une fête dans une autre résidence que la mienne et il y avait un troisième année trop, trop mignon, celui qui est dans l'équipe de lacrosse. On est allés dans sa chambre, on s'est assis sur le futon et on a commencé à, disons, se tripoter, à se caresser les cheveux et tout, et c'était super. Et tout à coup il a fait : « Tu t'es déjà demandé ce qui se passerait si ce que tu vois en vert, moi je le voyais en violet ? » Je lui ai répondu que j'étais crevée, et je suis partie. Franchement, si je rencontre encore un de ces garçons pseudo-intellectuels, enfin je veux dire tellement débiles, je vais péter un plomb. Je le dis officiellement : le nombre d'imbéciles dans l'un des meilleurs établissements de ce pays, c'est carrément hallucinant.

C'était tout. *Le nombre d'imbéciles* et puis le bruit blanc à peine audible de la bande vierge. J'ai aussitôt sorti la cassette, remis la première à l'intérieur et recommencé à écouter.

Aujourd'hui, quand je me suis réveillée, je me suis sentie différente, c'est tout. Je savais que ça serait aujourd'hui.

Même si elle n'a que six ans, je vois déjà trop sa vie, je vois trop comment ça va être dur pour elle.

Fabuleusement foireux, oui.

Plus j'écoutais, plus j'avais l'impression d'être loin, au beau milieu de l'océan, en train de me laisser couler, couler, couler. Il fallait que je remonte à la surface, je le savais, mais je ne pouvais pas m'en empêcher. Il y avait quelque chose au fond que je désirais, et je ne pouvais m'arrêter.

Ça l'avait peut-être blessé, je l'avais peut-être blessé.

Je n'ai pas fait une seule erreur, pas une seule, et pourtant j'ai complètement foiré.

Bla bla bla.

Pour de vrai.

Un méli-mélo magnifique.

Il faisait sombre dans mon appartement, mais je n'arrivais pas à allumer la lumière. J'ai écouté la voix de ma sœur dans la pénombre jusqu'à ne plus rien entendre d'autre.

C'était comme si j'entrais dans ma sœur. Je me faufilais en elle, je l'explorais de la tête aux pieds. J'ai ouvert les yeux et c'est à travers les siens que je voyais. Ensemble, dans notre corps, qui était celui d'Alison, nous avons traversé des nuages lilas.

QUELQUE CHOSE D'AUTHENTIQUE

Ils arrivent au crépuscule, glissant sous des nuages pastel au moment même où le soleil plonge dans la mer. L'espace d'un instant, Alison a l'impression que l'avion aussi va tomber dans l'eau, mais le tarmac surgit sous eux juste à temps. À peine l'appareil touche-t-il la piste qu'un silence spectral emplit la cabine. L'émotion passée, ses parents et la majorité des passagers blancs détachent leurs ceintures de sécurité et se lèvent pour récupérer leurs affaires dans les compartiments au-dessus de leurs têtes : bagages à main, raquettes, chapeaux de paille. Son père atteint sa cible avant un autre père dans le couloir. Un troisième atteint la sienne avant son père. Le pilote fait une annonce pour demander à tout le monde de rester assis, mais personne ne l'écoute. Il est hors de question que leurs vacances commencent avec ne serait-ce que trente secondes de retard. Une fois la porte de l'avion ouverte, les gens commencent à avancer ; son père se tourne vers la femme noire à côté de laquelle il était assis durant le vol et lui lance : « Bienvenue à la maison », avant de s'éloigner à la hâte. Lorsqu'ils arrivent au retrait des bagages, le tapis est vide et immobile. Chacun se déploie autour, soucieux de se placer au mieux. Dix minutes s'écoulent. Un type dont l'épais manteau d'hiver est ouvert et révèle une chemise hawaïenne marmonne en passant devant elle : « Incroyable. » Elle sourit. Ces andouilles n'ont qu'à attendre.

« Tu sais, cette femme dans l'avion à côté de moi, et bah elle était avocate ! » dit son père à sa mère tandis qu'ils s'acheminent vers la porte d'arrivée après avoir récupéré leurs bagages. « Elle est d'ici. Elle était en vacances à New York.

— Mmh mmh, fait sa mère.

— Tu te rends compte, papa ? Ils ont des avocats ici », lance Alison.

La navette de l'hôtel est en retard elle aussi. La famille d'Alison reste un bon moment sur le trottoir avec deux autres familles, à côté d'un panneau blanc en lettres dorées qui indique Indigo Bay. Tout le monde râle en bavardant. Les autres familles viennent de l'Upper East Side et de Bedford Hills. Personne ne semble trouver ironique d'avoir parcouru un millier de kilomètres pour passer la semaine à parler à d'autres New-Yorkais. Les mères parlent aux mères ; les pères aux pères.

« Quel âge as-tu ? » demande la mère d'Alison à une fillette qui a dû se changer dans les toilettes de l'aéroport car elle porte à présent un cycliste et une brassière ornée d'un cœur en strass.

« Douze ans, répond la petite, blasée.

— C'est un voyage d'anniversaire ! s'exclame la mère.

— Maman, qu'est-ce qu'on attend ? fait la fille.

— Je ne sais pas, ma chérie. C'est papa qui s'est occupé des réservations. »

Lorsque la navette arrive enfin, le chauffeur charge leurs valises.

« Tout va tenir là-dedans ? » demande un père, regardant le coffre, l'air sceptique.

« Sûrement pas », répond le père d'Alison.

Ils ont tort, tout rentre, et bientôt ils quittent l'aéroport. Durant le trajet jusqu'à l'hôtel, les bavardages se poursuivent, mais Alison n'écoute pas. Elle appuie son visage contre la vitre. Elle voit des chiens efflanqués et des maisons inachevées. Trois chèvres broutent la poussière devant un petit bâtiment blanc surmonté d'un panneau qui proclame : CLINIQUE DENTAIRE. Elle voit partout des piles de… *trucs*. Des gravats ? Des déchets ? Des marchandises ? Il y a des maisons avec des vérandas ouvertes mais sans balustrade. Un escalier en béton blanc qui sort des broussailles et mène dans le vide. Tandis qu'elle observe le monde qui défile sous ses yeux, elle s'inquiète de son incapacité à analyser ce qu'elle voit. Les poules minuscules picorant au bord de la route sont-elles mal nourries, est-ce une espèce qu'elle n'a jamais vue jusqu'à présent, ou une poule est-elle censée ressembler à cela ? Appartiennent-elles à quelqu'un ? Cet endroit est-il en construction, en reconstruction ? En démolition ? Ou rien de tout ça ? Il se passe peut-être quelque chose ici que son manque d'expérience l'empêche d'appréhender.

La navette passe lentement devant une fille debout dans son jardin en bordure de route ; elle porte un tee-shirt violet et un short jaune. Elle se met à courir et va se planter sur la route, mains sur les hanches, et leur tire la langue. La navette poursuit son chemin cahin-caha sur la chaussée défoncée et la fille disparaît dans un nuage de poussière.

En passant devant tout cela, Alison a honte d'être avec sa famille et les autres clients de l'hôtel dans un minibus avec air conditionné. En cours, elle a appris que deux milliards de personnes, soit plus d'un tiers des êtres humains sur terre, vivent avec moins de deux dollars par jour. (Les habitants de cette île font-ils partie de ceux-là ? Est-ce la pauvreté qui défile sous ses yeux à travers la vitre du minibus, ou tout simplement des gens vivant leur vie ? Elle n'en a pas la moindre idée.) Bref, ce n'est pas comme si elle ignorait avant d'arriver ici qu'il y a des pauvres sur cette planète – elle n'est pas complètement bête. Au lycée, elle a fait du bénévolat à la soupe populaire. Mais les souvenirs qu'elle a de cette expérience n'ont rien à voir avec la pauvreté, ni avec le bien qu'elle a pu y faire : elle se souvient des hommes... qui la regardaient et qui lui disaient qu'elle était jolie, avec leur bouche en ruine. « Je t'emmène chez moi, mignonne », lui a lancé un soir un type avec une énorme parka marron. Il a pointé son index vers elle puis vers lui en éclatant d'un rire dément. Elle avait eu peur, même si elle était quasiment certaine qu'il la charriait en se caricaturant lui-même comme pour effrayer une petite fille – genre : *bouh !* L'odeur âcre des corps masculins, le plaisir et le malaise qu'elle ressentait pendant qu'ils la reluquaient – voilà ce dont elle se souvient.

Ainsi, ce qu'elle voit par la vitre ne provoque pas chez elle de *prise de conscience.* Cela lui fait tout simplement honte. Une vieille femme qui boite sur la route. La langue accusatrice, rose et pointue, de cette fillette qui symbolise des millions d'autres fillettes. Il ne faut pas oublier cela. Comment est-elle censée faire le lien entre ces millions d'autres gamines et sa propre vie ? Et comment, ensuite, faire le lien entre ces millions d'autres gamines et les milliers de milliards et de milliards d'étoiles ? Elle était née sur l'unique planète hospitalière de l'univers et dans le pays le plus riche du monde, dans une famille dont la fortune les plaçait au sommet de la pyramide. C'était dégoûtant d'avoir autant de chance. Impardonnable. Parfois, lorsqu'elle songe à sa futile existence qui l'obsède tant, elle en est malade.

Elle a honte aussi de la semaine qu'elle va passer à bronzer sur un transat en compagnie d'autres touristes enduits d'huile, pendant que ceux dont la peau est plus foncée que ne le sera jamais la sienne (et plus foncée qu'elle le souhaiterait) lui apporteront boissons et serviettes propres. Et le fait que ses parents ne trouvent rien à redire à tout cela lui fait honte aussi. Non, ce n'est pas tout à fait exact. Ils ont quelque chose à dire, mais quelque chose comme : *Nous avons de la chance, ils n'en ont pas, et ce n'est ni notre faute ni la leur ; nous faisons tous partie de quelque chose qui nous dépasse, et nous aurions très bien pu naître à leur place et* vice versa, *mais ce n'est pas le cas, et nous voici.* Bienvenue au paradis. Honnêtement ? Elle n'a même pas envie d'être ici.

Le premier soir à l'Indigo Bay, une fois sa sœur endormie, elle sort sur le balcon et regarde les étoiles. La brise tiède glisse sur sa peau. Vénus brille d'un bleu pâle et froid. Elle défait la fermeture Éclair de sa robe. Pourquoi pas ? Elle pourrait rester sur le balcon et passer un moment on ne peut plus ordinaire, ou bien elle pourrait laisser tomber sa robe sur le carrelage en terre cuite frais, dégrafer son soutien-gorge et s'offrir à la nuit. Tout est possible, à chaque instant, et pourtant les gens ne s'en rendent pas compte, ou bien ils le savent mais ils n'en font rien.

Elle aimerait pouvoir se voir dans la lueur de l'infime croissant de lune : cheveux au vent, seins nus, rideaux blancs ondoyant derrière elle. Elle observe les jardins de l'hôtel en contrebas. Personne. Cela lui plaît, non parce qu'elle se sentirait gênée d'être vue, mais parce qu'ainsi le moment n'appartient qu'à elle. C'est son instant secret, et puis, pfff ! Terminé. En songeant à tout ce que renferme cet instant secret – à tous les gens sur la planète qui font en ce moment même quelque chose que nul ne saura jamais –, son cœur se gonfle, comme s'il allait se fissurer.

Elle contemple le ciel étoilé, la mer sombre et chatoyante, et s'efforce de savourer toute cette beauté, mais sans vraiment y parvenir. La vue du balcon se superpose à tant d'autres vues, tant d'autres vacances dans tant d'autres paradis. Sur quelle île déjà y avait-il une plage de sable rose ? Et les oiseaux orange qui volaient comme des fusées ? Et c'était où qu'on pouvait avancer cinq cents mètres dans l'eau avant de perdre pied ? Quelque part, elle a vu un coucher de soleil rouge sang et une femme qui lançait des pétales blancs dans les vagues. Elle a dix-huit ans et la beauté lui semble déjà banale. Elle la contemple encore et encore, mais sans rien ressentir.

Elle dort tard et passe beaucoup trop de temps à se préparer devant le miroir de la salle de bains en marbre avant de faire son apparition sur la plage. Lorsqu'elle arrive enfin, sa famille est déjà installée, sur une rangée de quatre transats avec coussins blancs, à l'ombre de deux parasols assortis. Ces hôtels sont souvent obsédés par le blanc. Bâtiments blancs, sols blancs, draps blancs, uniformes blancs. Comme s'ils cherchaient à vous convaincre que vous êtes morts et arrivés au paradis, ou arrivés dans un sanatorium de rêve parce que vous êtes malades, même si vous ne savez pas de quoi, et qu'à présent vous allez guérir.

Ses parents lui parlent. Navire de croisière, quelque chose, quelque chose, quelque chose. Elle tire l'un des transats au soleil et s'allonge. Elle sort son Walkman et laisse Big Poppa couvrir la voix de son père. Une minute plus tard, ce dernier fait signe à l'un des garçons de plage comme s'il hélait un taxi. Horrible. Mais le gars ne semble pas s'en offusquer, ou bien il s'en fiche. Elle augmente le volume de son Walkman et ôte ses écouteurs dans l'espoir qu'il entende ce qu'elle écoute. Il se présente. Il s'appelle Edwin. Il est maigre, superamical avec ses parents, comme s'il avait rêvé toute sa vie de rencontrer les Thomas de Westchester, qui semblent complètement conquis. Son père lui commande un punch sans alcool, ce qui… enfin, il n'a qu'à vivre dans la réalité qui lui plaît.

Lorsque Edwin revient, il ploie sous le poids d'un plateau encombré de cocktails et elle a envie de disparaître, car être allongée ainsi sur ce transat pendant qu'il se donne toute cette peine la met terriblement mal à l'aise. Cependant, si elle est vraiment honnête avec elle-même, quelque chose lui échappe : ce n'est pas le fait qu'une personne fasse quelque chose pour elle qui la perturbe, mais le fait que ce soit une personne noire qui fasse quelque chose pour une personne blanche. Et pourtant, il a besoin de ce boulot, elle le sait bien. Alors quoi ?

Lorsqu'il demande si elle viendra jouer au volley-ball dans l'après-midi, elle hausse les épaules, évasive.

« On préfère la bronzette ? » dit-il.

Son corps tout entier rougit. *Pas moi !* a-t-elle envie de s'exclamer. *Je ne suis pas une écervelée qui ne pense qu'à se dorer la pilule.* Mais il est impossible de lui faire passer le message sans avoir l'air de le rabrouer, ce qui rendrait la situation encore plus embarrassante.

Il lui fait un clin d'œil et s'éloigne sur la plage.

Son punch sans alcool est délicieux en fait. Le soleil sur sa peau aussi. Elle ne devrait peut-être pas se formaliser autant. Peut-être devrait-elle, de manière générale, se taire et être reconnaissante, c'est tout. Mais ces derniers temps, elle a commencé à se dire que la gratitude (en tant qu'émotion, en tant qu'acte) n'est qu'une vaste arnaque. Riches, pauvres, peu importe – tout le monde est censé être reconnaissant de ce qu'il vit, quelle que soit sa situation. Une fois, quand elle était au lycée, elle était allée en douce à New York avec des copines pour fumer des cigarettes au clou de girofle dans Washington Square Park et essayer de se faire inviter à une soirée NYU. Elles avaient pris un taxi à Grand Central et le chauffeur, pakistanais, leur avait raconté qu'il avait été ingénieur en génie chimique dans son pays. Lorsqu'elle lui avait demandé s'il ne regrettait pas d'être chauffeur de taxi maintenant, il avait répondu que non, pas du tout, il était reconnaissant de faire ce qu'il faisait désormais. Son histoire était loin d'être atypique. Dans mon pays, j'étais avocat, j'étais médecin, j'étais professeur, mais je suis content de conduire un taxi en Amérique, je suis content de trimballer ces nanas en Amérique, je suis content de nettoyer le vomi des étudiants de la résidence de l'une des plus prestigieuses universités d'Amérique. Parallèlement,

Alison est censée être reconnaissante pour son Audi, et pour les sommes folles que ses parents déboursent pour l'envoyer en fac (même si elle ignore le montant exact), pour leurs merveilleuses vacances et pour les dents magnifiques qu'elle a désormais après des années d'orthodontie. Alors que signifie la gratitude, sinon se soumettre à un système qui donne et qui prive de manière aléatoire ? Non, pas de manière aléatoire. Le côté prévisible de la chose est précisément le but, n'est-ce pas ?

Cet après-midi-là, lorsqu'elle entend Edwin lancer à la cantonade que le match de volley est sur le point de commencer, elle s'extrait de son transat. Elle va lui montrer qui elle est.

« Tu veux venir me voir jouer, Clairon ? »

Le visage de sa sœur s'illumine. Le pouvoir qu'elle a de la rendre heureuse la terrifie parfois.

Elle est nerveuse lorsqu'elle lève les bras pour ôter sa tunique. Pourtant elle est belle, mignonne, sans doute sexy aussi – dans le genre Américaine typique –, elle le sait, mais elle est toujours nerveuse au moment où elle exhibe pour la première fois sa cicatrice. Non pas qu'elle manque d'assurance, non, c'est plutôt comme le trac, comme juste avant de s'élancer sur une scène vide.

Une fois le ventre à l'air, il se passe ce qui se produit toujours. Ses coéquipiers, tels des bovins, fixent sa peau. Elle surprend leurs regards et ils s'empressent de détourner les yeux. Elle aime ça, les mettre mal à l'aise.

Tandis que les joueurs se renvoient le ballon par-dessus le filet, enchaînant tant bien que mal passes et manchettes, elle les imagine réfléchissant à ce qui a bien pu lui arriver. Une succession de sombres scénarios déferle, tel un film sur l'écran limpide du ciel bleu. Elle se voit éjectée d'une voiture dans une prairie boueuse au bord de l'autoroute, mordue par l'Akita d'un voisin, le ventre ouvert sur une table d'opération.

La vraie version est sa préférée, mais elle en parle le moins possible de peur de la ternir à force de la répéter. Elle avait quatre ans. C'était l'été, et sa famille – Claire n'était pas née à l'époque – campait au bord d'un lac. Ils y allaient chaque été et elle ne s'y plaisait pas. Le fond du lac était vaseux ; comme si elle marchait sur des trucs morts. C'était la nuit. Elle était assise autour d'un feu avec ses parents qui faisaient griller des chamallows. Ils ont regardé ailleurs une seconde et elle était dans le feu. Son père a plongé et l'a sortie de là – elle n'était restée que quelques secondes dans les flammes, mais assez longtemps pour être marquée à jamais. À l'hôpital, ses parents et les infirmières lui ont demandé ce qui s'était passé, et elle a haussé les épaules, incapable de répondre. Lorsque ses parents évoquent l'histoire, les circonstances demeurent mystérieuses : soit elle a trébuché et elle est tombée, soit, subjuguée par les flammes ou poussée par un élan irrésistible, elle a sauté.

« J'aurais pu mourir », a-t-elle dit à Drew la première fois qu'elle lui a montré. Lorsqu'il a délicatement touché la surface rose et lisse de la cicatrice, comme si elle risquait d'avoir encore mal, elle est tombée amoureuse de lui. C'est vrai – elle *aurait pu* mourir. En un sens, toute son existence s'est développée à partir de là. Edwin va comprendre qu'il lui est arrivé des choses.

Une femme dans son équipe s'efforce de résoudre une question fondamentale : est-ce qu'avec son mari ils devraient aller visiter la vieille plantation de canne à sucre et la distillerie de rhum. « Je voulais y aller, mais il paraît que c'est nul. Apparemment, c'est surtout sur l'histoire de la canne à sucre sur l'île, et le système des plantations et tout. »

Et tout : c'est-à-dire l'esclavage ? Alison fait la moue pour montrer à Edwin qu'elle n'approuve pas le commentaire de la femme. Elle entend tout ce que disent les autres joueurs deux fois : une fois à travers sa perception à elle, et une fois en s'imaginant comment Edwin les entend, lui. Le service du mari de la femme – l'homme qui porte un short de bain rose à motif dauphins – atterrit dans le filet.

« Presque, chéri, dit la femme. J'aimerais juste passer une semaine sans avoir à penser à l'horreur du monde. Je suis avocate. Je sais que c'est horrible. »

Acceptable ou pas ? Alison n'en est pas sûre. A-t-on le droit de décider d'avoir ou non de l'empathie, de prendre en compte ou non la souffrance d'autrui quand ça nous arrange, pour finalement décider de ne s'intéresser qu'à sa propre petite existence douillette ?

Il y a d'autres étudiants parmi les joueurs, et inévitablement ils cherchent à identifier leurs connaissances communes. « Le monde est petit », remarque un garçon qui d'emblée répond « Connecticut » lorsqu'on lui demande où il va en fac, pour finir par se résoudre à préciser du bout des lèvres : « À Yale », confession dont il se déleste avec un mélange irréprochable de gêne et d'enthousiasme. *Le monde est petit. Le monde est petit.* Comme s'il s'agissait une coïncidence cosmique inouïe que les riches se croisent et se recroisent ici et là. S'il n'était pas si mignon – blond et grand, avec un côté efflanqué qui lui plaît bien –, elle ne le regarderait même plus. Au lieu de quoi, elle flirte.

L'autre fille de son âge pousse des petits cris lorsque le ballon passe près d'elle. Elle ajuste avantageusement le haut de son maillot de bain. Elle s'enquiert : « C'était bien ? » d'une voix de petite fille après avoir fait une passe permettant à un garçon de smasher. Alison ne comprend pas. Bon, d'accord, elle *comprend.* Dans un sens, on ne peut pas vraiment en vouloir à la fille, parce que ça marche. Le garçon avec le collier en chanvre est conquis. Mais quelqu'un pourrait-il lui expliquer ce qui est attirant chez un gars qui se laisse prendre par ce genre de manœuvre ? Ce qu'il faut, c'est un garçon qui a un peu peur de vous. Et il faut avoir un peu peur de lui aussi.

Tandis que l'autre fille se débarrasse du ballon dès qu'elle peut, Alison plonge, smashe et bondit sur le sable. Elle sent les yeux qui l'observent : ceux du garçon du Connecticut, ceux d'Edwin. Les vacances, c'est un monde en soi, compressé et puissant, telle une planète dotée d'une force de gravité plus importante. En s'y prenant bien, on peut apprendre plus en une semaine que pendant les 358 autres jours de l'année. Elle vient juste d'arriver, et c'est déjà le cas. Les vacances semblent vouloir tenir toutes leurs promesses.

À la fin de la partie, le garçon du Connecticut l'aborde. Il sent la transpiration. Cela lui rappelle Drew ; c'est salé et agréable. Il lui parle du bar dans le hall en marbre blanc de l'hôtel où ils mettent de l'eau dans l'alcool, mais où il sera quand même, ce soir, vers dix heures. Il lui effleure l'épaule avant de s'éloigner d'un bon pas.

Je me trompe peut-être complètement. Alison ne s'est peut-être pas prélassée nue sur le balcon le soir de notre arrivée à Saint-X. Elle n'a peut-être pas joué avec autant d'entrain au volley pour impressionner d'une part un garçon de Yale, et de l'autre un employé du coin. La cicatrice sur son ventre n'était peut-être pas ce dont elle était le plus fière. J'essaie de cerner la vérité, d'habiter l'esprit de ma sœur. Tâche impossible, naturellement.

Voilà ce que je peux dire : j'invente peut-être les détails de cette histoire, mais les grandes lignes et les thèmes centraux sont véridiques. Je crois que pour ma sœur ces vacances en famille ont coïncidé avec l'un de ces intervalles intenses et brefs qui jalonnent la construction de soi, ce que nous connaissons tous à un moment ou à un autre au cours de nos existences. Alison est arrivée à l'Indigo Bay à ce moment critique où une jeune fille se coupe sur les échardes de son propre reflet et observe, tant décontenancée que fascinée, le sang qui se met à couler.

Alison porte sa robe nuisette rose pâle. Sa robe « baise-moi fort bébé », comme le résumait Dan, qui était amoureux d'elle, mais avec qui elle n'était jamais sortie parce que, selon elle, il lui manquait *quelque chose*.

Connecticut est déjà là.

« Salut, dit-elle avec une exquise nonchalance.

— Salut. »

Il boit un rhum-Coca. Il est encore plus mignon que tout à l'heure. Il a un visage à l'ancienne, comme ceux que l'on peut voir sur des photos noir et blanc. L'espace d'un instant, elle l'imagine en uniforme militaire avec un de ces petits képis. L'image du jeune homme dans les tranchées, la souffrance intime de la guerre l'excitent, mais elle aime aussi pouvoir le ramener ici, dans cette salle où il se tient à côté d'elle avec sa chemise impeccable, sans se rendre compte qu'elle le voit le visage maculé de boue, en train de dévorer une ration de viande en boîte.

Elle commande un shot de tequila qu'elle boit cul sec. Même si cela lui brûle la gorge, elle n'en laisse rien paraître. C'est une fille en robe nuisette rose qui s'enfile de la tequila l'air de rien.

Ils discutent. Il joue du violoncelle dans l'orchestre symphonique de Yale et il fait des études d'allemand.

« Pourquoi l'allemand ? demande-t-elle.

— Parce que je voulais pouvoir lire Rilke dans le texte. » Il lève les yeux au plafond : la bonne réaction, songe-t-elle. Personne n'aime les snobs, mais tout le monde apprécie le discernement à l'origine du snobisme.

« Comment on dit "Tu dois changer ta vie" en allemand ? » s'enquiert-elle en haussant les sourcils comme pour dire : *Évidemment, j'ai lu Rilke.* En vérité, ce n'est pas le cas ; elle avait utilisé cette citation en seconde, dans une rédaction comparant Rilke à, bizarrement, Keats. M. Conti lui avait mis la meilleure note et avait cité en exemple des passages de son travail devant toute la classe.

« *Du mußt dein Leben verwandeln*, répond Connecticut. Ou quelque chose comme ça. Et toi ? Tu sais ce que tu vas faire ?

— Sûrement un truc qui va rendre dingues mes parents. »

Ils bavardent encore un peu, le temps que les choses prennent entre eux. Il lui demande si elle veut aller se balader et elle accepte. Il prend son verre sur sa note, ce qui serait romantique s'il n'était évident que ce sont ses parents qui la régleront. Ils rejoignent la plage. Se débarrassent de leurs chaussures. Le sable semble onctueux et frais comme de la crème. Pendant quelques minutes, ils marchent au bord de l'eau, le bout de leurs doigts s'effleurent subrepticement ; ils parlent un peu moins, se laissent envahir par la force de la nuit et l'attirance grandissante en eux. Ils arrivent près d'une paillote qu'il désigne du doigt, et elle acquiesce ; il lui prend la main et l'entraîne. Rien de plus simple au monde.

Elle a embrassé quelques garçons depuis Drew, et Connecticut s'y prend plutôt très bien. Il n'utilise pas trop la langue, ce qui lui plaît, parce que parfois lorsqu'elle embrasse un garçon, elle se met à penser à ce qu'est en réalité une langue, et cela la paralyse. Il l'embrasse beaucoup dans le cou ; elle aime bien aussi. Tout est très, très bien. Mais il y a quelque chose dans toute cette prévenance qui ne lui revient pas. C'est comme si l'instant était nappé d'un gel froid. Elle se repasse intérieurement ce scénario comme si elle se trouvait devant un problème de mathématiques facile à résoudre.

Elle sait pourquoi c'est si simple pour elle, ça et tant d'autres choses. Elle sait sur quoi elle s'appuie pour naviguer si facilement dans le monde. Sur sa mère et son père qui l'aiment comme des fous. Sur le soleil filtrant à travers les branches sur la pelouse de sa maison d'enfance, ses verts tendres et ses verts foncés. Sur le « très perspicace » qu'un professeur a inscrit de sa délicieuse écriture attachée en marge d'une dissertation. Sur la magnificence gothique du campus de Princeton dans lequel elle a flâné tout l'automne en short de sport et en tongs, queue-de-cheval au vent. Sur les traits d'esprit qu'elle a lancés aux gens dans des fêtes et sur les visages impressionnés qui se tournaient vers elle en l'entendant. Sur les gens qu'elle connaît et ce sur quoi *ils* s'appuient – leur enfance heureuse, leurs merveilleux souvenirs, leur éducation, toutes les beautés qu'ils ont vues, qui se sont succédé telles les vaguelettes qui ondulent à la surface de l'étang secret qu'ils gardent collectivement au fond d'eux. Connecticut et elle poursuivent dans cette veine, tout leur sourit, y compris sous les étoiles des tropiques. Qu'y avait-il de plus prévisible en ce bas monde ?

Lorsqu'il touche sa cuisse sous sa robe, elle se fige. En fait, non, elle ne se fige pas *vraiment*. Elle continue comme si de rien n'était. C'est intérieurement que ça se passe. Elle n'a pas beaucoup d'expérience à vrai dire. Ça fait longtemps qu'elle est avec Drew, et depuis quelques mois elle s'est rendu compte qu'elle n'avait pas appris grand-chose durant tout ce temps passé avec lui. Ils étaient gosses quand ils avaient commencé à se fréquenter ; ils avaient tout découvert ensemble. Et s'ils s'étaient complètement trompés ? Elle n'avait jamais joui avec quelqu'un d'autre. Elle avait peur qu'on la regarde de travers parce que ses orgasmes étaient bizarres. Elle n'a plus envie d'être ici. Elle préférerait s'en aller en emportant avec elle ses doux baisers.

Elle presse délicatement un doigt sur ses lèvres. « Il faut que j'y aille, murmure-t-elle.

— Tu es sûre ? » Sa main monte un peu plus sur sa cuisse. Pour la première fois il fait quelque chose qu'elle n'aime pas. Il baisse les yeux, regarde son sexe en érection sous son short beige. Alison sent son estomac se nouer. De retour dans sa chambre avec sa sœur endormie – voilà où elle a envie d'être.

« Oui, certaine. » Elle plisse le nez, jolie comme un cœur.

Il lui passe les bras autour de la taille. « Mais j'ai envie de t'enlever moi, lâche-t-il, enfouissant son visage dans ses cheveux.

— Pas ce soir.

— Demain ?

— Peut-être. »

Elle se redresse, réajuste sa robe. Il lui tend la main et elle la serre un instant, avant de la laisser glisser entre ses doigts ; puis elle se détourne et repart vers les lumières de l'hôtel.

« Dites-moi, dit son père le lendemain, alors que Clive ramasse les frites qu'il a fait tomber dans le sable, où nous recommanderiez-vous d'aller manger ? Vous savez, quelque chose d'authentique. »

Alison grimace. Son père demande ça tous les ans, dans chaque hôtel, soi-disant en quête de couleur locale, de quelque chose d'authentique. Elle ne supporte pas son air content de lui avec cette question, comme s'il s'attendait à ce que Clive soit superimpressionné par son désir de sortir des sentiers battus. (Croit-il vraiment que Clive a envie de voir son restaurant favori envahi de touristes ?) Son père veut pouvoir dire : *Voilà, ça c'est délicieux*, en parlant de la fricassée de lambis d'un boui-boui qui est ou pas meilleure que celle qu'on leur sert à l'Indigo Bay. Sa mère, elle, veut pouvoir glisser au cuisinier en partant : *Vous avez un restaurant magnifique*, avec son petit sourire mignon, quand en vérité, si elle pensait vraiment que chaises pliantes et ventilateurs de plafond valent tellement mieux qu'air conditionné, elle mangerait dans ce genre d'endroits chez eux aussi, ce qui n'est pas le cas, naturellement. Ensuite, son père veut pouvoir prendre ses pauvres photos, en faire des agrandissements et les accrocher dans le salon pour que leurs amis lui en parlent lorsqu'ils viendront dîner et qu'il puisse tout leur dire sur cet *incroyable petit boui-boui que j'ai découvert.*

C'est injuste. Ses parents ne sont pas si mal après tout. Il est tout de même préférable de vouloir quitter sa bulle, non ? Eh bien, pour *eux* peut-être, mais les gens qui vivent ici n'ont-ils pas le droit de se garder certains endroits ? Au fond, ceux qui vivent ici *veulent* peut-être que des gens comme ses parents aillent dans leurs restaurants ; il est peut-être bête et naïf de penser qu'ils préféreraient tenir à distance les touristes et leur argent. Elle pourrait ressasser cela dans sa tête pendant des heures.

« Les gens aiment bien chez Spicy. Leurs écrevisses grillées ont un succès fou, dit Clive.

— Des écrevisses grillées, s'exclame son père. Fantastique. »

Plus tard cet après-midi-là, Alison tombe sur Edwin derrière le restaurant en plein air. « Salut, monsieur le champion du château de sable.

— Attention, mademoiselle est d'humeur joyeuse aujourd'hui. »

Elle ricane.

Un cuisinier crie du fond de la cuisine. « C'est prêt !

— Le devoir t'appelle ?

— C'est non-stop jusqu'à trois heures.

— Et à trois heures ?

— J'ai ma pause. D'habitude je la prends là-bas, derrière les rochers au bout de la plage. »

Lorsque l'heure arrive, ses parents dorment profondément. Elle dit à sa sœur qu'elle va aux toilettes. Elle grimpe sur les rochers noirs au bout de la plage de l'Indigo Bay, trébuche, mais se rattrape. Du sommet des rochers elle voit Edwin assis dans le sable. Il lève les yeux.

« Qu'est-ce que tu fais là ? » dit-il l'air sévère. Pendant une seconde, elle croit avoir mal compris. Puis il éclate de rire.

« Haha, fait-elle. Tu es trop marrant. »

La plage ici n'est pas belle comme celle de l'hôtel. On voit à peine le sable. Il est recouvert de trucs : bouteilles de bière vertes, amoncellements d'algues malodorantes et parsemées de mégots. Trois pneus attachés avec de la corde jaune. Une vieille affiche de campagne à l'effigie d'une femme en blazer d'un rouge encore éclatant, mais dont le visage est si délavé qu'on dirait un fantôme. Alison fait attention où elle pose les pieds pour le rejoindre. Il mange du poisson frit dans un sac en papier taché de gras et fume une cigarette.

« Tu sais que ça peut te tuer, dit-elle en s'asseyant près de lui.

— Sauf si quelque chose d'autre me tue avant. »

D'un signe de tête elle désigne la cigarette. « Je peux ?

— Je vous en prie, mademoiselle. »

Elle lève les yeux au ciel en entendant *mademoiselle*. Elle aime sa façon de l'appeler ainsi, avec son sourire subversif, comme s'ils étaient complices. Il lui tend la cigarette et elle tire lentement et longuement dessus. En exhalant la fumée, elle se tourne vers l'eau et prend un air absorbé, comme si elle voyait quelque chose de particulièrement important pour elle. Elle lui repasse la cigarette.

« Si t'as envie d'un truc plus fort, on traîne avec Gégé sur le parking après le travail. On fume un peu d'herbe, tu vois ?

— Oh oui, je vois.

— Tu peux venir un jour si tu veux. »

Elle hausse les épaules. « Peut-être. Pour l'instant, je ferais mieux de rentrer avant qu'ils envoient quelqu'un à ma recherche. » Elle se lève et essuie le sable sur ses jambes.

« Tu saignes », remarque-t-il.

Elle regarde son mollet. Elle a dû s'égratigner en trébuchant ; elle a quelques longues marques où perle le sang. Elle hausse à nouveau les épaules.

« T'es une dure, toi.

— Oh oui, superdure.

— Comment tu t'es fait ça ? » Il désigne sa cicatrice. C'est comme si une bourrasque de vent venait de souffler en elle. Tout est tellement parfait, ses yeux rivés sur la marque rose sur son ventre.

« Je n'aime pas en parler. » Les mots semblent lui venir tout seuls. Elle tourne les talons et rebrousse chemin. Sans regarder derrière elle.

À la fin de la journée, elle se rend sur le parking. Edwin et Clive sont appuyés contre une vieille voiture aubergine.

« Mademoiselle ! Quelle merveilleuse surprise ! » lance Edwin.

Elle lève les yeux au ciel. « Tu parles d'une coïncidence. Qu'est-ce que vous fabriquez, messieurs ? »

Clive se raidit.

Edwin sort un joint de sa poche. « Pas grand-chose. » Il fait tourner le joint entre ses doigts.

« Ça vous embête si je fais *pas grand-chose* avec vous ? »

Le père d'Alison fait signe à Edwin.

« Qu'est-ce que je peux faire pour vous cet après-midi ? demande ce dernier en s'approchant de leurs transats.

— C'est bon, les pennes ? » demande son père, ce qui donne envie à Alison de s'enfoncer dans un trou pour mourir.

« Très bon, monsieur. »

Ils commandent à déjeuner.

« Avec ça, une Red Stripe pour moi et un punch pour ma femme. Les filles ?

— Un Sprite, dit Claire, avant d'ajouter à voix basse : avec une cerise.

— Tes désirs sont des ordres, petite demoiselle. Et toi ? » dit-il à Alison. Sans l'appeler par son prénom, comme s'il l'ignorait.

« J'aimerais bien un daiquiri.

— Sans alcool, ajoute son père.

— Évidemment », réplique Edwin en même temps qu'Alison qui dit : « Ça va sans dire, je crois, papa. »

Lorsque Edwin revient avec leur commande, Alison boit une petite gorgée de son daiquiri. Il est plein de rhum. Elle le regarde. Il la fixe. Il glisse le pourboire de son père dans sa poche arrière et s'éloigne sur la plage.

« C'est tombé à point nommé, lance-t-elle plus tard lorsqu'elle le retrouve derrière les rochers noirs.

— Je vous en prie, mademoiselle, répond-il.

— Arrête de m'appeler comme ça », dit-elle en s'appuyant contre lui, joueuse.

Il fait très beau. On dirait que Faraway Cay est tout près d'eux.

« Alors, les vacances, ça se passe bien ?

— Ouais, si on veut. Mes parents me rendent dingue.

— Les familles, c'est toujours pareil. Faut faire une pause.

— Carrément.

— Tu n'as qu'à sortir avec moi et Gégé ce soir.

— Sortir où ?

— On a un endroit au Basin. On peut t'attendre sur le parking. À onze heures. À condition que tes parents soient d'accord. OK, mademoiselle ? » Ses yeux pétillent.

« Évidemment. Tu parles que je vais leur demander la permission.

— On compte sur toi alors ? »

Un bernard-l'ermite détale sur le sable. Elle le ramasse et approche le coquillage de sa bouche, puis, lèvres entrouvertes, souffle doucement dessus, ce qui fait tendre les pattes à l'animal.

« On verra », répond-elle en lui adressant un sourire espiègle qu'elle croit irrésistible. Elle se lève et repart. En arrivant aux rochers, elle jette un coup d'œil par-dessus son épaule. Il la regarde encore.

Une fois sa sœur endormie, elle ôte son pyjama et enfile la tenue qu'elle a choisie dans l'après-midi : sa robe jaune décolletée. Elle contemple une dernière fois sa sœur endormie avant de refermer doucement la porte derrière elle et de sortir dans la nuit tiède. L'hôtel semble vide à cette heure-ci : les transats empilés sur le sable, l'odeur de terre battue humide émanant des courts de tennis ; tout est sombre hormis les quelques lampions qui éclairent faiblement les sentiers couverts de gravillons. L'eau a changé aussi ; l'océan est luisant et noir comme du pétrole, la piscine d'un vert spectral. L'énergie nerveuse de la jeune fille rebondit sur chaque surface.

Elle perçoit au loin les bavardages et les rires au bar de l'hôtel. Tellement contents avec leurs margaritas et leur Bob Marley. Elle imagine Connecticut assis au bar qui n'arrête pas de regarder par-dessus son épaule pour voir si elle arrive. Elle sent ses lèvres sur son cou, sèches et douces comme des pierres chaudes. Elle voit ses yeux bleus, ses cils épais. Elle chasse cette image. Cette rémanence de désir, cet indolent besoin n'ont rien d'étonnant.

Qu'attend-elle de ce soir ? Elle ne sait pas trop. Elle veut que ces hommes l'emmènent ailleurs, au-delà des limites de sa propre existence, c'est tout ce qu'elle sait. Elle est sur le parking depuis quelques minutes seulement lorsque apparaît la voiture aubergine.

« Regardez qui a décidé de nous faire l'honneur de sa présence, lance Edwin.

— J'ai eu du mal à me décider. Il y a tellement de trucs sympas à faire à l'hôtel le soir. »

Elle grimpe sur la banquette arrière. La voiture empeste les odeurs corporelles et le désodorisant. Le revêtement des sièges est déchiré par endroits et maintenu avec du scotch. Elle s'imagine assise sur son lit à la fac en train de raconter à Nika, *Ensuite, je suis sortie en douce avec eux et on est allés dans un super bar du coin.* Elle a le sentiment de faire quelque chose qu'elle ne devrait probablement pas faire avec des hommes qui l'effraient un peu, et elle adore. La vie c'est toujours plus : des hommes à la place des garçons ; une nuit folle encore plus folle ; plus, toujours plus. Elle envoie intérieurement à Drew cette image d'elle dans cette voiture. En la voyant, il s'inquiète et son inquiétude lui donne envie de le revoir. Mais ce sentiment est de courte durée, et elle a pitié de lui. Elle l'a laissé tellement loin derrière elle qu'il n'est plus rien d'autre qu'un beau petit souvenir. En plus, que pourrait-il bien lui arriver sur une île minuscule où tout le monde connaît tout le monde ?

« C'est où qu'on va ? fait-elle.

— Chez Paulette's, répond Edwin. Le meilleur endroit de l'île pour danser.

— Tu danses, Clive ? » demande-t-elle, malicieuse.

Edwin caresse l'arrière du crâne de Clive. « Gégé danse comme un dieu. Tu vas pas en croire tes yeux. Pas vrai, vieux ? »

Clive se retourne vers elle et esquisse un sourire qui n'en est pas vraiment un.

Chez Paulette's, c'est plutôt une cabane, à vrai dire, ornée à l'extérieur de guirlandes lumineuses orange. Dedans, il y a un plancher couvert de sciure, des haut-parleurs qui crachent un mauvais son ; ça sent la transpiration et l'alcool, et un vieux clebs renifle le sol en quête de miettes. Il y a une vingtaine de clients ; certains dansent, mais la plupart discutent tout simplement. Alison remarque une femme qu'elle croit être une serveuse du restaurant de l'hôtel, mais elle n'en est pas sûre : c'est vrai, pour elle les Noirs se ressemblent ; c'est embarrassant de le dire, mais ce n'est pas sa faute, n'est-ce pas, si elle a été élevée dans un lieu blanc, avec des amis blancs, et n'a couché qu'avec des hommes blancs ? Enfin, trois en tout cas.

Personne ne semble surpris de la voir là en compagnie d'Edwin et Clive. Elle se rend compte qu'elle n'est probablement pas la première fille de l'hôtel qu'ils amènent ici, mais a-t-elle vraiment cru l'être ? Non. Elle n'est pas bête.

« Je vais chercher à boire, claironne Edwin. Reste avec Gégé. »

Debout avec Clive à la lisière de la piste de danse qui n'en est pas véritablement une mais plutôt une zone délimitée avec du scotch jaune fluorescent, elle lui sourit chaleureusement et il lui adresse en retour un sourire emprunté.

« Vous venez souvent ici tous les deux ? crie-t-elle par-dessus le vacarme.

— Oui, souvent, mademoiselle.

— Tu n'as pas besoin de m'appeler mademoiselle, tu sais.

— Désolé, ma... » Il baisse les yeux et secoue la tête.

« C'est pas grave. Vraiment. »

Il examine la piste de danse comme si le spectacle était tellement fascinant qu'il ne parvenait pas à en détacher les yeux. Elle sait qu'il essaie de meubler en attendant le retour d'Edwin. Il ne sait pas comment lui parler.

« Je t'ai pris un truc spécial », lance Edwin en revenant. Il tend à Alison un petit verre rempli d'un liquide opaque ; on dirait l'eau de l'aquarium de Claire lorsqu'elle ne l'a pas nettoyé depuis longtemps. « Voyons si tu arrives à deviner ce qu'il y a là-dedans ».

Alison brandit le verre dans la lumière. « C'est quoi ?

— Tu n'as pas confiance en moi ? »

A-t-elle confiance en lui ?

« Mais si », réplique-t-elle, imperturbable. Elle renverse la tête en arrière et boit cul sec. « Ça a un goût d'herbe. »

Il frappe dans ses mains. « Exactement. C'est de la vodka à la bonne ganja jamaïcaine.

— C'est pas mal », dit-elle. Puis elle rit. « C'est très bon, en fait.

— Tu vas boire tout ce qu'il te propose ? »

Alison se tourne. Une femme se tient à quelques centimètres d'elle et la regarde, l'œil critique. Elle se demande si toutes les femmes présentes l'ont regardée avaler d'un trait la boisson mystérieuse en se disant qu'elle n'aurait pas dû.

La femme éclate de rire. « Je te charrie, dit-elle. C'est un bon gars. Il est très gentil.

— Je te présente Paulette, en personne, dit Edwin.

— Enchantée », réplique Alison.

Paulette émet un petit rire amusé. Mon Dieu, elle se sent tellement à côté de la plaque.

« Toujours à foutre en l'air mes plans, celle-là, lance Edwin.

— C'est moi ton plan, c'est ça ? » rétorque Alison en haussant les sourcils.

Paulette rit. « Elle n'a pas la langue dans sa poche, celle-là. »

Ça marche. C'est en train de marcher. *Elle n'a pas la langue dans sa poche.*

« On danse ? demande Edwin.

— Toi et moi ?

— Quelle insolence ! »

Elle lui prend la main et l'entraîne sur la piste de danse.

J'ai cherché chez Paulette's en ligne, sans succès. L'endroit avait dû fermer entre-temps. J'ignore à quoi ressemblait vraiment le bar où Alison s'est rendue avec Edwin et Clive. Je sais seulement que c'était au Basin et que, selon plusieurs témoins, elle y est allée quatre fois de suite, y compris le dernier soir de son existence. Mais j'ai une image mentale du lieu à laquelle réagit Alison. Lorsqu'elle voit ma version de chez Paulette's, elle apprécie sa vétusté authentique, qui confirme qu'elle a déniché l'endroit où l'on s'amuse vraiment sur l'île, quelque chose de mieux que le bar foireux de l'hôtel où s'encanaillent tard le soir des parents dont les enfants ont quitté le nid en s'envoyant des tequilas et en riant de leur coquinerie factice.

Le bar que j'ai créé est-il vraiment cliché ? Si oui, est-ce important ? Que se passe-t-il si on remplace le plancher couvert de sciure par un vrai sol de piste de danse ? Et si on coupait le chien et on rajoutait une serveuse, et qu'on remplaçait les baffles merdiques par une sono digne de ce nom ? Maintenant, que va penser, dire, faire Alison ? À quel point la vérité réside-t-elle dans les détails de l'histoire ?

Assise en bikini violet sur le green de l'Indigo Bay, Alison regarde Connecticut envoyer des balles de golf dans le lagon. Ils sont seuls, à l'extrémité du domaine. Sur le green il y a un sac de golf plein de clubs et un seau en fer-blanc empli de balles qui flottent. Plus tard, suppose Alison, un employé de l'hôtel ira en bateau les ramasser. Tant d'efforts pour qu'ils puissent partager ce moment.

Le lagon est une large étendue d'eau peu profonde séparée de l'océan par des dunes et un bosquet de raisiniers. Une atmosphère secrète et intime y règne. Voilà pourquoi il l'a amenée ici, se dit-elle. Elle a beau comprendre ce qui l'a poussé à choisir ce lieu, elle n'en est pas moins sensible à tout ce qui l'entoure. Tout est silencieux. Le club fend l'air, frappe la balle d'un bruit sec, la balle qui, après un nombre incalculable de secondes, tombe dans l'eau : plouf.

« Tu joues bien », remarque-t-elle. Appuyée sur ses coudes, elle est allongée sur le dos, jambes tendues.

« Je me débrouille », répond-il en haussant les épaules. Le cœur d'Alison flanche.

Elle sent qu'il la lorgne. C'est tellement facile qu'elle en pleurerait : lui qui la désire, elle qui se refuse, et lui qui la désire encore plus.

Il se met à pleuvoir. Les premières gouttes rafraîchissent ses épaules brûlées par le soleil.

« Tu veux qu'on rentre ? s'enquiert-elle.

— Un peu de pluie n'a jamais tué personne », répond-il. Il apprécie sa propre répartie, c'est évident. Il s'élance et envoie une balle dans l'eau.

La pluie s'intensifie et il range le club dans le sac pour s'asseoir près d'elle. Il glisse derrière l'oreille d'Alison une mèche de cheveux mouillés. Il se penche pour l'embrasser ; elle se laisse faire. Puis elle s'écarte.

C'est quoi son problème ? Pourquoi ne peut-elle pas s'accorder ce plaisir ? Un garçon brillant et une fille brillante, la la la, ça roule ma poule, le fermier dans le pré, ohé ohé ohé. Du coup, elle se sent… quoi ? Gênée ? Honteuse ? Elle pourrait l'embrasser, et ensuite ils pourraient faire l'amour dans un coin à l'écart d'un hôtel sur une île tropicale tandis que la pluie tombe autour d'eux. Comme elle souhaiterait être une autre fille, une pour laquelle cette possibilité serait l'apogée de quelque chose.

« Excuse-moi, murmure-t-elle.

— C'est pas grave. Laisse tomber. »

Elle voit Edwin et Clive de plus en plus souvent. L'après-midi, elle s'éclipse discrètement pour retrouver Edwin derrière les rochers noirs. Elle se lève à l'aube et nage dans l'océan tandis qu'ils installent les transats sur la plage pour la journée. Avant leur départ le soir elle les rejoint sur le parking pour fumer un joint avec eux. Elle découvre que parallèlement à leur travail, ils fournissent aux clients de l'Indigo Bay de la marijuana, et de temps à autre des trucs plus forts : cocaïne et ecstasy surtout.

« Parfois, sans qu'on s'en rende compte, une ou deux petites têtes d'herbe passent à la trappe au moment où on livre, déclare Edwin un après-midi.

— Ce qui veut dire que, techniquement, ce joint appartient à un agent de change de Millburn ? demande-t-elle.

— Peut-être bien.

— Alors comme ça, vous fumez tout le temps pendant que vous travaillez ?

— Pas tout le temps, mademoiselle », répond Clive en souriant ; un vrai sourire, pour une fois.

Elle sent son corps s'emplir du délicieux secret qu'ils viennent de divulguer. Ils l'ont choisie, elle est enfin de l'autre côté du mur qui sépare les touristes des gens d'ici. Ils lui parlent du groupe de soca qui va jouer chez Paulette's plus tard dans la semaine ; de la tasse de chique que Nestor le barman garde sous le comptoir près des cerises au marasquin. Lorsque Clive l'interroge sur la fac, Alison répond que c'est « assez chiant. » Parce qu'Edwin insiste, Clive raconte l'histoire d'un client en dériveur qui est rentré dans un bateau de pêche dans la baie.

« Ah, les touristes », lâche Alison avant de rougir.

Edwin veut en savoir plus sur New York. Il a un cousin là-bas, à Queensbridge.

« Sympa », dit-elle l'air sûre d'elle, comme si elle savait où se trouve Queensbridge. Comme si, petite, lorsqu'elle partait en car pour une sortie scolaire – musées, Broadway –, elle n'avait pas collé son visage à la vitre avec les autres gamins tandis qu'ils traversaient Harlem pour voir comment c'était, un monde de Noirs. « Je suis née à Manhattan, ajoute-t-elle après une pause. Mes parents habitaient un appartement minuscule sur le Lower East Side. Un quartier d'immigrés. »

Clive et Edwin hochent la tête, le regard vide. Elle rougit de plus belle. Elle voulait qu'ils sachent que sa famille n'a pas toujours été pleine de fric, mais elle a raté son coup.

Qu'est-ce qu'elle a à se vanter que ses parents étaient pauvres – ça a duré cinq minutes et elle n'était même pas née ? Elle fait ça aussi à la fac. L'autre jour, elle a parlé à Nika de leur « petite maison à la mer », et maintenant elle est coincée : elle a envie d'inviter Nika en vacances l'été prochain, mais non seulement Nika va se rendre compte à quel point la famille d'Alison est riche, mais elle va comprendre qu'Alison est le genre de personne à qualifier de « petite maison » une putain d'énorme baraque face à la plage, ce qui est encore pire que de posséder la putain de baraque elle-même. Elle n'est pas la seule à faire ça. Chaque gosse de riche à la fac fait pareil. Ils ont tous une « petite maison » ou des ancêtres qui ont quitté un *shtetl* ou une ferme en Irlande où ils cultivaient des pommes de terre pour venir en Amérique. Ou bien ils sont « de Chicago » quand en vérité ils vivent en proche banlieue, à Winnetka. (Depuis quelques mois elle a appris les noms de toutes les banlieues chics jouxtant les villes principales du pays.) Leur tendance à minimiser est pathologique : ils croient qu'en se faisant passer pour ce qu'ils ne sont pas, on les appréciera plus.

« Ça me rend dingue que mes parents aient quitté Manhattan pour nous élever, dit-elle pour changer de sujet. Je veux dire, tu habites dans la plus belle ville du monde, et tu pars t'installer dans une banlieue nulle ?

— Mais New York, c'est dangereux, non ? »

Elle hausse les épaules. « Il faut juste faire attention. »

Un soir, alors qu'elle se trouve avec eux sur le parking après le travail, Clive propose d'aller nager.

« Carrément, répond Alison.

— Nan, nan. Clive veut gagner du temps, c'est tout, dit Edwin en secouant la tête ironiquement.

— Pas du tout. C'est juste que l'eau est tellement belle aujourd'hui.

— Gégé doit aller voir son petit garçon et se faire engueuler par madame, dit Edwin, l'œil étincelant.

— Tu as un gosse ? » dit-elle. Ça fait plusieurs jours qu'elle traîne avec eux, et c'est la première fois qu'elle entend parler d'un bébé. L'information la ravit. Elle s'imagine dire à Nika, *Ensuite, Clive a dû partir s'occuper de son fils*, comme s'il n'y avait rien de plus normal.

Clive regarde dans le vide. Il s'en fiche, peut-être, de ce gamin. Ou peut-être qu'au contraire, il tient à cet enfant, mais il a honte d'être là à fumer avec Edwin et une fille pendant que le petit l'attend, et il préférerait penser à autre chose.

« Il va bientôt avoir trois ans, murmure-t-il.

— Attends. T'es *marié* ? »

Clive secoue la tête.

« On se détend, Gégé. » Edwin pose une main sur l'épaule musclée de son ami. « Si Sara refuse de t'épouser, tu pourras passer plus de temps avec moi. »

Clive opine du chef, imperturbable. Elle a presque du mal à le regarder, mais dans le même temps elle ne peut détourner les yeux : la peine et la douceur qui émanent de lui lui rappellent Claire.

Elle lui touche le bras. « Elle aurait tort de refuser. »

Tous les soirs, une fois sa sœur endormie, elle traverse les jardins de l'hôtel pour les retrouver sur le parking, et ils vont chez Paulette's où ils boivent, fument, et elle danse avec Edwin tandis que Clive, debout près d'eux sur la piste, agite son grand corps maladroit à contretemps. Parfois, elle se rend compte de ce que veut Edwin : il flirte, multiplie les occasions de la toucher. Un soir, son bassin lui effleure la hanche pendant qu'ils dansent, et elle sent qu'il bande. Elle en a la chair de poule. Le désir d'Edwin lui fait peur. Elle avait peur de Drew aussi au début, non ? La main de Connecticut sur sa cuisse lui a fait peur. Mais elle sait que c'est différent.

Soudain, le visage de John le jardinier lui apparaît. Ses doux cheveux blancs, sa peau noire. Ce n'est donc que ça, ce qu'elle fait avec Edwin ? Tenter d'absoudre une frayeur d'enfance ? Pourtant, elle n'y arrive pas. Elle sent Edwin contre elle et se raidit.

Tout cela ne mène à rien. À la fin de la chanson, il l'entraîne au bar pour lui payer un autre verre et complimente Paulette sur sa robe. Il est détendu et joyeux, comme si leur collé-serré ne s'était pas produit. Elle commence à percevoir sous sa surface charmante un côté calculateur. Malgré l'apparent naturel avec lequel il se comporte, tout ce qu'il fait ou dit – lui faire sentir son érection, puis bavarder avec Paulette alors qu'elle était certaine qu'il allait l'entraîner dans un coin sombre – semble étudié, voire mûrement réfléchi. Les choses iront peut-être là où elle le croit, ou pas. Lorsqu'elle envisage cette dernière possibilité, elle se sent humiliée mais aussi, d'une certaine façon, soulagée.

Un jour alors qu'il pleut, après avoir acheté un collier de coquillages pour Claire au magasin de souvenirs de l'hôtel, Alison tombe sur Edwin qui prend sa pause derrière le restaurant. « Pas de plage aujourd'hui ? demande-t-elle.

— Je peux pas. » Il désigne les rochers noirs. Les vagues déferlent ; des gerbes d'eau fusent de tous côtés ; impossible d'aller à son endroit habituel.

« On pourrait y aller à la nage ? suggère Alison.

— T'es folle ? T'as vu la mer ?

— Je te parie deux joints que j'y arrive. Je contourne les rochers jusqu'à la plage et je reviens.

— Je refuse de parier sur ta mort, mademoiselle, dit-il en riant.

— Comme tu veux. » Elle s'éloigne vers l'eau. Elle se débarrasse de son haut et de son short ; elle porte le nouveau bikini bleu à fleurs blanches qu'elle s'est acheté pour les vacances.

« Qu'est-ce que tu fais ? » crie Edwin.

Elle plonge. Les vagues sont grosses, mais il n'y a pas autant de courant qu'on pourrait le croire ; de plus, elle nage bien. Elle fend les vagues en gardant son sang-froid lorsqu'elle les voit s'élever au-dessus de sa tête. En arrivant devant les rochers elle commence à décrire un arc de cercle. Elle nage jusqu'à sentir la fatigue dans ses membres ; elle n'a plus que le goût du sel dans la bouche. Elle adore cette sensation, ce vertige qui l'envahit lorsqu'elle atteint la limite de sa zone de confort tout en sachant qu'elle maîtrise la situation. Lorsqu'elle regagne la plage, elle tend à Edwin un éclat de verre poli.

« Voilà la preuve », lâche-t-elle essoufflée tout en essayant de ne pas le montrer.

Cet après-midi-là sur le parking, il lui donne les deux joints qu'elle a gagnés. « Je crois que je t'ai sous-estimée, dit-il.

— Tu crois ? »

Il opine du chef. « Tu es une fille dangereuse. »

Le dernier soir des vacances, elle ne peut pas s'en empêcher. Elle part à la recherche de Connecticut. Elle le trouve au bar de l'hôtel. Il porte un pantalon beige avec une chemise à carreaux bleus et blancs. Il est propre comme un sou neuf, soigneusement coiffé.

« Salut.

— Salut. »

Elle plonge la main dans la poche de sa jupe en jean. « Ça te tente ? » dit-elle en lui montrant le joint dans sa paume. Rien de plus simple au monde. Connecticut saisit une pochette d'allumettes dans le saladier en verre sur le comptoir. Elle l'emmène sur le parking. Elle porte le joint à ses lèvres. Il allume l'allumette. Elle exhale la fumée, tousse.

« Ça va ? » s'enquiert-il en posant une main sur son dos, pas vraiment inquiet : c'est un gars bien, et il veut qu'elle le sache. C'est agréable néanmoins de sentir sa main.

Elle acquiesce et lui tend le joint.

« Où tu l'as trouvé ?

— Disons que je me suis débrouillée. »

Il s'approche d'elle, lui chuchote à l'oreille : « J'aime bien comment tu te débrouilles. » Il lui embrasse le cou. Elle frissonne, mais évacue le plaisir qu'elle ressent. Une fois le joint fini, elle jette le mégot par terre.

« Tu ne vas pas me dire comment tu l'as trouvé ?

— Euh... fait Alison.

— Tu es bien mystérieuse. » Il enroule une mèche de cheveux d'Alison autour de son doigt.

« Il n'y a rien d'extraordinaire, en fait. C'est Edwin qui me l'a donné, dit-elle comme s'il s'agissait de la chose la moins intéressante du monde.

— Ah, dit-il en se raidissant. Bah, on en a de la chance. Il faudra le remercier. » Il lui remonte les cheveux dans la nuque et l'embrasse derechef.

« Il faut que j'y aille », souffle-t-elle. Elle l'embrasse sur les lèvres, un baiser rapide et délicat.

« Allez, pourquoi tu...

— Chut », dit-elle. Elle est la star d'un scénario qu'elle connaît par cœur. « Plus tard. Je te retrouverai. »

Elle s'apprête à partir, mais il lui tient la main.

« Où ? » demande-t-il.

Elle sourit, faussement timide. « Je te promets. »

Alison vous semble-t-elle horrible ? J'avoue qu'en la faisant revivre, j'ai parfois envie de la secouer. Je la trouve suffisante et enfant gâtée à juger constamment nos parents et les autres clients de l'hôtel, en particulier le petit blond, qui est pratiquement son double : intelligent, privilégié, attirant, avec suffisamment de bon goût pour faire preuve d'autodérision. Je trouve tout aussi énervant qu'elle s'abstienne d'émettre la moindre critique sur Edwin et Clive ; qu'elle cherche si désespérément leur approbation, leur attention, qu'elle veuille tant leur prouver qu'elle vaut mieux que tous les gens de son milieu – somme toute pas si affreux.

Voilà ce que je n'arrive pas à comprendre : Alison était-elle insupportable comme n'importe quelle adolescente de son âge, ou y avait-il quelque chose de plus sombre en elle ? Son comportement était-il typique, ou dysfonctionnel ? Quel destin l'attendait pendant qu'elle allumait le blond, dansait chez Paulette's, nageait au-delà des rochers noirs dans une mer agitée ? *Qui* était-elle ?

Tandis que la Vauxhall Astra aubergine (comme elle adore ce nom !) descend Mayfair Road, elle voit sa dernière soirée à Saint-X se déployer au-dessus d'elle tel un ciel chargé d'étoiles. Elle perçoit les promesses de la nuit dans le revêtement de la banquette qui lui gratte l'arrière des cuisses, et dans *Boombastic* qui résonne à fond sur l'autoradio. Elle porte un débardeur turquoise et une minijupe en jean ; c'est une fille des îles qui s'envole loin de Connecticut à la vitesse de la lumière. *Je crois que je vais rester là ce soir. Tu veux que je te dise, Nika ? Je trouve ces fêtes d'étudiants vraiment fadasses depuis quelque temps.*

Il fait chaud chez Paulette's. Les peaux luisent de transpiration. « Offrez-moi un verre », leur dit-elle. Elle avale un shot de rhum, puis un autre, avant de rejoindre en se pavanant la piste de danse. Elle se déhanche et se colle à Edwin, puis rejoint en tournoyant Clive, qui n'en mène pas large. Encore et encore. Irrésistible. Elle se voit de l'extérieur, depuis la voûte céleste, comme si l'histoire de sa vie s'inscrivait dans les étoiles, et que pour se trouver elle-même elle n'avait qu'à s'orienter en fonction de la carte du ciel.

Après quelques verres, Clive est moins timide. Lorsqu'elle danse avec lui, il lui tient les hanches.

« Te gêne pas Gégé, surtout ! » le charrie Edwin.

Clive sourit.

Elle fait un clin d'œil à Edwin et se rapproche de Clive.

Ses mains, si maladroites et hésitantes, la touchent. Tandis qu'ils dansent, ses yeux se baladent – les seins d'Alison, la piste, Edwin, le plafond – sans jamais se poser nulle part, comme si regarder quelque chose trop longtemps le mettrait en porte-à-faux. Une image lui vient : un petit garçon avec des cheveux noirs bouclés et humides, les yeux tournés vers l'horizon.

C'est alors qu'elle comprend. Elle ne désire pas seulement Edwin. Elle veut les deux, ensemble, le pouvoir de deux hommes si différents l'un de l'autre, qui ne regardent qu'elle. Ils vont danser encore quelques minutes, puis elle dira : « Cassons-nous. » Ils iront sur une plage déserte, ou se glisseront dans une chambre inoccupée à l'Indigo Bay, ou peut-être iront-ils juste derrière chez Paulette's, sur l'herbe sablonneuse aux abords du parking, à l'abri des regards derrière une camionnette bonne pour la casse. Les choses avec Edwin se concluront tout naturellement. Et quand elle sera en pleine action, elle dira intérieurement à Nika, *C'était pas mal. Pas dément, mais pas mal.*

Puis elle s'occupera de Clive. Elle se mettra sur la pointe des pieds pour l'embrasser sur la bouche. Il la surprendra. Elle s'attendra à ce qu'il soit timide et malhabile, mais ce ne sera pas le cas. Il lui saisira la nuque et l'embrassera violemment, tout le poids de son corps contenu dans ce baiser. Il empoignera sa queue-de-cheval comme un vulgaire torchon. Il s'emparera de sa main et la fourrera dans son pantalon. Plus elle aura peur, plus elle aura envie de lui.

Il l'allongera par terre. Les étoiles tourneront au-dessus de leurs têtes, blanches et lumineuses, et elle se verra en elles bien des années plus tard, se remémorant la jeune fille qu'elle était en cet instant, belle et téméraire comme on l'est à cet âge. Cette nuit lui appartiendra pour toujours. Elle la chérira comme sa cicatrice ; elle pourra toujours la sentir sans avoir à la toucher. Il la prendra comme une chose sans valeur, comme s'il se rendait à peine compte de son corps contre le sien. Elle se sentira si petite dans ses bras, et ce sera si bon – de disparaître, de n'être rien –, qu'elle en aura le souffle coupé. Elle se sentira enfin libérée d'elle-même, voilà peut-être ce qu'elle a toujours cherché, que sa petite vie s'évanouisse d'un coup.

Elle contemplera le ciel. Les étoiles se précipiteront vers elle tels des javelots. Leurs lumières froides et blanches la découperont.

Je n'ai pas eu de relations sexuelles pendant presque un an après sa mort. Au début, je ne voulais pas. Après Alison, les filles de la fac me paraissaient tellement assommantes. J'allais à des fêtes et elles étaient trop maquillées, trop parfumées ; elles empestaient le shampooing ou ce qu'elles utilisent pour sentir comme ça, et pendant qu'elles me parlaient, elles minaudaient et elles gloussaient comme si elles passaient une audition, et ça me donnait la sensation d'être mort.

Ensuite, j'ai voulu, mais je n'y arrivais pas. Je raccompagnais une fille dans sa chambre et elle allumait une bougie à la vanille, et tout à coup il fallait que je sorte de là. La fille était mortifiée, elle se sentait blessée et insultée. Elle disait, « C'est à cause de moi, Drew ? » Je me magnais de remettre mon pantalon et je me tirais. Je rentrais dans mon appartement, un vrai taudis que je partageais avec des gars que je connaissais à peine, et je buvais des bières en jouant à *Mario Kart* jusqu'à quatre heures du matin. J'ai perdu tous ces gens de vue. Je ne peux pas. Je croyais qu'Alison était l'amour de ma vie, et elle était morte, et il n'y avait rien à rajouter pour moi.

Mais les choses ont changé. Alison a changé. Avec le temps, elle a arrêté d'être cette conscience coupable, cette barrière ou je ne sais quoi. Elle est devenue un moyen de... m'ouvrir j'imagine. Quand j'étais avec Shannon, j'ai mis deux mois à lui en parler, c'était dans le Sheep Meadow à Central Park. Quand j'étais avec Anjali, ça m'a pris seulement deux semaines, on s'était éclipsés de la crémaillère d'un copain. Je parlais aux filles d'Alison et elles me racontaient l'alcoolisme de leur mère, la dépression de leur frère, ou le harcèlement dont elles étaient victimes.

J'en ai parlé à Hayley au bout de trois mois, on partait en voiture au mariage de sa cousine à Cleveland. Après, elle m'a caressé le bras et a dit, « Mon pauvre. » J'ai trop bu à ce mariage débile. J'ai haussé le ton et je suis devenu odieux avec son lourdaud de père. J'ai passé le reste de la nuit à dégueuler dans les toilettes du Best Western. Hayley s'est occupée de moi toute la nuit, et le lendemain elle a exigé des excuses, et je me suis excusé, la queue entre les jambes. Je m'étais vraiment mal comporté. Ce n'est que quelques mois plus tard que je me suis avoué que je la détestais ; je l'avais détestée dès l'instant où elle m'avait caressé le bras dans la voiture.

Avec Rachel, j'ai attendu presque un an. Je ne voulais pas qu'elle se croie obligée de rivaliser avec mon ex de lycée assassinée. Quand on s'est mariés, Alison a encore changé. Elle est devenue un passé que j'étais prêt à laisser derrière moi. Un fantôme qui n'était plus le bienvenu en moi. On est divorcés maintenant, mais c'est à cause d'autre chose. Elle voulait des enfants ; moi aussi, je croyais, mais j'ai changé d'avis. « Mais tu n'as pas envie de voir qui on pourrait fabriquer, toi et moi ? » disait-elle comme si elle était sûre que tout ne pouvait que bien finir.

Parfois, je ne peux rien y faire. Alison revient en force et tout me repasse dans la tête depuis le début. Elle avait du caractère, ça c'est sûr. Elle pouvait se mettre carrément en colère à propos de choses qui, disons, font juste partie du monde. Je pense à la fois où Nick a trompé Becca et qu'Alison l'a giflé. Ou ce prof, j'ai oublié son nom, mais il avait une règle. Si tu étais en retard, il fermait la porte. Et si c'était un jour d'examen, tant pis, tu te tapais un zéro. Et une fois, Paul, c'était un pauvre gros que tout le monde malmenait, je crois qu'il était homo en plus, et c'était avant qu'on puisse l'être sans avoir de problèmes, il s'est pointé en retard un jour d'exam, et ce prof ne l'a pas laissé entrer, et Alison a pété un plomb. La meilleure élève qui défie le prof devant toute la classe. On est tous restés bouche bée. Elle se mêlait de tout, voilà ce que je veux dire. Parfois quand j'y pense, je me demande si c'est pas ça qui lui a attiré des ennuis. Elle a peut-être mis le nez là où il fallait pas.

Mais je n'y pense plus du tout aussi souvent qu'avant. La mort d'Alison reste un mystère, comme l'existence de Dieu, ou Stonehenge, ou la présence d'une autre forme de vie dans l'univers : on peut se laisser bouffer par ce genre de trucs si on ne fait pas gaffe ; et en fin de compte, on n'a même pas le début d'une réponse. J'ai trente-sept ans, et si j'ai appris une chose, c'est qu'on peut vivre à peu près bien sans avoir besoin de déballer les mystères de la vie.

SARA

Depuis toutes ces années qu'il conduit un taxi dans New York, Clive a appris à séparer les passagers en deux catégories distinctes : d'abord, il y a ceux qui l'ignorent. Ils passent toute la course comme s'ils étaient seuls. Parfois ils passent des coups de téléphone et parlent de sujets sensibles. Il lui est arrivé d'entendre parler de la fusion entre deux multinationales, ou de la démission d'un P-DG d'une des plus grosses entreprises d'Amérique avant même que la nouvelle ne sorte dans les journaux. *J'aurais pu faire fortune dix fois avec les informations confidentielles que j'ai entendues – à condition d'avoir eu de l'argent à investir pour commencer, hahaha...* il a entendu cette blague au dépôt un nombre incalculable de fois. Devant lui, des clients ont parlé avec leur avocat de leur divorce (« Je veux qu'il en *chie*, vous comprenez ? Je veux qu'il en chie tellement qu'il en ait mal au cul ! ») et avec leurs parents séniles (« Maman, il faut que tu écoutes l'infirmière, d'accord ? Fais-le pour moi, maman, s'il te plaît »). Parfois, ils rotent ou se décrottent le nez sur la banquette arrière, et ils n'essaient même pas d'être discrets, parce que pour ces clients-là, un taxi c'est une enclave privée et précieuse au beau milieu de la ville. Sur sa banquette arrière il a vu des hommes sangloter. Une adolescente se percer les boutons face à un petit miroir de poche en faisant une affreuse grimace à son propre reflet. Un père flanquer une gifle à son fils.

Puis il y a ceux qui lui parlent, en s'attendant sans doute à ce qu'il fasse preuve de sagesse comme les chauffeurs de taxi au cinéma et à la télé. Ces passagers-là se soulagent de leurs fardeaux les plus honteux : aventures extraconjugales, addictions, anniversaire oublié d'une belle-fille. Pour eux, le chauffeur de taxi est un prêtre, et eux les pénitents.

En définitive, ces deux catégories ne sont pas si différentes qu'on pourrait le croire. Ceux qui l'ignorent aussi bien que ceux qui lui confient leurs plus précieux secrets le font en fin de compte parce qu'il n'est rien pour eux.

Avant, lorsqu'il rentrait à la maison après son service, il laissait ces gens derrière lui, mais le quartier change. L'année dernière, une famille de Blancs a emménagé dans son immeuble, un couple avec une petite fille aux yeux verts et aux cheveux noirs, Maeve. Bientôt un bar à vin ouvrira à côté. Dans la foulée, l'un de ces supermarchés haut de gamme s'installera dans Flatbush et ils vendront peut-être les plats du Little Sweet au rayon traiteur. La famille de Blancs de l'immeuble est polie et très aimable, et au début on aurait dit que leur arrivée présentait des avantages. Par exemple, lorsque la chaudière est tombée en panne l'hiver dernier, elle a été réparée en quarante-huit heures. En fait, la famille de Blancs avait appelé le 311 – les services de la ville – pour les prévenir. Il les a entendus raconter ça à un voisin dans le hall d'entrée, le voisin expliquant que par le passé il leur était arrivé de rester quinze jours sans chauffage, ce qui a choqué les Blancs qui n'en revenaient pas que le propriétaire les ait laissés dans cette situation. Et maintenant Cecil, son colocataire, appelle le couple de Blancs les 311, parce qu'ils ont aussi appelé d'autres fois pour se plaindre du bruit, ce qui avait amené la police à venir dans l'immeuble. « Ils ne peuvent pas juste frapper à la porte ? » grommelle Cecil, même s'il connaît la réponse à cette question, et Clive aussi. Ils ont peur. Non pas peur que leurs voisins noirs les menacent, mais peur que la confrontation ne détruise la bonne impression qu'ils ont faite avec leurs « bonjour » et leurs « je vais vous aider ». Clive se souvient d'un truc que disait Edwin : *la gentillesse, quelle arnaque.*

Il comprend donc ce que fait cette fille, Emily, au Little Sweet. Après tout, ce n'est pas la seule Blanche maintenant à venir régulièrement. Depuis quelque temps, il y a aussi l'homme avec le carnet de croquis. (*Qu'est-ce qu'il dessine ?* se demande Clive. *Les autochtones dans leur habitat naturel ?*) Ça ne leur suffit pas de venir vivre ici, d'envahir chaque centimètre carré du quartier – il faut aussi que tout le monde soit content de les voir arriver. Chaque fois qu'il se surprend à apprécier passer du temps avec elle, il se répète ce qu'il représente pour elle. Son ami du quartier. Son agrément.

Mais plus il passe de temps avec elle, plus il oublie de se le rappeler. C'est une fille étonnante, elle est si jeune pour être si seule. Certains soirs, lorsqu'il la regarde en face de lui, ses lèvres, ses cheveux et sa peau clairs, une idée troublante lui vient à l'esprit : elle est irréelle. Elle se matérialise tous les soirs pour qu'ils puissent parler, puis elle s'évanouit dans la ville, se dissout dans les rues blanches de sel.

Elle est peut-être synonyme de problèmes. C'est bizarre : depuis qu'il est petit, il s'est toujours vu comme quelqu'un qui évite à tout prix les problèmes et les complications. Pourtant, sa vie raconte une autre histoire. Parfois il se demande si, comme dominé par une force astrale, il est destiné à tomber sous la coupe de certains, à se laisser attirer dans leurs problèmes encore et encore, sans jamais en tirer de leçon.

À dix-sept ans, Edwin et Clive ont terminé le lycée et obtenu leur diplôme, comme le reste de leur classe, sauf Arthur, qui avait quitté l'école un an plus tôt, et qui – tout le monde le savait à l'exception de son père si sympathique – avait déjà de sérieux problèmes. On le voyait souvent le soir rôder devant les bars et discothèques de Hibiscus

Harbour, soit pour vendre de la drogue aux touristes, soit pour essayer d'en trouver. Damien a poursuivi ses études : il a obtenu une bourse et est parti en fac de biologie sur les îles Vierges. Sa photo paraîtrait dans le journal local, ainsi que celles des autres élèves de leur classe qui quitteraient l'île pour aller à l'université – à Saint-Thomas, à la Barbade, à Miami ou à Washington, DC.

« T'as pas intérêt à prendre la grosse tête, dirait Don à Damien lorsqu'ils se retrouveraient pour se dire au revoir.

— Moi non plus, je vais pas faire de vieux os ici », lui glisserait Edwin.

Les autres ont trouvé du travail. Don a été engagé dans le garage de son oncle. Des, qui connaissaient les bateaux comme son frère Keithley, s'est dégotté un job à bord d'une embarcation qui proposait aux touristes – principalement des étudiants américains venus passer leurs vacances de Pâques – des excursions boissons à volonté au sud de l'île. Le bateau était équipé d'une piste de danse, et durant les excursions de nuit, il y avait un concours de danse auquel participaient une douzaine de filles toutes plus désireuses les unes que les autres de gagner le premier prix, à savoir cinq coupons pour des boissons gratuites chez Papa Mango's. Souvent, pendant leur numéro, les filles se déshabillaient : elles lançaient leur débardeur dans la foule, enlevaient leur culotte. Au bout d'un mois, Des avait avoué à ses amis qu'en fin de compte, on pouvait faire une indigestion de foufoune. Au bout de quatre mois, une femme nue n'était plus rien pour lui. Il regardait les filles faire étalage de leurs atours et se sentait vide comme l'eau.

Malgré la réticence de sa grand-mère, Clive s'est associé à Edwin pour, comme disait ce dernier, « faire des affaires ». Il n'était pas rare qu'ils aient quatre ou cinq de ces affaires sur le feu. Ils ont monté une agence pour s'occuper au rabais de la paperasse pour les propriétaires de bateaux de location. Ils allaient à Philipsburg, la partie néerlandaise de Saint-Martin, acheter des stocks de jeans Guess, qu'ils revendaient au Basin. Ils allaient dans Britannia Bay pêcher des écrevisses qu'ils vendaient ensuite au restaurant de l'Oasis. « Personne n'est devenu riche en travaillant pour quelqu'un d'autre », se plaisait à dire Edwin tandis qu'ils trimballaient d'énormes sacs-poubelle pleins de jeans à travers les rues de Philipsburg, ou lorsque Clive se faisait pincer le doigt par une écrevisse à deux heures du matin. Ils gagnaient trois fois rien, moins que tous leurs amis, mais ce n'était qu'une question de temps, selon Edwin ; tôt ou tard ils trouveraient la bonne idée, et ils auraient assez d'argent pour « faire le grand saut », ce qui, Clive le comprenait implicitement, signifiait partir : aux États-Unis, à New York, quelque part où son ami pourrait réaliser ses ambitions.

Il s'est installé dans sa nouvelle vie. Il travaillait avec Edwin. Le soir, ils partaient en voiture faire la fête. (L'agent Roy les arrêtait régulièrement et les emmenait au commissariat pour passer le reste de la nuit en cellule de dégrisement.) Lorsqu'il arrivait chez lui, il s'effondrait dans son lit jusqu'à ce que sa grand-mère le secoue pour le réveiller et que tout recommence.

Il avait dix-neuf ans le jour où Edwin a fait quelque chose qui changerait sa vie à jamais. C'était le carnaval. Ils avaient passé l'après-midi avec leurs copains sur Investiture Boulevard à regarder le défilé, buvant du rhum à la bouteille, observant les fêtards, acclamant leur groupe préféré qui jouait sur un char dans un vacarme assourdissant, huant la reine de l'île avec sa couronne idiote. Vers la fin des festivités, ils avaient repéré Sara et sa copine de l'autre côté de la chaussée.

« Ta copine est trop belle aujourd'hui ! s'est exclamé Des.

— Regarde-moi cette allumeuse », a ajouté Don.

Sara Lycott portait une minirobe jaune qui lui tombait juste sous les fesses, une tenue qui n'avait rien à voir avec la fille sage et comme il faut que Clive avait toujours connue.

« Qu'est-ce que t'attends pour lui demander de la raccompagner ? a lancé Edwin.

— Arrête tes conneries, a marmonné Clive.

— C'est pas des conneries ! Faut y aller, là ! Si elle est habillée comme une allumeuse, c'est qu'elle a envie. »

Clive a avalé une gorgée de rhum.

« Il a même pas les couilles d'essayer ! » s'est exclamé Don.

Puis Edwin l'a pris par les épaules et l'a regardé avec une telle conviction que cela a ébranlé Clive. « Tu veux vivre ta vie ou quoi, vieux ? » Sans attendre la réponse de Clive, il a ajouté : « Vas-y ! » Puis il a poussé Clive qui s'est retrouvé au beau milieu du défilé. Il s'est dépêché de traverser pour rejoindre Sara et ses copines qui formaient un petit cercle sur le trottoir d'en face.

Sara habitait à près de deux kilomètres d'Investiture Boulevard. Ils ont marché au bord de la route. Sur le sol accidenté, Sara avait un peu de mal avec ses chaussures à talons couleur pêche ; elle s'arrêtait de temps à autre pour enlever la poussière de ses chaussures. Ils ont cheminé un moment en silence, ce qui ne semblait pas du tout déranger Sara, alors que Clive, désespéré de trouver quelque chose à dire, réfléchissait en vain. Il ne comprenait pas comment il en était arrivé là. Sara était avec ses copines, les bras croisés, il s'était approché d'elle et lui avait bégayé : « Tu-tu-tu-tu veux que j'te raccompagne ? » Après avoir sorti sa phrase, il avait levé les yeux vers elle, prêt à essuyer un refus. Mais quelque chose avait changé en elle. Ce n'était pas seulement la jupe. Ses yeux, d'ordinaire si perçants, si brillants, avaient quelque chose d'indifférent, de blasé, comme si elle s'observait elle-même, de loin. Elle a ouvert la bouche pour répondre : « Avec plaisir. »

« Tu as aimé le défilé ? a-t-il fini par dire.

— Un défilé, c'est un défilé. »

Ils ont continué de marcher.

« Tu es bien habillée aujourd'hui, a-t-il tenté.

— C'est pas vrai.

— Si, c'est vrai. T'es toujours bien habillée. T'es belle, Sara. » Cela faisait des années qu'il voulait le lui dire, mais il n'avait jamais cru qu'il y arriverait un jour.

« T'es bien le seul à le penser. » Elle s'est arrêtée pour ôter un caillou de sa chaussure. « Et si on allait chez Milk Queen ? » Elle a pointé le doigt en direction du marchand de glaces sur Tillery Street.

Elle a commandé un banana split à la menthe. Il ne s'est rien pris. Il se serait senti bête à manger devant elle. La glace semblait procurer à Sara aussi peu de plaisir que les compliments de Clive. Elle picorait, prenait une petite cuillerée puis, tel un chat, la léchait du bout de la langue, puis reposait la cuillère, soupirait et piquait dans sa coupelle derechef, comme s'il ne s'agissait qu'une des innombrables tâches qu'il lui restait à accomplir avant de mourir. Pourquoi avait-elle accepté son invitation ? Il aurait voulu tout savoir d'elle. Au lieu de quoi, il est resté silencieux à la regarder manger. Après avoir soigneusement raclé le fond, elle a murmuré : « Tu ferais mieux de me raccompagner maintenant. »

Ils n'ont pas dit un mot entre le Milk Queen et chez elle. Il avait la gorge nouée. Il ne savait plus du tout ce qui s'était passé depuis une heure ; c'était donc ça le secret des femmes ? Au moins, il faisait maintenant partie des hommes ensorcelés, c'était déjà ça.

Sara habitait dans une maison de plain-pied en parpaings et plâtre, comme tout le monde, mais fraîchement repeinte – en blanc, avec les chambranles des portes et fenêtres jaune poussin. La petite allée, devant, était bordée de fleurs violettes et il n'y avait ni chien ni âne efflanqué dans le jardin. L'ensemble avait un air raffiné ; une veuve de pasteur et sa fille déchues par les circonstances de la vie auraient pu habiter là, a pensé Clive. La seule touche discordante était une vieille cuisine extérieure à l'arrière, avec un toit en tôle ondulée rouillé.

Comme ils quittaient la route pour s'approcher de la maison, la mère de Sara est sortie sur le seuil de la porte. Miss Agatha, comme sa fille, était mince, pas plus grande qu'un enfant. Petit, il la voyait tous les dimanches à l'église. Mais en l'observant debout dans l'embrasure de la porte, l'air las et amorphe, le regard inquiet comme celui d'une poule, il s'est rendu compte qu'elle n'y venait plus depuis des années.

« Bon-bon-bonsoir, miss Agatha », a-t-il réussi à articuler, la mère ayant sur lui le même effet que la fille.

Elle n'a pas répondu ; elle est restée là, sur le seuil, les bras ballants. Derrière elle, il apercevait le salon. Il y avait des tas partout, et des assiettes sales empilées sur la table. Sur le mur, un tableau était suspendu de travers ; dessous, une plante morte gisait dans un pot. En voyant ça, bouche bée, Clive s'est remémoré la manière de parler et de s'habiller impeccable de Sara, tout ce pourquoi les autres garçons la traitaient de *snob* et de *prude*. Il a pensé à la maison de sa grand-mère, son odeur de javel et son ordre parfait. Il a pensé à la maison de sa mère, et à sa mère. Il a senti que Sara l'observait et il a essayé de regarder ailleurs, mais c'était trop tard – elle l'avait vu bouche bée devant ce spectacle. Elle a baissé la tête. Il voulait lui dire qu'il n'en parlerait à personne. Il voulait lui dire qu'il la comprenait : la honte ne venait pas seulement du fait d'habiter une maison comme celle-ci, d'avoir une mère comme celle-ci, mais aussi du fait d'aimer cette maison, cette mère. Mais il était incapable de réagir, et Sara a secoué la tête, et lorsqu'elle l'a regardé à nouveau, ses yeux avaient repris leur aspect brillant et rieur d'avant. Miss Agatha a tourné les talons pour rentrer dans la maison sombre.

« Ta mère est fâchée ?

— Ma mère, c'est rien.

— J'espère que tu t'es bien amusée. » C'est tout ce qu'il avait trouvé à dire.

Sara a encore fixé le sol.

Clive a fait demi-tour. Il a descendu les quelques marches du perron avant de passer devant les fleurs violettes le long de l'allée. Il était sur le point de regagner la route lorsqu'il a entendu des pas derrière lui. Sara lui a pris la main. Il s'est tourné ; elle l'a regardé. Elle avait les yeux brillants. Pleurait-elle, ou était-ce le reflet de la pleine lune ? Elle l'a entraîné en dehors de l'allée.

« Où on va ? a-t-il demandé.

— Chut », a-t-elle répliqué. Elle l'a mené et il l'a suivie ; ils ont contourné la maison et sont entrés dans la vieille cuisine au fond du jardin.

Deux mois plus tard, lorsque Sara lui a annoncé qu'elle était enceinte, Clive n'a pas vraiment été surpris. Il a eu une peur bleue, mais aussi le sentiment que c'était écrit. Clive et Sara. Il a observé son ventre, s'efforçant de se figurer la réalité, à savoir qu'un être à moitié lui à moitié elle se trouvait à l'intérieur et grandissait jour après jour. C'était comme si jamais personne n'avait eu d'enfant avant eux.

« Je vais prendre soin de toi, lui a-t-il dit. De vous deux.

— Tu n'as même pas de travail », a-t-elle murmuré. Elle n'avait ni colère ni rancœur dans la voix. Elle avait parlé d'un ton neutre. Elle a cligné des yeux.

« Je vais en trouver un. On pourra se louer un truc. S'acheter une voiture. Ça va aller. Je te promets.

— On ne t'a jamais appris à faire des promesses que tu peux tenir ?

— Je vais faire ce que je dis, Sara. On va se marier. Avoir une famille. »

Il n'a pas bégayé. Il avait enfin trouvé quelque chose digne de ses convictions.

Sara l'a regardé sans le voir. « Tu parles d'une famille... toi tout le temps à traîner avec tes copains, et moi... tu as vu dans quoi j'ai grandi.

— On pourra faire autrement. Je vais arrêter tout ça. On donnera tout à cet enfant.

— Je suis peut-être folle, comme elle. C'est très possible. » Elle parlait avec un filet de voix.

« Sara. » Il lui a pris les mains, mais elle s'est brusquement dégagée.

« Parce que tu m'as coincée comme un bouc dans une étable, tu crois que je suis obligée de t'épouser ? » s'est-elle exclamée.

Il a eu envie de lui dire qu'il affronterait n'importe quelle tempête avec elle. Il a eu envie de lui rappeler que c'était son idée à elle d'aller dans la cuisine ; et que pendant qu'il se vidait en elle dans la nuit noire, parmi les odeurs de rouille et de moisi, il s'était senti profondément triste, car ce n'était pas ainsi qu'il aurait voulu s'y prendre et qu'il s'en voudrait pour toujours d'avoir laissé les choses se dérouler ainsi.

Au lieu de quoi, il a dit : « Je sais que tu viens d'une bonne famille. Je suis prêt à te donner ce que tu mérites. »

Elle a baissé les yeux. « Si tu crois que je suis la fille d'un ministre, tu es vraiment un imbécile. »

« Les garçons doux comme le miel se collent toujours à la fille la plus poison », a affirmé sa grand-mère, comme s'il s'agissait d'une chose inévitable. Clive avait attendu presque un mois pour lui annoncer qu'il allait être père, préférant passer la nouvelle sous silence dans l'immédiat sous prétexte que ce n'étaient pas ses affaires.

« Sara n'est pas poison.

— Arrête ton char.

— Tu la connais pas. »

Acerbe, elle a éclaté de rire. « Je connais sa cinglée de mère. Et je sais que les chèvres font pas des agneaux. »

Il a tapé du poing sur la table. « C'est la mère de mon enfant et je te laisserai pas mal parler d'elle ! » a-t-il crié.

Pour la première fois, sa grand-mère a évité son regard. Elle l'abandonnait à son sort, mais il ne le comprendrait qu'après. Elle ne lui reprocherait plus jamais de rentrer tard le soir, ni ne l'encouragerait à faire une formation pour se trouver un métier.

« Ah, tu es un vrai homme maintenant », a-t-elle murmuré.

Il a eu envie de se blottir contre elle et de pleurer.

Il s'était mis à chercher du travail le jour où Sara lui avait dit qu'elle était enceinte, mais il n'avait rien trouvé. Il commençait à baisser les bras, à penser que Sara avait raison – il n'aurait pas dû faire de promesse qu'il ne pouvait tenir –, lorsque Edwin lui a annoncé qu'il leur avait dégotté deux entretiens dans un nouvel hôtel de luxe. « Je croyais que personne ne devenait riche en travaillant pour quelqu'un d'autre, lui a rétorqué Clive.

— Qu'est-ce que tu crois ? Que je vais abandonner mon frère dans le besoin ? En plus, on va se faire des pourboires de dingue. »

Que ferait-il sans Edwin ? Ils ont été engagés. Pour travailler, ils devaient porter un uniforme, blanc et soigneusement repassé, avec *Indigo Bay* brodé en fil doré sur la poche poitrine. Après sa première journée de travail, il est allé chez Sara avec cet uniforme, il lui a donné les pourboires qu'il avait gagnés, et elle a souri comme elle l'avait fait au spectacle de Noël lorsqu'ils étaient petits, un sourire secret qu'il avait tant espéré revoir depuis.

Clive a fait des projets. Il a passé un samedi dans la petite bibliothèque de l'île à feuilleter un livre piqué de moisissures sur la grossesse. Il a rapporté à Sara des bonbons au gingembre pour apaiser les nausées. Il a acheté des biberons et des couches et un petit ours en peluche en se disant que son enfant l'adorerait. Il a donné à Sara le numéro de l'Indigo Bay pour qu'elle puisse le joindre le moment venu.

Mais en fin de compte, le bébé est arrivé dans la nuit, trois semaines avant le terme. Il était chez Paulette's avec ses copains. Comme d'habitude, il est rentré ivre ce soir-là, et il s'est réveillé avec la gueule de bois le lendemain matin. Lorsqu'il est entré dans la cuisine et qu'il a vu sa grand-mère assise à table, raide comme la justice, il a compris qu'il s'était passé quelque chose.

« Tu as un fils », a-t-elle déclaré.

Il n'arrivait pas à comprendre comment, pendant qu'il buvait avec ses amis, il était devenu père. Il ne saurait jamais exactement comment cela s'était produit. Le basculement entre le moment où il était une chose et celui où il en était une autre lui échapperait à jamais.

Lorsqu'il est allé voir Sara à l'hôpital ce matin-là, elle ne l'a pas regardé.

« Comment as-tu pu me faire ça ? » a-t-elle murmuré. Elle tenait le bébé, son fils endormi, dans ses bras, enveloppé dans une couverture bleu pâle.

Mais comment aurait-il pu savoir qu'elle accoucherait si tôt ? N'avait-elle pas vu tout ce qu'il avait fait pour préparer la naissance du bébé ? Ne savait-elle pas qu'il n'était pas un bon à rien comme elle le prétendait ? Il s'apprêtait à lui dire tout cela, mais le regard qu'elle lui a adressé l'a arrêté dans son élan. Elle n'était pas triste, ou blessée, mais impassible, cassante. Le monde l'avait encore une fois déçue, comme elle s'y attendait toujours, sauf que cette fois c'était à cause de lui.

Le bébé s'est mis à pleurer, plainte désespérée. Clive en a eu le souffle coupé.

Sara s'est détournée en berçant l'enfant. « Chut, Bryan. Chut, mon amour. »

Quand Clive m'a dit que j'étais belle, mon cœur a flanché. J'avais attendu toute ma vie qu'un garçon me dise ça, et là il y en avait un qui me l'avait dit, et peu importait parce que je n'arrivais pas à le croire. J'avais finalement obtenu ce que je voulais, mais ça n'allait pas parce que j'étais qui j'étais et le serais toujours. C'était toujours pareil, toujours fichu d'avance parce que c'était à moi que ça arrivait.

Sara Lycott. Si bien habillée et bien élevée, si assidue à l'église, si obéissante en classe. Mes amies auraient été dégoûtées si elles avaient vu comment j'étais à la maison avec ma mère, comment on se criait dessus, comment on se tapait et on se griffait.

Notre maison était peut-être fraîchement repeinte à l'extérieur, mais à l'intérieur c'était la jungle. Nous n'étions plus une mère et une fille qui habitaient ensemble, mais plutôt deux femmes qui suffoquaient. L'air devenait irrespirable. Nous étions fatiguées de tout.

Nous nous affrontions constamment, et toujours autour du même sujet. Nous répétions le même schéma encore et encore, et pour finir je suis devenue complètement insensible. Nos disputes étaient balisées, tout comme le trajet entre l'école et la maison : la porte d'entrée orange des Scott, le nid-de-poule en forme de cœur sur Underhill Road. Je crois que ça nous réconfortait de savoir à quoi nous attendre. Chaque fois j'espérais que notre querelle nous mènerait ailleurs, au-delà de la haine, de l'amour, de la haine que j'avais toujours connus.

Ça se passait comme ça : j'étais insolente, ou je mettais le bazar, ou je décevais ma mère d'une façon ou d'une autre, et elle me grondait, me disait de mieux me comporter parce que j'étais la fille d'un ministre après tout, il ne fallait surtout pas que je l'oublie. Je lui répondais, je la traitais d'hypocrite. « C'est quand la dernière fois que tu as fait le ménage dans cette maison ? » je criais, et c'était parti ; on se reprochait à tour de rôle de ne pas être à la hauteur du genre de famille qu'on prétendait toutes les deux être.

Le matin du carnaval, nous nous étions encore engueulées pour la même chose. Elle avait surgi dans le salon et m'avait surprise en train de me gratter le crâne. Elle m'avait empoignée le coude.

« Arrête. Tu as oublié les bonnes manières ?

— Tu es la fille d'un ministre, quand même » l'avais-je imitée. J'avais libéré mon bras d'un coup sec et recommencé à gratter la peau desséchée de mon cuir chevelu.

« Ne te moque pas de moi.

— Et toi tu es l'épouse d'un ministre. Ça doit être une autre dame que j'ai vue ici hier en train de se gratter la foufoune.

— Heureusement que ton père est mort. Il aurait honte de t'entendre me parler comme ça ! »

Combien de fois m'avait-elle dit ça ? Une dizaine ? Un millier de fois ? Mais cette fois, ma colère était différente, féroce et désespérée, aiguisée comme des crocs.

« Je ne veux plus jamais t'entendre parler de mon père ! lui avais-je hurlé. Si je suis la fille de quelqu'un, c'est bien de toi. Une salope comme le dit tout le monde ! »

J'avais crié tellement fort que j'en avais eu la voix enrouée, et quand Clive Richardson m'avait ramenée chez moi ce jour-là, j'avais regardé ma mère droit dans les yeux et j'avais serré les dents. Le blanc de ses yeux était devenu noir, je le jure.

Elle avait baissé les bras. « Tu crois que je suis juste ta mère, avait-elle murmuré. Mais un jour tu verras. » Ensuite elle avait fait demi-tour, elle était repartie lentement vers sa chambre à l'arrière de la maison et elle avait tiré le rideau crasseux du couloir.

Ah, quelle comédienne, ma mère, à jouer les victimes face à ma cruauté ! N'était-ce pas elle qui m'avait appris à faire mal avec les mots ?

J'avais mis la robe la plus courte que j'avais. Je m'étais emparée de mon sac et j'avais claqué la porte derrière moi. À la fin du défilé, quand Clive Richardson s'était approché timidement et m'avait proposé de me raccompagner, c'était comme si Dieu ou le destin ou je ne sais quoi me tendait la main, me donnait gratuitement ce que je voulais : l'occasion de prendre ma vie en main et de la gâcher avant même d'en être déçue ; de briser le

cœur de ma mère, de me libérer de notre vie étouffante ; de prouver que j'étais jusqu'au bout des ongles la fille de ma mère. Même si en fin de compte le prix à payer a dépassé tout ce que j'avais pu imaginer.

LA VILLE SECRÈTE

À la mi-décembre, un livreur à vélo a pris un virage un peu trop serré au coin de mon immeuble et a écrasé le pauvre Jefe en plein transit intestinal. J'étais à l'autre bout de la rue quand ça s'est produit, en train de rentrer du bureau. Je n'ai pas vu la collision entre le vélo et le chien mais j'ai entendu le cri suraigu de Jefe, et lorsque je suis arrivée devant chez moi l'homme à la casquette NASCAR tenait dans ses bras son petit chien comme un bébé ; le livreur, mains en l'air, répétait « Désolé » avec un accent à couper au couteau pendant que le vieillard l'engueulait en espagnol et que les passants tendaient le cou pour voir, marquant parfois une pause comme pour intervenir avant de finalement détourner les yeux et poursuivre leur chemin. Le livreur a reculé lentement, est remonté sur son vélo (les sacs en plastique de nourriture toujours suspendus au guidon) et en quelques coups de pédale a disparu au coin de la rue.

Le vieillard a emmené Jefe sur le perron, il s'est assis avec lui sur la première marche et l'a bercé. J'ignorais si le chien était encore en vie ou s'il avait déjà quitté cette terre. En les voyant, j'ai eu envie de dire quelque chose, mais en m'approchant d'eux j'ai eu l'impression qu'il aurait été obscène de m'immiscer dans leurs derniers échanges. J'ai donc préféré poursuivre mon chemin.

Alors que je pénétrais dans le hall, j'ai entendu l'homme murmurer : « *Nos vemos pronto, viejito.* »

Une fois dans mon appartement au sous-sol, je me suis rendu compte que je ne connaissais plus le nom de quiconque dans le bâtiment. Ainsi a démarré l'hiver.

Une saison entière s'était écoulée depuis que j'avais trouvé Clive Richardson. Je discutais avec lui depuis plusieurs semaines et un renversement de situation ironique s'était produit. Au début, notre proximité m'avait terrifiée ; désormais c'était précisément le contraire. Lorsque j'étais loin de lui, je devenais nerveuse, agitée, une irritabilité qui ne s'apaisait qu'une fois assise en face de lui avec notre ragoût et notre bière dans nos plateaux respectifs. Malgré moi, je faisais durer nos soirées, même si je savais qu'il était prêt à partir, parce qu'une fois sans lui, l'angoisse me reprenait et je me retrouvais seule pour affronter les longues heures de la nuit.

Si je n'étais pas avec lui, je pensais à lui. Je discutais avec ma mère au téléphone pour savoir ce qu'il fallait à tout prix acheter bio, ou pas (myrtilles : oui ; bananes : non), je passais en courant sous la pluie glacée devant la façade de verre et de pierre du Grace Building en route pour le bureau, ou je mangeais des falafels insipides avec mes jeunes et brillants collègues, et j'étais peut-être convaincante dans tous ces rôles, mais en réalité j'étais avec Clive ; je songeais aux hypothétiques interactions qui le mèneraient peut-être à avouer. Par exemple, j'imaginais qu'il y avait un incendie au Little Sweet, et qu'après nous en être sortis sains et saufs, je me précipitais à l'intérieur pour sauver Vincia ; après quoi, je respirais sous un masque à oxygène à l'arrière d'une ambulance, et Clive, si touché par mon sens du sacrifice et ma bonté, et par sa propre honte, se prosternait à mes pieds et me disait tout. Dans un autre scénario, nous nous trouvions au Heidelberg, dans l'Upper East Side, à dévorer des *käsespätzle* et des *sauerbraten* arrosés de bocks de Dunkel. Je remarquais que le dicton sur l'impossibilité de se baigner deux fois dans le même fleuve pourrait aussi bien décrire New York, ville aussi éphémère qu'éternelle, les Allemands de la vieille Yorkville cédant la place à de nouveaux îlots, de nouveaux tracés : Little Brazil, les Népalais de Jackson Heights. Ce commentaire paraissait tellement sensé à Clive qu'il se rendait compte qu'il avait enfin trouvé une personne digne de confiance à qui livrer son secret.

Pendant ce temps, l'hiver s'est installé dans la ville, le plus rude de mémoire d'homme, malgré le réchauffement climatique. Des tessons de glace flottaient dans l'Hudson. Aux passages cloutés, les piétons contournaient des monticules de neige boueuse. L'odeur de sueur des jeunes loups de la finance emmitouflés dans leurs doudounes flottait dans les rames du métro. Tous les New-Yorkais partageaient la brutalité particulière de cet hiver ; il suffisait parfois d'un seul regard entre deux inconnus sur un trottoir pour évoquer en silence la rudesse impitoyable de la saison. Et pourtant, jamais je ne m'étais sentie aussi éloignée de mes concitoyens. Plus le mois de décembre avançait, plus j'avais l'impression qu'un panneau de verre m'isolait du reste du monde, frontière si impénétrable qu'un soir, lorsque j'ai télescopé par mégarde un homme en sortant du bureau, je n'ai pas su quoi dire et je suis partie quasiment en galopant jusqu'au métro.

J'ai dit précédemment que Clive ne parlait pas de sa vie avant New York et, en règle générale, c'était vrai. Mais il y a eu quelques exceptions et j'aimerais les aborder ici, parce qu'à présent je me rends compte qu'elles contenaient tout ce que j'avais besoin de savoir, même si je ne l'ai pas compris sur le moment. Il y a eu de petites choses, mentionnées en passant ; j'ai appris que Clive avait porté un uniforme rose et marron à l'école. J'ai appris qu'il avait été élevé par sa grand-mère, même s'il n'a pas précisé ce qu'étaient devenus sa mère et son père. J'ai appris qu'à la sortie de *SOS Fantômes* dans l'unique salle de cinéma de l'île, il s'incrustait à la séance de quinze heures quarante-cinq chaque après-midi, pile au moment où le Bibendum Chamallow envahit Columbus Circle (même s'il ignorait à l'époque qu'il s'agissait de Columbus Circle – New York lui avait semblé n'être qu'un nuage de circulation, de graffitis et de personnages farfelus, impression qui avait perduré jusqu'à ce qu'il débarque lui-même dans la ville dix ans plus tard).

Clive m'a raconté ces histoires à sa façon : avec une certaine réserve. Il choisissait soigneusement ses mots, présentait chaque scène avec un minimum de détails. Parfois, il commençait à me raconter quelque chose puis il secouait la tête et s'interrompait. « Peu importe, disait-il. Ce n'est pas intéressant. » Je pense qu'il me croyait incapable de comprendre, et peut-être avait-il raison. Souvent, il marquait de longues pauses durant lesquelles j'imaginais qu'il revivait intérieurement certains aspects de son récit, et j'ai compris que tout résidait dans ces ellipses ; mon but était d'analyser ces omissions et de déchiffrer les espaces que dessinaient en creux ses histoires.

Un soir, après que je lui ai raconté une histoire sur les virées en voiture de ma jeunesse (histoire qui s'était déroulée sur les autoroutes de Californie du Sud et que j'avais transposée dans les rues de Starlight, Indiana, entourées selon mes dires de champs de maïs à perte de vue), Clive s'est mordillé la lèvre et a dit : « Mes copains et moi, on partait en bateau s'amuser sur les plages de l'île. On buvait, on fumait un peu. Je me souviens, un soir, on est allés sur un îlot qui s'appelait Faraway… » Il s'est interrompu. A souri. « Je savais m'amuser à l'époque. »

Il a prononcé le nom de cet endroit comme si ce n'était rien.

Dans l'un des romans d'Ian Mann, le détective privé explique aux parents d'une victime que la plupart des assassins retournent sur la scène de leur crime, et c'est ainsi qu'un nombre surprenant d'entre eux se font prendre. Ils ne peuvent pas s'en empêcher, explique le détective privé. L'endroit les attire, ils sont incapables de résister. Était-ce ce que faisait Clive ? En me disant le nom de cet endroit, était-ce une façon pour lui de retourner sur la scène du crime ? Tirait-il un plaisir pervers à l'évoquer avec indifférence, comme si ce n'était rien de plus qu'un lieu où il s'était amusé dans sa jeunesse ? Pour la première fois depuis longtemps, j'ai eu peur.

« Ça devait être supersympa, ai-je articulé, m'efforçant de sourire.

— Supersympa, a-t-il répété en riant. Tu n'as pas idée. »

Les épreuves reliées de *La Fille de Pendeen* sont arrivées. Sur la couverture, une femme vêtue d'une robe blanche fluide marchait pieds nus au bord d'une falaise, sa longue natte volant au vent dans son dos. Il m'incombait de compiler une liste d'une vingtaine d'auteurs au moins aussi connus qu'Astrid, de trouver leurs adresses et de leur envoyer un exemplaire afin de leur demander un commentaire que nous pourrions utiliser pour la promotion du livre. Ma cheffe avait également acheté un premier roman – un thriller qui se déroulait dans une communauté au beau milieu du désert du Nouveau-Mexique – et nous étions convenues quelques mois plus tôt que je serais chargée d'éditer le texte. Lorsque le manuscrit est arrivé, juste avant les vacances de Noël, elle m'a fait venir dans son bureau. Le manuscrit trônait sur sa table de travail, une belle pile de papier d'une quinzaine de centimètres de haut. Elle a tapoté du bout des doigts sur la pile. « Toujours partante ?

— Absolument ! ai-je répondu trop fort.

— C'est juste que… tu es en retard sur pas mal de choses, Emily. Ça s'accumule. Tu as l'air… Tout va bien ?

— Tout va superbien ! Je suis vraiment désolée d'être en retard, les choses sont devenues un peu dingues, mais je vous jure que je vais me rattraper.

— OK, d'accord », a-t-elle dit avec un sourire forcé. Elle a poussé la pile vers moi et je l'ai emportée dans mon box. J'ai ouvert mon casier et j'ai placé le manuscrit dans le compartiment du bas, à côté d'un parapluie et d'un tas sans cesse grossissant de Tupperware qu'il fallait que je lave et que je rapporte à la maison. J'ai posé les premiers exemplaires de la *Fille de Pendeen* sur le manuscrit et j'ai fermé le casier.

J'allais toujours à Pasadena pour Noël, mais cette année-là je n'ai pas pu m'extraire de New York. J'ai raconté à mes parents le seul mensonge capable de justifier mon absence durant les fêtes sans toutefois les pousser à sauter dans le premier avion pour New York. J'ai dit que j'avais rencontré quelqu'un et que nous avions décidé de passer nos vacances ensemble. Oh, comme mes parents étaient heureux ! Oui, je *devais* absolument rester à New York ! Il fallait que nous profitions de Noël juste tous les deux ! Ils en avaient presque la tête qui tournait, et ils ont été incapables de cacher ce qu'ils souhaitaient tous deux ardemment : que je me marie, que je leur donne des petits-enfants afin qu'ils puissent goûter aux douceurs du grand âge. Après tout, j'étais leur seul espoir. Leur enthousiasme révélait leur crainte profonde : que je les déçoive, et que je reste seule. J'étais en colère après eux, et pourtant le bonheur ordinaire qu'ils espéraient encore connaître me brisait le cœur.

« Parle-nous un peu de ce gars, a dit mon père.

— Qu'est-ce que tu veux savoir ?

— Dis-nous au moins un truc, Emily. Il est comment ?

— Bah, il me ressemble beaucoup. »

J'ai perdu l'entièreté du prix de mon vol et j'ai acheté un minisapin de Noël artificiel qui n'a fait que rendre mon appartement encore plus triste. Deux jours avant Noël, un colis est arrivé : un panettone et une boîte de chocolats de chez Williams-Sonoma.

Pour toi et ton « ami ».
On t'aime, maman

Noël à New York : flocons de neige étincelants sur les lampadaires, marchés de Noël se multipliant tels des champignons, innombrables interprétations (souvent fausses) de *Silver Bells* sur les quais du métro – saxophone, mariachi, marimba. La veille de Noël, je suis allée à Whole Foods, le supermarché bio qui venait d'ouvrir à Gowanus, et j'ai acheté de quoi faire un dîner de fête pour une personne : un petit filet mignon, une pomme de terre, quelques brins de romarin, une poignée de haricots verts. Geste vide de sens puisque je n'avais nullement l'intention de rester chez moi. J'ai mangé sans grand enthousiasme la fin d'une boîte de haricots, puis j'ai pris mon manteau et suis sortie.

Le Little Sweet était ouvert, mais quasiment vide. Vincia se tenait derrière les plats chauds comme d'ordinaire et quelques hommes étaient penchés au-dessus de leur assiette à leur table habituelle. Dans le coin, près du palmier en pot, Clive lisait le *Daily News*.

J'avais pensé que Vincia se serait adoucie à mon égard en voyant que je n'avais nulle part où passer Noël, mais je m'étais trompée. (*Tu pourrais aller quelque part, tu as simplement choisi de ne pas le faire,* me suis-je sermonné, mais je croyais entièrement à ma triste solitude.) Elle a encaissé mon argent avec le même air désapprobateur et cordial. J'avais espéré qu'elle m'épargnerait pour une fois son air maussade, pourtant j'ai été contente qu'elle me regarde de travers. J'ai pris mon plateau, l'ai remerciée et me suis dirigée vers la table de Clive.

« Toi aussi ? ai-je demandé.

— J'en ai bien peur. »

Nous avons mangé en silence. Après avoir fini sa première Carib, Clive en a commandé deux autres, une pour moi, une pour lui. Nous avons souri, hoché la tête en rythme lorsque *Feliz Navidad* a résonné dans les haut-parleurs, roté doucement en sirotant notre bière. Il commençait à se faire tard. De l'autre côté de la rue exceptionnellement silencieuse, un homme a baissé le rideau de fer de l'épicerie. Un par un les clients du Little Sweet sont partis, et Clive et moi nous sommes retrouvés seuls dans la salle. Lorsque Vincia a commencé à nettoyer les chauffe-plats, Clive m'a lancé un coup d'œil interrogateur. « Tu veux faire un tour ? »

Nous nous sommes arrêtés dans une épicerie pour acheter de grandes cannettes de Bud Light.

« Santé ! me suis-je exclamée en levant ma cannette avec un sourire en coin.

— Joyeux putain de Noël », a fait Clive.

Nous avons trinqué et bu.

Nous avons marché en silence, sans avoir à nous concerter pour savoir où aller. Toutes les fenêtres de la rue étaient allumées : familles et sapins et chants de Noël dans des pièces chauffées. C'est lors de cette promenade la veille de Noël que j'ai finalement compris que Clive Richardson avait commencé à compter pour moi. Je n'en étais pas moins méfiante. Lorsque je m'efforçais d'imaginer ce qu'il avait peut-être fait, mon sang se glaçait. Pourtant, lorsque je relâchais ma vigilance, il m'arrivait de croire tout bonnement que Clive n'était qu'un chauffeur de taxi avec lequel je m'étais liée d'une de ces improbables amitiés urbaines dont on entend parler. (Une coiffeuse témoin de mariage d'une cliente devenue amie proche ; une manucure et une maman de l'Upper East Side liées à vie par leur passion commune pour le mah-jong.) Quelques mois plus tôt, pour passer ne serait-ce qu'une minute avec lui, il me fallait rassembler une énergie considérable afin de me convaincre que l'homme que j'avais en face de moi n'était pas celui qu'Alison avait connu. Maintenant, tout cela ne me demandait plus aucun effort. J'avais parfaitement réussi à séparer l'homme en deux.

Tandis que nous marchions, il s'est mis à neiger. Les flocons voltigeaient dans le halo de lumière des lampadaires.

« Magnifique », ai-je dit.

Il a haussé les épaules.

« Mais pas comme chez toi, pas vrai ? »

Il est resté silencieux.

« Pourquoi est-ce que tu n'y retournes pas ? Ça te manque, c'est évident. »

Le visage de Clive s'est figé. « C'est mieux comme ça.

— Mais même pas une fois ? Pas même pour voir ton fils ? »

Il a secoué la tête.

« Il y a des choses que tu ne dis pas. »

Il s'est arrêté. « Pardon ? »

Je lui ai pris les mains. « Tout va bien. Tu as des choses que tu ne dis pas, et moi aussi. C'est pour ça que je sais que je peux avoir confiance en toi. Parce que tu comprends ce que ça veut dire. » Il a voulu protester, mais j'ai poursuivi. « Pas la peine de me dire que j'ai tort. On n'a pas besoin d'en parler. Sauf si on en a envie. »

Une nuit j'ai rêvé que j'étais dans le taxi de Clive. Nous étions à New York mais ça ne ressemblait pas à New York. On aurait dit Saint-X. Nous roulions dans des rues sablonneuses bordées de palmiers, passions devant des étals de poisson frit et des motels rose ; je comprenais qu'il s'agissait de la ville secrète, un lieu souterrain qui se trouvait sous les trottoirs encombrés de travailleurs harassés et de touristes indécis ; en tendant l'oreille, je percevais le bruissement de leurs pas qui me parvenait du monde oublié et lointain au-dessus de ma tête. Sur une route longue et droite, nous sommes tombés sur une fille qui traversait la chaussée. C'était Alison, même si dans le rêve ce n'était pas ma sœur ; mon cœur n'a pas bondi en la voyant – elle n'était pas morte mais elle n'était pas non plus vivante ; il s'agissait simplement d'une fille qui prenait son temps au milieu de la route. Clive a klaxonné. Elle s'est immobilisée. Il m'a expliqué que cela arrivait tout le temps, que ces filles au milieu de la route étaient devenues un des problèmes majeurs dans son travail. Il a klaxonné à nouveau, mais Alison ne semblait pas du tout concernée et j'ai commencé à m'énerver. J'ai crié, « Dégage ! Dégage ! » Clive klaxonnait et klaxonnait, et alors que j'émergeais du sommeil je me suis rendu compte qu'on sonnait chez moi. C'était dimanche et il était onze heures du matin.

« C'est qui ? ai-je demandé à moitié endormie.

— Emily, Dieu merci ! C'est moi. Ouvre, s'il te plaît, ouvre ! »

Jackie. J'ai regardé autour de moi. Mon appartement était un désastre : symbole visuel évident auquel Jackie ne manquerait pas de réagir, le désordre physique reflétant forcément le désordre émotionnel, et cetera. « Attends une seconde. J'arrive. »

J'ai enfilé des vêtements et l'ai retrouvée dans le hall, où elle s'est jetée dans mes bras.

Je me suis raidie. « Qu'est-ce que tu fais là ?

— Comment veux-tu que j'oublie ? Je ne vais pas te laisser seule aujourd'hui, même si tu as été une amie tout simplement affreuse ces derniers temps. Toi et moi, on a barre au sol dans vingt minutes. »

Je n'ai pas bougé.

« Allez, Emily, retourne te changer.

— Non.

— Non, quoi ?

— Je ne viens pas avec toi.

— Mais bien sûr que si. J'ai organisé toute la journée. Après la barre au sol on va bruncher dans un restau végétarien de ouf sur Bedford. Leur chaï maison va te changer la vie. »

J'ai essayé de la contourner, mais elle m'a saisie par les épaules.

« Laisse-moi passer s'il te plaît, ai-je dit.

— Quoi ? Tu veux dire que tu vas me planter comme ça ? »

Nous nous sommes dévisagées. En cet instant, de nombreuses choses qui m'étaient opaques jusqu'alors me sont apparues clairement. Jackie était foncièrement quelqu'un de bien, mais je ne l'aimais pas, je ne l'avais jamais aimée. Cela ne concernait pas seulement Jackie. C'était valable pour tous mes amis. C'étaient des gens excessifs, narcissiques, ridicules, et je l'avais toujours pensé. J'avais cultivé leur amitié non pas pour créer des liens, mais pour pouvoir les juger, pour tirer de chacune de nos interactions un sentiment de supériorité. Regardez ce que j'ai traversé ! Et pourtant, je valais beaucoup mieux qu'eux. C'était quoi mon problème ? Pourquoi étais-je comme j'étais ? Alison, Alison, la réponse était toujours Alison.

« Laisse-moi passer s'il te plaît », ai-je répété.

Les yeux de Jackie se sont emplis de larmes. Elle m'a lâché les épaules.

Tandis que je m'éloignais à grands pas dans la rue, je l'ai entendue crier dans mon dos. « J'essaie de t'aider ! Tu ne vois pas que j'essaie de t'aider ? »

Lorsque meurt une personne que vous aimez, le calendrier devient terrain miné. Tous ceux qui ont perdu quelqu'un le savent. Il y a l'anniversaire de l'être cher. Son propre anniversaire. Diverses fêtes nationales et religieuses, si l'on est croyant. Tous ces jours présentent leur lot de difficultés. L'être cher vous appelait et vous chantait (affreusement mal) joyeux anniversaire au téléphone. La sauce aux canneberges était ce que préférait manger l'être cher à Thanksgiving, il ou elle s'en gavait. Mais l'anniversaire de leur disparition, c'est autre chose. Ce jour-là, vous reculez dans le temps, vous revivez cette journée d'il y a un, cinq, dix ans. (Dix-huit ans... Comment était-ce possible. Elle était partie depuis aussi longtemps qu'elle avait vécu.) Vous revivez tout, minute par minute.

Je suis arrivée devant l'immeuble de Clive juste avant midi. Entre-temps, je m'étais assise sous le parasol bleu délavé. Nous avions fouillé dans le panier de perles de la femme, en sélectionnant des couleurs qui n'étaient pas mes préférées mais les siennes : violettes, blanches. Tout en marchant sur Cortelyou j'avais senti les doigts délicats et fermes de la femme qui me tressait les cheveux.

La lumière était allumée à la fenêtre de Clive. J'ai marché jusqu'au bout de la rue et me suis assise devant un immeuble d'où je voyais en diagonale la porte du sien. J'étais partie si précipitamment de chez moi, avec l'arrivée soudaine de Jackie, que je n'avais même pas pris mon manteau. J'étais en jean et en sweat-shirt, et en quelques minutes j'avais les oreilles congelées. Alison m'a embrassé le front. Elle s'est éloignée sur la plage et a disparu.

Plus de deux heures se sont écoulées avant que ne s'éteigne la lumière à la fenêtre de Clive. Quelques minutes plus tard, la porte d'entrée s'est ouverte et il est sorti sur le trottoir. Il est d'abord allé jusqu'à l'épicerie non loin de là pour n'y rester qu'une minute et en ressortir les mains vides. Nous avons pris New York Avenue en direction du sud, passant devant une succession d'immeubles en brique avec ici ou là une rangée de maisons mitoyennes. Clive a bifurqué sur Nostrand à l'angle de l'avenue H. Je m'attendais à ce qu'il rebrousse chemin quelques pâtés de maisons plus loin, comme il le faisait souvent, peut-être en passant par les pelouses et les bâtiments en brique de Brooklyn College, pour reprendre Flatbush puis Farragut et enfin New York Avenue. Mais il a poursuivi vers le sud. Nous avons traversé les avenues I, J et K. Après l'avenue L, nous avons brièvement laissé la ville derrière nous et nous sommes retrouvés pendant quelque temps cernés par une série de garages spécialisés dans les marques japonaises – Acura, Honda, Toyota, Hyundai –, avant de pénétrer au cœur du quartier juif de Midwood. Des hommes drapés dans des châles de prière portaient de grandes toques en fourrure ; les filles en longue robe sombre et mocassins noirs traversaient les rues blanchies de sel. C'était le milieu de l'après-midi. Allongée sur la plage, elle sirotait un Coca Light au soleil. J'avais envie qu'elle joue avec moi, mais je ne voulais pas l'ennuyer. Donc je n'ai rien dit, j'ai attendu. *Eh ben, t'es sacrément patiente, toi.*

Nous avons traversé Sheepshead Bay sur l'avenue U, puis avons descendu Coney Island Avenue jusqu'à Brighton Beach. Même si les quartiers que nous avons traversés avaient tous leurs particularités – l'hébreu cédant la place au cyrillique sur les devantures des magasins, les boulangeries géorgiennes puis russes se substituant aux boulangeries casher –, c'était la répétition du paysage qui frappait, la succession sans fin de restaurants, de pizzerias, de supermarchés, de pharmacies et de milliers et milliers d'immeubles en brique. Plus nous avancions, plus je me sentais désorientée par le caractère tentaculaire de l'agglomération, ses périphéries étendues et les innombrables personnes qui vivaient leur vie bien au-delà de tous les endroits auxquels j'avais pu un jour songer. Nous avons laissé derrière nous les avenues X, Y et Z. Neptune. Nous marchions depuis presque deux heures. J'avais l'impression que les immeubles en brique ne disparaîtraient jamais, et lorsque nous avons pris Oriental Boulevard pour nous retrouver quelques minutes plus tard debout sur le sable de (comme je le sais désormais) Manhattan Beach, la vue de l'océan s'étalant devant moi m'a fait l'effet d'un rêve. Je suis restée aux abords de la plage tandis que Clive a continué d'avancer vers l'eau. Le sable était un croissant gris, l'océan un drap d'argile. Assis sur un banc, un homme en parka jetait des morceaux de pain aux mouettes. Le soleil commençait déjà à descendre. Nous étions dans l'eau pour nous baigner une dernière fois avant de rentrer le lendemain. À cause des piqûres sur mes jambes, le sel m'a picotée, puis soulagée. Alison a plongé dans les vagues, encore et encore. Clive est resté au bord de l'eau longtemps, fixant l'océan.

Avant de rebrousser chemin, il a sorti quelque chose de la poche de sa veste. De là où j'étais, j'ai dû plisser les yeux pour voir qu'il s'agissait d'une barre chocolatée, sans doute achetée à l'épicerie. Il a enlevé ses gants et ôté l'emballage. Le soleil s'est couché sans fanfare, sa faible lumière filtrant brièvement à travers les nuages. Clive a mangé lentement sa barre chocolatée, sans quitter l'eau des yeux. Puis il a bouchonné l'emballage et l'a fourré dans sa poche avant de repartir chez lui.

Pourquoi j'ai choisi Saint-X ? Facile. Je ne connaissais personne là-bas et personne ne me connaissait. J'avais deux valises et Sara. Elle avait quatre mois, c'était une crevette à bouclettes et elle sentait le lait chaud avec une pointe de caramel. Je portais ce que j'avais de plus beau, ma robe à fleurs et mes talons ivoire. J'avais à peine quitté Saint-Christophe que mes souliers me faisaient déjà affreusement mal, et alors ? Mes pieds s'en remettraient – ailleurs, et c'était tout ce qui comptait. J'avais dix-sept ans.

Quand j'ai débarqué à Bendy Harbour, un homme en costume de lin m'a proposé de porter mes bagages. Lorsqu'il m'a demandé mon nom, je lui ai répondu Agatha Lycott, ce qui n'était pas vrai. Je m'étais appelée toute ma vie Agatha Hodge, mais il aurait fallu me passer sur le corps pour que je porte encore ce nom ici. Lycott, c'était le nom de famille d'une fille qui avait un an de plus que moi à l'école. Je l'avais toujours trouvé élégant, le genre de nom qui appartient toujours à quelqu'un d'autre. À partir de ce jour-là il est devenu le mien et surtout celui de Sara. À tous ceux qui m'interrogeaient, je racontais l'histoire que j'avais élaborée seule et enceinte dans la pénombre de ma chambre chez mon père : mon mari, un ministre, était tragiquement mort dans un accident de voiture quelques semaines seulement avant la naissance de notre fille. Pour la rendre encore plus crédible, je prétendais avoir vingt-quatre ans, même si j'étais si petite qu'on m'en aurait facilement donné douze.

Mais la cousine d'untel à Saint-Christophe connaissait l'amie d'unetelle sur Saint-X et ainsi de suite. En racontant mon histoire pour la première fois au bout d'un mois sur l'île, je n'ai fait qu'éveiller des soupçons au lieu de susciter de la compassion. Les rumeurs m'ont suivie jusqu'ici, sur ce caillou où ils font leur curry avec des quantités astronomiques de piment et où les professeurs ne sont même pas capables de parler correctement.

On ne peut jamais recommencer à zéro. Ils ne vous le permettront pas, ni ceux qui vous évitent ni ceux qui sont gentils avec vous pour que vous leur soyez redevables. En fin de compte, ils veulent tous la même chose, ils sont tous très curieux de connaître la vérité sur les origines de la fille de cette petite traînée de Saint-Christophe. Je ne leur donnerai pas cette satisfaction, même si la vérité les obligerait à me demander pardon. J'emporterai dans ma tombe le secret de l'identité du père de Sara.

Avant sa naissance, j'imaginais que l'amour pour mon enfant fleurirait en moi. J'avais désespérément besoin d'aimer quelqu'un comme ça, désespérément besoin que l'amour envahisse ma vie et m'apaise. Mais il y a d'autres sortes d'amour. Celui dont j'ai hérité était un amour qui m'emplissait et me terrifiait, un amour que je connaissais aussi bien que mon propre corps ; c'était l'amour que ma mère avait eu pour moi, chose dont je n'avais jamais voulu.

Quand Sara m'a dit qu'elle était enceinte, j'ai compris que j'avais été naïve : un nouveau nom ne suffisait pas pour cesser de se transmettre de mère en fille cet amour destructeur. Je n'aurais jamais dû la laisser partir si en colère ce jour-là, le jour où elle est revenue à la maison avec Clive Richardson. *Attends ! Ne t'en va pas ! Sara, je t'aime. Sara, pardonne-moi. Sara, ma chérie.*

Le soir, je supplie les ténèbres, en espérant que la force de mon amour puisse dénouer le passé, pour qu'elle puisse tout recommencer.

Mais vous pouvez me dire pourquoi, si je suis une telle traînée, j'ai souffert de solitude à chaque instant de ma vie ?

NEIGE

Après la découverte du corps de la fille, Clive est devenu un pestiféré. Une fois sorti de prison, il a essayé de reprendre sa vie d'avant, mais Don et Des lui ont fermé leurs portes. Même Arthur ne voulait plus le voir. Il n'arrivait pas à trouver de travail, même tondre des pelouses ou récurer les toilettes chez Papa Mango's. Edwin et lui se sont éloignés l'un de l'autre. D'après ce qu'il savait, Edwin aussi avait été mis au ban de la société, mais c'était différent pour lui. D'abord, il n'avait pas fait de prison. Ensuite, il n'avait pas de famille à faire vivre.

Des semaines après avoir été libéré, Clive est allé chez Sara pour la supplier de voir son fils. Mais Agatha ne l'a pas laissé franchir le seuil de la porte. Pour finir, un jour il s'est posté au bout de la rue, et lorsqu'il a vu Agatha sortir il s'est précipité dans l'allée. « S'il te plaît, Sara ! Laisse-moi te parler ! » a-t-il crié en frappant à la porte. Peu lui importait si on le voyait.

Le battant s'est brusquement ouvert. « Chut, lui a lancé Sara. Tu vas le réveiller. »

Il lui a répété tout ce à quoi il avait pensé dans la prison de Sa Majesté. Il était désolé. Il ferait tout pour se faire pardonner. Il arrêterait de boire, de fumer. Il avait été bête et il le savait, mais il se rattraperait.

« Et quel genre de mère serais-je si je te laissais entrer dans la vie de mon fils après toute cette histoire ?

— Mais je suis innocent ! Je te jure ! Tu ne me crois pas, Sara ?

— Peu importe si tu es innocent ou coupable, a-t-elle rétorqué. Tu ne vois pas que tout est foutu maintenant ?

— Ça en a l'air, je sais, mais avec le temps, peut-être que... »

Elle a secoué la tête. Elle avait la main sur la porte, prête à la fermer.

« S'il te plaît », a-t-il imploré.

Elle a marqué une pause. Elle a esquissé un sourire triste. « Tu sais, personne n'a jamais été gentil avec moi, sauf toi », lui a-t-elle dit. Puis elle a fermé la porte.

En grandissant, Clive avait connu beaucoup de gens qui étaient revenus sur l'île après avoir habité à l'étranger, et c'était auprès d'eux qu'il avait appris, bien longtemps avant d'imaginer que leurs histoires puissent un jour faire écho à la sienne, ce que signifiait partir. La plupart de ces gens étaient allés soit à New York, soit à Londres, mais quelques-uns étaient allés ailleurs – à Glasgow, Birmingham, Toronto, Miami. Quelques années avant que ne parte Clive, un garçon plus âgé que lui qu'il avait connu au collège s'était envolé pour Houston, mais à ce que Clive savait, lui aussi avait fini par atterrir à New York.

New York et Londres avaient toujours été pour Clive plus ou moins interchangeables : des grosses villes étincelantes de lumière, avec plus de Dominicains et d'Haïtiens à New York et plus de Jamaïcains à Londres. Mais lorsque Keithley est revenu de Londres avec sa femme et son petit garçon qui allait mourir sur le terrain de football derrière l'école Horatio Byrd, il a commencé à comprendre que tous ceux qui revenaient de New York ou de Londres avaient manifestement changé. Quoique déterminé en partant à ne plus jamais remettre les pieds sur l'île, Keithley paraissait soulagé d'être de retour, et cela semblait être le cas de la plupart de ceux qui revenaient de Londres. Il est vrai qu'ils n'avaient pas réussi à faire ce qu'ils avaient prévu : se construire une grande vie, *ailleurs*. Mais une fois à Londres il était devenu évident que ce projet était naïf et malavisé. La ville leur avait appris que la grande existence dont ils rêvaient n'était rien que les chimères d'une personne venant de nulle part. Ils évoquaient rarement leur séjour là-bas.

Les New-Yorkais aussi avaient l'air soulagés d'être à la maison. New York, comme Londres, avait été triste et exigu et impitoyable, et les hivers plus froids, les étés plus chauds et plus humides qu'à Londres. Mais leur soulagement était superficiel. Ils parlaient constamment de New York, comme on se penche encore et encore sur une énigme impossible à résoudre. Ils semblaient convaincus d'avoir raté de peu leur grande vie. Ils l'avaient eue sous leurs yeux, mais l'étroitesse de leur champ de vision les avait empêchés de s'en saisir. Maintenant, New York était derrière eux. Ils avaient manqué leur coup et ne comprenaient pas pourquoi.

Clive savait qu'il n'était pas comme ces hommes. Il ne voulait pas partir de chez lui. New York avait toujours été le rêve d'Edwin et non le sien. Il a débarqué sans grand projet, sans être persuadé qu'à New York le monde reconnaîtrait enfin ses qualités intrinsèques. Il espérait seulement qu'en partant assez longtemps il pourrait revenir un jour chez lui et retrouver la seule existence dont il avait toujours rêvé, à savoir une vie sans histoire avec Sara et son fils. Des potes et un verre après le boulot. Des pique-niques et des parties de cricket sur le sable à Little Beach le week-end. Peut-être un autre enfant, une fille, potelée comme lui. Les gens n'oublieraient pas, mais ils décideraient peut-être que cela n'avait plus d'importance.

La plupart de ceux qu'il connaissait à New York s'étaient installés dans le Bronx, mais il ne voulait pas croiser des gens de Saint-X. Il a choisi Flatbush parce que c'était le plus grand quartier caribéen de la ville ; un endroit où il pensait pouvoir se perdre. Il a trouvé une chambre dans un appartement sur Farragut Road, dans un immeuble aux couloirs mal éclairés qui sentaient les souris. L'appartement avait quatre petites chambres, chacune occupée par deux hommes, et un espace commun avec kitchenette contre un mur. Lorsqu'il a emménagé, des bananes étaient en train de pourrir sur le frigo et dégageaient une odeur douce-reuse et nauséabonde. Dans la salle de bains, des brosses à dents tenaient en équilibre précaire sur le rebord du lavabo qui était tapissé d'une fine couche bleu pâle de dentifrice durci ; le sol autour des toilettes était jonché de tubes en carton. Il n'en revenait pas que cet appartement crasseux soit New York, mais en même temps il se sentait soulagé : heureusement que c'était lui et non Edwin qui assistait à ce spectacle.

La règle tacite dans l'appartement, c'était que les hommes faisaient semblant de ne pas se voir. Avec une telle promis-cuité, c'était la seule façon de maintenir la paix. À tour de rôle ils utilisaient sans mot dire la salle de bains, dormaient, se réveillaient et faisaient mine de ne pas entendre les uns et les autres appeler leur famille à la maison.

Seuls deux d'entre eux enfreignaient ce triste accord. Le premier, Ousseini, surnommé Ouss, avait vingt-deux ans, était le plus jeune et le seul à ne pas venir des Caraïbes. Il était petit et alerte, avec l'air à la fois curieux et endormi d'un enfant. Le soir de l'arrivée de Clive dans l'appartement, tandis qu'il ouvrait sa valise dans sa chambre, Ouss en short et maillot de corps, accoudé dans l'embrasure de la porte, lui avait avoué que sa vie sociale et sexuelle se réduisait à peau de chagrin depuis qu'il était arrivé à Brooklyn du Burkina Faso trois ans plus tôt.

« Je désire une femme avec tant d'ardeur que je n'arrive pas à penser à autre chose. »

Clive avait chaud, il était fatigué et n'avait qu'une envie : s'allonger sur son mince matelas et dormir. De l'autre côté de la pièce, Charles, son camarade de chambre, parcourait un magazine de sport, ignorant Ouss sciemment et jetant de temps à autre un coup d'œil à Clive comme pour le mettre en garde.

« Tu es jeune », a dit Clive laconiquement.

Ouss a secoué tristement la tête. « C'est ce que je pensais, mais c'était une erreur. J'ai cinq frères à Ouaga, et ils ont tous des enfants. Quand ils se sont mariés, j'ai pensé qu'ils étaient fous de fonder des familles. Je me suis cru tellement plus intelligent de rester libre pour poursuivre mes rêves. Maintenant j'ai peur d'avoir trop tardé. Je veux une femme avec qui faire équipe. Je veux monter une affaire. Mais quelle femme à New York va m'aimer ? Il nous faut des femmes. À nous tous ici. Toi aussi, Charles ! » Charles a continué de fixer les pages de son magazine. « Tu vois ! Tu vois ! On devient dysfonctionnels. Vivre dans ce monde d'hommes solitaires n'est pas naturel. »

Ouss a poursuivi encore et encore, et Clive, qui ne voulait pas être impoli, a hoché la tête en lui disant de temps à autre quelques mots réconfortants. Plus tard, il a compris qu'il avait commis ce soir-là une erreur stratégique. Les autres hommes ignoraient complètement Ouss. Et c'est ainsi que Clive est devenu l'oreille bienveillante à laquelle Ouss confiait toutes ses doléances, ce qui l'irritait d'une certaine manière, même si en fin de compte ce n'était pas si désagréable, car comme Ouss l'avait dit, leur existence était solitaire, et il était plaisant d'avoir de la compagnie.

Puis il y avait Sachin, aussi bourru qu'Ouss était communicatif et romantique. Sachin laissait ses slips par terre dans la salle de bains, sa vieille nourriture dans le frigo, il était souvent soûl et avait tendance à chercher des noises. (C'étaient ses bananes qui pourrissaient sur le frigo lorsque Clive avait emménagé.) Il a immédiatement trouvé Clive antipathique, et ne s'est pas privé de le lui faire sentir. « Ça n'a rien de personnel, Ouss a tenté de rassurer Clive. Il a une grosse colère en lui. Sa femme et sa fille sont mortes dans un accident à Trinidad après son départ. Je trouve qu'il devrait rentrer chez lui et recommencer à zéro, mais il a peur. D'après Jean-François, il leur parle dans son sommeil. »

À New York avec ces hommes il est redevenu Clive, ce qui n'était plus le cas depuis qu'Edwin l'avait rebaptisé dans la cour d'école en primaire. Gégé. Ce nom, ce monde, cette vie. Parfois, tout cela lui rappelait une des histoires que sa mère lui racontait, à la fois vivace et vaporeuse comme dans un rêve.

New York l'a surpris. Il s'attendait à un endroit rude et sale, ce qui était certes le cas, mais certains aspects de la ville échappaient à cette vision. Le plaisir du coucher de soleil à vingt et une heures en été. Dans les parcs au printemps, l'élégance tranquille des foules se prélassant sur les pelouses. Il s'était attendu à un endroit où il y avait des millions de choses à voir, mais aussi à un endroit sans fard. Au lieu de quoi, l'invisible semblait foisonner dans New York. Les rames de métro transportaient dans un souffle les gens sous terre, la vapeur s'échappant des grilles sur les trottoirs, seul signe de ce monde souterrain. Il avait entendu dire que la ville s'enfonçait dix mètres sous terre, qu'en dessous de la ville actuelle étaient enterrés des maisons, des rues, des cimetières, et il sentait ce passé sous ses pieds. En marchant le soir, il avait peur parfois qu'on l'attrape par le coude ; il faisait volte-face et se retrouvait nez à nez avec son père mort.

Il lui a fallu trois mois pour obtenir sa licence de taxi. Il a rempli les dizaines de pages de dossier pour la demande. Il a passé un examen médical chez le docteur Khutsishvili dans Midwood. Il a fait une formation de conduite défensive à la Safe Taxi Academy et a passé un examen qui a duré six heures : *Quel monument se trouve à l'angle de la*

33e rue et de la 5e avenue ? Parmi les rues suivantes, lesquelles sont parallèles au boulevard Adam Clayton Powell Jr. ? Combien de routes traversent Central Park, et où sont situées les transversales ? Lorsqu'il a appris qu'il était reçu, il a d'abord appelé Sara.

« Je vais plutôt bien gagner ma vie, lui a-t-il annoncé avec joie. Je vais t'envoyer de l'argent dès que je peux et à ma grand-mère aussi.

— Ma mère a besoin de nouveaux pneus pour sa voiture, a-t-elle répliqué sans ambages.

— Ta mère ?

— Oui, elle a besoin de nouveaux pneus pour la voiture que j'utilise pour emmener ton fils chez le docteur et pour faire les courses. Tu n'es pas là pour nous voir, Clive, mais on a une vie ici, et chaque jour coûte de l'argent. »

Il a inspiré profondément. « Est-ce que je peux lui parler ? »

Elle a soupiré. « Ça ne fera que compliquer les choses dans sa tête. »

Ils sont restés tous les deux silencieux un moment.

« Clive ?

— Oui ?

— Fais attention sur la route. »

Il a choisi de travailler la nuit parce qu'il avait entendu dire que ça payait mieux.

« C'est ta dernière chance pour changer d'avis », lui a lancé le responsable du dépôt, un homme d'une cinquantaine d'années, Larry, qui portait une vieille casquette des Mets calcifiée par la sueur et la crasse, avant de prendre l'argent que lui tendait Clive pour la location de sa licence de nuit.

« Tu le verras jamais sans ce sale truc sur la tête, a dit le chauffeur derrière Clive dans la file, en désignant la casquette.

— Je l'enlève même pas pour baiser ma femme, a renchéri Larry fièrement, avant d'ajouter en souriant à l'attention de Clive, et va pas dire que je t'ai pas prévenu. La nuit j'ai des chauffeurs qui se font agresser constamment. La moitié des gars ont le diabète, et tu peux dire adieu à tes reins, sauf si tu veux pisser toute la nuit dans une bouteille. »

Dans les mois qui ont suivi, Clive s'est rendu compte que Larry avait raison. C'était le travail le plus difficile qu'il avait jamais fait. Les clients s'en allaient sans payer. On l'accusait régulièrement de prendre la route la plus longue exprès (comment ces gens, ces *New-Yorkais,* pouvaient-ils ignorer que plus la course était longue, moins il gagnait, et non le contraire ?). Certains soirs, pendant sa première course, il se retrouvait coincé dans les embouteillages sur la voie rapide en direction de l'aéroport JFK, où une fois arrivé il attendait une heure dans la zone des taxis pour prendre un autre client, et c'était à ce moment-là qu'il comprenait qu'il allait, au mieux, rentrer dans ses frais, et qu'il passerait les dix heures à venir à trimer pour ne pas perdre d'argent, après quoi, exténué dans le bus qui le ramènerait à la maison, il y aurait peut-être une Blanche assise à côté de lui agrippée à son sac, qui lui sourirait gentiment ; au début, ce genre de comportement le désarçonnait, mais il avait fini par comprendre que si ces femmes n'avaient pas confiance en lui, elles ne voulaient pas non plus paraître méfiantes.

Malgré tout, le travail avait également des côtés plaisants. Les chauffeurs partageaient un monde secret. Il aimait traîner après son service au dépôt où les hommes jouaient aux dames et mangeaient du curry et du riz jollof dans la salle du personnel, s'éclipsaient dans la salle de prière avec ses trois tapis élimés, se plaignaient en pendjabi, ou en ourdou, ou en créole haïtien des nouveaux tarifs hebdomadaires. Il puisait du réconfort dans certains détails : l'odeur d'huile de moteur, les traînées arc-en-ciel sur le sol en béton, les nuages jaunes lorsque les mécanos retouchaient la peinture des carrosseries. Il a découvert un archipel caché dans l'archipel de New York : les cafétérias pakistanaises sur Lexington, les restaurants haïtiens dans Harlem, les stations-service de plus en plus rares, les épiceries où il achetait des bobines de papier pour son compteur. Il a appris à se nourrir dans New York en suivant l'exemple de ses confrères. Bons plans : deux tranches de pizza et une cannette de soda ; nems et poulet au sésame ; sandwich œuf-fromage avalé en moins de deux sur le trottoir, sans même avoir le temps d'en connaître le goût ; des plats de chez lui, aussi : petits pois et riz et soupe de potiron et ragoût de boulettes de poisson, même s'il n'en était jamais vraiment satisfait. L'odeur de cette cuisine dans l'air froid ne faisait naître en lui aucune nostalgie ; cela lui semblait être une erreur. Il y avait tant de choses comme ça à New York, pas vraiment des souvenirs, plutôt des évocations qui lui rappelaient brutalement qu'il se trouvait loin de chez lui... Dans les roucoulements émanant des gorges irisées et sales des pigeons des rues, il croyait percevoir le chant sonore des tourterelles de sa jeunesse.

Le service de nuit avait son charme. Il a découvert que le New York qu'il préférait était celui qu'on ne pouvait connaître qu'à quatre heures du matin : celui de la nuit, jamais complètement noire mais d'un bleu tremblant, comme si la ville exhalait la lumière accumulée dans la journée, et qui contrastait avec le vert éclatant des feux de circulation qui se succédaient sur les avenues à perte de vue. C'était une chose rare, une beauté aussi commune qu'exquise. On disait que New York ne dormait pas, mais c'était faux, et tandis qu'il conduisait dans ses rues vides et ensorcelées, traversait les ponts illuminés, il avait parfois l'impression que la ville lui appartenait, que toutes les autres âmes vivantes s'étaient évanouies dans l'air.

Il quittait le garage vers six heures du matin. En marchant jusqu'à son arrêt de bus, il regardait le soleil se lever derrière les immeubles. La lumière coquille d'huître de l'aube. Cela le replongeait dans le passé, et il se rappelait le trajet qu'il faisait à vélo pour aller travailler à l'Indigo Bay. Même cette tristesse quotidienne lui importait peu. Cela lui faisait mal, mais aussi du bien.

Fais attention sur la route. Il entendait tout le temps la voix de Sara. *Fais attention,* lorsqu'une voiture lui faisait une queue de poisson sur la voie express à 90 km/h. *Fais attention,* sous la pluie battante lorsque ses yeux se fermaient parce qu'il tombait de sommeil. Ses mots étaient de maigres présents, une petite graine d'espoir : peut-être n'avait-il pas été complètement abandonné ? Et il s'y raccrochait.

Un soir de décembre, durant sa première année à New York, il a pris un homme en costume devant un immeuble de bureaux dans Midtown. L'homme s'est installé sur la banquette arrière, son attaché-case à côté de lui, il a fermé la portière et a déclaré, « Nous allons à Westchester. » L'homme a indiqué à Clive le nom d'une ville à l'extrême nord de la zone où il avait le droit d'emmener les passagers, puis il a passé le reste du trajet à lire des documents et, de temps à autre, à orienter Clive. Ils ont longé l'Hudson, abîme noir, les falaises du New Jersey scintillant sur l'autre rive, jusqu'aux sinuosités de la Saw Mill. Près d'une heure plus tard, l'homme lui a demandé de quitter la voie express. Clive s'est aussitôt retrouvé sur une route étroite en pleine campagne. C'était la première fois qu'il roulait aussi loin de la ville. Du haut des collines, les villages en contrebas étincelaient comme dans un vieux film. Soudain, une biche argentée a bondi sur la route, moment d'émerveillement et de terreur ; Clive a freiné violemment, évitant de peu l'animal. « Mon Dieu », a murmuré l'homme sur la banquette arrière sans lever le nez de ses papiers.

Clive s'est demandé si cet homme était déjà allé en vacances sur l'île où il habitait autrefois, ou s'il projetait de s'y rendre bientôt, ce Noël par exemple, ou plus tard pour célébrer une promotion ou un anniversaire de mariage.

« Désolé de vous avoir traîné jusqu'ici », a déclaré l'homme lorsqu'ils sont arrivés devant chez lui, une énorme bâtisse flanquée d'une tourelle. À travers une petite fenêtre illuminée, Clive a aperçu une jolie épouse en jean et en pull. L'homme lui a tendu un pourboire généreux. « À droite, à droite et à gauche et vous retrouverez l'autoroute », lui a-t-il dit. En voyant l'homme s'approcher de sa maison et sa jolie femme sortir sur le seuil et se hisser sur la pointe des pieds pour l'embrasser, Clive a senti une colère l'envahir, colère qu'il n'aimait pas et dont il ne voulait pas.

Il a pris à droite, à droite et à gauche mais il n'est pas arrivé sur l'autoroute ; et il n'a pas tardé à se perdre complètement. Il est passé devant un silo à grains près d'une grange, a longé un coteau où les sapins épousaient la courbe de la terre… Puis le ciel est devenu blanc. Sa première neige. Au début, les flocons fondaient dès qu'ils atteignaient son pare-brise, si bien qu'il les voyait à peine. Pour pisser et consulter une carte, il a fait une halte sur une aire de stationnement située près d'un étang entouré d'arbres et de collines. Il a uriné sur les gravillons du parking, puis a consulté une carte, en vain. (Une demi-heure plus tard, il tomberait miraculeusement sur une vieille femme promenant son chien, et elle lui indiquerait comment regagner l'autoroute.) Il s'est mis à neiger de plus belle. La légèreté des flocons le sidérait ; ils tombaient plus vite que n'aurait dû tomber une chose si aérienne. Il a regardé la neige fondre dans l'étang. Tandis qu'il contemplait les fins cristaux blancs, l'eau et les collines bleues au-delà, il a perçu sa propre tristesse s'étendre devant lui à l'instar du paysage, comme si la terre, fatiguée par le fardeau des secrets humains, reconnaissait sa souffrance. Soudain, les couleurs de son île lui ont paru plates et vulgaires, d'une beauté de pacotille. (Seule l'eau était vraiment belle. Les terres étaient arides et couvertes de broussailles grises. Les maisons en béton pullulaient dans les villes.)

La fille venait d'ici, ou d'un endroit semblable. Une de ces grosses maisons était peut-être la sienne. Debout sous la neige au milieu de nulle part, il s'est remémoré la saveur myrtille de ses lèvres. Il l'a revue danser ; levant les bras en l'air, son tee-shirt révélant cette cicatrice que l'on avait irrésistiblement envie de toucher. Il l'a entendue répéter toutes les choses négatives qu'elle avait dites à propos de là où elle vivait. Elle lui avait menti. Ils lui avaient tous menti. Tous ces vacanciers qui n'arrêtaient pas de dire à quel point son île était belle, à quel point il avait de la chance de vivre là, à quel point ils étaient jaloux. Que des conneries. Ils avaient *ça*.

Chaque saison à New York charriait son lot d'indignités. Les odeurs d'urine sur les trottoirs l'été. Les cadavres de parapluies débordant des poubelles durant les journées pluvieuses au début du printemps. À l'amorce de son deuxième hiver à New York, Clive avait ajouté cette saison à la liste des choses à endurer dans cette ville : le cliquetis du radiateur la nuit, les congères noires qui enlaidissaient les rues (ou plutôt qui en révélaient la laideur intrinsèque). Leur propriétaire chauffait mal l'immeuble. C'était illégal, mais tout l'était dans leur situation, donc que pouvaient-ils faire ? La douche n'était jamais vraiment chaude ; l'eau tiédissait, mais jamais assez pour le réchauffer, si bien qu'il redoutait de se laver comme on redoute quelque chose qui ne tient jamais ses promesses.

Les colocataires avaient changé. Seuls Ouss, Sachin et Charles étaient restés. Sachin était toujours aussi lunatique et Ouss toujours aussi candide ; il avait récemment été promu à la quincaillerie où il travaillait et était convaincu que son « heure arrivait enfin ». Les autres avaient déjà été remplacés une fois, deux fois, trois fois, par des hommes légèrement différents les uns des autres, même si ces différences importaient peu à Clive. Jean-François gardait dans la poche arrière de son jean une photo plastifiée de son père à Dessalines. Jean-François serait coincé à New York jusqu'à la mort de son père malade, car c'était lui qui payait les factures médicales. Au bout de quatre mois il avait été remplacé par Dennis, un célibataire qui avait envoyé assez argent à sa famille pour financer les mariages de ses sœurs, leurs maisons et les frais de scolarité de ses nièces et neveux. Il rentrait chez lui une fois par an, pour une semaine.

Clive commençait à se demander si Ouss n'avait pas eu raison le premier soir : cette existence temporaire avait sur eux beaucoup plus d'impact qu'ils ne pouvaient l'imaginer. Il avait songé à Hamid, un autre chauffeur de nuit qui se vantait volontiers de la réussite de ses quatre enfants au Pakistan, mais qui remettait toujours à l'année suivante leur arrivée aux États-Unis. Il avait songé à Neer, un chauffeur au visage poupin qui depuis des années rentrait passer le mois de décembre au Gujarat. Lorsque le mois de décembre était arrivé cette année-là, Neer avait continué de travailler et Clive lui avait demandé s'il prévoyait de rentrer chez lui plus tard. Neer lui avait répondu qu'il ne s'y rendrait pas cette année. Que se passait-il ? avait demandé Clive. Quelque chose n'allait pas ? Neer avait haussé les épaules et il n'avait pas eu besoin d'expliquer. Clive comprenait. La famille qui avait tant manqué à Neer, pour laquelle il trimait dans cette existence solitaire… cela faisait trop longtemps. Le bruit et le chahut des enfants de bonne heure le matin, les espoirs, désirs et déceptions d'une femme – ces choses le dépassaient désormais. Il s'était trop habitué à une vie dont il n'avait jamais voulu au départ mais à laquelle il ne pouvait plus renoncer. Clive avait envie de pleurer en voyant Neer fixant la télévision d'un regard impassible dans la salle du personnel, ou fumant une cigarette devant le dépôt après son service tandis que le soleil s'efforçait vainement de percer les nuages. Sara et sa grand-mère manquaient à Clive. La rude compagnie des femmes lui manquait. Il était déterminé à ne pas connaître le même sort que Neer. Il ne deviendrait pas comme ces hommes dont les familles étaient devenues trop difficiles à assumer, chose qu'on préfère abandonner plutôt que revendiquer. Et pourtant il sentait qu'il n'y échappait pas ; petit à petit, comme l'eau salée érode les rochers, les liens se délitaient. Il envoyait de l'argent à Sara tous les mois, mais il appelait de moins en moins souvent. Parfois, il demandait à parler à Bryan, mais parfois il n'essayait pas, même s'il entendait en fond sonore les petits rires de son fils devant un dessin animé.

Il ne pouvait jamais prédire quand cela se produirait, mais la vie de Bryan le submergeait de temps à autre. Lorsqu'il était coincé dans la circulation sur l'autoroute 87. Ou lorsqu'il avançait d'un pas lourd dans la neige sur la 47e rue. Soudain il se trouvait dans la cour d'Horatio Byrd ; invisible, il observait une bande de garçons (tous plus costauds que Bryan – dans son imagination, son fils était petit et délicat) qui le poussaient en le traitant de bâtard. Il voyait l'enfant se recroqueviller sur lui-même et pleurer. Puis Bryan se tournait et le regardait. Il n'était plus invisible. Son garçon courait vers lui et il prenait dans ses bras forts le petit corps haletant, serrait contre lui les larmes, la morve, la lèvre tremblante mais vaillante, et en cet instant il comprenait enfin à quoi servait sa trop grande carcasse : à faire sienne la souffrance de son fils.

Puis il revenait à lui : son taxi avançant au ralenti sur l'asphalte, la neige détrempant ses chaussures. Et il se sentait vide comme seul un père privé de son enfant peut se sentir. Il n'aurait jamais dû partir. Il aurait dû trouver un moyen de rester. À défaut de regagner la confiance de Sara, il aurait dû l'exiger, pour pouvoir rester sur l'île et vivre auprès de son fils. Non, il avait fait le bon choix. Sara avait besoin d'espace et de temps. Elle s'adoucirait un jour. Tout finirait par s'arranger. Et il se sentait mieux, sauf que parfois ce n'était pas le cas. Pouvait-on revenir en arrière lorsque père et fils n'étaient plus que des voix l'un pour l'autre ? Il n'arrivait jamais à décider, il y penserait pour le restant de ses jours : son départ était-il l'acte le plus courageux de sa vie, ou un énième exemple de sa lâcheté ?

Au lit le soir, il fermait les yeux et se transportait jusque chez lui. La maison de sa grand-mère, les rideaux blancs dans la cuisine et le laurier-rose dans le jardin. Les rues criblées de nids-de-poule, Mayfair, Gould, Princess Margaret et Underhill. La chèvre à trois pattes dans le jardin de Daphne Nelsen. Les falaises anonymes et secrètes de leurs virées nocturnes avec Keithley. Les beignets de lambis et la limonade au citron vert chez Perry's. La station-service sur George Street et les étangs salés avec leur odeur curieuse mais plaisante, et les fils à linge sur lesquels séchaient au soleil les uniformes scolaires. Les coins où, entre les immeubles, les collines et les broussailles on voyait étinceler la mer. La mer elle-même. Il s'asseyait sur le sable à Little Beach et contemplait l'eau. Il n'était pas seul. Il y avait sur la plage tous ceux qu'il avait connus – les vieux, les jeunes, les vivants, les morts. Comme lui, ils restaient immobiles, solennels, les yeux rivés vers l'océan, à attendre.

Attendre quoi ?

Puis il se mettait à neiger.

Durant le mois de janvier de sa troisième année à New York, il s'est arrêté faire le plein à la station Shell sur Hudson Street et un homme à la pompe voisine l'a interpellé, « Clive Richardson ? C'est bien toi ? »

Il a levé les yeux et s'est rendu compte après un moment d'hésitation que l'homme debout près d'une Range Rover était Ron Rawlins, qui était dans sa classe à Saint-X et qui était parti poursuivre ses études aux États-Unis. À l'école, Ron n'avait pas été très populaire ; tout le monde se moquait de lui à cause de son eczéma et de son acné. Il avait bonne mine à présent. Sa peau s'était arrangée et il portait un costume gris avec une cravate lavande.

« On m'avait dit que tu étais venu ici, et te voilà ! » s'est exclamé Ron.

Il percevait le poids de ce que taisait Ron : il avait sans aucun doute entendu parler de ce qui était arrivé à Clive depuis la dernière fois qu'ils s'étaient vus.

« Qu'est-ce que tu deviens ? a-t-il demandé à Ron.

— Je suis dans l'immobilier, a-t-il répondu, trop content de pouvoir aborder un autre sujet. Le marché explose en ce moment, mon frère. »

Comme Edwin et lui et leurs amis auraient ri et se seraient moqués de Ron s'il avait osé les appeler « mon frère » à l'époque.

« Tu sais que Berline est ici aussi, a ajouté Ron.

— Bery ?

— Je lui ai trouvé un boulot chez l'opticien où travaille ma copine. Elle met de l'argent de côté pour s'inscrire dans une école d'art. »

Clive s'est efforcé de sourire.

« Hé, bravo, tu t'en sors honnêtement ici, a poursuivi Ron en désignant le taxi. Continue comme ça. » Il a sorti son portefeuille et a tendu une carte de visite à Clive. « Si tu as besoin de quoi que ce soit, appelle-moi. »

Tôt le lendemain matin, en rentrant dans l'appartement, Clive a allumé la lumière et Sachin a bondi du canapé.

« Putain ! Tu vois pas que je dors ? a crié Sachin, les yeux exorbités. Ivre.

— Désolé, je savais pas que tu étais là. »

Sachin a écarté les bras. « Eh bien, je suis là. Trev me rend dingue. Je ne supporte pas de dormir en entendant respirer ce bouffon.

— Désolé », a répété Clive avant de filer dans sa chambre. Il avait besoin de pisser, mais il n'avait pas envie d'affronter Sachin à nouveau, donc il s'est soulagé dans un gobelet Big Gulp de la veille, son urine se mêlant au fond de Coca-Cola éventé. Il s'est allongé et, bien que fatigué, n'a pas pu s'endormir. Il imaginait Ron Rawlins, sa copine et Bery assis tous les trois dans un restaurant. Ron enlaçait d'un bras sa copine, qui était petite, jolie, américaine. « Tu ne devineras jamais qui j'ai croisé aujourd'hui », dirait-il à Bery en trempant une frite dans du ketchup avant de l'avaler. Après quoi, Bery et Ron raconteraient à la petite amie qui était Clive : enfant illégitime, drogue, prison, la fille. Puis Bery ricanerait. « Vous savez, il m'a flanqué un coup de poing en pleine poire une fois », dirait-elle sans prendre la peine d'expliquer les circonstances.

En février, Charles, son colocataire, est rentré à Saint-Thomas. Trois jours plus tard, leur propriétaire est venu avec celui qui le remplacerait. Fazil était un homme petit ; ses membres lui donnaient des airs de mante religieuse, et il avait une barbichette teinte au henné. Beaucoup plus âgé que les autres, la cinquantaine au moins, il était quasiment toujours silencieux. Il priait cinq fois par jour, ce qui plaisait à Clive, même si celui-ci ne s'intéressait pas à la religion. Pour lui, Fazil s'était abandonné à l'univers, ce qui semblait lui apporter sinon de la joie, du moins une certaine sérénité existentielle. Il avait la manie de se décrotter le nez et de balancer ce qu'il récoltait dans les coins de leur petite chambre, mais en dehors de cela il était très discret (complètement silencieux dans son sommeil, à tel point que Clive se demandait parfois s'il n'était pas mort) et extrêmement ordonné. Ainsi Clive acceptait ce seul défaut : c'était le prix à payer, et ça aurait pu être pire.

Peu de temps après l'arrivée de Fazil, Clive travaillait un lundi soir depuis une heure à peine lorsqu'il a dû s'arrêter sur Amsterdam pour vomir une mousse saumon sur une congère grise et dure. Il s'est senti si soudainement et violemment malade qu'il a dû ramener le taxi au dépôt, s'arrêtant encore à quelques reprises tant il avait mal au cœur, avant de se traîner jusque chez lui. C'était sans doute une indigestion ; tout irait mieux le lendemain soir, s'est-il dit. Au lieu de quoi, il s'est réveillé en nage et délirant de fièvre. La maladie a duré plusieurs jours. Fazil a installé son matelas contre le mur pour s'éloigner autant que possible. Ouss s'est occupé de lui lorsqu'il ne travaillait pas, lui apportant un bol de soupe, des médicaments et lui lavant ses draps à la laverie.

Une heure avant de tomber malade, Clive avait payé sa voiture pour la semaine, six cents dollars qu'il n'avait désormais aucune chance de récupérer. Lorsqu'il s'est enfin senti mieux, il s'est présenté au dépôt, mais Larry lui a annoncé qu'il avait trouvé un autre chauffeur pour reprendre son service. Il fallait attendre qu'une place se libère. Deux semaines ont passé.

Sara a téléphoné. « Je croyais que tu devais nous envoyer de l'argent la semaine dernière.

— Je suis fauché là, en ce moment.

— Eh bien, ici, en ce moment, ton fils grandit à vue d'œil et il a besoin de nouveaux polos, de nouveaux pantalons et de nouvelles chaussures.

— Tu crois que je ne sais pas tout ce qui te faut ? Tu n'arrêtes pas de me le répéter, alors ça va », a-t-il rétorqué.

Sara est restée silencieuse un instant. Il l'entendait respirer lentement, délibérément, dans le combiné.

« Il ne s'agit pas de toi ou moi. C'est pour ton fils. »

Il détestait lorsqu'elle disait *ton fils* en parlant de Bryan ; comme si Clive ne savait pas, comme s'il avait besoin qu'on le lui rappelle.

Il n'avait pas payé son loyer et il n'avait pas un sou. Leur propriétaire est venu dans l'appartement et lui a dit devant

Fazil, Trev et Sachin qu'il avait une semaine pour régler ce qu'il devait. Ce soir-là, il a sorti de son portefeuille la carte de visite de Ron Rawlins. Il s'est rendu à la cabine téléphonique la plus proche. Il a composé les premiers chiffres. Puis intérieurement, il a entendu la voix de Ron : *bravo*. Il a raccroché. Il a déchiré la carte en petits morceaux et a jeté le tout dans une poubelle au coin de la rue. Mieux valait s'en débarrasser.

Deux jours plus tard, il est rentré à l'appartement après avoir passé la journée à arpenter la ville en quête de panneaux « ICI ON RECRUTE », mais sa recherche avait été vaine. Il avait mal aux pieds. Assis dans le canapé, Sachin l'a regardé, ses yeux verts étincelants, et lui a lancé : « T'en as fait quoi ?

— Fait quoi de quoi ?

— Tu sais très bien de quoi je parle.

— S'il te plaît, Sachin. Je suis trop fatigué pour ça aujourd'hui. Si tu es fâché contre moi, dis-moi pourquoi et qu'on passe à autre chose.

— La peau de tes couilles, que je suis fâché. Ce matin j'avais quatre cents dollars dans une enveloppe sous mon matelas. Et ce soir, plus rien.

— Tu crois que c'est *moi* qui les ai pris ?

— Je sais que t'as pas payé le loyer.

— Mais je n'étais pas là. Je suis parti depuis ce matin.

— C'est ce que tu dis », a éructé Sachin.

Clive a entendu le bruit d'une clé dans la serrure. Fazil est entré. En les voyant figés l'un en face de l'autre, le petit homme a rentré la tête dans les épaules et s'est dépêché de rejoindre sa chambre.

« Je te donne une chance de te rattraper, Clive. Rends-moi ce que tu m'as pris et ça va aller.

— Je n'ai pas pris ton argent, Sachin. Comment veux-tu que je sache où tu le planques, pour commencer ? »

Sachin a frappé dans ses mains et a lâché un rire sombre et railleur. « Tu parles ! » Il était remonté à bloc, sa voix imprégnée d'une rage froide. « Clive, même toi tu pourrais trouver du fric planqué dans une chambre presque vide.

— Je ne sais pas quoi te dire d'autre, a murmuré Clive. Ça fait longtemps qu'on vit ensemble. Tu me connais. Tu sais que jamais je... » Il a entendu les lattes du parquet craquer dans sa chambre sous le poids léger du corps de Fazil s'allongeant sur son matelas, et il a compris. Le silencieux, le petit Fazil qui ne dérangeait jamais personne. Il savait aussi qu'il était inutile de l'accuser devant Sachin, qui ne le croirait pas tant sa colère l'aveuglait. « Jamais je ne ferais ça, a fini par dire Clive.

— Tu as jusqu'à demain soir. » Sachin est parti d'un pas lourd vers sa chambre et a refermé la porte derrière lui.

Il n'aurait pas dû jeter la carte de visite de Ron Rawlins. C'était exactement ce qu'il n'aurait pas dû faire. Comme d'habitude. Le lendemain soir, il est allé au Little Sweet. Il prévoyait d'y rester jusqu'à la fermeture, puis de traîner dehors jusqu'à deux ou trois heures du matin dans l'espoir que la colère de Sachin serait retombée, et qu'il dormirait dans sa chambre quand il rentrerait. Il a commandé son Pepper Pot et sa Carib, puis une autre bière, et encore une autre. Vincia a pincé les lèvres mais s'est abstenue de tout commentaire. La radio était allumée ; la station caribéenne locale diffusait un match de cricket, Barbados Pride contre les Leeward Island Hurricanes. À la sixième bière, il commençait à sentir sous ses doigts la pelouse du terrain aussi douce que du velours. Il a fermé les yeux et il a prié en silence pour se retrouver en les rouvrant dans la cuisine de sa grand-mère. Elle serait en train de laver les assiettes dans l'évier. Elle écraserait un moustique et ronchonnerait, et mon Dieu comme il serait heureux.

Lorsqu'il a ouvert les yeux, il était au Little Sweet, son assiette vide devant lui. Il a regardé dans la rue par la vitrine. Sachin se tenait sur le trottoir et le fixait.

Un après-midi quand il avait quatorze ans, durant la brève passion des garçons de son lycée pour la boxe, Clive avait pris un coup si violent dans les entrailles qu'il en avait eu le souffle coupé. Sa bouche s'était ouverte et refermée comme celle d'un poisson sur le sable pendant qu'il attendait ce qui lui avait paru une éternité de pouvoir respirer à nouveau. C'était Thomas Hinton qui l'avait estourbi cette fois-là, un garçon mignon et timide que les filles appréciaient et qui deviendrait le responsable des espaces verts dans l'un des hôtels de luxe au sud de l'île. Clive ne se souvenait que de l'intensité du coup. L'adrénaline lui avait évité toute douleur, et il s'était relevé sous les encouragements et les cris de ses copains, pour tenter de répliquer. Mais s'il n'avait pas eu mal, c'était principalement parce que Thomas était son ami. Tout comme Damien, Des et Don, et puisque c'étaient ses amis, son corps ne semblait pas croire à la dangerosité potentielle de leurs coups. Ces combats dans le jardin de Don ne faisaient jamais mal. C'était paradoxal : ils se frappaient mutuellement pour apprendre à manier la violence masculine, et pourtant chaque coup était fraternel ; ils le sentaient aussi clairement que le goût du sang qui perlait sur leurs lèvres fendues. C'est pourquoi ces séances ne l'avaient en rien préparé à ce qui en fin de compte s'est produit par une nuit glaciale de février à New York. Comme il l'a compris très vite après avoir quitté le Little Sweet et suivi Sachin sur un terrain vague en contournant un grillage (tessons de bouteille luisant comme de la gelée au clair de lune), ce n'était pas la puissance physique du coup qui rendait la chose si terrible, mais le mépris avec lequel on l'administrait.

Pourquoi avoir suivi Sachin ? C'est ce qu'il se demanderait par la suite, avachi contre la clôture, crachant du sang sur le trottoir, le visage meurtri et enflé. Il n'arrivait pas à se l'expliquer. Sachin sur le trottoir devant le Little Sweet l'avait fixé à travers la vitrine avec une telle froideur. D'un geste de l'index, il lui avait fait signe de sortir. Clive avait senti son corps se lever de sa chaise. Il avait eu le sentiment de marcher vers quelque chose qu'il essayait d'éviter depuis longtemps, car Sachin avait quelque chose à lui révéler sur lui-même : la vérité.

En arrivant sur le terrain vague, Sachin a trébuché sur le sol accidenté et a écarté les bras pour reprendre son équilibre. Il était très soûl. « C'est ta dernière chance », a-t-il marmonné. Sa voix était cassante, sarcastique, comme s'ils étaient tous deux dans une mauvaise farce, comme si sa propre colère lui semblait hautement comique.

« J'ai pas pris ton argent, putain », a grogné Clive, dents serrées. Il était soudain furieux, parce qu'il comprenait à présent que Sachin ne le croyait pas forcément coupable, mais que peu lui importait. Il le détestait, c'était tout.

Le premier coup n'a fait qu'effleurer la mâchoire de Clive. Sachin a tourné, emporté par son élan, avant de se replacer juste à temps pour prendre le poing de Clive en plein menton. Clive a entendu claquer les dents de Sachin et a vu sa tête partir à la renverse.

Eh bien, a pensé Clive, il avait donné sa chance à Sachin. Ce n'était pas sa faute si Sachin était trop ivre pour la mettre à profit. Il a fait demi-tour pour regagner le trottoir. Il était presque arrivé au grillage lorsqu'il a entendu des pas dans son dos. Sachin lui a sauté dessus. Un bras s'est enroulé autour de son cou, le creux du coude lui écrasant la trachée. Il est tombé par terre et Sachin a atterri sur lui. Clive a senti chaque coup : œil, gorge, menton. Il a finalement pu saisir la chemise de Sachin et le repousser. Sachin est tombé en arrière. Clive a entendu le bruit sec d'un crâne heurtant le béton.

La nuit était effroyablement silencieuse. Sachin gisait au sol, immobile. « Non, a murmuré Clive. Non, non, non. »

Puis Sachin a levé un bras. Jamais Clive ne s'était senti aussi soulagé. Sachin s'est frotté l'arrière de la tête et a examiné au clair de lune le sang sur sa paume. Il s'est dépêché de se relever pour foncer sur Clive. Clive s'est laissé rouer de coups, trop terrifié par ce qu'il venait de faire pour riposter.

Sachin s'est mis à rire. « Alors mon grand, t'as peur ? »

Il a frappé Clive dans le ventre. Celui-ci est resté immobile.

« Tu la sens, la colère ? Tu m'en veux, mon grand ? »

Les yeux clairs de Sachin ne quittaient pas Clive. C'était un père qui avait perdu son enfant ; sa perte lui conférait un pouvoir magique, et il perçait Clive à jour, il savait ce qu'il avait fait perdre à d'autres. Lorsque Sachin lui a donné un coup de pied cinglant dans l'entrejambe, Clive est tombé à genoux et a craché par terre. Le monde s'est mis à tanguer. Sachin lui a donné des coups de pied répétés dans les côtes comme pour déloger un pneu à plat récalcitrant. Il a frappé et frappé... en geignant, s'est rendu compte Clive. Ce son a perduré. Il semblait filtrer loin au-dessus de son corps, telle la voix de Dieu.

Puis des pas, incertains, s'éloignant. Une odeur fugace de myrtille lui a envahi les narines. Rires. Un dernier gémissement : celui de Sachin ? Le sien ? Celui d'Alison ? Là-dessus, Clive s'est laissé partir.

Il ne pouvait plus rester dans l'appartement. Ce n'était pas juste Sachin. Après cette nuit, il n'éprouvait plus que de la pitié à son égard : cet homme avait perdu sa famille pour toujours, et ses efforts incessants pour trouver un sens à son existence par la violence ne mèneraient à rien. Mais il détestait Fazil. (Qu'avait-il fait de l'argent volé ? se demandait Clive. Il s'imaginait des petits enfants au Guyana recevant un colis de Nike et de CD. Ou bien Fazil n'avait pas de famille dans son pays et il dépenserait l'argent pour lui, petit à petit ; il l'avait vu penché sur une grande part de gâteau à la framboise dans un café, raclant chaque miette dans son assiette.)

Ouss lui a prêté l'argent de son loyer en retard et de quoi payer la caution de son nouvel endroit. Il a trouvé un lit dans un appartement partagé par cinq colocataires à quelques pâtés de maisons de là. Peu de temps après, une place s'est libérée au dépôt et Clive a repris le travail début mars. C'était la première nuit douce de l'année, porteuse de promesses printanières. En terminant son service au matin, il a décidé de rentrer à pied. Il a traversé Manhattan, la 42e rue ; puis Times Square, qui était tellement vide qu'il a eu l'impression de l'avoir pour lui seul. En arrivant sur la 1re avenue, il a pris vers le sud. Il est passé devant les Nations unies, la ribambelle de drapeaux claquant dans le vent, puis devant les cités en brique du Lower East Side, silencieuses et faiblement éclairées à cette heure de la journée. Sur Delancey, il a gravi la voie piétonne pour traverser le Williamsburg Bridge, poussé par le vent d'ouest et frôlé de temps à autre par des cyclistes passant à toute allure. Au sommet du pont, il s'est arrêté pour contempler les gratte-ciel argentés de Manhattan et les façades marron de Brooklyn qui bordaient la rivière ; l'eau était d'une couleur riche et incertaine, comme si l'essence de la ville s'était concentrée dans ce bouillon sombre et étincelant, et il était là, au-dessus, à respirer tout cet air frais.

Les choses iraient mieux à présent. Il pourrait bientôt envoyer de l'argent à Sara et à sa grand-mère. Les plaies provoquées par la bagarre avec Sachin s'étaient cicatrisées. Il se sentait fort et vigoureux. Sur l'autre rive, il a pris le bus B44 jusqu'à Snyder. Alors qu'il arrivait, le téléphone a sonné. Il a décroché. C'était Sara.

« Je pensais à toi, justement, a-t-il dit.

— Ah ?

— J'ai recommencé à travailler. Ça va beaucoup mieux. Je vais t'envoyer de l'argent dans quelques jours. »

Elle a gardé le silence.

« Sara ?

— C'est merveilleux. » Elle a marqué une pause. « Je suis fière de toi, Clive. Je sais que ça n'a pas été facile de ton côté. » Des années plus tard, le souvenir de cette phrase suffirait à le faire pleurer. « Je t'appelle parce que j'ai quelque chose à te dire. » Sa voix n'était ni triste ni joyeuse.

« Qu'est-ce qui se passe, Sara ?

— Je me suis mariée. »

L'espace d'un instant, il est resté interloqué. « Tu t'es... Sara, tu-tu-tu...

— Oui, l'a-t-elle coupé. Je me suis mariée. La semaine dernière.

— Non.

— Je regrette, Clive.

— Tu aurais dû me le dire. Tu aurais pu me donner une chance de...

— De quoi ? D'essayer de m'arrêter ? Je regrette, Clive, mais je ne pouvais plus continuer comme ça. Je suis là depuis tout ce temps à élever seule notre fils.

— Pendant que je trime pour cet enfant.

— Et pour moi c'était comment à ton avis ? Ce n'est pas toi qui affrontes le regard des autres quand tu vas faire tes courses.

— S'il te plaît, Sara. Écoute-moi. Je t'aime. Je...

— Je me suis mariée avec Edwin, a-t-elle dit. Tu m'entends ? Avec Edwin. » Sa voix semblait incrédule, comme si elle avait du mal à croire ses propres mots. « Je me suis mariée avec Edwin. »

Bery Wilson, sculptrice. C'est ce qui est indiqué sur ma carte de visite. Par les temps qui courent, les actrices veulent être des acteurs, les serveuses des serveurs. Mais je suis une femme et je veux que tous ceux qui voient mon travail le sachent. Mes amis artistes se moquent de moi quand ils voient ma carte. Ils trouvent ça vulgaire, comme si j'étais un électricien ou un comptable qui propose ses services. Mais je gagne ma vie en faisant ce que j'aime, et je veux que le monde le sache aussi.

Quand j'avais une vingtaine d'années, j'arrivais tout juste à New York, mon histoire d'amour avec la ville ne faisait que commencer et je trouvais mon matériel dans les rues : des roues de vélo voilées, des parpaings, des plumes de pigeon, beaucoup de métaux. Mes dernières pièces sont différentes. Maintenant que je suis adulte, je fais renaître les espaces de ma jeunesse.

Jour des poubelles a été montré l'année dernière dans un minisquare du West Village. Si vous ne venez pas d'où je viens, vous n'y voyez qu'une sculpture faite d'objets mis au rebut, mais tous ceux qui viennent de chez moi repèrent le flacon de Maggi, le paquet de Sazón Goya, les emballages de savon Ivory et de crackers Crix, les bouteilles de D&G à l'ananas, de Vita Malt et la boîte de Nestlé Klim, et comprennent qu'il s'agit en vérité d'une lettre d'amour.

Les Collégiennes ont été installées devant le Adam Clayton Powell Building dans Harlem voici quelques années. Un cercle de filles en paille et plâtre avec des jupes et des chemisiers peints en marron et rose. À l'opposé de la place se trouvait une autre fille, seule, qui se retournait pour lancer un regard méprisant aux autres. Cette installation est restée en place de novembre à mars. La détérioration des matériaux au fil de l'hiver faisait partie intégrante du projet dès sa création. J'y allais souvent pour voir comment les gens interagissaient avec mon travail. Presque personne ne remarquait la fille seule. Je l'observais, comme clouée sur place. Je regardais la neige s'accumuler sur ses épaules, les pigeons picorer la paille dont elle était faite, la pluie glacée cingler ses yeux grands ouverts. J'avais envie de la ramener à la maison, de lui faire du thé à la cannelle et de lui dire, *Attends, tu vas voir.*

La Femme de Faraway sera mon nouveau projet, sur Governors Island. Je n'ai fait que quelques croquis jusqu'à présent, mais je sais qu'elle sera gigantesque. Une femme de près de quatre mètres de haut, avec de longs cheveux noirs de presque deux mètres et des hanches aussi larges que des troncs d'arbres. Des pieds fourchus. Je veux que les gens tombent amoureux d'elle. Je veux qu'ils en fassent des cauchemars la nuit.

Quand cette fille est morte sur Faraway, j'ai tout de suite compris que c'était la femme qui l'avait prise. On aurait pu croire que je mettrais ça sur le compte de Gégé Richardson, étant donné qu'il m'avait cognée tellement fort une fois que je me suis retrouvée par terre. Mais je n'ai pas pensé à ça quand j'ai entendu dire qu'avec Edwin ils s'étaient fait arrêter. Au contraire, j'ai pensé à un matin bien des années plus tôt, le jour de la rentrée en CE1, quand, à cause de son terrible bégaiement, Gégé a failli se pisser dessus devant toute la classe. J'ai éprouvé une telle rage contre lui à ce moment-là. Parce qu'il n'avait rien fait pour éviter de se faire humilier comme ça. Parce qu'il n'arrivait pas à *trouver sa place*, tout simplement. Je sais, je sais. Personne n'est à l'abri de ses contradictions. Maintenant j'ai l'impression de n'avoir été que rage pendant des années. Elle frémissait sous ma peau, craquait entre mes dents. Je l'aurais suivie n'importe où.

STARLIGHT

Plus l'hiver dure, plus on a l'impression qu'il a toujours fait froid et qu'il ne fera plus jamais chaud. Les arbres semblent morts, tout comme les autres objets sur les trottoirs de la ville : distributeurs de journaux, vélos abandonnés, bouches d'incendie (coiffées désormais d'une petite chapka de neige). Pendant la journée, la lumière semble filtrer à travers un torchon, et avant que l'après-midi touche à sa fin, le jour a déjà disparu ; et votre monde succombe au bleu crépusculaire de seize heures.

Lorsque j'essaie de me replonger dans cet hiver-là, de retrouver l'état psychique dans lequel j'étais durant ces longs mois gelés, je me rends compte que je ne peux plus le faire. Je parviens à me souvenir de cette période de l'extérieur, en me servant des choses que j'ai faites et dites pour reconstruire ce que j'ai dû ressentir. Mais je ne peux plus revivre ces souvenirs comme je le fais avec d'autres, plus anciens : boire un expresso avec tante Caroline place des Vosges, par exemple. Ma peau pelant dans les jours qui ont suivi la mort d'Alison. Bribes de *Day-O* : *Me say day me say day me say day*. Au mieux, j'arrive à décrire comment le monde autour de moi s'était transformé. Avant, comme pour la plupart des gens, la ville était pour moi un espace public où nous paissions dans des prairies de verre et d'acier. Et au-delà des gratte-ciel et de la cacophonie, l'endroit se caractérisait surtout par l'incroyable empathie requise pour faire face aux exigences tous azimuts : se frayer un chemin dans le métro à Times Square, zigzaguer entre les touristes traînant leurs valises et les banquiers en costume, frôler les vendeurs de churros, de vinyles, de Dieu, contourner les jeunes qui font des saltos sur le carrelage et se faufiler dans une rame si pleine à craquer qu'on a du mal à respirer. Et tout ceci en sachant que chacune de ces personnes mène une existence aussi complexe que la vôtre, que nous ne sommes que des figurants dans leur vie. N'est-ce pas là la quintessence de la vie urbaine ? Mais durant ces mois, c'était différent. Je ne naviguais plus dans un dédale ouvert à tous mais dans un domaine privé, un endroit créé pour moi et pour ce qui se déroulait dans ma vie. New York était devenu un arrière-plan d'immeubles, de camions de livraison, de gens promenant leurs chiens, d'enfants en trottinette, devant lequel j'interprétais ma vie. Peu m'importait ce qu'on pensait de moi, car les gens ne me semblaient pas entièrement réels. Dans le métro je me rongeais les ongles sans vergogne ; je traçais des mots dans le vide sans prendre la peine de me cacher.

La signification du pèlerinage de Clive jusqu'à Manhattan Beach était évidente. Il commémorait la mort d'Alison. Cela faisait des mois que je m'étais introduite dans son existence, et je savais qu'il était temps de passer à la phase suivante. De deux choses l'une : soit j'avais gagné sa confiance, soit ce n'était pas le cas ; il fallait que je sache à quoi m'en tenir. Chaque soir avant de pénétrer dans le Little Sweet, je me promettais de le pousser à révéler les secrets de son passé. Mais je me leurrais ; je ne croyais guère à ces promesses. Je me plaignais de la tour hideuse qui s'élevait sur la 57e rue. Nous râlions après la ville qui n'avait pas su déblayer correctement la neige après la dernière tempête. Clive m'expliquait les règles du cricket et l'histoire tumultueuse – mâtinée de honte et de gloire – des Windies, la sélection caribéenne. Sur le chemin du retour, je me reprochais ma couardise, même si je savais qu'au fond ce n'était pas la couardise qui m'avait retenue, mais une chose que je ne saisirais que beaucoup plus tard. En vérité, j'avais oublié pourquoi je passais autant de temps avec Clive Richardson. L'hiver, ces soirées, cet homme s'étiraient encore et encore. Je n'en voyais pas la fin.

Ce qui s'est produit ensuite était inévitable, j'imagine. Un mardi au début du mois de février, j'ai appelé au bureau pour dire que j'étais malade. Clive ne travaillait pas le mardi, et j'ai passé la journée à le suivre dans ses allées et venues. Le lendemain matin en arrivant au travail, ma cheffe m'a fait venir dans son bureau. Je me suis assise face à elle et elle m'a parlé des événements de la veille. Astrid Teague était venue pour une réunion marketing. Alors qu'elle allait partir, il s'était mis à pleuvoir, mais elle n'avait pas de parapluie. Ma cheffe l'avait emmenée jusque dans mon box dans l'espoir de lui en prêter un, et dans mon casier, parmi un tas de Tupperware sales, elles avaient découvert la pile d'exemplaires de *La Fille de Pendeen* que je n'avais jamais envoyés, ainsi que le manuscrit du premier roman auquel je n'avais pas touché, et que ma cheffe allait désormais devoir se dépêcher d'éditer elle-même.

Elle m'a ordonné de faire mes cartons. Ce que je me suis empressée de faire. J'ai ôté les punaises qui depuis trois ans fixaient au mur mes souvenirs et photographies. J'ai rassemblé les affaires de mon casier. Tout le monde était très silencieux autour de moi. Mes collègues évitaient mon box, sauf les quelques-uns qui mettaient un point d'honneur à me jeter des coups d'œil compatissants en passant dans le couloir. C'est alors que j'ai compris, je crois, qu'à poursuivre ainsi la vérité, j'allais perdre des choses de manière irrémédiable, que ma vie allait dérailler et que je risquais de ne pas m'en remettre.

Je ne pouvais pas dire à mes parents que je m'étais fait renvoyer. Comment diable le leur aurais-je expliqué ? Je ne pouvais pas le dire à Jackie. Elle m'avait laissée tomber. Il n'y avait pas eu de texto ni aucune tentative d'intervention depuis le matin où je l'avais laissée en plan devant mon appartement. La seule personne à laquelle je pouvais parler, c'était Clive. Ce soir-là, lorsque je lui ai annoncé que j'avais perdu mon travail, il m'a réconfortée avec les phrases habituelles. Ça arrive à tout le monde à un moment ou un autre. Tu vas trouver autre chose. Et le bouquet final : « Tout finit toujours par s'arranger.

— Ne me dis pas que tu crois ça, quand même », ai-je dit.

Il a incliné la tête. « Non, j'imagine. » Il a froncé les sourcils et a ri doucement.

J'ai commencé à pleurer, des larmes à la fois sincères et complètement mises en scène. « Qu'est-ce que je vais *faire* ? » J'ai tendu la main, et il l'a prise dans la sienne. Il a caressé l'intérieur de mon poignet du bout des doigts. Nos regards se sont croisés et la même question semblait les habiter. Je me suis penchée vers lui. J'ai fermé les paupières.

Il est impossible de dire si j'agissais par stratégie ou par désir. Ces deux possibilités étaient désormais inextricables. J'avais atteint un niveau de contradiction qui me semble désormais invivable, mais dont je n'étais à l'époque que très vaguement consciente : simultanément et viscéralement j'avais confiance et pas confiance en Clive Richardson. Je l'aimais et le haïssais. Je voulais le détruire et j'étais terrifiée à l'idée de le perdre.

Clive a lâché ma main. Il s'est écarté de moi.

« Désolée », ai-je soufflé.

Il a regardé par terre, la télévision, la table, m'évitant soigneusement.

« La vache, je suis carrément à côté de la plaque, ai-je dit en essuyant mes larmes. On peut faire comme si rien ne s'était passé ? » J'ai tenté de sourire.

« Pardon si je... » Son regard s'est arrêté sur ma main. Que j'ai aussitôt cachée sous la table. « J'ai une crampe. » Sans m'en rendre compte, j'étais en train d'écrire dans l'air, *R-i-e-n. R-i-e-n. R-i-e-n.* Il m'a fixée avec méfiance, et j'ai eu honte.

« Je crois qu'on devrait boire un coup », ai-je décrété, avant de me lever et d'aller au comptoir pour commander deux cannettes de Carib.

Quand je me suis retournée pour regagner notre table, Clive avait disparu.

Il n'était pas là le lendemain soir, ni le surlendemain. Je me suis installée au Little Sweet seule, et j'ai traîné jusqu'à la fermeture, au cas où il ferait son apparition. Le quatrième soir, je me suis mise à paniquer. J'étais allée trop loin ; l'expression de mon intimité l'avait fait fuir, alors que j'avais espéré le rapprocher de moi.

« Ça fait un moment qu'on ne voit plus Clive », ai-je dit en passant à Vincia le cinquième soir. Elle a pincé les lèvres et a continué de servir du riz dans une assiette. « Il est parti en voyage, ou quoi ?

— S'il ne vous l'a pas dit, c'est que ce n'est pas votre affaire. »

Après ça, j'ai cessé d'entrer dans le Little Sweet. Je passais des heures à arpenter les rues le soir, passant plusieurs fois devant son immeuble pour voir s'il en sortirait, ce qui n'était jamais le cas. De retour chez moi, j'occupais toute la nuit l'espace entre veille et sommeil, et au matin je ne savais même plus si j'avais fermé l'œil. Je n'avais rien à faire de la journée. Je me suis replongée dans les journaux d'Alison, cherchant dans sa voix le chemin à emprunter. J'ai erré dans les rues de Manhattan, scrutant chaque taxi en quête du visage de Clive.

Les jours sans lui se sont succédé, et une vision de celle que j'étais en train de devenir s'est formée dans mon esprit.

Je n'étais finalement plus une des jeunes personnes prometteuses de la ville ; je faisais partie des invisibles. Vous savez de quel genre de personne je parle. Vous me voyez dans la chaleur de l'été monter les escaliers du métro, ou les descendre l'hiver chargée de sacs de courses. Vous voyez ma parka marron, qui n'est plus utile mais activement – intentionnellement, même, vous semble-t-il – moche ; et si vous avez une vie remplie et trépidante, vous ne pouvez même pas comprendre la logique derrière ce choix vestimentaire, ni quel genre de personne adopterait une telle logique. Vous ne pouvez que ressentir de la pitié, mais également une pointe d'agacement : tous ces gens seuls qui encombrent le monde, qui vous obligent à les voir alors que vous voulez seulement prendre le métro pour rentrer chez vous, faire face à vos propres problèmes et vous adonner à vos propres petits plaisirs. Ne le méritez-vous pas ? Bien sûr que si.

Une semaine plus tard, en voyant à travers les flocons de neige Clive assis à sa table habituelle au Little Sweet, j'ai pensé que j'hallucinais. Il a levé les yeux, m'a repérée sur le trottoir, a souri et m'a fait signe.

« Tu étais parti, ai-je dit en reprenant ma place en face de lui.

— J'avais deux ou trois trucs à régler. Je t'ai manqué ? a-t-il demandé en plaisantant.

— Tu n'as même pas idée.

— Tu as entendu parler de l'exhibitionniste sur la J ?

— Il y a toujours quelque chose qui cloche sur la J, pas vrai ? »

Et nous avons tout simplement repris le cours normal de nos conversations. Un coyote avait été aperçu dans Hamilton Heights. Apparemment, il avait trouvé un reste de poulet dans une poubelle. À cause d'une valise Mickey Mouse abandonnée, Times Square avait été évacué et la circulation perturbée tout l'après-midi.

Après avoir fini de manger, il a proposé d'aller faire un tour. Le boucher halal. La boulangerie. L'étal de fruits (KUMQUATS FRAIS !). La quincaillerie. La librairie. (*La mère couche ses enfants. Il attend le bus. Ils se disent au revoir.*) Quel soulagement de revoir tous ces endroits en compagnie de Clive. Nous sommes passés devant un banc et nous y sommes assis. Il faisait un froid de canard. Nos respirations se condensaient dans l'air. Clive m'a dit qu'il avait entendu à la radio que le canal Gowanus avait gelé.

« Maintenant on sait à quelle température gèle ce putain de canal », ai-je remarqué.

Il a ri. Puis il a pris un air sérieux. « Il y a quelque chose que je voulais te dire, Emily. Si je ne le fais pas maintenant, j'ai peur de ne jamais le faire. »

J'ai senti mon cœur se serrer. « Oui ?

— C'est à propos de ce que tu as dit le soir de Noël. Sur les secrets que nous portons. Je crois que je suis prêt. J'ai envie de t'en parler. Je veux qu'on s'en parle tous les deux.

— Moi aussi », ai-je murmuré, comme si en parlant trop fort je courais le risque de faire voler en éclats ce moment. Mes yeux se sont emplis de larmes. *Bravo, Clairon.* « Moi aussi, vraiment.

— J'ai confiance en toi. Je sais que tu ne me ferais jamais de mal.

— Jamais.

— Mais j'ai peur, a-t-il poursuivi. Ce que j'ai à te dire n'est pas facile pour moi. Et si tu commençais ? Avec ce qui t'est arrivé à… comment ça s'appelle déjà, la ville d'où tu viens ?

— Starlight.

— Où tu patinais tout le temps sur la rivière Wabash. »

J'ai opiné du chef.

« Tu mens, Emily.

— Comment ça ?

— J'ai vérifié. La rivière Wabash ne traverse pas Starlight. Elle est à l'autre bout de l'Indiana. »

J'ai baissé les yeux. Des flocons de neige s'étaient accumulés sur mes genoux, et je les ai automatiquement enlevés. « Je regrette, ai-je soufflé. Ça fait des semaines que je voulais être honnête avec toi. Des mois en fait. En vérité, je viens de Californie. De Pasadena. C'est là que j'ai grandi. Il faut que tu me comprennes. Quand je t'ai parlé le premier soir, je ne savais pas du tout que tu ferais partie de ma vie comme tu en fais partie aujourd'hui. »

Il a gardé le silence.

« Je regrette, et c'est vrai. Mais je t'ai dit que j'avais des secrets. Parfois je raconte aux gens que je viens d'un endroit quand je viens d'un autre. C'est si important que ça ? Tu vas me dire que tout ce que tu m'as raconté jusqu'à présent est l'absolue vérité ? »

Il a secoué la tête.

« Je t'en prie, ne sois pas en colère contre moi. On peut encore se raconter nos secrets, comme tu as dit. Tu me pardonnes ? »

Il m'a regardée droit dans les yeux. « Qui dois-je pardonner ? Emily, ou Claire ? »

Parfois je ferme les yeux et je recommence au début. Je marche sur la plage. Le sable est doux sous mes pieds. L'eau est aigue-marine, une merveille, et pourtant lorsque je la prends dans mes mains elle est transparente, le plus grand des mystères. Ma main est dans la sienne. Je vois les taches de rousseur abricot qui parsèment sa peau laiteuse, son chignon décoiffé maintenu par un élastique jaune, la tunique blanche, flottante, qui dissimule son secret. Elle baisse les yeux vers moi et me sourit. Elle est à moi, ma magnifique sœur qui n'existe que pour recevoir et me rendre mon amour.

Bizarrement, je comprends que si j'arrive à faire vivre assez longtemps ce moment dans mon esprit, si seulement je parviens à m'en imprégner, nous pourrons toutes deux nous détacher du monde. Je pourrai, grâce à ma seule volonté, oblitérer l'avenir et vivre avec ma sœur dans cet instant pour toujours, la mer bleue s'étalant devant nous tandis que nous marchons sur le sable chaud et que les rochers noirs reculent au fur et à mesure que nous nous approchons – si bien que nous ne les atteignons jamais. Je peux rester là jusqu'à ce que le monde m'oublie.

Mais je n'y arrive pas vraiment. En fin de compte, je laisse toujours le monde reprendre ses droits. Je pourrais avoir tout ce que je désire, mais je gâche tout. Je gâche toujours tout.

« Comment tu as deviné ? »

La neige continuait de tomber. De la vapeur s'échappait d'une bouche d'aération dans la rue. Pour rester dans l'instant, je fixais le point de rencontre où la neige se fondait dans la vapeur.

« Le truc que tu as fait. » Il a dessiné quelque chose dans l'air avec son doigt. « Tu le faisais à l'époque aussi.

— Je n'ai jamais pu m'en empêcher », ai-je dit doucement. J'ai écrasé un flocon de neige sur mon manteau, qui a aussitôt fondu sous mon doigt.

« Un soir, il y a quelques mois, je rentrais à la maison et j'ai cru entendre... tu m'as suivi ? C'est toi qui as crié mon nom ? » Il s'est mordillé la lèvre en scrutant le trottoir, comme ébahi par ce qu'il venait de me demander. Puis il m'a regardée avec un espoir si résigné que l'espace d'un instant j'ai eu envie de pouvoir lui répondre sans avoir à mentir que ce n'était pas moi.

J'ai à nouveau regardé le trottoir. « Oui. »

Il a secoué la tête. « J'ai cru devenir fou. » Son regard se perdait dans le ciel – la neige, la nuit mordante de février –, et j'ai compris que ces mots ne m'étaient pas destinés. Il parlait à quelqu'un d'autre.

« Je ne sais pas quoi dire.

— Je suis sûr que tu vas trouver. Tu trouves toujours des trucs à dire. Ça ne t'a pas posé de problèmes pendant toutes ces soirées. J'espère que tu t'es bien amusée.

— Non.

— Tu parles, a-t-il chuchoté.

— Tu crois que j'ai *voulu* faire ça ? J'ai tout laissé tomber. Tout ce que je voulais, c'était la vérité. Pour Alison.

— Pour Alison », a-t-il répété. Il me semblait que son esprit était loin de moi, rattaché par un fil on ne peut plus ténu à ce banc sur ce trottoir avec moi. Il a regardé autour de lui : les vitrines de l'autre côté de la rue, la neige sur le trottoir, le ciel noir au-dessus de nos têtes. « Putain ! » a-t-il crié en tapant du poing dans sa paume ouverte. Son cri a résonné dans la rue déserte.

« Je vais y aller », ai-je dit. Je me suis levée. « J'y vais. »

Il m'a saisi le bras. « Assieds-toi.

— Je suis désolée. Je n'aurais pas dû...

— Assieds-toi.

— S'il te plaît, laisse-moi partir. S'il te plaît ne me...

— Ne me *quoi* ?

— Je suis désolée. Je voulais juste...

— La vérité, *Clairon* ? »

J'ai acquiescé.

« La vérité, c'est que t'es une vraie tarée.

— Je sais, ai-je chuchoté.

— Exactement comme ta sœur.

— S'il te plaît, arrête.

— La vérité, c'est qu'Alison a détruit ma vie. Et d'après ce que je vois, elle a détruit la tienne aussi.

— S'il te plaît, laisse-moi partir.

— Non. Tu veux la vérité, Claire, eh bien tu l'auras. Tu vas rester assise et tu vas écouter chaque mot. Et ensuite, je ne veux plus jamais te revoir. »

LA FILLE

Chaque semaine il y a une fille. Chaque semaine, elle est jolie. Parfois, elle est grande, parfois petite, parfois ses cheveux sont blonds et soyeux, parfois roux et bouclés. Elle a de gros seins, ou des piqûres de moustique, peu lui importe. Mais il a un faible pour les taches de rousseur.

Il choisit celle-ci tout de suite. Je vois la chose se faire. Elle marche d'un pas léger sur le sable jusqu'au terrain de volley, et en arrivant, elle ôte sa tunique. J'étais un peu loin, mais je l'ai vu. Il s'est figé. J'ai suivi son regard jusqu'au ventre de la fille. Elle avait une grosse cicatrice rose. Edwin et moi étions copains depuis le CE1. Je sais comment il pense, comment il fonctionne. Il les aime quand leur beauté n'est pas parfaite. Il la choisit à ce moment-là. Je le sais avant lui.

Sur la touche, la petite sœur pâle de la fille regarde. Elle fait un truc bizarre avec son doigt, elle le bouge dans l'air. Elle est en train de prendre un coup de soleil, mais ce n'est pas à moi de le dire.

Après le travail, on fume avec Edwin sur le parking. On compte nos pourboires sur le capot de la voiture d'Edwin. Moi, vingt dollars. Edwin, trente-quatre.

« Comme d'hab, je fais.

— J'arrête pas de te le dire. Tu es trop sérieux. *Oui, monsieur. Oui, madame.* Faut être pote avec les Amerloques. »

Il a raison, et alors ? Lorsque j'essaie de faire la conversation, les clients me regardent de travers. Lorsque Edwin dit à une femme qu'elle est ravissante, le mari sourit, ravi d'entendre que sa femme est belle. Lorsque je fais la même chose, le mari pense que ça ne me regarde pas, si sa femme est belle. Je n'arrive pas à être comme Edwin. Mais je suis poli. Je suis efficace. Certains jours, en tout cas.

Après, je pars à vélo chez Sara voir mon fils. Je trouve Sara sur le seuil de la porte avec Bryan dans les bras, l'air contrarié. Agatha est sur le canapé dans le salon, à se gratter le cuir chevelu.

« Tu es en retard », me lance Sara. Ce qui m'énerve, même si elle a raison : je suis en retard.

Elle essaie de me donner Bryan, mais mon fils s'accroche à sa mère. Lorsque je finis par le prendre, il pleure. Je caresse ses cheveux bouclés. Mon fils est beau, et je ne le dis pas parce que c'est le mien. Ses boucles sont étincelantes. « Allez, allez, mon petit gars », je lui dis.

Le lendemain matin on me réveille en frappant violemment à la porte de ma chambre, comme d'habitude. Grand-mère.

« Ça va pas ou quoi ? T'es en retard ! »

Quelle emmerdeuse.

Je ne dis pas ça. Je me lève et titube jusqu'aux toilettes. Quelle tristesse, lorsque la plus grande satisfaction d'un homme c'est de pisser le matin au réveil. Mais c'est un tel soulagement. Ça fait tellement de bien. Ç'aurait pu être le contraire. Dieu aurait pu décider de créer un monde dans lequel les bonnes choses feraient mal. Pisser, manger, baiser. Cela dit, il nous aurait peut-être rendu service.

Je file sur Mayfair à vélo pour aller travailler. J'ai la gueule de bois, comme d'habitude, après avoir traîné la veille chez Paulette's. Mon vélo est vieux, rouillé et grince à chaque coup de pédale. Lorsque des voitures me dépassent, elles soulèvent des nuages de poussière et je retiens mon souffle. Mais à cette heure-ci, les rues sont plutôt tranquilles. On entend seulement les coqs, des femmes qui balaient et des dessins animés émanant des maisons. Je suis grand ; mon vélo est petit. Je suis toujours partagé par rapport à ce trajet. D'un côté, j'ai honte, mais de l'autre, c'est tellement apaisant. Lorsque je pars, si je ne suis pas trop en retard, le ciel est encore d'un bleu légèrement fumé, comme quelque chose de lointain. Tandis que je pédale, il prend une couleur coquille d'huître. La brise est encore fraîche. Les chiens se réveillent. Parfois, le clébard noir efflanqué au ventre blanc trottine à mes côtés. Le matin à cette heure-ci, ça me rappelle l'église, quand j'y allais.

Lorsque j'arrive devant le magasin du père d'Arthur, je sais que je me rapproche. Je passe devant la station-service sur George Street où Keithley travaillait, devant la chèvre à trois pattes attachée à un piquet dans le jardin de Daphne Nelsen, devant la clinique où les homosexuels se font soigner. Devant le marchand d'uniformes scolaires – rose, pour Horatio Byrd, jaune pour All Saints, bleu pour Sir Northcote. Devant les broussailles derrière lesquelles se cachent les falaises anonymes. Devant la maison où mon père est né. Qui est abandonnée maintenant. Le toit a disparu depuis belle lurette. Les poules picorent devant. Je gravis une colline et l'océan surgit, une couleur que nul ne peut décrire. Damien m'a raconté que d'après la science, l'homme vient de la mer : nous avons d'abord été des lézards avec de la fourrure ou un truc comme ça, et ce n'est que récemment que nous avons quitté l'eau pour vivre sur terre. C'est peut-être pour cette raison que la mer est comme une maison dans un rêve, une maison dans laquelle on veut désespérément entrer, sans savoir où est la porte.

L'Indigo Bay est le dernier hôtel sur Mayfair Road. Lorsque je le regarde, je vois les bâtiments blancs et le sable immaculé, mais je vois aussi comment c'était lorsque nous étions petits, avec des jujubiers sauvages, des seringues, des préservatifs dans les algues, et les homosexuels qui aimaient cet endroit. Il y avait tellement de mouches de sable et ça puait tellement que personne ne les embêtait. Enfin, personne à part nous.

Les matins se suivent et se ressemblent. Edwin et moi sortons les transats et les disposons en croissant sur la plage. Ensuite, les coussins que je transporte quatre par quatre sur mon épaule. Et enfin, les parasols. Peu de temps après, les lève-tôt arrivent. À neuf heures, la plage est pleine. Ensuite, c'est l'heure des serviettes, des bouteilles d'eau, l'heure d'ajuster un parasol, de tirer un transat, de changer les serviettes, de rapporter de l'eau fraîche et ainsi de suite, pendant toute la matinée. Aujourd'hui, un homme avec des dauphins sur son short de bain et une jolie femme asiatique commande une Red Stripe.

« *Peace*, frère », fait Edwin lorsqu'il voit la bouteille sur mon plateau. Pour lui, tous ces Amerloques qui se commandent des Red Stripe ici, c'est débile. Mais la Jamaïque n'est pas si loin. Je les comprends. Plus tard, Edwin bavardera avec ce débilo d'Amerloque pour voir s'il y a d'autres choses qu'il aime. Les touristes qui commandent une boisson alcoolisée dès le matin sont souvent de bons clients pour lui.

Lorsque je lui apporte sa bière, l'homme plonge la main dans la poche de son short de bain, en sort un billet de cinq dollars et dit, « Buvez-en une aussi. » Il sourit.

« Merci, monsieur », je réponds. Il sourit déjà un peu moins. Il voudrait que je bavarde avec lui, mais les bavardages, c'est Edwin qui s'y connaît.

Midi, le papa de la fille me demande où mangent les gens d'ici. Je suis content qu'il me pose la question à moi et non à Edwin. Edwin déteste que les clients lui demandent des recommandations en matière de cuisine authentique.

Quelques semaines plus tôt, on a eu quelqu'un qui n'a commandé pour déjeuner durant toute la semaine que des caris de chèvre et des fricassées de lambis.

« Quel con, m'a lancé Edwin un jour après avoir pris la commande de l'homme en question.

— La semaine dernière tu as dit la même chose d'une dame qui ne mangeait que des hamburgers et de la pizza. Qu'est-ce que tu veux qu'ils mangent ? Ils sont toujours perdants avec toi. » Je pensais pour une fois l'avoir coincé.

Il a haussé les épaules. « Peut-être bien. Qu'est-ce que j'en ai à foutre ?

— Pas grand-chose, j'imagine. » J'ai levé les yeux au ciel.

Il a ricané. « Gégé, man, t'es tellement gentil, ça va te jouer des tours un de ces quatre. »

Quand il prend sa pause derrière les rochers au bout de la plage, je la vois partir d'un pas léger sur le sable pour le rejoindre.

Ce boulot n'est pas si mal. Les Amerloques qui vont chez Papa Mango's et descendent dans les hôtels près du Basin et achètent des trucs dans Hibiscus Harbour, là où font escale les bateaux de croisière, se comportent comme des têtes couronnées parce qu'ils se sont offert un séjour à tarif réduit dans les Caraïbes. Les clients ici sont tellement riches qu'ils n'ont rien à prouver. Ils sont polis, la plupart du temps. Les plateaux de nourriture sont lourds, les transats lourds, les parasols lourds, mais c'est comme ça dans tous les boulots.

Il y a quand même une chose qui me dérange. Pendant que je marche sur la plage, je sens les yeux des clients sur moi. C'est comme si j'étais sur scène, même si curieusement le public ne s'intéresse même pas à moi. Je me sens si grand sous leur regard, comme si j'allais avaler le monde par accident en ouvrant la bouche et me retrouver tout seul.

Tout le monde sait que les Amerloques sont gros, mais à l'Indigo Bay, la plupart sont minces. Ils mangent, boivent et dorment comme des bébés toute la journée. Je fais des allers et retours sur le sable avec des plateaux de cheeseburgers, de beignets de crevettes à la noix de coco et de beignets de lambis. De la nourriture si grasse qu'elle en brille. Comment font-ils alors pour être aussi minces ? On dirait que quelqu'un quelque part l'a juste décidé.

Tous les clients ne sont pas beaux, mais ils ont tous quelque chose. Un certain bien-être, peut-être. Des choses terribles arrivent à n'importe qui, riche ou pauvre, blanc ou marron, et je suis sûr que certains d'entre eux en ont connues, mais on ne dirait pas. Ils ont l'air de croire que l'univers les aime, et c'est peut-être le cas.

Mais il y a quand même quelques clients qui ne sont pas en si bon état. En ce moment, nous avons une grosse femme avec la peau grumelée comme du lait caillé, et un Français avec un gros ventre bien dur. Ils ne se cachent pas ; ils s'allongent au soleil comme tout le monde. Alors qu'on attend au bar que nos commandes soient prêtes, Edwin dit, « T'as vu la bedaine du vieux Français croulant ? », avant de s'enfoncer un doigt dans la bouche comme pour vomir. Je ris. Mais lorsque je ne suis pas avec lui, à rire d'eux, c'est différent. Ces gros, quasi nus au soleil, me fascinent.

Prestesse. C'est Jan, le vieux Néerlandais avec lequel on traînait après l'école, qui m'a appris ce mot. Un jour Edwin et moi marchions pour aller chez Paulette's, et il s'est mis à tomber des cordes. Edwin a enlevé ses chaussures, il a foncé sous la pluie et je l'ai suivi, tant bien que mal. Lorsque nous sommes arrivés chez Paulette's, détrempés, nos polos collés au corps, Jan s'est exclamé : « Edwin, quelle prestesse ! »

L'anglais n'était pas la première langue de Jan, ni la deuxième ; il parlait d'abord le hollandais, puis l'allemand, puis le français, puis l'anglais, et il connaissait quand même ce mot que j'ignorais.

Je n'ai jamais vérifié dans le dictionnaire, mais je comprends l'idée. *Prestesse.* Un truc que je n'aurai jamais.

Nous avons un client. L'homme avec le short de bain à dauphins. Edwin lui parle un après-midi après le volley. En fait, sa femme qui est avocate a besoin de se détendre. Ce matin, après mon meilleur moment de la journée (à savoir pisser), je me penche sous mon lit et je sors la boîte. Le code secret, c'est l'anniversaire de Bryan. D'abord, pour ne pas l'oublier, ensuite, pour me rappeler que c'est pour lui que je fais ce petit business. Quand j'ouvre la boîte, l'odeur de la ganja m'emplit les narines. Grand-mère doit la sentir, mais elle me laisse tranquille maintenant. Voilà pourquoi la boîte reste chez moi. Les sœurs d'Edwin fourrent leur nez partout.

La boîte, c'est ma part du boulot. Edwin parle aux clients potentiels, conclut la vente avec eux. Je garde la boîte sous mon lit. On partage moitié-moitié. Je pèse dix grammes. Je mets presque tout dans un sachet. Le reste, assez pour deux joints, dans un autre. Celui-là est pour nous.

J'attends sur le parking, et lorsque Edwin arrive je lui tends le gros sachet. Dans l'après-midi, l'homme avec le short de bain à dauphins retrouve Edwin près du court de tennis. La femme est là, elle s'entraîne au service en jupette blanche ; elle s'interrompt et observe. L'homme donne à Edwin soixante dollars. Edwin m'en donne trente.

Le coucher de soleil, c'est toujours pareil. Spirales anti-moustiques avec leur odeur doucereuse, dernière annonce avant la fermeture de la plage, bande de gamins qui poursuivent Edwin sur le sable. Des filles et des garçons lui attrapent les jambes et le chatouillent, et il se laisse finalement plaquer par terre. La petite sœur pâle de la fille ne se joint jamais à eux. Son doigt s'agite encore et encore.

Lorsque les clients quittent enfin la plage, nous ramassons les serviettes qui sentent le sel par dizaines, trempées et pleines de sable. On plie les parasols. On tire les transats pour les empiler. Après une journée à trimer en plein soleil, nos uniformes dégagent la même odeur que le vestiaire de sport des garçons au lycée. Nous nous changeons et les mettons dans le bac à linge sale pour les dames du ménage. Sur le parking, on se roule un joint avec l'herbe qu'on s'est gardée de notre dernière vente.

Le soir, je donne à Sara mes pourboires plus l'argent de la vente. Si elle se demande parfois d'où vient le supplément, elle ne dit jamais rien.

Aujourd'hui, alors qu'on fume sur le parking après le travail, je vois la fille arriver sur le sentier ; elle se déhanche avant même de nous avoir repérés. « C'est quoi ce délire ? » je souffle à Edwin. Il hausse les épaules, comme si lui non plus ne s'attendait pas à la voir, même si nous savons tous les deux que ce n'est pas vrai. Lorsqu'elle lui demande ce qu'on fait là, Edwin sort un joint de sa poche, le fait tourner entre ses doigts et répond : « Pas grand-chose. »

Elle hausse les sourcils. « Ça vous embête si je fais *pas grand-chose* avec vous ? »

La fille a l'air futé.

L'homme au short de bain à dauphins nous a fait de la pub. Quelques jeunes mariés nous passent commande. Des retraités aussi. On vend des cachets à la copine de l'acteur en vacances. Elle est roulée comme une star du porno. « Ce mec a tout compris, dit Edwin. Il est tellement vieux que ses couilles traînent par terre, mais elles font quand même la queue pour qu'il les saute. » L'acteur me semble timide. Il touche le corps de sa copine, sans avoir l'air d'en profiter. C'est tout les Amerloques, ça : t'es riche, célèbre, ta copine est star du porno, et t'es quand même déprimé.

Un jour j'arrive chez Sara avec cinquante dollars, et tu sais ce qu'elle me dit ?

« T'as vu ta tête ? Tu planes à dix mille ! Comment veux-tu que je te le laisse dans ces conditions ?

— Je ne plane pas, Sara. »

Elle plaque une main sur sa hanche. « Tu as fumé avant de venir. Tu ne vas pas me dire le contraire, quand même.

— Arrête. Je me casse les reins dix heures par jour pour toi.

— Tu ne crois pas que je me casse les reins à m'occuper de ce gosse toute la journée ?

— Avec Edwin on a fumé un peu. Ça fait du bien les potes.

— Et moi ? Quand est-ce que je vois mes copines ? Comme s'il m'en restait. »

Voici mon conseil : il ne faut jamais essayer d'avoir le dernier mot avec une femme. Elles gardent les bonnes répliques bien au chaud et elles dégainent le moment venu. Le visage de Sara est amer, puis change soudain : elle plisse les yeux et me regarde l'air blessé, comme si elle n'avait pas une once de méchanceté en elle et qu'elle faisait face à mes mauvais traitements avec une douce et sereine tristesse. Quelle arnaque.

« Tout ce que je te demande, c'est de me le prendre une heure, Clive, dit-elle. Une heure. Pour que je puisse me laver et, que Dieu me pardonne, m'allonger un peu, me parfumer et écouter la radio. » Elle pleure à présent. Je n'arrive pas à savoir si elle joue la comédie ou si ses larmes sont sincères.

Je regarde par-dessus son épaule. Par la fenêtre je vois le jardin abandonné, le fil à linge et la vieille cuisine en plein air. Nous avons été ensemble là, dans le noir. Elle m'y a mené et j'ai suivi. À quoi pensais-je ? À une seule chose : Sara. C'était Sara qui m'entraînait dans le jardin obscur. C'était Sara qui ouvrait la porte, et Sara qui déboutonnait mon pantalon, vite, comme si elle craignait de se consumer sur place si elle n'y arrivait pas à temps, et c'était la robe jaune de Sara que je soulevais de mes mains tremblantes pour découvrir ses hanches petites et étroites. C'était Sara qui m'attirait contre elle, Sara que je pénétrais, Sara que j'aimais depuis si longtemps. Je regarde la femme devant moi : ses yeux sont si fatigués qu'ils semblent observer l'existence depuis la nuit des temps, et je me demande comment on en est arrivés là.

« Je suis désolé, je murmure.

— À demain, Clive », fait-elle avant de fermer la porte.

Le soir, Edwin passe me prendre. Quand on arrive chez Paulette's, Don et Des sont déjà là. Edwin achète deux verres de rhum, un pour chacun de nous, même si on sait que c'est moi qui vais tout boire. Edwin ne boit pratiquement pas, mais je suis le seul à le remarquer. Il tient son verre, puis quand j'ai fini le mien, on échange. C'est comme ça depuis si longtemps que je ne sais même plus quand on a commencé à le faire.

« Ce joint vous est proposé par l'Amerloque au short de bain à dauphins, s'exclame Edwin.

— Tu déconnes, dit Don.

— Il est homo ? demande Des.

— Nan. Il a une femme asiate bandante.

— Elles sont si désespérées que ça, les femmes en Amérique ? lance Des.

— Le gars doit être pété de tunes, réplique Don.

— Il est gentil, ce type », je dis. Je ne sais pas pourquoi. Peut-être parce que c'est vrai. Il donne de bons pourboires.

Edwin me prend le joint et tire dessus. « Gentil, il ricane, tu parles d'une arnaque. »

Le lendemain j'arrive chez Sara à l'heure et sans avoir fumé. Bryan s'amuse par terre. Je m'assois à côté de lui, je fais des grimaces. Mon fils fait des gargouillis quand il rit. Il a de gros yeux ronds, comme son père.

Pendant que je m'occupe de lui, Sara prend un bain. Elle sort, l'air régénéré. Elle porte un turban vert comme la pelouse d'un terrain de cricket. Certaines parties de son corps sont si petites que je me demande parfois comment c'est possible. Ses minuscules orteils parfaitement alignés. Elle se penche et ébouriffe les bouclettes de Bryan. Il gargouille. Ses pieds minuscules la portent vers la cuisine. Elle soulève le couvercle des casseroles sur la gazinière et sert à manger dans une assiette.

« À table, maman », lance-t-elle.

Agatha cesse de se gratter dans le salon et se traîne jusqu'à la cuisine. Elle s'assoit à table d'une certaine manière. Je n'arrive pas à expliquer comment elle fait, ce qu'elle fait avec ses yeux, son dos, sa mâchoire, ses hanches, mais elle s'assoit à table l'air de dire qu'elle – elle ! la femme qui passe son temps à se gratter dans le salon ! – est trop bien pour ça, et que c'est au prix d'un effort colossal qu'elle obéit à sa fille qui la déçoit tellement. C'est ça, le truc avec les femmes : s'il n'y avait que des femmes dans le monde, le langage n'existerait pas. Elles n'en ont pas besoin.

Sara fait comme si elle ne remarquait pas l'attitude de sa mère. Ce qui me révolte.

Agatha prend une bouchée puis pose la fourchette et dit : « Le calalou est mal lavé. »

Je perds un peu patience. Je m'avance vers la table et me plante devant elle. Je saisis la fourchette et la lui tends.

« Mange », je lui ordonne.

Agatha me fixe avec ses petits yeux noirs de poule.

« Sara fait tout pour toi ! Elle cuisine, elle nettoie, elle s'occupe de Bryan pendant que tu restes assise les pieds en l'air comme la grande dame que tu n'as jamais été, à gratter ta sale tête. *Mange.* » L'espace d'un instant, on se regarde en silence. Puis Agatha prend la fourchette. Elle mange.

Lorsque je pars, Sara m'accompagne à la porte. « À demain, Clive », dit-elle. Elle sourit.

Ce soir, lorsque Edwin tourne à gauche sur Mayfair au lieu de filer tout droit chez Paulette's, j'ai l'impression que la soirée se fige comme du porridge froid.

« Edwin, dis-je.

— On fait juste une halte. » Comme si s'arrêter était le problème.

« Tu as promis.

— On se détend. »

Nous arrivons sur le parking et la fille est là : elle attend nonchalamment appuyée contre un palmier. Les semaines se suivent et il y a toujours une jolie fille qui attend contre ce même arbre. Les femmes savent toujours se mettre à leur avantage.

« T'aimerais pas tremper ton biscuit là-dedans ? me chuchote Edwin tandis que la fille s'approche de la voiture.

— Elle s'est mise sur son trente et un pour toi. » Je n'arrive jamais à lui en vouloir longtemps.

« Je te parie dix dollars que c'est pareil en dessous aussi. »

On rit, on rit d'elle alors qu'elle arrive. Il adore se moquer des filles.

« Regardez qui a décidé de nous faire l'honneur de sa présence », lance Edwin.

Celle-ci est d'une beauté parfaite alors qu'elle lève les yeux au ciel, et elle le sait. Elle monte dans la voiture. Et c'est parti. Rien ne peut l'arrêter. Même si Edwin m'a promis je ne sais combien de fois qu'on ne recommencerait plus, nous voici de nouveau en route pour chez Paulette's, avec la fille de quelqu'un sur la banquette arrière.

La fille de cette semaine n'arrête pas de faire son apparition. Lorsque nous arrivons à la plage le matin elle est dans l'eau, elle nage. Jamais je n'ai vu une petite chose aussi jolie nager avec une telle puissance. Elle reste longuement dans la mer sans même nous adresser un regard.

« Ah, salut », lance-t-elle une fois sur le sable, comme surprise de nous voir. Qu'est-ce qu'elle croit. On sait bien qu'elle fait tout ce numéro pour nous. Pour lui. Les filles font toutes pareil. Parfois, c'est en bronzant en bikini minuscule. Parfois c'est en se soûlant chez Paulette's. Voici quelques mois, il y en a une, Callie, qui est montée sur le bar et qui s'est mise à danser. Une fois qu'elle était perchée là-haut on voyait sa foufoune parce qu'elle ne portait pas de culotte. Edwin et moi, on n'en revenait pas. Je crois qu'il l'a baisée pour finir, mais il l'a baisée comme si c'était la chose la plus drôle du monde. Parfois, si elles sont timides, c'est en faisant semblant de l'ignorer, mais elles n'arrêtent pas de se trahir en le regardant à la dérobée ; leur façon de marcher, leurs jolies robes, et même la manière dont elles lisent leur livre à la plage, comme si c'était tellement intéressant qu'elles ne pouvaient même pas lever les yeux pour le regarder passer : tout ça, c'est pour lui.

Au volley-ball, elle est là, à exhiber sa cicatrice. Tout le monde la regarde. Edwin, les jeunes Amerloques. Sur la touche, sa sœur observe en écrivant dans l'air avec son doigt. Pauvre petite fille, quelle étrange gamine avec une sœur si jolie.

Au coucher du soleil, elle est là aussi. Elle nous rejoint sur le parking et fume un joint avec nous comme si c'était la chose la plus naturelle du monde. Les gens nous voient avec elle, et je n'aime pas ça. Les serveuses qui arrivent pour le dîner. Les jardiniers qui partent. Parfois des femmes secouent la tête en passant près de nous. Parfois, elles ne font rien, mais je sais malgré tout qu'elles désapprouvent. Et je vais aller plus loin : les femmes n'ont même pas besoin de corps pour nous dire exactement ce qu'elles pensent. Elles pourraient être des fantômes, rien que de l'air ; on aurait beau les traverser sans s'en rendre compte, ça ne les empêcherait pas de nous faire comprendre à quel point elles sont fâchées contre nous.

Le soir, elle nous attend sur le parking, avec sa petite robe et son petit pull sur ses épaules pour la fraîcheur. La fille tient bien l'alcool, et lorsque Edwin la complimente là-dessus, elle répond : « Il faut bien que ça serve d'aller en fac », avant de lever les yeux au ciel. Au moment où tout le monde se met à danser, je reste au bord et je la regarde bouger. Comment son corps arrive-t-il à toujours savoir quoi faire ?

Parfois l'après-midi je la vois s'éloigner nonchalamment sur la plage pour aller le rejoindre. Elle escalade les rochers noirs et disparaît. Qu'est-ce qu'ils font là-bas, tous les deux ? Je l'ignore. Il ne la saute pas encore. Du moins, je crois. C'est bien la seule chose dont mon jacasseur de copain ne parle jamais. Enfin, il en parle, il ne se prive pas de crâner sur toutes les filles à papa qu'il emballe, mais il ne rentre jamais dans les détails. Alors que Don ou Des, quand ils se tapent une fille, on sait tout... il y a celle qui sent le poisson en bas, celle qui sait se servir de ses dents, celle qui a les mamelons plissés comme des coquilles de noix. Edwin, lui, reste en surface. Mais je suis à peu près sûr qu'il attend le dernier soir pour les sauter. Il aime les séduire plus que tout. Les sauter, c'est facile pour lui. Attendre, c'est ce qu'il aime, les faire mariner : est-ce que leur petit numéro va marcher ?

Autre chose : je crois qu'il attend parce que, si la fille regrette, le temps qu'elle se le dise, elle est dans l'avion pour Chicago ou dans sa jolie chambre violette à Boston, et qu'est-ce qu'elle peut y faire ?

Il y a quelques mois, on l'a échappé belle. La fille s'appelait Julie, une blonde superjolie de Californie. Julie était plus réservée que celles qu'Edwin choisit d'habitude. Une fille bien. Elle buvait à peine chez Paulette's et lorsqu'on lui offrait un joint sur le parking elle disait « Non, merci », comme pour refuser une serviette propre sur la plage. Je pensais que c'était peine perdue avec elle, mais un soir elle a attiré Edwin dans sa chambre. Avec Julie, il n'a pas attendu ; il y est allé directement. En la voyant saigner, il a compris qu'il avait fait une erreur. Les filles vierges, il ne faut pas y toucher. Elles croient savoir ce qu'elles veulent, mais comment le pourraient-elles ? Et une Amerloque vierge qui décide que c'est comme ça qu'elle veut passer le pas ? Quel merdier !

Après ça, Julie a commencé à se comporter bizarrement. Son père n'était pas bête. Il a compris qu'il se passait quelque chose. Un matin, comme on arrivait au boulot, il nous attendait sur le parking. Il a foncé sur Edwin, l'a attrapé par le col et lui a ordonné de rester loin de sa fille. Il nous a menacés de nous faire virer tous les deux et de nous casser la gueule s'il apprenait qu'Edwin avait touché ne serait-ce qu'un cheveu de sa fille chérie. C'était la première fois que j'entendais un client menacer quelqu'un de lui casser la gueule. On a eu de la chance. Julie était tellement gênée qu'elle n'a pas dit un mot sur ce qui s'était passé. Depuis, Edwin attend. On ne sait jamais quand une fille va se mettre en colère. Et on ne sait jamais ce qu'une fille en colère peut dire ou faire.

Ces filles représentent aussi un danger. Et il aime ça.

Lorsqu'on retrouve la fille sur le parking après le boulot aujourd'hui, elle semble troublée. Agitée. C'est peut-être la pluie. Ça tombe sans relâche. Ses doigts n'arrêtent pas de bouger, comme si elle ne les contrôlait pas. Elle tambourine sur le capot de la voiture d'Edwin. Puis, elle tripote sa cicatrice, encore et encore. Il s'est peut-être passé quelque chose entre elle et Edwin. Avec celle-ci, qui est si jolie, il n'a peut-être pas pu attendre. Merde.

Puis elle fronce les sourcils et dit un truc auquel je ne m'attendais pas.

« En nageant aujourd'hui, j'ai vu une femme sur Faraway Cay. »

Silence. Je regarde Edwin. Il va sourire, je me dis, et la chambrer. Mais il reste on ne peut plus sérieux. Il a même l'air d'avoir peur. Je frissonne.

« Jésus Marie Joseph, murmure-t-il.

— Quoi ? dit-elle. Tu la connais ?

— Tu dis que tu as vu une femme ? Elle a des cheveux longs, très noirs ? » demande Edwin.

La fille acquiesce.

« La peau très blanche ? »

Elle acquiesce derechef. « Elle me fixait. »

Je me dis, c'est pas possible. Cette fille me fout les jetons. Elle n'arrête pas de toucher sa cicatrice du bout des doigts. Bêtement, j'imagine que son pouvoir se concentre dans cette cicatrice.

Edwin me regarde. « Raconte-lui, Gégé. »

Je lui parle de la mystérieuse femme de Faraway aux pieds fourchus, celle qui attire les gens sur l'îlot. S'ils la suivent jusqu'à la cascade et qu'ils voient les étoiles se refléter dans l'eau, ils perdent la tête, et il paraît que c'est comme ça qu'elle les fait disparaître.

« Je l'ai vue », dit-elle après m'avoir écouté.

Je frissonne encore.

Edwin ricane. Il frappe dans ses mains, renverse sa tête en arrière et éclate de rire.

« Non mais arrêtez tous les deux, s'exclame-t-il. La seule chose que tu as vue, c'est une chèvre. Y en a plein sur Faraway. »

J'aurais dû savoir qu'il blaguait avec son Jésus Marie Joseph.

« Ce n'était pas une chèvre, proteste la fille. Elle avait les cheveux noirs et la peau blanche, exactement comme tu as dit.

— Une vieille chèvre, c'est tout. » Il hausse les épaules.

« Et pourquoi tu crois qu'il y en a plein sur Faraway ? » je lui demande. Je me tourne vers elle. « Chaque fois que quelqu'un disparaît là-bas, une nouvelle chèvre apparaît. C'est elle qui les change en chèvres. »

Edwin s'esclaffe. « En dessous de soixante ans, y a que Gégé pour croire à ces sornettes. Dis-moi : t'as déjà vu une chèvre faire autre chose que manger, chier et niquer ? Comment tu crois qu'elles se sont autant multipliées ?

— Comment tu expliques les avions alors ? » je rétorque. Je ne sais plus si je la défends des railleries d'Edwin ou si je me moque d'elle aussi. C'est peut-être un peu des deux.

« Ah, oui ! fait Edwin, tout sourire. Il ne faut pas oublier qu'il n'y a pas un, ni deux, mais trois avions qui se sont écrasés sur Faraway Cay.

— Et ils forment un triangle, je précise.

— Trois points forment toujours un triangle », répond Edwin.

Il a raison. Merde.

La fille semble nerveuse.

« Mais peu importe le triangle, dis-je. Qu'est-ce qu'il y a au centre ? La cascade. Elle les attire. Comment tu l'expliques, sinon ?

— Des trafiquants de drogue. Dans des petits coucous de merde. »

La fille se mordille la lèvre et regarde par terre. « J'ai peut-être mal vu. » Je suis presque sûr qu'elle dit ça pour faire plaisir à Edwin, parce que son regard se perd en direction de l'îlot, comme si ce qu'elle avait vécu était bien réel. Comme si elle se croyait différente des autres parce que notre légendaire créature locale s'est intéressée à elle. Ça me contrarie tellement que je regrette de l'avoir soutenue face à Edwin. Bref, il a sûrement raison. Elle a dû voir une chèvre.

On change de sujet. On fume un joint. On se passe une bouteille qu'Edwin avait dans la voiture : un alcool tiédasse, pas très bon. On s'apprête à partir lorsque la fille demande :

« Pourquoi ça s'appelle Faraway Cay, en plus ? Quand c'est tellement près d'ici ? C'est une blague ou quoi ?

— Non, mademoiselle, répond Edwin. Il n'y a rien de plus sérieux. Ce nom nous protège de la proximité de l'îlot. » Il ricane. « Superstition typique des îles, penser que si on appelle ça comme ça, ça sera comme ça, quand en vérité cet îlot infesté de chèvres est juste sous notre nez. Fais gaffe à toi, maintenant. La femme de Faraway te tient à l'œil. »

Aujourd'hui, Sara ouvre la porte comme j'arrive devant chez elle. Elle a un panier dans les bras. « Je me suis dit que je l'emmènerai à Little Beach, lance-t-elle.

— Ah. Je te verrai demain alors, c'est ça ? »

Elle me regarde avec douceur. « Viens avec nous. »

On s'arrête à la supérette sur Hopper Lane et je nous achète trois barres chocolatées. On arrive à Little Beach à l'heure magique, juste après le coucher de soleil, quand tout est encore voilé de bleu – le ciel, la mer, le sable. Les clients à l'Indigo Bay ratent toujours ce moment. Ils prennent en photo le soleil qui descend dans la mer et ensuite ils rentrent, et ils ratent ça. La plage est calme, mais pas vide. On se choisit un coin à l'écart des autres. Sara prend un tissu dans le panier et l'étale sur le sable. Je pose les barres chocolatées. Bryan caresse le sable à côté de lui comme s'il s'agissait d'un être vivant. Sara s'allonge, ferme les yeux et se laisse réchauffer par les dernières lueurs du jour.

Au loin, un bateau de pêche est encore dehors, un petit canot avec une canne à pêche plantée à la proue. Le bateau se dessine en contre-jour. La canne semble percer les nuages. Au bord de l'eau, un homme torse nu et en survêtement court à toute allure sur le sable. Quelques chiens errants le suivent, jappant de plaisir. Des garçons s'élancent sur le ponton et plongent dans la mer. Il n'y a pas si longtemps, c'était moi, et bientôt ce sera Bryan. Les lampadaires sur le ponton sont branlants et leur peinture blanche presque entièrement écaillée. Ces lampadaires n'ont jamais rien éclairé et je ne sais pas pourquoi, mais ça me plaît.

« Tu veux dessiner dans le sable, Bryan ? » je propose.

Il ne répond pas. Il est timide aujourd'hui. Je me lève, et m'accroupis à côté de lui. Je trace sur le sable un ballon attaché à un fil ondulé. Un oiseau. Un voilier. Bryan regarde les formes avec intérêt, mais aussi avec une certaine méfiance. « Tu sais ce que ça dit ? » je demande en désignant des lettres que je viens d'écrire. Il secoue la tête. « *B-R-Y-A-N.* C'est ton nom, Bryan. »

Il murmure quelque chose.

« Quoi ?

— Une nane.

— Tu veux que je dessine une banane ?

— Oui », souffle-t-il presque imperceptiblement.

Je m'applique et dessine une forme fine qui ressemble plus à un croissant de lune. « Comme ça ? »

Il hoche la tête. « Merci, papa. »

Ce n'est pas moi qui lui ai appris à dire *merci*. C'est Sara. Elle lui montre déjà les bonnes manières. Je ne l'avais même pas remarqué jusqu'à présent.

Bryan se montre encore timide avec moi lorsque j'ouvre l'emballage de la barre chocolatée et lui montre comment faire sortir le chocolat fondu. Mon fils accepte le chocolat que je lui mets sur le bout du doigt comme s'il s'agissait de quelque chose de sacré. Il le lèche avec sa petite langue rose. La langue de Sara.

Sara se redresse. « On va se baigner ? »

Je déshabille Bryan et lui enlève sa couche. La peau de mon fils est sombre, lisse et douce. Son nombril est une délicieuse petite noisette. Sara ôte son tee-shirt et sa jupe et se retrouve en maillot de bain. Je me débarrasse de mon polo et reste en short et maillot de corps. Je suis un peu gêné devant Sara, mais elle ne me regarde pas.

Avec Sara à mes côtés, je prends Bryan dans les bras et l'emmène jusqu'à la mer. À l'Indigo Bay, les clients s'arrêtent sur le sable avant de pénétrer dans l'eau, comme s'il fallait se préparer avant de se baigner. C'est différent pour nous. On rentre dans la mer sans se poser de questions. Nous ne sommes pas seuls dans l'eau. Je vois un père et sa fille. Une femme avec un bonnet de bain rose. Un vieux tient une vieille par le bras et la guide dans les petites vagues.

On avance jusqu'à ce que Sara ait de l'eau à la taille. Bryan est blotti au creux de mon bras. L'eau est bonne, presque à la même température que l'air. Puis je sens quelque chose de plus chaud sur ma peau. Je me demande ce que c'est, puis la sensation de chaleur se répand. Je regarde Bryan. Mon fils rit – un gros rire enjoué. Sara et moi nous regardons mon bras en même temps. Un petit filet d'urine dégouline. On rit aussi. Puis Sara ferme les yeux, s'allonge dans l'eau et se laisse flotter.

C'est alors que je nous vois, une famille réunie dans la mer. Et quelque chose éclate en moi que je ne pourrai jamais expliquer. Ce soir-là, je deviens père. Plus tard, Sara et moi nous borderons Bryan dans son lit, petit corps mou comme une poupée de chiffon. Et plus tard encore, je sortirai avec Edwin. Pour la première fois, je sens que ma vie m'appartient.

Et ne voilà-t-il pas que ce soir, alors que tout ce que je demande, c'est de passer du bon temps avec mon pote, de sentir ma vie m'appartenir, on se retrouve coincés avec la fille. On est dans la voiture en route pour chez Paulette's. Le moteur tousse, on croise des poules sur la route, et elle est là. C'est son dernier soir. Edwin sait ce que ça signifie, et à la voir en minijupe avec un haut qui s'attache avec un nœud dans la nuque, elle le sait aussi.

« Tu es prête pour une nuit de folie, ma jolie ? » lui lance Edwin.

Elle pouffe. « Franchement, y a plus fou que chez Paulette's.

— On t'emmènera peut-être à Faraway, glisse-t-il en souriant. Voir si la femme-chèvre s'intéresse toujours à toi.

— Je suis partante pour tout », réplique la fille avec une indifférence feinte. Mais je perçois son sourire caché : elle est tellement contente de faire quelque chose de spécial pour son dernier soir. Qu'a-t-elle à se croire aussi exceptionnelle ? J'ai envie de lui dire qu'il y a eu Julie, Callie, Lisa, Lauren et Molly avant elle, et qu'il y aura plein d'autres jolies filles après elle. Elle est peut-être un peu plus futée que les autres, elle a peut-être la langue un peu plus pendue, mais au final elle veut ce qu'elles veulent toutes : pouvoir raconter qu'elle s'est fait sauter par l'homme qui lui apportait des serviettes sur la plage. Elle l'utilise, mais il l'utilise aussi. Et alors ? Elles ont leur petite aventure à raconter, et lui, il les a, elles.

Chez Paulette's, Edwin nous offre une tournée de vodka à la ganja. Ensuite, du rhum. À un moment, j'ai dû échanger mon verre contre celui d'Edwin, car nous n'avons tous deux bientôt plus rien à boire. Je paie un autre coup, et un autre. Je commence à être sérieusement parti. J'entends la musique, des bouteilles qui s'entrechoquent, le chien qui quémande. Edwin et la fille.

Je les regarde danser. Elle bouge bien. Ils bougent parfaitement ensemble. Ça ne s'apprend pas, ce genre de choses. Tu veux savoir le secret de la vie ? je me dis. Tu ne seras jamais eux. *Eux*, c'est toujours quelqu'un d'autre.

On est chez Paulette's depuis une heure environ lorsque la fille déclare : « J'en ai marre. Cassons-nous.

— Tu veux aller où ? demande Edwin.

— Je croyais qu'on allait à Faraway ? » réplique-t-elle, les yeux étincelants.

Il rit. « T'es dingue ou quoi ?

— Mais tu as dit...

— Je te charriais. De toute manière, comment veux-tu qu'on y aille ? »

Elle baisse les yeux. « Peu importe, marmonne-t-elle. Laisse tomber.

— On se détend. Il y a plein d'endroits où aller. »

Et on se retrouve dans la voiture. Edwin fonce. Vitres baissées, radio à fond. Les nids-de-poule nous secouent sacrément ; la fille rebondit sur la banquette et se cogne la tête au plafond, un bon coup, et elle rit. On est tous complètement faits. Prêts à s'abandonner à la nuit.

Lorsque Edwin s'arrête sur le bas-côté au niveau de nos falaises secrètes, je le fusille du regard. Je n'ai pas envie d'y emmener une Amerloque. Mais Edwin fait mine de ne rien remarquer. Il coupe le contact et sort. Il saisit une bouteille de rhum restée dans la voiture et s'exclame : « Suivez-moi. »

On marche en file indienne, Edwin, puis elle, puis moi. Ça fait des années qu'on vient traîner ici depuis qu'on a trouvé l'endroit en bateau avec Keithley, et il y a un semblant de sentier entre les broussailles, mais il faut vraiment connaître pour le voir. Le sol est accidenté, le chemin étroit et la végétation si épaisse qu'on se protège le visage en marchant. La fille se retourne et regarde derrière elle. La route a disparu.

« On va où ? » demande-t-elle. Elle s'efforce de parler d'un ton calme, mais elle est anxieuse et je suis bien content de voir cette prétentieuse rabattre un peu son caquet. Elle trébuche. Je ne l'ai jamais vue aussi ivre.

« Alors, c'est assez fou pour toi, mademoiselle ? » réplique Edwin.

Elle croise les bras sur sa poitrine comme si elle avait froid. Elle a vraiment peur maintenant, et juste au moment où je m'apprête à la rassurer, lui dire où on va, on sort des broussailles et on y est. L'étendue plate de rochers qui mène au précipice s'étale devant nous. Le clair de lune illumine l'océan. La fille n'hésite pas un instant. Elle se précipite vers le bord, si vite que l'espace d'une seconde je crois qu'elle va se jeter dans le vide.

« Putain, fais gaffe ! » lui crie Edwin.

Elle se tourne vers nous. « C'est incroyable ici. » Elle se débarrasse de ses sandales et on l'imite. On laisse tous les trois nos chaussures en tas. Elle marche le long de la falaise comme une funambule, sur la pointe des pieds, bras écartés. Puis elle se tourne vers la mer, les orteils au bord du vide, et regarde. Au loin, la silhouette noire de Faraway se dessine dans le ciel noir.

Edwin me donne un coup de coude. « Elle est mûre pour se faire sauter, tu crois ? »

Il court alors vers elle, ses pieds nus complètement silencieux sur la roche. Il arrive dans son dos, l'enlace et elle crie. Il la soulève. Et la retourne dans ses bras.

« Tu m'as foutue une de ces frousses ! » s'exclame-t-elle en riant aux éclats. Elle le frappe, mais pas méchamment ; elle n'est pas en colère, elle minaude. Elle renverse la tête en arrière dans les bras d'Edwin, regarde les étoiles et bat des pieds comme si elle nageait dans l'air. Il la pose par terre et on s'assoit sur les rochers.

Edwin fait tourner la bouteille de rhum. Il sort un joint de sa poche. C'est la nuit de tous les excès maintenant, juste nous trois. La roche est douce et fraîche. Le ciel nous offre tout : un croissant de lune, des étoiles ridiculement brillantes.

Elle incline la bouteille et laisse l'alcool lui couler dans la gorge. Elle souffle de la fumée sur Edwin qui la respire. Je tends la main pour avoir le joint. Elle secoue la tête, agite un doigt.

« Pas encore. » Elle tire une autre bouffée, approche son visage du mien et exhale. Puis sa bouche touche la mienne. Je suis tellement parti que je ne m'interroge même pas, je ne me demande même pas pourquoi. Sa langue s'enroule autour de ma langue. Je lui prends les hanches. Ses lèvres à la myrtille. Ses petits seins contre ma poitrine. Je bande.

Elle s'écarte. Ses yeux brillent. Elle se tourne vers Edwin. Puis sa bouche est sur la sienne et je la regarde l'embrasser. Sa queue-de-cheval bouge dans le vent. Il défait le nœud dans son cou. Il la caresse de haut en bas et gémit.

Elle s'écarte de lui, comme elle l'a fait avec moi. Je l'observe pour voir si tout va bien ; elle a toujours cette étincelle dans les yeux. Elle enroule sa queue-de-cheval autour de son doigt, comme si elle était seule, à passer le temps. Puis elle nous regarde. « À vous. »

Je ris.

« Qu'est-ce qu'il y a de si drôle ? dit-elle.

— Tu te fous de notre gueule ? répond Edwin.

— Vous avez peur, les gars ? » Elle s'efforce de refaire le nœud dans son cou, mais elle est si soûle qu'elle a du mal à s'en sortir. « Je croyais que vous vouliez faire un truc fou. Bon, je me suis trompée. »

Edwin secoue la tête. « Cette putain de fille. » Il m'attrape et m'attire contre lui. Et je sens ses lèvres contre les miennes. Sa langue s'enfonce dans ma bouche. Puis il s'arrête brutalement. Il s'essuie les lèvres du revers de la main et je l'imite. On crache par terre. Son baiser m'a fait l'effet d'une gifle. Au début, j'ai envie de rire. T'imagines ce qu'on vient de faire ? T'imagines jusqu'où mon pote est prêt à aller pour baiser une fille ? Mais je le regarde et il me regarde et quelque chose dans son visage me retient. Pour la première fois depuis que je le connais, Edwin a l'air d'avoir peur.

La fille applaudit, très lentement. Je l'entends dire : « Bravo. » On reste immobiles. « Les gars ? Hé, les gars ?? » Du coin de l'œil, je la vois trébucher. Elle tombe à quatre pattes comme si elle allait être malade. Puis elle s'allonge et se roule en chien de fusil.

Edwin se ressaisit. Il se tourne vers elle. « Alors, satisfaite, mademoiselle ? lance-t-il.

— Chut. Les étoiles », marmonne-t-elle. Ses yeux sont fermés.

Edwin s'approche et s'assoit près d'elle. Il saisit le lien de son haut et tire. Elle le laisse faire. Elle se retrouve torse nu. Elle ne porte pas de soutien-gorge. Ses seins sont comme ceux de Sara, tout petits, des seins qui vous rappelle qu'une femme a été une fille. Il ouvre sa braguette. Il glisse sa main sur la jambe de la fille, remonte sur sa cuisse, sous sa jupe.

« Mmm », gémit-elle si faiblement que je l'entends à peine.

Je m'éloigne pour leur laisser de la place. Je marche au bord de la falaise, puis m'allonge et écoute le ressac. Je ferme les yeux et le temps d'un éclair je tombe, comme en apesanteur. Puis j'entends Edwin.

« C'est quoi ce bordel ? » s'exclame-t-il.

Je me retourne.

Il s'essuie une main sur le pantalon. « Arrête de baver, quoi ! »

Je ris. « Edwin, mec, elle a perdu connaissance ! »

Il grogne et la pousse. À la lueur du clair de lune, sa cicatrice luit comme un reptile. Il lui soulève un bras et le laisse retomber.

« Typique », éructe-t-il.

Edwin s'éloigne d'elle et vient s'allonger près de moi, au bord du précipice, et laisse un de ses bras pendre dans le vide et se balancer au-dessus de la mer. On contemple les étoiles. Un souvenir me revient telle une brise : je me revois allongé ici même, lorsque Keithley nous emmenait en bateau et que parfois, au fil des excès, la nuit s'apaisait. Je dérive maintenant. Le sol frais, lisse. L'air frais, doux. Le bruit des vagues au loin.

Puis je sens la main d'Edwin sur la mienne.

Il se tourne et me regarde. Je ne ris pas ; je ne retire pas ma main. Tout se passe très vite. Il enlève son pantalon, puis le mien. Je me vide l'esprit. Je ne suis plus qu'un corps. Non pas que je sache ce que je veux ou ne veux pas, mais parce que cette nuit nous a emmenés dans un endroit où nous ne retournerons peut-être jamais, et je me dois d'y être avec lui, avant que ça ne disparaisse. J'ai du mal à croire à ce que nous sommes en train de faire jusqu'au moment où il pose ma main sur lui. Il est chaud, comme moi. C'est lui ou moi ou nous – je ne prends pas la peine d'essayer de comprendre, je le touche et me frotte, le touche et me frotte, jusqu'à ce que le monde vacille. Nous sommes tous les deux sous les étoiles froides, puis les étoiles gémissent et libèrent leur lumière blanche, et la nuit devient si épaisse et doucereuse que l'odeur de nos peaux mêlées, j'en suis sûr, survivra aux astres eux-mêmes.

Puis je suis par terre. Il m'a repoussé, violemment, et d'emblée je ne comprends pas pourquoi, mais je me redresse, me frotte les yeux et m'aperçois qu'elle nous regarde.

« Qu'est-ce que t'as à nous mater comme ça, petite ? » crache Edwin.

Ses yeux sont écarquillés. Ses lèvres forment un *O*, un filet de son sort de sa bouche et le vent l'emporte aussitôt.

Elle se lève, saisit ses sandales et s'enfuit.

LOIN

« Au début, je croyais qu'elle réapparaîtrait. »

Les gens disparaissent et on les retrouve. Une mère dans un grand magasin panique et soudain elle entend des rires étouffés émanant d'un portant de vêtements. Un mari se fait attendre un soir de pluie, mais les phares de sa voiture finissent par surgir au bout de l'allée. La fille dessoûle quelque part. Elle nage dans l'océan, dans la piscine. Elle est un peu en retard pour le petit déjeuner, c'est tout. Au début, la personne disparue est partout. Puis parfois, tout aussi subitement, elle n'est nulle part.

Clive et moi étions assis sur le banc, sur le trottoir. La neige s'était accumulée sur nos manteaux et sur le bonnet gris de Clive. Les lueurs verte, jaune et rouge du feu de circulation au bout de la rue nous éclairaient. Il était minuit passé. J'avais l'impression d'avoir marché pendant des jours, pendant des années, et maintenant que j'étais enfin arrivée à destination, dans ce lieu si lointain, mon seul et unique but depuis si longtemps, je n'osais pas regarder autour de moi. Je ne voulais ni voir ni comprendre de quel genre d'endroit il s'agissait. J'étais seulement fatiguée.

J'ai gardé le silence et il a poursuivi. « Quand elle est partie, je lui ai couru après, mais Edwin m'a dit de laisser tomber, et c'est ce que j'ai fait. On n'était qu'à un petit kilomètre de l'Indigo Bay. Ce n'était pas comme si on l'abandonnait au milieu de nulle part. Je pensais qu'elle retrouverait son chemin. Sur le trajet du retour, on s'est fait arrêter, et l'agent de police nous a emmenés dessoûler en cellule. Mais ça, tu dois le savoir, j'imagine. On est restés enfermés toute la nuit, juste nous deux, mais on n'a pas échangé un mot. On était assis là, ensemble, mais ce n'était pas un silence gênant. Enfin, on avait l'impression d'avoir le temps. Nous n'avions pas encore besoin de parler de ce qui nous était arrivé. Ensuite, le lendemain, on a appris qu'elle avait disparu, et tout a changé.

— Qu'est-ce que vous avez fait ?

— Quand il a appris la nouvelle, Edwin est venu me trouver sur la plage et m'a dit : "Écoute. On a fait la fête avec elle chez Paulette's et ensuite on l'a ramenée ici en voiture. C'est tout." Donc quand la police est venue m'interroger, c'est ce que je leur ai dit. Je savais ce que les gens allaient penser. Nous deux avec elle toute la nuit, et ensuite elle avait disparu ? Les flics ont compris que je cachais quelque chose, mais qu'est-ce que je pouvais faire ? Leur dire ce qui s'était passé ? » Il a secoué la tête. « La police est venue et a fouillé la maison de ma grand-mère. Je ne sais pas comment ils ont su. Edwin... il ne m'aurait jamais fait ça. Je le crois encore. Ma grand-mère m'a regardé partir avec les flics. Tous les voisins étaient dans la rue. » Il s'est passé une main sur le visage.

Clive m'a raconté la fin de son histoire, et je me suis efforcée de l'écouter, même si je dois dire que j'avais du mal à me concentrer sur les détails d'une existence qui, je m'en rendais compte à présent, n'avait pour ainsi dire rien à voir avec moi. Il m'a parlé du temps qu'il avait passé dans la prison bleu ciel où avec une vingtaine d'autres détenus ils ne faisaient rien sinon purger leur peine. La nuit, il était hanté par des rêves : il retournait aux falaises avec Edwin, ensemble sous les étoiles. Il levait les yeux et voyait tous ceux qu'ils connaissaient, debout en cercle autour d'eux en train de les regarder. *On vous a trouvés, on sait, tout le monde sait.* Il se réveillait en nage. Puis il se rappelait que la fille était la seule à les avoir vus ensemble, et elle était morte. Il se sentait soulagé, puis une honte incommensurable s'emparait de lui : comment pouvait-il se réjouir de la mort d'une fille ? Dans ces moments-là, il se disait que, d'une manière ou d'une autre, ils avaient dû vouloir cette mort, que leur désir de protéger leur secret l'avait provoquée.

En prison, il a eu le temps de penser. Surtout à Edwin. Ils ne s'étaient plus reparlés depuis qu'Edwin lui avait dit quoi dire à la police, et Clive était resté seul avec le mystère de cette nuit, un mystère dont l'ombre se projetait jusqu'aux tréfonds de son enfance. Il se repassait le passé encore et encore, examinant le moindre moment, le moindre détail de leur existence commune. Il a pensé aux homosexuels sur la plage avant que l'Indigo Bay soit l'Indigo Bay, lorsque Edwin orchestrait les embuscades pour les faire fuir. Il a pensé à Jan assis dans l'air étouffant chez Paulette's, les yeux injectés de sang à cause de l'alcool, le pouce tapotant sur le comptoir poisseux tel un battement de cœur. *Prestesse.* Pourquoi Jan s'intéressait-il à eux, à Edwin en fait ? Il a pensé à Alison et à Julie et à toutes les autres, toutes les jolies Américaines d'Edwin ont défilé. Edwin disait toujours qu'il leur courait après parce que les filles du coin étaient soit prudes, soit salopes, soit trop bavardes, et Clive s'était toujours enorgueilli de n'avoir jamais cru à ses balivernes. Il avait toujours pensé qu'Edwin s'intéressait à ces filles parce qu'elles venaient de là où il rêvait d'aller, parce qu'il les haïssait au fond d'avoir autant de chance, même s'il s'efforçait de se rapprocher de son rêve à travers leur peau parfumée. Et il y avait peut-être du vrai là-dedans. Mais n'y avait-il pas autre chose ? Et s'il choisissait précisément ces filles-là parce que, quoi qu'il arrive, elles partaient, elles disparaissaient de sa vie ?

Il avait beau y penser, sans savoir ce qu'avait signifié cette nuit pour Edwin, il lui était impossible de déterminer ce qu'elle avait signifié pour lui. Que se serait-il produit ensuite ? Quel avenir la mort de cette fille avait-elle contrecarré ?

Edwin n'est pas venu le voir en prison. Sa grand-mère, si, tous les dimanches. Elle s'asseyait avec raideur à la table pliante en face de lui dans le parloir, sous un ventilateur suspendu au plafond qui brassait en vain l'air chaud. C'est elle qui lui avait appris qu'Edwin passait voir Sara et Bryan le soir. Naturellement, Edwin avait été renvoyé de l'Indigo Bay, mais il venait de se lancer dans une nouvelle aventure : des tee-shirts floqués de palmiers, de couchers de soleil criards, d'ananas affublés de lunettes de soleil, le tout assorti de slogans du genre MAINTENANT C'EST L'HEURE DES VACANCES et CE QUI SE PASSE EN CROISIÈRE RESTE EN CROISIÈRE. Sa marchandise se vendait déjà dans quelques boutiques de souvenirs d'Hibiscus Harbour. Il donnait de l'argent à Sara. Clive lui en était reconnaissant. Edwin l'avait toujours aidé, et il l'aidait encore maintenant, comme Clive avait toujours pensé qu'il le ferait.

Deux mois après être sorti de prison, il s'est envolé pour New York. Il pensait qu'Edwin viendrait lui dire au revoir, mais lorsque l'heure est venue de partir pour l'aéroport dans la voiture de Verna, l'amie de sa grand-mère avec laquelle elle allait toujours à l'église, Edwin ne s'est pas montré, ce qui en fin de compte ne l'a pas surpris.

Il s'en est sorti à New York, comme il me l'avait déjà raconté. Il s'est construit une vie aux côtés d'autres hommes solitaires. Il était parti depuis trois ans lorsque Sara lui avait annoncé qu'elle s'était mariée avec Edwin. Cela faisait quatorze ans maintenant, si longtemps qu'il avait du mal à croire que c'était vrai, du mal à croire qu'à une époque la mère de son enfant n'était pas mariée à son meilleur ami. Il avait traversé tant de choses. Il avait perdu son père, il avait été abandonné par sa mère, il avait mis une fille enceinte et était devenu père trop jeune, il avait été suspecté de meurtre, il avait fait de la prison, il avait recommencé à zéro dans un nouveau pays et s'était fait démonter la tête dans un terrain vague de Brooklyn. Clive continuait toutefois de se voir comme un homme candide, car jamais il n'avait perdu le sommeil en imaginant son fils marcher, une main dans celle de Sara, une autre dans celle d'Edwin, en l'imaginant rire aux éclats tandis qu'ils le soulevaient en l'air.

Pourquoi Edwin avait-il agi ainsi ? Est-ce qu'il aimait Sara, ou l'avait-il épousée juste pour lui faire du mal, pour rejeter l'amour qui était resté suspendu aux étoiles telle une question sans réponse lors de leur dernière nuit passée ensemble ? Ou peut-être qu'en se mariant avec Sara, Edwin s'était-il raccroché à la seule partie de Clive encore à sa portée : Bryan ? En vérité, une dévotion à toute épreuve se cachait peut-être derrière son acte le plus blessant.

Deux ans après le mariage de Sara et Edwin, Clive a reçu une lettre de sa grand-mère. C'était l'automne. Il s'en souvenait parce que juste avant de trouver la lettre dans la boîte métallique qu'il partageait avec ses colocataires, il avait dû s'arrêter dans les escaliers devant l'immeuble pour racler les samares collées à ses semelles. Il a lu la lettre dans la pénombre du hall. Elle parlait de la rénovation de l'église St. George, des élections locales, des nièces de Verna venues de Toronto, puis elle précisait en passant que Sara avait donné naissance à un fils, Edwin Junior, que tout le monde surnommait déjà Eddie. Clive a vu son fils et celui d'Edwin grandir ensemble. Plus que copains, plus que potes. Ils étaient frères. L'idée le ravissait au-delà de l'entendement. Pourtant, il savait qu'après ce qu'Edwin lui avait infligé, il passerait pour un crétin si les gens savaient qu'il ressentait ce genre de choses. Edwin lui avait volé la seule et unique chose qu'il avait désirée : vivre auprès de Sara, avec des enfants, un boulot potable et des dimanches après-midi à

Little Beach. Et pourtant, il se sentait reconnaissant. C'était comme si cette vie se déroulerait mieux sans lui ; il aurait sans aucun doute tout gâché avec ses gros sabots.

Et s'il avait pu savoir à l'avance ce qui l'attendait ? Et si, lorsque Edwin l'avait abordé dans la cour d'école le jour de la rentrée en CE1, à l'époque où il ne s'appelait encore que Clive, on lui avait révélé ce qui l'attendait et on lui avait demandé : *Tu veux de cette vie ?* Comment dire ? Il aurait fait exactement pareil. Certes, il avait tout perdu à cause d'Edwin, mais sans lui il n'aurait pas vécu ce qu'il avait vécu. Il avait besoin d'Edwin. Sans lui, sa vie n'avait pas de sens.

Des années ont passé. Il avait trente-cinq ans. Un soir d'été, alors qu'il traversait Prospect Park à pied – l'air fleurait bon le barbecue ; rires et musique flottaient dans la nuit gigantesque au-dessus des pelouses –, il avait entendu son nom.

« Gégé ? Clive Richardson, bordel, c'est bien toi ? »

C'était Bery Wilson. Elle s'est précipitée vers lui et l'a enlacé chaleureusement. « Je pensais à toi », a-t-elle dit. Et il n'a plus été question de leur passé commun. Elle lui a dit qu'elle était artiste à présent, lui a parlé de la ville comme canevas, de la douleur comme art. Elle avait une crête. Dans la lumière violette du crépuscule, il a vu des tatouages d'oiseaux sur ses bras. Une Asiatique et un Blanc se sont approchés et l'ont saluée. Bery les lui a présentés : c'étaient des membres de son collectif.

« Viens avec nous, a suggéré le type.

— On a des hot dogs végétariens, a précisé la fille.

— Oui, s'il te plaît, viens t'asseoir », a souri Bery. Comment avait-elle fait ? La colère semblait l'avoir tout bonnement quittée.

Il lui a dit qu'il était en retard, même si en vérité il n'avait nulle part où aller.

« Je comprends », a-t-elle dit. Puis elle a pris un air sérieux. « Tu es au courant pour Edwin ? »

Après avoir appris par Bery qu'Edwin était en train de mourir, Clive a attendu des mois que son ami lui fasse signe (« Cancer », avait-elle dit, et il lui avait demandé lequel, mais elle ne savait pas trop, elle savait seulement que c'était généralisé). Il s'est imaginé toutes sortes de scénarios. Il sortirait de la douche ou serait en train de régler sa note au Little Sweet lorsque sonnerait son portable. « Il veut te parler », glisserait Sara. Clive prendrait aussitôt un avion pour rentrer et arriverait juste à temps. La maison serait sombre et silencieuse, Bryan et Eddie dehors malgré leurs protestations, car ils savaient leur père mourant et ne voulaient pas quitter son chevet. Voir Edwin alité l'ébranlerait. Son ami serait méconnaissable : sa peau blême, ses joues creuses, ses yeux caves.

Salut, Gégé, murmurerait Edwin, comme s'ils venaient de se quitter quelques heures plus tôt.

Ils parleraient. Des garçons. De leur propre enfance. Tu te souviens de la fois où on a escaladé la tour radio ? Tu te souviens quand on allait voir *E. T.* en catimini ? Tu te souviens, tu te souviens, tu te souviens ? Edwin fermerait les yeux, comme s'il dérivait dans le sommeil, et l'espace d'un instant Clive le croirait mort. Puis Edwin rouvrirait les yeux, et ils seraient brillants de larmes. Il regarderait Clive avec ce vieux sourire.

Je vais te manquer ? dirait-il.

Clive prendrait le visage tremblant d'Edwin dans ses mains. Il baisserait la tête et embrasserait son meilleur ami sur le front, et ils comprendraient tous deux, sans avoir besoin de le dire, que tout était pardonné.

Mais Clive n'a jamais eu de nouvelles de son ami. Et un jour sa grand-mère l'a appelé pour lui dire qu'Edwin était mort. Il s'est efforcé d'accepter la réalité, de se dire qu'Edwin n'était plus sur l'île, qu'il n'était tout simplement plus. Ce n'est qu'à ce moment-là qu'il a compris que depuis toutes ces années il avait cru au fond qu'un jour, d'une manière ou d'une autre, ils se retrouveraient et qu'alors ils auraient tout le temps, tous les mots, tout le silence dont ils avaient besoin pour comprendre ensemble ce qui s'était passé. Désormais, cela ne se produirait jamais. Il venait de commencer un nouveau chapitre de sa vie, dans lequel il serait obligé de vivre avec la certitude de ne jamais pouvoir percer le mystère central de son existence.

Depuis, ses journées défilaient à toute allure. Il conduisait son taxi, déménageait d'appartement en appartement. Il se tenait au courant de ce qui se passait dans la vie de ses amis et de ses connaissances. Il y avait une galerie dans Fort Greene où il allait voir de temps à autre les sculptures de Bery. Il retrouvait Ouss une ou deux fois par an pour dîner. Ouss et sa femme possédaient à présent une quincaillerie sur Tremont Avenue. Ils avaient quatre filles ; l'aînée avait obtenu une bourse pour aller faire ses études à Exeter.

Le soir, il marchait. Chaque fois qu'il se mettait en route, les détails du quartier le submergeaient : une querelle d'amoureux sur le trottoir, les lumières clignotantes dans les vitrines d'un magasin d'électroménager, des pêches tellement mûres sur un étal que leur parfum lui montait à la tête. Mais plus il marchait, plus la ville s'estompait. Le monde autour de lui finissait par se rendre invisible et il commençait à entendre de l'eau clapoter aux abords de la métropole, et il ne tardait pas à l'entendre clapoter aux abords d'une autre île, puis soudain il ne marchait plus dans New York mais dans cet autre monde, dans cette autre vie. Il s'arrêtait devant un terrain de basket pour voir jouer des garçons, et il les imaginait, il les voyait tous criant et se poussant sur une pelouse, Edwin, Des, Damien et Don. Parfois, un garçon s'éloignait du brouhaha de la partie pour aller s'asseoir dans l'herbe ou pour fredonner une chanson, et Clive savait que c'était Bryan ; son fils était beau, gentil, parfait. Et une fois par an, il marchait jusqu'à Manhattan Beach avec son sable gris et ses mouettes galeuses qui tournoyaient au-dessus de sa tête, et il mangeait une barre chocolatée américaine qui n'avait pas du tout le goût qu'il fallait, mais il n'avait rien trouvé de mieux ; et c'est ainsi qu'il se remémorait le jour où il les avait tous perdus à jamais.

Si seulement Alison n'avait pas remué la merde entre lui et Edwin, si seulement elle ne s'était pas immiscée dans des choses qu'elle ne comprenait pas, si seulement elle ne s'était pas enfuie pour finir comme elle avait fini. Elle n'avait pas seulement risqué sa propre vie... y avait-elle seulement pensé ?

Et si seulement... si seulement ils n'étaient pas sortis avec elle. Si seulement ils n'étaient pas sortis pendant des mois avec des filles blanches et jolies comme s'ils vivaient dans un monde où ce genre de choses était acceptable. Si seulement il lui avait couru après. Si seulement il l'avait appelée. « Attends, ne pars pas », il ne serait peut-être pas assis ici, les mains gelées, la neige tombant sur son coupe-vent.

« Mais il m'a dit de la laisser partir et c'est ce que j'ai fait. » Il s'est pris la tête dans les mains.

« Tu ne pouvais pas savoir », ai-je murmuré. J'ai posé une main sur son dos, mais il m'a repoussée. Il s'est levé et a épousseté les flocons de neige sur son coupe-vent.

« Qu'est-ce que tu fais ?

— À ton avis ?

— Tu ne peux pas partir comme ça ! J'ai tellement d'autres questions à te poser. Et il y a sûrement des choses que tu veux savoir aussi. On peut se parler à cœur ouvert tous les deux maintenant. On n'a pas à se cacher.

— Tu voulais la vérité, maintenant tu sais. Qu'est-ce que tu veux encore de moi ? »

J'ai compris en cet instant ce que je voulais, ce que je voulais depuis des mois. Dans une version de cette histoire, deux âmes perdues dont les existences avaient été irrévocablement altérées des années plus tôt par la même nuit, se retrouvaient à New York et, dans un de ces retournements de situation dont on entend si étonnamment souvent parler, construisaient ensemble une nouvelle vie. C'était la meilleure version de l'histoire, celle qui avait le pouvoir de réparer tous les dégâts. À l'instant où j'ai compris que ceci aurait pu se produire, j'ai également compris que cela n'arriverait jamais, et qu'à partir de maintenant ma vie serait différente ; je ne vivrais plus les répercussions de la mort d'Alison, mais celles de cet hiver à New York avec Clive Richardson. Car, que nous le voulions ou non, nous vivons toujours les répercussions de quelque chose.

« Je ne suis quand même pas montée dans ton taxi par hasard. Tu n'es pas d'accord ? Tout ça était censé se produire. Je t'en supplie », ai-je dit, en vain.

Il a regardé le ciel et a secoué la tête. « Le plus dingue, c'est que je savais. J'ai dû le savoir, non ? Que quelque chose chez toi ne... Tu avais l'air tellement perdue et seule.

— Je suis perdue. Je suis seule. Clive, s'il te plaît. C'est encore *moi*. Je n'étais qu'une petite fille. » Mes yeux se sont emplis de larmes.

L'espace d'un instant, en me regardant, il a eu l'air de scruter le passé, de revoir en moi l'étrange enfant allergique au soleil que j'étais. Il a hoché la tête. « Je sais. » Puis il a ôté son bonnet et l'a fourré dans la poche de son coupe-vent. « Au revoir, Claire. »

Il s'est éloigné dans la rue et a disparu sous la neige.

Pendant les semaines qui ont suivi, je suis retournée plusieurs fois devant le Little Sweet dans l'espoir de le revoir. On pourrait peut-être se réconcilier. Il n'était peut-être pas trop tard. Mais il n'est jamais revenu.

Un soir, alors que je passais sur le trottoir, Vincia m'a repérée. Elle a quitté son poste derrière le comptoir et elle est sortie.

« Il est parti, m'a-t-elle dit.

— Parti ? »

Elle a opiné du chef. Je m'attendais à ce qu'elle me passe un savon. Au lieu de quoi, son visage était empreint de tristesse. J'avais peut-être mal compris sa froideur à mon égard ; Vincia s'était peut-être fait ses propres idées sur deux personnes seules dans cette ville susceptibles de trouver ensemble le bonheur. « Il paraît qu'il est parti au milieu de la nuit.

— Où ça ?

— Comme si j'allais te le dire si je le savais ! » Elle a tourné les talons et s'est dépêchée de retourner dans son restaurant.

Dans les jours qui ont précédé notre confrontation, Clive avait dû liquider ses affaires à New York pour aller là où il avait décidé de recommencer à zéro. J'ai cessé de retourner au Little Sweet. Clive l'avait dit : j'avais voulu la vérité et maintenant je savais ; je n'en saurais jamais plus. N'était-ce pas assez ? Il y a de nombreuses versions de l'histoire d'Alison Thomas, et j'imagine qu'il y en aura toujours. La police a la sienne. De même que les adeptes des théories du complot sur le Net, ainsi que les producteurs de *Dying for Fun*. Maintenant j'avais la mienne. Une que j'étais en mesure d'accepter. Une que j'allais peut-être pouvoir laisser derrière moi.

Alison émerge de sa stupeur sur les falaises en entendant des ébats. Elle se tourne et les voit, ces hommes auxquels elle a fait son numéro toute la semaine.

Qu'est-ce que t'as à nous mater comme ça, petite ?

Soudain elle se sent très jeune et très bête. Comme elle avait été contente d'elle ! Comme elle avait cru leur plaire et comme cela lui avait fait plaisir. Elle avait tellement imaginé la scène : elle les ferait gémir, leur peau noire contre sa peau blanche, une nuit pour se souvenir de qui elle était capable d'être. Comme elle se sent humiliée à présent : cette soirée n'a jamais rien eu à voir avec elle. En voyant Edwin et Clive ensemble sous les étoiles elle comprend de manière irrévocable et douloureuse qu'il n'y a pas une seule chose dans sa propre existence d'aussi vraie que le moment qu'ils partagent sous ses yeux.

Elle se relève et court, sandales à la main, à travers les broussailles. Lorsque enfin elle rejoint Mayfair Road, elle continue de courir sur le bas-côté de la route, sans faire attention aux cailloux qui lui coupent les pieds – ils n'ont qu'à lui couper les pieds, c'est mieux même. Elle aperçoit devant elle les lumières de l'Indigo Bay. Les fontaines illuminées et les palmiers parfaitement alignés. Elle sent le parfum des fleurs dans l'air, et la route devient plus souple sous ses pieds. Et ensuite ?

Quelques mois après ma dernière soirée avec Clive Richardson, j'ai reçu un courrier, une mince enveloppe matelassée adressée à Claire Thomas.

Je suis désolée du temps ridiculement long qu'il m'a fallu pour t'envoyer ça. J'espère que ça t'aidera. Amicalement.

À l'intérieur se trouvait une photocopie couleurs d'une affiche du spectacle d'hiver du Princeton Modern Dance Ensemble. Des Polaroid pris dans des soirées. Des messages griffonnés sur des bouts de papier. « 12 h 15, viens de partir au réfectoire. Tu me rejoins ? » « Glaces gratuites au foyer des étudiants ce soir. Allons-y ! » Une carte postale. Avec sur le devant un coucher de soleil classique, camaïeu de lilas sur mer tropicale. Au dos :

Nika Nika,

Mille baisers du paradis ! Haha, pas exactement. J'espère que tes parents ne te rendent pas aussi dingues que les miens. Le bon côté, c'est que j'ai rencontré le garçon le plus *mignon* *de la terre. On verra !*

Je t'embrasse,

A

Où est-ce qu'elle atterrit après tout le fiasco avec Clive et Edwin ? N'est-ce pas évident ? Elle le trouve au bar en train de boire des shots de tequila pendant que *Redemption Song* résonne dans les haut-parleurs, ou de siroter une Red Stripe sur un transat au bord de la piscine, ou de jouer au bière-pong sur la table de ping-pong du hall, son enthousiasme se métamorphosant d'un coup en ennui blasé dès l'instant où il la voit arriver. C'est mieux que rien, se dit-elle. Avant même que tout soit fini, elle sait que ça ne suffit pas, c'est même loin du compte. C'est pire que rien, en fait. Tout déconne. Ce garçon dont les yeux bleus sont assortis à son polo bleu qui est assorti à son vernis bleu à elle. Ça ne fait que souligner tout ce qui ne va pas dans sa vie. Peu importe ce qu'elle fait, peu importent les efforts qu'elle fournit, elle n'arrive jamais à se dépasser. Elle reste encore et toujours Alison.

Mais imaginez qu'on lui propose d'avoir une vie différente, d'échanger celle qu'elle a contre une qu'elle jugerait plus acceptable, telle une offrande à ce monde magnifique et brutal ? Même s'il serait plaisant de penser qu'elle accepterait, elle sait ce qu'elle ferait en vérité : elle opterait sans hésiter pour ses jolies robes, ses bonnes notes, ses dents parfaitement alignées grâce à des années d'orthodontie, les innombrables pelouses soigneusement tondues de son existence… les cloches du soir qui résonnent dans les résidences universitaires gothiques, les tongs en automne, la poudreuse en montagne. Elle ne se poserait même pas la question. Tel est son secret le plus honteux : elle aime sa vie. Oh, comme elle l'aime.

Il est très tard à présent, et elle a désespérément besoin de quelque chose, de n'importe quoi qui puisse sauver cette soirée, ces vacances qui ont complètement déraillé, qui n'ont plus rien à voir avec ce qu'elle avait soigneusement prévu. C'est alors qu'elle regarde la mer et qu'elle voit Faraway, l'îlot qui n'est pas si loin, silhouette noire se dessinant dans le ciel. Elle entend le doux va-et-vient des vagues. Elle marche sur le sable jusqu'au bord de l'eau. Elle défait son haut, ouvre la fermeture Éclair de sa jupe, se tortille pour enlever sa culotte et laisse tomber le tout à ses pieds sur la plage. Elle songe un instant à remonter ses vêtements plus haut sur le sable au cas où la marée les emporterait. Mais finalement elle les laisse là. Que la mer agisse à sa guise. Quelle histoire, quel souvenir ce serait… Elle pénètre dans l'eau.

Tandis qu'elle nage en direction de l'îlot, elle croit peut-être que c'est la femme aux cheveux noirs et aux pieds fourchus qui l'attire, qui l'a choisie, et qu'elle va enfin pouvoir fondre dans cette mystérieuse folie ce moi qu'elle aime et qu'elle abhorre tout autant. Ou peut-être ne croit-elle pas à tout cela. Peut-être est-elle poussée par un désir indicible, un besoin encore et encore et encore inassouvi ? Peut-être ne cherche-t-elle qu'à s'octroyer une nuit de folie comme elle n'en a jamais vécu ? Ou peut-être veut-elle tout simplement pouvoir prouver à une version plus âgée et plus rangée d'elle-même qu'elle a jadis été jeune, et qu'elle en a profité ?

À la lueur du clair de lune, elle suit le sentier sur l'îlot, sentant sous ses pieds racines et pierres. Dans la pénombre, les fines gouttelettes en suspension autour de la cascade forment une brume vaporeuse aussi douce qu'une caresse sur sa peau. Elle glisse peut-être sur les rochers couverts de mousse au bord de l'eau, et tombe. Ou bien elle plonge, l'eau lui semblant plus profonde dans le noir qu'elle ne l'est en réalité, et elle se cogne la tête. Cette version aussi a ses zones d'ombre. Ses détails que je ne pourrai jamais connaître. Ce sont les moments secrets. Qui ne lui appartienne qu'à elle.

MAIS D'ABORD...

Au cœur de la nuit, une petite fille ouvre les yeux. Elle émerge des rêves, le goût du sang dans la bouche. Elle s'est grattée dans son sommeil. Elle entend un bruissement. Elle appelle sa sœur, et celle-ci s'approche.

« Tu étais où ? demande-t-elle.

— Chut. »

Sa sœur se glisse dans le lit avec elle et l'enlace. Alors que la fillette est sur le point de s'endormir, sa sœur lui embrasse la nuque et s'extrait délicatement des draps.

« Tu vas où ? marmonne la fillette.

— Loin.

— Mais...

— Chut. Ne le dis à personne. » Elle traverse la pièce, ouvre la porte et disparaît.

La petite ne dit rien. Pas même lorsque ses parents lui demandent. Pas même lorsque la police l'interroge. D'abord elle ne dit rien parce que c'est un secret, et elle sait garder les secrets. Elle est patiente. Plus tard, lorsque sa sœur aura été portée disparue depuis trop longtemps, elle ne dira rien parce qu'elle aura peur d'avoir fait quelque chose de mal en se taisant, peur que tout le monde soit en colère contre elle. Plus tard encore, lorsqu'on lui apprendra que sa sœur est morte, elle comprend qu'elle taira ce secret pour toujours, parce que ce sera la dernière chose qu'elle possédera de sa sœur, et elle voudra le garder pour elle. Elle le gardera si longtemps, le taira si longtemps qu'il deviendra difficile de croire que les choses se sont vraiment passées ainsi.

Ne t'en va pas.

Si elle avait prononcé ces mots, sa sœur l'aurait peut-être écoutée. Sa sœur aurait peut-être massé sa peau irritée à l'aloe vera, et le lendemain matin elles se seraient réveillées l'une contre l'autre dans le lit.

Tu te sens mieux ? lui aurait demandé sa sœur.

Ne t'en va pas. C'est tout ce qu'elle avait à dire. Mais comment fait-on pour savoir ce genre de choses. Car pour pouvoir prononcer ces mots, il aurait fallu être quelqu'un d'autre. Ainsi, être qui elle est, encore et encore, n'est-ce pas la tragédie de sa vie ?

« Ça fera du bien. »

Je lui ai vraiment dit ça. Comme si je m'y connaissais mieux qu'elle. Comme si elle était naïve de penser que faire l'amour pouvait être désagréable et comme si j'étais capable de lui prouver le contraire. Elle m'avait trouvé au bar et on était allés sur la plage. On était seuls, il était tard et on avait pas mal bu. On s'est roulé des pelles. Elle menait la danse et j'étais content de la suivre. À Yale, on ne peut pas dire que j'étais un Casanova ou un Vronsky. Je faisais des études d'allemand et je jouais du violoncelle dans l'orchestre, bref des trucs pas vraiment populaires à l'époque, et qui ne le sont toujours pas d'ailleurs. Mais parfois, quand vous êtes quelque part où les gens ne vous connaissent pas, ils ne vous voient pas comme dans votre vie quotidienne. Je me souviens d'avoir pensé que cette fille était beaucoup trop bien pour moi, mais coup de bol, elle ne s'en était pas encore rendu compte. Je ne parle pas de la nuit où elle est morte. Je parle d'avant, de son premier soir à l'Indigo Bay.

Je ne dirais pas qu'elle était rentre-dedans, mais elle avait de l'audace. Il n'y avait pas de fausse pudeur dans ce qui se passait entre nous, on ne faisait pas semblant. Quand j'ai posé ma main sur sa cuisse et qu'elle s'est écartée de moi, je n'ai franchement pas compris. Je croyais qu'on savait tous les deux où tout ça allait nous mener et, comme je vous l'ai dit, c'était elle qui menait la danse. J'ai remonté ma main sous sa jupe et elle m'a arrêté. Elle a dit qu'elle devait y aller. Elle semblait nerveuse, ce qui m'a perturbé parce qu'elle avait semblé tellement confiante jusque-là. C'est à ce moment-là que je l'ai dit. Je lui ai caressé les cheveux et j'ai dit : « Tu es sûre ? Ça fera du bien. » Ensuite – mon Dieu, c'est gênant –, je lui ai pris la main et je l'ai plus ou moins, enfin pas plus ou moins, je l'ai plaquée sur ma braguette, sur ma trique, pour appeler un chat un chat. Je déteste les mots qu'on a pour parler de ça : *avoir la trique, être chaud, se rouler des pelles, se peloter, bouffer la chatte.* C'est tellement crasse et inélégant. Hanna se moque de moi ; elle me traite de cul-bénit parce que je n'arrive pas à prononcer ces mots à voix haute. Je ne suis pas cul-bénit. Mais ces mots me donnent la sensation d'être un animal.

Après avoir dit ça, quand elle m'a dit bonne nuit et qu'elle est partie, je me suis en fait senti soulagé qu'elle se soit refusée à moi. En vérité, ce que je voulais, c'était rentrer dans ma chambre, me branler et m'écrouler. Mais il y a un scénario, un scénario que tous les garçons connaissent, que je n'ai pas écrit, et que je n'avais même pas envie de suivre, mais on était là, et ce n'était pas comme si j'avais un stock de répliques en réserve, donc j'ai dit ça. Ça lui a fait peur. *Je* lui ai fait peur.

Pendant des mois après sa mort, j'étais terrifié que quelque chose refasse surface et détruise ma vie. Quand tout le monde a cru que ces hommes l'avaient violée et tuée, je savais que ce n'était pas vrai et ça a été affreux. Mais qu'est-ce que je pouvais y faire ? Quand la police est venue m'interroger, ça n'a même pas été un choix conscient, je leur ai tout simplement dit qu'elle avait pris de la drogue et qui la lui avait fournie. Quand je leur ai dit que je l'avais vue plus tôt le soir de sa disparition mais seulement brièvement, et qu'ils m'ont demandé si j'étais sûr de ne pas l'avoir vue ensuite, j'ai acquiescé et j'ai dit « Oui, absolument », avec tant de conviction que j'y ai presque cru moi-même. Ce n'est pas quelque chose que j'ai décidé sciemment, mais je savais que je devais le faire. Dire la vérité, leur dire qu'elle avait été avec moi alors que ces hommes étaient déjà en cellule de dégrisement aurait été impensable, tragique, idiot. Ça m'aurait placé illico au centre de ce cauchemar, et à quoi bon ? Ma vie ne méritait pas de dérailler à cause d'une nuit de vacances.

Il était tard, et j'avais quitté le bar pour aller dans ma chambre, je traînais les pieds au bord de la piscine quand je l'ai vue. Elle était complètement décoiffée. Son mascara avait coulé sous ses yeux.

« Je t'ai promis, non ? » elle m'a dit. Elle m'a souri avec son air mutin qui m'avait allumé toute la semaine. Mais il y avait quelque chose de différent. Elle était agitée, je dirais même dans tous ses états. Elle avait pleuré, j'en étais presque sûr. Elle m'a pris la main et je l'ai laissée m'entraîner vers une des paillotes sur la plage. Elle n'a pas perdu de temps. Elle a enlevé son haut, sa jupe et sa culotte avec un pragmatisme qui m'a à la fois excité et fait froid dans le dos. Elle a désigné du menton mon pantalon. Je l'ai enlevé.

Même si mon expérience en la matière était mince, faire l'amour avec elle a été différent de tout ce que j'avais connu jusqu'alors. Elle m'a plaqué les bras au-dessus de la tête et m'a serré les poignets avec une telle force que j'avais encore mal le lendemain quand la police m'a interrogé. (J'avais même des bleus, qu'ils auraient pu voir s'ils avaient pris la peine de regarder.) Ensuite je me suis mis sur elle. Elle a posé mes mains sur son cou. D'abord je les ai enlevées, mais elle me les a reprises pour les remettre au même endroit. J'ai serré. Elle a fermé les yeux et elle a esquissé un sourire comme si je n'étais même pas là. Alors j'ai serré plus fort, et ses yeux se sont soudain ouverts. Je n'oublierai jamais cette violence qu'elle a fait surgir si facilement en moi, comme si elle savait qu'elle était là, tapie sous la surface.

Ce n'était pas qu'une question de plaisir pour elle. Quelque chose ne tournait pas rond, mais je ne savais pas ce que c'était, et je n'ai pas posé de questions. En y repensant, je trouve ça tout sauf excitant, mais j'avais vingt ans et j'étais ouvert à toutes sortes d'expériences sexuelles, aussi malavisées soient-elles. Après, elle s'est habillée et elle est partie si vite que j'étais encore à poil quand elle a disparu de mon champ de vision.

Au début, je me suis senti affreusement coupable. Si je lui avais demandé ce qui n'allait pas, ou si j'avais fait quelque chose de différent... J'ai ressassé tout ça encore et encore jusqu'à en devenir quasiment dingue. De retour à Yale, j'ai essayé de me racheter tous azimuts. J'ai donné gratuitement des cours de soutien à un gamin d'un quartier défavorisé de New Haven. J'ai appelé plus souvent mes parents. En dernière année, j'ai même sérieusement envisagé pendant un moment de m'engager dans l'humanitaire. Mais, le temps aidant, ma vie a repris son cours.

Je ne me suis jamais vu comme quelqu'un de secret, mais je suis pragmatique, et si on est pragmatique on ne peut pas raconter cette histoire. Donc je n'en ai jamais parlé. J'ai une bonne vie. Pas aussi grandiose que celle que j'imaginais avoir quand j'étais jeune – ma bienveillance, mon intelligence ou mon courage n'ont pas changé la face du monde. Mon existence est plutôt rangée, mais je suis respecté dans mon domaine. Je suis architecte. Hanna et moi, on dirige une agence. Elle est néerlandaise. On s'est rencontrés en troisième cycle, on participait à un atelier d'été à Budapest. J'aime sa franchise, qui passe parfois pour de l'arrogance aux yeux de ceux qui ne la connaissent pas parce qu'elle est belle, mince et grande et qu'elle a de la prestance. J'aime l'espace entre nous, l'intervalle que nos différences linguistiques et culturelles créent, et l'intimité que ça nous permet d'avoir.

J'ai lu quelque part – OK, pas quelque part, je l'ai vu en ligne sur un site de psychologie à la petite semaine – que nos vies sont ancrées dans un moment unique que l'on ne dépasse jamais, qu'il soit dérangeant, traumatisant, heureux ou insondable, et qu'on garde éternellement l'âge qu'on avait à ce moment-là de notre vie. Ça me semble très juste. L'âge éternel d'Hanna, par exemple, c'est vingt-huit ans, l'âge qu'elle avait quand elle a donné naissance à notre fils. Mais le mien, ce n'est pas trente-deux ans, l'âge que j'avais quand il est né. Le moment clé pour moi a eu lieu bien avant que je rencontre ma femme, et ça explique peut-être la distance entre nous : j'ai partagé son moment avec elle, alors qu'elle ne sait même pas que le mien existe. Mon âge éternel, c'est vingt ans. Je le vois, ce gamin dégingandé que j'étais, avec une tignasse indomptable, si érudit et charmant qu'on ne lui en voulait pas d'être aussi sûr de lui, et il m'impressionne plus qu'un peu je dois dire.

« Ça fera du bien. » Parfois je me demande si ce que j'ai dit, si cette pression que je lui ai mise en lui courant après dès le début de la semaine n'entre pas en ligne de compte dans ce qui lui est arrivé. Ensuite, je m'en veux. Quelle vanité de penser qu'une chose que j'ai pu dire ait eu assez de pouvoir pour déclencher tout ça. Ce n'est pas parce que mon comportement n'a pas été irréprochable que je suis responsable. Je la connaissais à peine, en fait. Et pourtant, je me réveille encore parfois au milieu de la nuit, et elle est là.

SOUVIENS-T'EN

J'ai lu quelque part que l'évolution nous a prédisposés à voir les fantômes et les esprits, à trouver des signes et des présages dans les choses ordinaires de la vie : une soudaine bourrasque de vent, des réponses révélées en rêve. Cet élan vers le mystique a, d'après ce que j'ai lu, des fondements neurologiques. Nos cerveaux ont faim d'ordre. C'est parce que le premier homme a su comprendre le comportement des biches, la migration des oiseaux, le mouvement des nuages, qu'il a survécu. Dès le début, notre survie s'est articulée sur notre capacité à observer les faits et gestes du monde, à passer au crible sa profusion de détails pour y déceler l'histoire. À en croire cet article, les histoires sont l'essence même de l'endurance humaine.

Mais à la radio la semaine dernière, une autre experte, une neuropsychologue, a expliqué la chose différemment. Les histoires, a dit cette femme, sont notre talon d'Achille. Nous en avons un tel besoin que cela nous pousse à vivre dans un éternel mensonge. Le premier homme, à la merci des animaux, du temps, de l'autre, a inventé Artémis, Râ, Vishnu. Notre faim d'histoires nous pousse à prendre une épouse distraite pour une épouse infidèle, un tremblement de terre pour un châtiment divin.

N'ont-ils pas tous deux raison ? Les histoires nous mènent à la vérité, mais aussi sur de fausses pistes, et comment faire la différence ?

Lentement, la ville a commencé à dégeler. L'air est devenu humide et propre. Les arbres se sont parés de jeunes pousses pleines de vie. L'homme à la casquette NASCAR s'est assis sur le perron avec à côté de lui un chiot blanc au poil soyeux.

« Elle s'appelle Isabella », m'a-t-il annoncé tout sourire.

J'ai emmené Jackie bruncher pour me faire pardonner. Chose qu'elle a aussitôt faite, et tandis que nous buvions des mimosas et mangions des œufs Bénédicte, elle m'a mise au courant de son mélodrame de la semaine.

Mes parents sont venus me voir. Nous avons fait ce que nous faisions toujours lorsqu'ils venaient à New York : le Met, un brunch chez Sarabeth's, un spectacle sur Broadway. Un après-midi, mon père avait rendez-vous avec un ancien copain de fac, et ma mère et moi nous sommes retrouvées dans Central Park. Des ribambelles de filles en tennis et robe plissée bleu pastel suivaient des professeurs sur les pelouses boueuses. Les dernières congères grises avaient presque disparu et les allées étaient détrempées. Nous nous sommes acheté des barres chocolatées glacées. (« On est coquines, quand même », a gloussé ma mère avec un sourire complice.) Nous nous sommes assises sur un banc pour les manger. Nous avons parlé de l'émission télé que tout le monde regardait ce printemps-là. Des vacances que mes parents envisageaient de prendre en octobre : une croisière fluviale de deux semaines entre Bâle et Barcelone. Puis un silence inconfortable s'est installé entre nous, celui qui s'installe entre une mère et une fille qui savent que les mères et les filles devraient pouvoir se parler sans discontinuer.

« Maman, ai-je finalement dit.

— Oui, ma chérie.

— Qu'est-ce qui s'est passé quand je suis allée à Paris avec tante Caroline ? Quand je suis revenue, tout était différent, mais je n'ai jamais su pourquoi. »

Ma mère a pincé les lèvres, et j'ai eu peur qu'elle me serve le genre de non-réponse évasive à laquelle elle m'avait habituée.

« J'ai dit à ton père qu'il fallait arrêter. Pas seulement lui avec la police. Moi aussi. Tous les deux.

— Mais pourquoi ? Pourquoi avez-vous abandonné ?

— On n'a pas abandonné, ma chérie. Mais il fallait qu'on laisse ça derrière nous. Parce que tu étais là, et tu étais tout pour nous. Tu *es* tout pour nous. On voulait que tu aies une vie. »

Je crois qu'Alison se trompait sur notre mère. Moi aussi. Nous pensions que c'était une femme fragile et timide. Mais en la regardant sur le banc, les yeux rieurs devant un petit garçon qui passait devant nous d'une démarche instable, petite balle rose à la main, je l'ai vue différemment. Il en fallait de la force pour ne pas se laisser engloutir par un événement aussi tragique.

(Peu de temps après la visite de mes parents à New York, un agent hollywoodien se rendrait à Laurel Canyon, rentrerait dans une maison années 50 nichée au cœur d'un bosquet d'eucalyptus et découvrirait l'acteur, mort dans son lit. Aucune trace d'effraction ni de violence ne serait relevée. Selon un secouriste anonyme, oxycodone, lorazépam et cocaïne auraient été trouvés sur la table de chevet. La plupart des articles sur sa mort seraient accompagnés de la même photo, un cliché qu'un paparazzi aurait récemment pris, de l'acteur manifestement très mal en point : cheveux longs et hirsutes, costume trop grand, sandales, regard vitreux, dents jaunies. Je scruterais cette photo, regarderais l'acteur dans les yeux à travers le temps et l'espace, la vie et la mort, et j'aurais l'impression qu'il me regardait lui aussi.)

J'ai pris ce taxi voici plusieurs années maintenant. Je vis à Charlotte aujourd'hui. Je travaille dans la publicité. Mon appartement est spacieux et lumineux, les murs peints d'une couleur pêche typique qui ne me gêne pas. Je conduis une petite Honda rouge qui consomme peu. Il y a quelques semaines, une collègue m'a envoyé un vieil article de *The Onion*, « Horrifié, un homme se rend soudain compte qu'il s'enracine à Charlotte », et j'ai ri parce que cela m'a fait penser à moi-même. Je me fais appeler Claire ici. Au début, entendre mes collègues et mes nouveaux amis prononcer ce nom me mettait mal à l'aise, mais je m'y suis habituée.

Clive Richardson a disparu de mon existence aussi complètement qu'il l'avait occupée. Je suis contente de ne pas savoir où il se trouve. Parfois, je ferme les yeux et je lui envoie des messages. Je lui dis que j'espère qu'il a trouvé un endroit à l'abri de l'emprise du passé. Je lui dis que tout n'était pas mensonge. Je lui demande de ne pas me juger trop durement. L'hiver que j'ai passé avec Clive est comme une pièce fermée en moi, une pièce, j'en suis quasiment certaine, dont je ne rouvrirai jamais la porte. (Même si, encore aujourd'hui, quand je retourne à New York et que je prends un taxi, j'espère entendre, quand le chauffeur me salue, la voix de Clive. Et quand inévitablement ce n'est pas le cas, je me remémore cette voix, ces nuits, la ville telle qu'elle était cet hiver-là, et je me dis, presque solennellement, *Souviens-t'en.*)

Je comprends désormais que durant ces mois je me suis menti en me faisant croire que je cherchais à tourner la page, quand en vérité je ne voulais surtout pas mettre cette histoire derrière moi. Car, à l'instar de la cicatrice d'Alison qui était sa fierté la plus sacrée, sa mort était la mienne. J'avais besoin qu'il s'agisse d'un meurtre mystérieux. Sinon, je ne pourrais qu'en vouloir à Alison de m'être devenue si indispensable, de nous être devenue indispensable à nous tous, pour ensuite se montrer aussi imprudente. (Alcool et drogue, bain de mer inconsidéré, accident stupide. La police avait suggéré ce scénario élémentaire dès le début, mais mes parents l'avaient catégoriquement rejeté. Comment aurait-il pu en être autrement ? Comment quiconque pourrait-il accepter une histoire si triste et si vaine, sans la moindre morale rédemptrice, mais tout simplement un destin aussi tragique que banal ?) Que pouvais-je faire d'autre en fin de compte, qu'admettre que je haïssais Alison autant que je l'aimais ? Je l'ai détestée quand elle était en vie parce qu'elle était tellement éblouissante et spectaculaire qu'elle attirait à elle toute la lumière ; et je l'ai détestée encore plus pour l'ombre oppressante qu'elle a projetée sur ma vie en mourant. Comment pourrais-je être à la hauteur ? Comment pourrais-je me mesurer à quelqu'un qui n'avait jamais eu à grandir ?

Si elle avait vécu, la Alison d'une vingtaine d'années aurait peut-être été comme Jackie, quelqu'un capable de dire à ses amis devant un demi, ou un *pickleback*, ou n'importe quelle boisson de rigueur à ce moment-là : « Il faut que je me dégage du temps pour ma *danse* », comme si sa danse était une chose dont le monde avait besoin. Si j'étais allée la voir dans Williamsburg à Brooklyn, ou dans le Mission District de San Francisco, ou le quartier de Silver Lake à Los Angeles, disons pour célébrer mon seizième anniversaire, j'aurais levé les yeux au ciel en l'entendant dire ça et j'aurais connu ce moment à la fois douloureux et libérateur où votre idole tombe soudain de son piédestal. Elle serait peut-être devenue une femme comme Nika, préoccupée par les devoirs et la tendance de ses enfants à trop jouer aux jeux vidéo. Elle mènerait peut-être une existence pas si différente de celle de nos parents ; peut-être qu'elle emmènerait ses propres enfants dans un hôtel des Caraïbes et songerait, en lisant un best-seller à l'ombre d'un parasol, aux concessions qu'elle avait faites pour mener une vie somme toute plus qu'acceptable.

Je n'ai toujours rien dit à mes parents, ni sur Clive, ni sur Alison, ni sur ce qui m'est arrivé cet hiver-là. Je le ferai peut-être un jour. Mais je ne sais toujours pas si leur parler leur ferait du bien. Pourtant, pendant si longtemps, je n'ai voulu que ça. La vérité ! La vérité ! OK, d'accord, mais pourquoi ? On fera quoi, avec la vérité ? On deviendra quoi ? Et en apprenant la vérité, que perd-on ? Il me semble désormais que certaines vérités ne suffiront jamais à sceller les mystères qui les ont précédées. Je crois qu'à sa façon ma mère a compris cela depuis toujours : la vérité ne peut rien vous apporter que vous ne puissiez trouver en vous-même. Et en fin de compte, la décision nous appartient. De vivre. De continuer.

SAINT-X

Si vous regardez Saint-X du ciel, vous aurez l'impression que très peu de choses ont changé. Au Basin, des enfants en uniforme rose et marron continuent de courir et crier dans la cour de l'école primaire Horatio Byrd. La prison bleu ciel de Sa Majesté se dresse toujours à côté de la banque. Le long de la tortueuse Mayfair Road, il y a maintenant des panneaux publicitaires qui font la promotion de Digicel et du haut débit FLOW, mais les églises en stuc blanc demeurent, tout comme le snack-bar chez Perry's, la tour radio avec sa peinture rouge écaillée et les maisons avec leurs toits en tôle ondulée et leurs jardins poussiéreux. Remontez un peu, passez par-dessus Devil Hill et elle est là : Little Beach. C'est la fin de l'après-midi et tout le monde y est rassemblé. Ils ont leur parasol, leur panier de pique-nique, leur glacière de Coca-Cola et de Carib. Des familles flottent en grappes dans la mer. Les enfants sortent en criant de l'eau et courent sur le ponton sans même faire de halte avant de sauter de nouveau dans la mer, encore et encore.

Examinez les visages et vous verrez une femme assise sur un tissu bleu et blanc, telle une statue au milieu d'un joyeux rassemblement familial. L'aîné de ses petits-enfants dribble avec un ballon sur le sable. Le plus jeune dort recroquevillé à l'ombre du corps de la femme. Sa belle-fille console et câline et distribue des boules de tamarin. Ses fils, Bryan et Eddie rient ensemble, se libérant de leurs soucis professionnels. Elle a parfois du mal à croire que tout ceci est à elle. Sara Lycott n'est ni aussi jeune qu'elle l'a été, ni aussi jeune qu'il lui arrive encore de se sentir, jusqu'à ce qu'elle surprenne son reflet dans une vitrine et qu'elle sursaute en voyant ses cheveux argentés. Cela fait des années qu'elle a fleuri de lisianthus pour la première fois la tombe de sa mère. Remarquable, n'est-ce pas, qu'une femme de son âge, qui n'est plus la fille de quiconque depuis belle lurette, ait toujours le réflexe, lorsqu'elle entend une histoire drôle aux actualités, ou en ramassant la première pomme cannelle mûre dans le jardin, d'ouvrir la bouche et de dire : « Maman ? » Certains soirs, la maison de sa mère lui manque terriblement. Les lits qui sentent l'humain et qui sont gras de crasse lui manquent. Le son de l'eau qui a fui dans l'évier toute son enfance. Les odeurs de vieux fruits dans le réfrigérateur, et celle de l'urine de sa mère dans les toilettes. Dans sa propre maison, elle lave et repasse les draps tous les mardis. La salle de bains est récurée et sent toujours la javel. Lorsqu'une chose se casse, elle la répare. Lorsqu'une chose est vide, elle la jette.

La meilleure chose qu'elle ait jamais faite, c'est de se maîtriser devant ses enfants. Si tout ce qu'elle pouvait leur donner, c'était de contenir en elle les sordides ténèbres qui l'habitaient, eh bien c'était suffisant. Si pour d'autres, cela semble très peu, eh bien, elle sait que tout est là. Elle les a libérés du poids d'un fardeau dont ils ignorent l'existence même, à savoir un penchant profond et insoluble pour tout ce qui fait mal.

Elle les a tous enterrés. Sa mère. Le père dont elle n'a jamais connu le nom, qui doit être mort depuis longtemps, suppose-t-elle. Edwin, dont elle s'est occupée jusqu'à son dernier souffle mais qui ne lui a jamais, même à la toute fin, révélé qui il était vraiment. (Et pourtant, y a-t-il eu un père qui a adoré plus que lui ses deux garçons ?) Seul Clive vit encore quelque part. Les bruits courent sur l'île. La dernière fois qu'elle a entendu parler de lui, il avait quitté New York pour s'installer quelque part sur la côte ouest. Selon une de ses amies, il s'est marié là-bas et a eu une fille. Mais ce ne sont que des informations rapportées. Elle ne pense pas souvent à lui. Un chapitre difficile de son existence, alors qu'elle était très jeune. Cela fait si longtemps que ces gens ne sont plus sur cette île que sa propre longévité la stupéfie. Ces derniers temps, elle est même allée curieusement jusqu'à se dire qu'elle pourrait vivre à jamais.

Le bébé à côté d'elle sur la couverture gigote et pleure. Avant qu'elle puisse se pencher sur lui, Bryan arrive et le prend dans ses bras.

« Là, là, mon petit gars, chuchote-t-il. Tout va bien. Y a pas de problème. »

Allez à l'extrémité de l'île sur la côte sud et vous découvrirez une plage différente, où le sable est onctueux comme de la crème. Au bord de l'eau, les enfants font la roue et s'enterrent dans le sable. Un garçon plaque un coquillage contre son oreille et écoute la mer secrète. Une mère songe à s'emparer de son téléphone pour immortaliser cet instant ; au lieu de quoi, elle se contente de regarder. Un navire de croisière glisse en silence au large. Quelque part, dans un autre monde qui est pourtant ce monde, il neige.

Plus loin sur le sable, une fillette est assise sous un parasol tandis qu'une femme lui tresse les cheveux. Des frères glissent sur de petites planches de surf au gré des vagues. Un adolescent soulève une fille et menace de la jeter à l'eau, et elle crie de joie.

Une femme interrompt sa promenade sur le sable et les observe tous. Ce lieu correspond presque en tous points à ses souvenirs. La piscine en forme de haricot, le restaurant en plein air où la veille elle a mangé un carpaccio de lambis, bu des punchs et senti sur sa peau la brise fraîche venant de l'océan. Comme tous les lieux de notre enfance, celui-ci lui semble plus petit désormais, plus ordinaire. Le plafond voûté du hall en marbre n'est pas aussi majestueux, le sable pas aussi blanc que dans son souvenir. Ils ont changé le nom, aussi. L'Indigo Bay est à présent le Royal Hibiscus, et ce depuis des années ; histoire de faire oublier les événements qui s'y sont produits.

Il y a encore une différence : quelques années plus tôt, une multinationale française a obtenu un permis de construire sur Faraway Cay, et l'îlot lui-même est devenu maintenant un hôtel-spa avec bungalows sur pilotis dans la lagune. Selon le site Web de l'hôtel, le restaurant est tenu par un célèbre chef scandinave « qui marie à merveille circuit court et abondance caribéenne locale ». Le spa propose des massages aux pierres volcaniques chaudes, des soins pour la peau au sel local et deux heures de « rituel Arawak » qui promettent « une purification complète du corps et de l'esprit ». Les carcasses d'avions sur l'îlot ont été préservées. Il y a un cliché de l'une d'entre elles dans la galerie de photos du site Web, une aile jaune coincée dans des branches de raisinier. *Admirez les mystérieuses reliques de l'île en vous rendant à la cascade privée de l'hôtel.*

Les chèvres ont disparu. Exterminées, sans doute.

En arrivant aux rochers noirs qui délimitent la plage, la femme s'assoit sur le sable et contemple l'îlot. La plage blanche. Les falaises foisonnantes de végétation, d'un vert éclatant comme elle n'en a jamais vu ailleurs. Elle distingue les bungalows qui bordent le rivage et, en plissant les yeux, les gens sur la plage – des maris avec leur épouse, des parents avec leurs enfants. La femme se lève, ôte le sable sur ses jambes et rebrousse chemin.

Sur le terrain de volley, une partie est en cours. Les joueurs sont de jeunes mariés, des retraités, des trentenaires et des adolescents. Ils bondissent, servent et smashent. Lorsqu'une fille, le maillon faible d'une des équipes, fait un point gagnant, tout le monde l'applaudit. Après qu'un adolescent plonge dans le sable pour sauver un point, un retraité lui fait un check. « Traite-les bien, dit l'homme en désignant les genoux du garçon. Sinon, ils te trahiront un jour. »

La femme regarde, tout comme elle regardait il y a des années. D'une certaine manière, cette partie est en cours depuis toujours, songe-t-elle ; jamais elle ne s'achèvera en fait.

Dans la lagune, quatre jambes surgissent de l'eau, droites comme des I : concours d'équilibre. Un instant plus tard, deux sœurs surgissent à la surface de l'eau.

« J'ai gagné !

— Non, c'est moi !

— La première à la bouée ! »

Et c'est parti, elles nagent en s'éloignant du rivage.

Note de l'autrice et remerciements

Depuis l'aéroport international John F. Kennedy à New York, on peut, sans escale, se rendre sur une vingtaine d'îles des Caraïbes. Il faut moins de quatre heures pour rallier la Jamaïque, Haïti, la République dominicaine, Cuba, les îles Turques-et-Caïques, les îles Caïmans, Saint-Martin, Saint-Thomas et Porto Rico ; et moins de cinq pour Antigua, Sainte-Lucie, la Barbade, Saint-Christophe, Grenade, Trinidad, Aruba et la Martinique. Près de quinze millions de touristes américains vont chaque année aux Caraïbes. Les îles sont très proches des États-Unis, les touristes américains les visitent très fréquemment, et pourtant, la plupart de ces visiteurs en ignorent presque tout. Depuis longtemps, la place que semblent occuper les Caraïbes dans l'esprit des touristes américains me fascine : pour eux les lieux sont synonymes de divertissement ou d'escapade, voire, comme je le dis au début du roman, de « si joli nulle part ».

C'est ce phénomène qui m'a poussée à créer comme cadre à mon roman une île imaginaire et anonyme, Saint-X. J'ai bâti l'univers de Saint-X en me questionnant profondément sur ce que cela signifie d'inventer une île imaginaire au sein d'un lieu qui ne l'est pas du tout. Dans une région où chaque île se distingue par la richesse et la singularité de son histoire, de sa culture, de son dialecte, de sa cuisine, de sa flore et de sa faune, et cetera, comment aborde-t-on la création d'un espace fictif qui incarne sans simplifier, qui existe sans être en définitive aucun de ces endroits ? Je me suis évertuée à dépeindre avec Saint-X un lieu cohérent qui, je ne puis que l'espérer, donnera envie aux lecteurs qui ne connaissent pas la région d'en apprendre plus sur les Caraïbes.

Je suis tout particulièrement reconnaissante de la merveilleuse série d'histoires et de guides des Caraïbes publiée par Macmillan Caribbean durant les années 1980 et 1990, dont : *Nevis : Queen of the Caribees* de Joyce Gordon, *Anguilla : Tranquil Isle of the Caribbean* de Brenda Carty et Colville Petty, *St. Kitts : Cradle of the Caribbean* de Brian Dyde, *St. Lucia : Helen of the West Indies* de Guy Ellis, *Grenada : Isle of Spice* de Norma Sinclair, et *St. Vincent and the Grenadines* de Lesley Sutty. Au *Dictionary of Caribbean English Usage* et au *New Register of Caribbean English Usage*, tous deux édités by Richard Allsopp. À *Island People : The Caribbean and the World* de Joshua Jelly-Schapiro (voir aussi la magnifique carte « Archipelago : The Caribbean's Far North » créée par la cartographe Molly Roy dans *Nonstop Metropolis : A New York City Atlas*, édité par Jelly-Schapiro et Rebecca Solnit). À *Caribbean Folklore : A Handbook* de Donald R. Hill. Et à l'œuvre pionnière de Jamaica Kincaid, *A Small Place*.

Lorsqu'il m'a fallu peindre la vie de Clive Richardson à New York, je me suis appuyée sur certaines œuvres clés, dont *Taxi ! : A Social History of the New York City Cabdriver* de Graham Russell Gao Hodges, *Taxi ! : Cabs and Capitalism in NYC* de Biju Mathew et *Islands in the City : West Indian Migration to New York* édité par Nancy Foner.

Je suis incroyablement reconnaissante envers tous ceux à Anguilla qui m'ont si généreusement donné de leur temps lorsque je m'y suis rendue pour mes recherches. Merci à Josveek Huligar qui a été un guide à la fois drôle et utile. Je remercie de tout cœur Anhel Brooks, Trevon Liburd, M., A., M., et J. qui m'ont tous conté leur histoire. Merci aussi à Scott Kircher pour m'avoir présenté à Trudy Nixon, et à Trudy de m'avoir relaté son expérience d'immigrante sur l'île.

Merci à Melissa Borja pour avoir partagé avec moi son art de l'entretien et du recueil des histoires orales.

Merci à Stephanie Stokes Oliver et Crispin Brooks pour la lucidité et le soin sans faille avec lesquels ils ont lu le manuscrit.

À Graham Gao Hodges pour avoir si gentiment relu le passage sur la vie professionnelle de Clive à New York.

Aux merveilleux amis qui ont partagé avec moi leur expertise tant géographique que linguistique : Margo Levin, Kate Rubin, Dave Serafino, Geraldine Shen et Erin Zimmer. À Marisa Reisel pour… tout.

À l'intelligence extrême et la générosité de Greg Jackson et Lulu Miller, qui ont lu ce livre quand il était encore en chantier, et qui ont si clairement vu comment faire en sorte qu'il soit un peu mieux organisé. À mes professeurs : Christopher Tilghman, Caroline Preston, Ann Beattie, Deborah Eisenberg, Chang-rae Lee, Joyce Carol Oates et Wendy Phelps.

Je remercie chaque jour le ciel d'avoir Henry Dunow comme agent. C'est le lecteur le plus avisé que je connaisse, et il a travaillé patiemment avec moi des années durant, traversant de nombreuses moutures jusqu'à ce que ce livre trouve son assise. Je remercie également la merveilleuse Arielle Datz ainsi que tout le monde chez Dunow, Carlson & Lerner.

À ma fabuleuse éditrice, Deb Futter, qui voit tout si clairement et grâce à qui le processus d'écriture a été plus drôle que j'aurais pu le croire. À Rachel Chou, Anna Belle Hindenlang, Randi Kramer, Christine Mykityshyn, Jaime Noven, Heather Orlando, Clay Smith, Anne Twomey et tout le monde à Celadon : j'ai l'impression d'avoir tellement de chance d'être entre vos mains si compétentes. Merci également à David Cole, Elizabeth Catalano, Cheryl Mamaril et Jonathan Bennett pour le travail merveilleux qu'ils ont fait sur ce livre.

Notre fils est né un an avant la fin de ce livre, et je ne l'aurais jamais terminé sans les personnes incroyables qui se sont occupées de lui avec tant d'amour durant sa première année d'existence. À Meg Sweet, Cate Nowlan, Roberta Sweet, Carly Knight, Allison Haley, Maria Mastrandrea et Molly Egger : merci.

À Shawn, Walter, Charlie et James : j'ai une telle chance de pouvoir dire que vous êtes ma famille.

À Dona, Keith et Brian : vous êtes mes rocs, mes êtres humains favoris, depuis toujours.

Alexis Schaitkin

À Emerson, notre bébé, notre grand garçon : ta présence lumineuse et ton esprit rayonnent sur notre famille, nous avons une grande chance.

Et, toujours, à Mason qui croit si intensément en moi : c'est la chose la plus intense que j'aie jamais connue. Je t'aime.

Table des matières

Dernières parutions

Domaine étranger

Alexandra Andrews
L'Énigmatique madame Dixon

Jeffrey Archer
Ni vu ni connu

Anja Baumheier
La Liberté des oiseaux

Jennifer Cody Epstein
Les Lueurs du lendemain

Anne Glenconner
Dame d'honneur

Elin Hilderbrand
Un été à Nantucket

Victoria Hislop
Cette nuit-là

Gilly Macmillan
Pour tout te dire

Lydia Millet
Nous vivions dans un pays d'été

Ariana Neumann
Ombres portées

Olivia Potts
Une année douce-amère

Lisa Wingate
Les Chemins de la liberté

Domaine français

Catherine Bardon
Un invincible été

Fabienne Betting
La Théorie des poignées de main

Nicole Giroud
Par la fenêtre

Caroline Laurent
Rivage de la colère

Osvalde Lewat
Les Aquatiques

Ivan Nabokov et Philippe Aronson
La Vie, les gens & autres effets secondaires

Grégory Nicolas
Les Fils du pêcheur

Roland Perez
Ma mère, Dieu et Sylvie Vartan

Emmanuel Pierrat et Joseph Vebret
Ernestine ou la Justice

Anne de Rochas
La Femme qui reste

Akli Tadjer
D'amour et de guerre

Pour en savoir plus sur l'actualité des Escales,
vous pouvez consulter notre site Internet
www.lesescales.fr
et nous suivre sur les réseaux sociaux

Editions Les Escales

@LesEscales

@LesEscales

MIXTE
Papier issu de sources responsables
FSC® C003309

L'éditeur de cet ouvrage s'engage dans une démarche de certification FSC® qui contribue à la préservation des forêts pour les générations futures.

Pour en savoir plus :
www.editis.com/engagement-rse/

Achevé d'imprimer par
Normandie Roto Impression s.a.s.
N° d'impression : 2106151
Imprimé en France